24 Days till Love
Ein Adventskalender-Roman

von

Alison Reese

ALISON REESE

24 DAYS TILL LOVE

EIN ADVENTSKALENDER-ROMAN

Bibliografische Information der Deutschen Nationalbibliothek: Die Deutsche Nationalbibliothek verzeichnet diese Publikation in der Deutschen Nationalbibliografie; detaillierte bibliografische Daten sind im Internet über dnb.dnb.de abrufbar.

Verlag: BoD · Books on Demand GmbH, In de Tarpen 42, 22848 Norderstedt
Druck: Libri Plureos GmbH, Friedensallee 273, 22763 Hamburg

ISBN: 978-3-7597-6741-7

Lektorat und Schlussredaktion: Mira Massong | herzgestein Lektorat
Umschlaggestaltung: Lena König
Autorenfoto: Laura Andrea Schönborn | @immerschoenfotografie

 alisonreese.author

 alisonreese.author

 alisonreeseauthor

Liebe Leser:innen,
dieses Buch enthält potenziell triggernde Inhalte.
Deshalb findet ihr auf der Seite 353 eine Inhaltswarnung.

Achtung: Diese enthält Spoiler für das gesamte Buch.

Ich wünsche mir das bestmögliche Leseerlebnis für euch.

Eure Alison

Für alle, die glauben, ihr Licht verloren zu haben.
Du bist dein eigenes Licht.

GRANNY MORGAN
JOHN & LOUISA
SCHNEEFELD
JASPERS BAR
SUGAR HILL
FEUERWEHR
WEIHNACHTSMARKT
BLUMENLADEN
ANDREWS
CANDY SHOP
HONEY DAZE
DEAN
EISSPORTHALLE
BAUMARKT
HONEY DAZE ARENA
WALMART

PLAYLIST

How Long Will I Love You - Ellie Goulding
If You Saw Me Now - Matilda & Tyler Hilton
Lover - Taylor Swift
Oh Santa! - Mariah Carey
No Mercy - Austin Giorgio
Saviour - Picture This
Broken - Lifehouse
Have You Ever Seen The Rain -
- Creedence Clearwater Revival
Begin Again - Taylor Swift
Hell of a Holiday - Pistol Annies
Freedom! '90 - George Michael
Happier Than Ever - Billie Eilish
Turn Right - Jonas Brothers
Come Home - OneRepublic & Sara Bareilles
Let's Get It On - Marvin Gaye
Praying - Kesha
Love In The Dark - Adele
That's Amore - Dean Martin
Fix You - Coldplay
Love Grows - Edison Lighthouse
I Didn't Know - Sofia Carson
All This Time - OneRepublic
Lights on (Acoustic) - Kelvin Jones
Welcome Home, Son - Radical Face

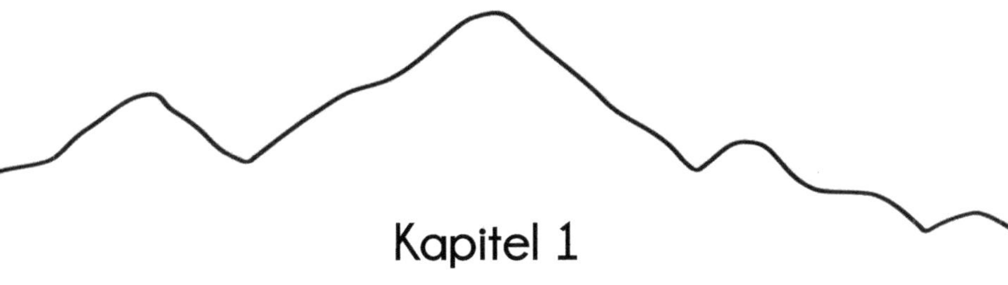

Kapitel 1

KAT

Alles begann mit dem Ende. Dem Ende meiner Freundschaft zu Louisa. Dem Ende meiner Schwangerschaft. Dem Ende meiner Beziehung zu Allec.

Das letzte Jahr hatte mich emotional auf eine Achterbahnfahrt ohne Anschnallgurt gepackt. Und als ich schrie, dass ich nicht mehr kann, dass ich genug habe, dass ich sterbe, wenn es so weitergeht, drehte die Achterbahn noch mal voll auf und legte eine Extrarunde ein.

Also ja, das letzte Jahr hatte mich zerstört.

Doch nun stand ich hier, fast dreihundertfünfundsechzig Tage später. Kufen kratzten über die vor mir liegende Eisbahn. Der Duft von gebrannten Mandeln und Bratapfel stieg mir in die Nase. Ich hielt die Luft für einige Sekunden an, um sie dann stoßweise aus meiner Lunge zu pressen. Vor genau einem Jahr hatte ich erfahren, dass ich schwanger war. Diese Nachricht stellte meine Welt komplett auf den Kopf. Kinder waren nie Teil meines Plans gewesen. Ich hatte mich nie als Mutter gesehen. Und dann irgendwie doch – als da diese kleine Erbse in mir heranwuchs, hatte sich etwas verändert. Mit einem Mal war da Hoffnung. Hoffnung, dass ich anders werden könnte als meine eigene

Mutter. Hoffnung, dass ich nicht nur eine eiskalte Business-Lady war. Sondern mehr. Eine liebende Mutter, die für ihr Kind da war. Eine andere Frau als die, die mich geboren hatte.

Ein Jahr lang war ich mehr oder weniger untergetaucht. Nachdem ich ... nachdem ... Ich schluckte.

Verdammt, es fiel mir immer noch schwer, daran zu denken.

Als klar gewesen war, dass ich doch keine Mutter werden würde, hatte es mir erneut den Boden unter den Füßen weggezogen. An Arbeit war nicht zu denken. Ich verlor meinen Job, meine Beziehung und meine Wohnung. Nachdem ich einige Monate von meinem Ersparten gelebt hatte, arbeitete ich inzwischen bei einer Telefonvertriebsstelle. Die Arbeit erfüllte mich nicht und ich kam mir vor wie eine lästige Fliege, wenn ich die immer gleichen Firmen anrief, um nachzufragen, ob sie diese Woche Bedarf an Büromaterial hätten. Immerhin bezahlte es meine Miete und es lenkte mich ab. Was noch viel wichtiger war: Ich konnte es von zu Hause aus machen, wo ich niemandem begegnen musste. Doch jetzt stand ich hier. Mit beiden Füßen fest in meinen liebsten *Louboutins*. Ich war noch da. Die verdammte Achterbahn namens Leben hatte mich nicht kleingekriegt.

Ich saugte am Strohhalm meines Eiskaffees. Augenblicklich zog sich alles in meinem Mund zusammen. Ich liebte kalten Kaffee, sogar im Winter. Insbesondere im Winter. Aber vielleicht durfte ich mir ein wenig Süße im Kaffee zugestehen und trotzdem eine *Badass-Bitch* sein. Über mich selbst schmunzelnd, nahm ich noch einen Schluck. Hm. Der war schon nicht mehr so schlimm, doch zukünftig würde ich definitiv wieder meinen Iced Cinnamon Swirl Coffee nehmen.

In der letzten Woche hatten sich die Schaufenster bei *HomeGoods* komplett gewandelt. Die herbstliche Thanksgiving-Deko war nach ganz hinten verbannt und mit fetten *Sale*-Schildern versehen worden. Nun grinsten einem wieder absolut gruselige Santa-Claus-Figürchen durch die Scheibe entgegen. Ein Schaudern durchfuhr mich.

Die Weihnachtszeit begann.

Bei dem Gedanken schnürte sich meine Kehle zu. Die schwierigste Zeit des Jahres stand mir bevor. Gott sei Dank hatte ich erst mal Urlaub und würde morgen früh den Flieger in ein süßes kleines Wellness-Resort in den Rocky Mountains nehmen. Auf und davon. All den Mist des letzten Jahres hinter mir lassen. Ausspannen. Verdrängen. Nein, vergessen. Das war es, was ich wollte. Mich trennte nur noch ein Dinner bei Mr. und Mrs. Spooky, aka. meinen superspießigen Großeltern, mit meiner sogenannten Mutter von purer Entspannung. Vier Wochen lang nichts tun und Massagen genießen. Ein Abendessen würde ich schaffen. Wie hatte meine Mutter gesagt, nachdem ich mir den Knöchel bei einem Eiskunstlauf-Turnier verknackst hatte? *Du reißt dich jetzt am Riemen und kneifst die Arschbacken zusammen. Die letzte Kür stehst du auch noch durch.*

Ich ließ den Blick über die Eisbahn schweifen, auf der sich so viele Menschen drängten, dass es ein Wunder war, nicht alle zwei Sekunden jemand stürzen zu sehen. Wahrscheinlich war es so voll, dass sich die stur im Kreis fahrende Masse dadurch selbst aufrecht hielt. Der grau verhangene Novemberhimmel erinnerte mich an meinen ersten Kuss. Den Geschmack von Fruchtkaugummis auf der Zunge, leicht schwitzige Hände, trotz der eisigen Kälte. Es war ein unschuldiger Kuss gewesen, den ich an jemanden verschenkt hatte, der mir eigentlich nichts bedeutete. Es ging um die Sache, nicht ums Gefühl. Der Typ war ein waschechter Badboy gewesen, drei Jahre älter, mit Tätowierungen und Motorrad. Wenn ich heute darüber nachdachte, musste ich fast lachen. So ein Klischee. Und doch war es traurig, wie verzweifelt ich versucht hatte, die Aufmerksamkeit meiner Mutter zu erlangen. Um jeden Preis.

Am Tag meines achtzehnten Geburtstages war ich ausgezogen und hatte von da an beschlossen, nur noch Dinge für mich zu tun. Nicht mehr von Karen Nicholson abhängig zu sein oder ihr etwas zu schulden. Und siehe da: Ich hatte mir einen Job in einem Café mit Blick auf das Rockefeller Center gesucht – das *Cinnabon* konnte ich sogar von hier aus sehen. Ich hatte es für mich getan. Ich hatte Marketingmanagement studiert. Auch für mich. Als ich für eine Freundin einsprang und auf der Gala einer angesehenen Anwaltskanzlei kellnerte, stolperte ich ausgerechnet in einen viel zu gut aussehenden, anzugtragenden Jurastudenten. Mit seinen silbrig glänzenden Augen und dem frechen Grinsen brachte er mich total aus dem Konzept, während er sich mit mir über die anderen spießigen Schlipsträger lustig machte. Obwohl er selbst dazugehörte. Aber irgendwie hatte er etwas an sich, etwas, das sagte: *Ich bin anders als die da. Ich bin so wie du. Ich verstehe dich.*

Alles an ihm gefiel mir viel zu gut. Das hätte mich schon damals stutzig machen sollen.

Ein Gutes hatte die Sache: Er sprach mit seinem Chef, organisierte mir eine Stelle in der Kanzlei und so kam es, dass ich wenige Wochen später meinen Job im *Cinnabon* kündigte. Statt der dunkelroten Schürze mit Kaffeeflecken trug ich fortan schicke Bleistiftröcke und Hosenanzüge. Die standen mir deutlich besser. Finanziell war der Jobwechsel ebenfalls eine echte Erleichterung. Der Geschäftsführer, Mr. Carlisle, war ein alter, knauseriger Mann, doch er mochte mich auf Anhieb. Dank ihm hatte ich eine realistische Chance, die Studiengebühren zu bezahlen, ohne über eine Privatinsolvenz nachdenken zu müssen. Durch den Wegfall der finanziellen Sorgen wurden sogar meine Noten besser. Es zeigte sich, ich konnte lernen. Ich konnte gut sein. Meine schlechten Schulnoten waren damals wohl nur ein verzweifelter Ruf nach Aufmerksamkeit gewesen. Ich zog mein Studium in der Regelzeit durch, lieferte stets gute Leistungen ab, arbeitete zunächst dreimal die Woche am Empfang der Kanzlei und dachte öfter, als mir lieb war an einen gewissen Anzugträger. Schlank, attraktiv, witzig.

Es war unmöglich, nicht an ihn zu denken, wo ich ihn jedes Mal sah, wenn er an meinem Tresen vorbeikam. Ein paar Monate später fand sich jemand Neues für den Empfang. Endlich durfte ich richtige Büroluft schnuppern und das Marketingteam unterstützen.

Bei der Erinnerung kroch Hitze meinen Hals hinauf, bis in die Wangen. Ich schloss die Augen. Dean war jemand, den meine Mutter vermutlich sogar gemocht hätte. Doch darum war es mir zu diesem Zeitpunkt Gott sei Dank schon nicht mehr gegangen. Er war anders. Er war ...

»Kat?«

Erschrocken zuckte ich zusammen und fuhr herum. Die trübe Nachmittagssonne blendete mich. Vermischt mit den schimmernden Lichterketten, die die Eislaufbahn säumten, war es mir beinahe unmöglich, die Augen offen zu halten. Nur deshalb fühlten sie sich plötzlich feucht an. Sicher. Nicht etwa wegen der vertrauten Stimme, die mir geradewegs den Boden unter den Füßen wegriss. Hastig blinzelte ich, um meine Sicht zu klären. Vielleicht hatte ich mich verhört.

»Kat?« Wieder seine Stimme. Dieses Mal direkt neben mir. Als ich nun auch noch eine warme Hand auf meiner Schulter spürte, zuckte ich umso heftiger zusammen.

»Dean!«, stieß ich überrascht aus und gab mir die größte Mühe, es unbekümmert klingen zu lassen. Was zur Hölle hatte er hier verloren? Das ganze letzte Jahr über war ich ihm kein einziges Mal über den Weg gelaufen. Zugegeben, ich hatte mich so gut es ging in meiner kleinen Wohnung eingeigelt, doch hin und wieder war ich schon einkaufen oder spazieren gewesen. Ich dachte, er wäre zurück nach Sugar Hill gezogen und hätte meine Heimatstadt wieder mir überlassen. Hätte New York hinter sich gelassen, ohne je zurückzublicken. New York und mich. Ihn jetzt hier zu treffen, als würde er ... als würde er noch hierhergehören, als wäre nichts geschehen, sorgte dafür, dass mein ganzer

Körper vor Überforderung kribbelte und mein Hirn Mühe hatte, diese Information zu verarbeiten.

Ich zwang mich zu einem Lächeln, musterte sein Gesicht. Sog jedes Detail auf und starrte dann wieder zur Eislaufbahn. Es war das erste Wochenende, an dem sie aufgebaut war. Ich kam jedes Jahr her und sah den Leuten zu, wie sie auf dem Eis mit ihren Kindern herumtollten und Pirouetten drehten. Wieso? Allein aus masochistischen Gründen. Anders konnte ich es mir nicht erklären.

»Wie geht es dir? Du ... du siehst gut aus.« Er lehnte sich mit den Unterarmen auf die Bande, die die Eisbahn eingrenzte. Ich musste ihn nicht einmal ansehen, um zu wissen, dass sein Blick auf mir ruhte. Innerlich schnaubte ich. Dean war so *nett*. Nein, höflich. Das war der richtige Ausdruck. Er war immer höflich, zuvorkommend und korrekt. Klar, er konnte mir schlecht sagen, dass ich beschissen aussah. Obwohl es der Wahrheit entsprach. Er hingegen sah perfekt aus. Wie immer. Genauso, wie ich ihn in Erinnerung hatte. Die hellbraunen Haare in einem akkuraten Kurzhaarschnitt. Kein Haar zu lang. Das Kinn glatt rasiert. Die dunklen Brauen ordentlich gezupft. Seine schimmernden stahlgrauen Augen, eingerahmt von der dunkelbraunen Hornbrille. Ein schwarzer Mantel über einem maßgeschneiderten Anzug mit blassblauem Hemd. Er war unfassbar attraktiv. All das hatte ich in dem Bruchteil der Sekunde, in der ich ihn angesehen hatte, registriert. Oder vermischten sich hier Erinnerungen mit der Realität?

Ich riskierte einen kurzen Seitenblick. Nein. Er *war* perfekt. Und ich hatte doch tatsächlich schon wieder den Fehler begangen, ihm in die Augen zu sehen. Unsere Blicke verhakten sich und mein Mund wurde trocken. Ein paar Herzschläge lang schwiegen wir. Die Geräusche um uns verstummten. Meine Sinne waren wie benebelt. Was passierte hier? Erst jetzt bemerkte ich den fragenden Ausdruck auf seinem Gesicht.

»Wolltest du etwas wissen?«

»Hm?« Er blinzelte, als hätte ich ihn mit meiner Frage ebenfalls von ganz weit weg zurückgeholt. »Äh ja, richtig. Ich habe gefragt, wie es dir geht.«

»Oh.« Ich räusperte mich. »Gut!«

Er kaufte mir diese miserable Lüge sicher nicht ab. Dafür kannte er mich einfach zu gut. Wobei sich mir die Frage aufdrängte, ob er mich wirklich noch so gut kannte. Ich hatte mich verändert. Das letzte Jahr hatte mich verändert. Die Stille, die sich nun zwischen uns ausdehnte, war unangenehm. Ihn anzusehen, tat weh. Doch ihn nicht anzusehen, tat noch viel mehr weh.

»Ich bin seit ein paar Tagen wieder mal in der Stadt«, begann er. »Hatte noch einige Besprechungen in der Kanzlei und hab die letzten Weihnachtseinkäufe erledigt, bevor es wieder nach Hause geht.« Er deutete auf zwei große Papiertüten neben sich.

Nach Hause.

Es schmerzte, zu wissen, dass New York nicht mehr sein Zuhause war.

»Hm. Schön, schön«, sagte ich, weil ich nicht wusste, was ich sonst darauf antworten sollte.

»Ach, und heute Abend ist eine Gala von der Arbeit aus. So eine Art Weihnachtsfeier. Kommst du auch?«

»Wieso sollte ich?«, fragte ich und erschrak selbst über meinen scharfen Tonfall.

»Na ja, du hast auch einige Jahre bei uns gearbeitet. Hast du keine Einladung bekommen?«

»Nein.« *Doch.* Sie war letzte Woche per Post eingetrudelt und ich hatte sie nach dem Öffnen direkt in den Mülleimer befördert.

»Seltsam. Da ist wohl etwas schiefgelaufen.«

Ich wurde hellhörig. Hatte er womöglich angeordnet, dass ich eine Einladung bekommen sollte?

»Normalerweise bekommen auch Ehemalige eine Einladung, wenn sie sich nicht gerade im Streit von der Kanzlei getrennt haben.« Während er sprach, gestikulierte er vage mit seinen Händen, was mich erneut aus dem Konzept brachte. Was gäbe ich dafür, dass diese Hände sanft über meine Wangen strichen und langsam zu meinem Hals hinabglitten? Als die Bedeutung seiner Worte zu mir durchgedrungen war, spürte ich einen kleinen Anflug von Enttäuschung in meinem Brustkorb.

»Ah, okay. Jedenfalls werde ich trotzdem nicht zur Gala kommen.«

»Solltest du aber.« Fragend zog ich die Augenbrauen hoch. »Ich fänd's schön, wenn du kommen würdest.«

Da war es wieder, das verräterische Flattern in meinem Herzen. Ich musste diese Konversation schleunigst beenden.

»Wie würde das denn rüberkommen, so ganz ohne Einladung?«, fragte ich schnaubend.

»Du könntest ja mit mir kommen. Als meine Begleitung.«

Das Flattern in meiner Brust verwandelte sich in Hitze, als er mich mit seinen intensiven grauen Augen ansah.

»Was ist mit Louisa? Gehst du nicht mit ihr hin?«

Jetzt machte sich Verwirrung in seinem Gesicht breit. »Kat, du weißt schon, dass Louisa und ich nicht mehr zusammen sind, oder?«

Ich musste mich ganz stark zusammenreißen, dass mir nicht die Kinnlade runterklappte. Stattdessen biss ich mir auf die Unterlippe und senkte den Blick. »Wusste ich bisher nicht. Tut mir leid.«

Das schlechte Gewissen, das ich das letzte Jahr krampfhaft zu verdrängen versucht hatte, kam gerade winkend auf einem pinken Fahrrad an mir vorbeigedüst.

»Kat«, wisperte Dean und streckte die Hand nach meiner aus, doch ich zog sie zurück. Seine Hand sank wieder nach unten. »Da ist nichts, wofür du dich entschuldigen müsstest. Also tust du mir den Gefallen und begleitest mich zur Gala?« Seine Stimme klang so sanft. Es war verlockend, einfach Ja zu sagen. Einen Abend an Deans Seite zu verbringen. Sich für ein paar Stunden im Licht seiner

Aufmerksamkeit zu sonnen und Wärme zu tanken. Aber es ging nicht. Ich straffte die Schultern. *Arschbacken zusammenkneifen, Katherine.*

»Ich kann nicht. Ich hab was vor.«

»Oh, okay. Schade.«

Ich nickte, klopfte ein paar imaginäre Schneeflocken von meinem schwarzen Mohair-Mantel und trat einen Schritt zurück. »Ja, total. Na ja, war schön, dich mal wieder gesehen zu haben, Dean.«

Ohne eine Antwort abzuwarten oder ihm noch einen Blick zuzuwerfen, drehte ich mich auf meinen Penny-Absätzen um und ging schnellen Schrittes davon. Das hieß, so schnell es eben ging, denn natürlich war am ersten Adventswochenende vor dem Rockefeller Center nicht gerade wenig los. Zu meiner Erleichterung hörte ich Dean nicht noch einmal nach mir rufen. Ich hatte ihn abgeschüttelt. Wie lange würde ich brauchen, um diese kurze Begegnung zu verarbeiten? Eine Lavastein-Massage und einen großen Gin Tonic? Vielleicht auch zwei ...

Als ich die Menschenmassen und die kitschigen Weihnachtsmarktstände hinter mir gelassen hatte, blickte ich über die Schulter, nur um sicherzugehen, dass er mir wirklich nicht folgte. Die Erkenntnis erfüllte mich wider Erwarten nicht mit Freude, sondern versetzte mir einen Stich direkt in die Brustgegend. Ich schluckte schwer und beschleunigte mein Tempo.

Früher war ich diesen Weg fast täglich gelaufen. Vom Rockefeller Center zu meinem ehemaligen Zuhause, in dem ich mit meinem Ex-Freund Allec gewohnt hatte, war es zwar ein gutes Stück, doch ich hatte es gemocht, die Strecke nach Feierabend zu laufen. Dass mich die Begegnung mit Dean mehr aus der Bahn geworfen hatte, als ich zugeben wollte, fiel mir erst auf, als ich schon eine gute Meile in die Richtung des hellblauen Reihenhauses gelaufen war. Richtig, ich wohnte dort ja gar nicht mehr. Meine neue Wohnung lag in Hell's Kitchen. Das war tatsächlich ein Stadtteil in New York. Ohne Scheiß. Eigentlich war es ein schönes und offenherziges Künstlerviertel, aber ich fand es trotzdem ironisch, dass ausgerechnet dort Anfang des Jahres eine Wohnung frei geworden war, die ich mir allein leisten konnte.

Ich wollte gerade an die Straße herantreten, um mir ein Taxi zu nehmen, als ich mein Handy in der Manteltasche vibrieren spürte. Ein Blick aufs Display verriet mir, was mich erwartete, ehe ich den Anruf annahm.

»Was willst du?« Ich hob den Arm und kurz darauf kam ein Taxi vor mir zum Stehen.

»Katherine? Wo bist du?«, tönte die spitze Stimme meiner Mutter durch den Hörer. Ich sprang auf die Rückbank des Taxis und wisperte dem Fahrer meine Adresse zu. »Was hast du gesagt?«

»Nichts. Ich habe nicht mit dir geredet, Mutter.«

»Mit wem redest du dann, wenn wir gerade telefonieren?«

Ich verdrehte die Augen. »Gibt es etwas Wichtiges oder willst du einfach nur wissen, wie weit ich meine Augen verdrehen kann, ohne dass sie mir rausfallen?«

Stille. Ich konnte mir regelrecht vorstellen, wie sie vor Empörung den Mund auf und zuklappte. Ratlos, was sie auf solch eine Frechheit erwidern sollte. Zugegeben, das gab mir ein wenig Genugtuung.

»Du sollst nicht immer so frech sein. Du bist eine erwachsene Frau!«

»Aha«, brummte ich. Zehn Sekunden würde ich ihr noch geben. Wenn sie bis dahin immer noch nicht mit der Sprache rausgerückt war, was sie von mir wollte, würde ich auflegen.

»Denkst du an das Essen heute Abend bei deinen Großeltern?«

Ach so, daher wehte der Wind. Sie hatte Angst, dass ich sie vor ihren Eltern blamierte, indem ich mit Abwesenheit glänzte.

»Denke den ganzen Tag an nichts anderes.«

»Hast du Blumen?«

»Nein.«

»Katherine, so habe ich dich nicht erzogen!«, tadelte sie mich.

»Stimmt, denn du hast mich eigentlich gar nicht ...« Ich biss mir auf die Zunge, um den Satz nicht zu Ende zu führen, aber wir wussten beide, wie er geendet hätte. Jetzt fragte sie sich sicher wieder, womit sie so eine ungezogene Tochter verdient hatte. Und ich fragte mich, womit ich so eine lieblose Mutter verdient hatte.

»Wie dem auch sei«, fuhr sie fort. »Der Fahrer holt dich um sechs Uhr ab. Ich sag ihm, dass er vorher noch Blumen für dich kaufen soll.«

»Oh, wie lieb von dir«, säuselte ich in den Hörer. Der Taxifahrer warf mir einen belustigten Blick durch den Rückspiegel zu. »Nur sehe ich Pete nicht auf *diese* Weise, Mom.«

Meine Mutter schnaubte. »Ich werde auf dieses kindische Verhalten nicht eingehen, Katherine. Ich denke, es ist alles gesagt. Wir sehen uns dort.«

»Wer verhält sich hier ...«

Tuut-tuut-tuut. Verdammt! Sie hatte aufgelegt und damit das letzte Wort gehabt. Ich hasste es.

Als der Wagen wenige Minuten später vor meinem Wohnkomplex zum Stehen kam, lehnte ich mich nach vorne, um den Fahrer zu bezahlen. Ich verließ das Auto und schirmte mein Gesicht mit der Hand vor dem nasskalten Schneeregen ab. Es schien, als hätte sich der Himmel noch nicht für Regen oder Schnee entschieden und bot stattdessen mal beides an. Mit jedem eisigen Tropfen klebten meine langen dunklen Haare mehr an meinem Kopf, während ich in meiner schwarzen Shopper Bag nach meinem Schlüssel kramte. Fantastisch. Jetzt musste ich auch noch duschen. In einer halben Stunde würde schon der Fahrer meiner Mutter vor der Tür stehen. Im Hausflur grüßten mich Elaine und Tish, die gerade aus ihrer Wohnung im Erdgeschoss kamen.

»Sorry, ihr beiden. Hab's eilig!«, rief ich, während ich die Treppe nach oben rannte. Normalerweise war ich immer für einen Plausch mit den beiden zu haben. Sie waren nur ein paar Jahre älter als ich und hatten mich Anfang des Jahres mit offenen Armen in diesem Wohnkomplex aufgenommen. Durch sie wusste ich, dass Prajit aus der 4D sonntags immer Curry kochte und dass man, wenn man ihn im Hausflur freundlich grüßte, gute Chancen hatte, die Reste angeboten zu bekommen, wenn er zu viel gekocht hatte. Was so gut wie immer der Fall war. Durch meine beiden Nachbarinnen hatte ich so einiges an Insiderwissen über die anderen Bewohner erhalten, was mich an manchen Tagen zum Kichern gebracht und mir an anderen Tagen regelrecht den Arsch gerettet hatte.

Oben angekommen, sperrte ich die Wohnungstür auf, drückte sie wieder ins Schloss, nachdem ich eingetreten war, und lehnte mich einen Moment dagegen.

Kurz durchatmen.

Und weiter.

Ich sprang unter die Dusche, genoss für ein paar Minuten das heiße Wasser, das mir auf die Schultern prasselte und mich aufwärmte. Während ich wenig später im Schlafzimmer nach etwas zum Anziehen suchte, rubbelte ich mir die Haare trocken. Schwarze Jeans, schwarzer Rollkragenpullover, dazu die großen Perlenohrringe, die Großmutter mir vor ein paar Jahren zu Weihnachten geschenkt hatte. Ich könnte mich selbst verfluchen, dass ich mich ihrem Willen beugte und die verdammten Dinger zu Anlässen trug, bei denen ich ihr begegnete. Aber sonst würde sie sich nur wieder beschweren. Die Klingel schrillte durch meine Wohnung.

»Komme«, rief ich, obwohl ich wusste, dass mich der Fahrer definitiv nicht bis unten auf der Straße hören konnte. Ich schlüpfte noch schnell in meine schwarzen Lederboots.

Ausnahmsweise mal keine Absatzschuhe. Mein kleiner Ausflug zum Rockefeller Center hatte mir gezeigt, dass ich mich bei dem ganzen Schneematsch auf den Straßen langsam von meinen hohen Hacken verabschieden musste. Auch die kurze Dusche hatte nicht ausgereicht, um meine von der Kälte durchfrorenen Füße wieder aufzuwärmen. Ich brauchte jetzt etwas Warmes, etwas zum Wohlfühlen. Hastig lief ich nach unten und stieg in das wartende Auto vor der Haustür ein.

»Hey, Pete«, grüßte ich den Fahrer meiner Mutter. Ich schätzte ihn auf Mitte Ende fünfzig, für sein Alter hatte er sich echt gut gehalten. Ich erwischte mich bei dem Gedanken, wie selbst Pete mir als Stiefvater lieber wäre als Haiden McFadden. *Würg.* Insgeheim nannte ich ihn immer *McArschkriecher.*

Ach, das würde wieder toll werden heute Abend.

Die zwanzigminütige Fahrt zur Upper East Side nutzte ich, um ein wenig Make-up aufzutragen und mit Pete zu plaudern. Als wir bei dem vierstöckigen Koloss von Reihenhaus meiner Großeltern ankamen (ja richtig, vierstöckig!), kam Pete um das Auto herum und öffnete mir die Tür. Ich hatte ihm zwar schon oft gesagt, dass er das nicht tun musste, doch er bestand darauf. Zu allem Überfluss reichte er mir einen überdimensionalen Blumenstrauß. Er bestand aus weißen Rosen, Nelken, zartgelben Lilien und ebenfalls weißen blumigen Schneebällen, deren unbekannter Duft mir in der Nase kitzelte.

»Einen größeren hast du nicht finden können, oder?«, scherzte ich und verdrehte die Augen.

»Anweisung Ihrer Mutter.«

Ich nickte knapp. »Schon klar. Danke trotzdem.« Ich drehte mich auf dem Absatz um und steuerte auf das Messingtor zu, als mir etwas einfiel. »Pete, bist du noch anderweitig eingespannt heute Abend oder kann ich dich anrufen, wenn mir das hier bei Frankensteins alles zu viel wird?«

Er lachte auf. »Sie können mich jederzeit anrufen, Ms. Nicholson.«

»Du bist der Beste!« Grinsend warf ich ihm einen Luftkuss zu und er schüttelte belustigt den Kopf, während er zurück in den Wagen stieg.

Nun stand ich vor dem großen weißen Haus und blickte daran empor, und mit einem Mal war mir gar nicht mehr nach Grinsen zumute. Ich schluckte. Mit jedem Schritt, den ich auf das Haus zu tat, kam mir der Blumenstrauß schwerer vor. Es widerte mich an, dass meine Großeltern zu zweit in so einem riesigen Haus lebten, während sich in meinem Wohnkomplex eine sechsköpfige Familie eine Zweizimmerwohnung teilen musste, weil etwas anderes einfach unbezahlbar war. Der Wohnraum war in New York ohnehin begrenzt, und Menschen wie meine Großeltern und ihre reichen Freunde verschlimmerten das Ganze maßgeblich. Ich fühlte mich jetzt schon wie eine Katze, die man entgegen der Fellrichtung streichelte.

Die dunkle Holztür wurde geöffnet, noch ehe ich das dritte Mal klopfen konnte.

»Katherine«, hörte ich eine vertraute, schrille Stimme hinter dem Blumenstrauß. Ich senkte den Strauß und grinste gezwungen darüber hinweg.

»Hallo, Großmutter, die sind für dich.«

Nachdem ich den Begrüßungssekt im Kaminzimmer über mich ergehen lassen hatte, pilgerten wir ins Esszimmer. Großvater an einem Tischende, Großmutter am anderen. Mom gegenüber von mir und McArschloch neben ihr. Der Platz zu meiner Linken war schon immer frei gewesen. Leider hatte ich keine blutsverwandten Leidensgenossen wie zum Beispiel Geschwister, mit denen ich diese Farce zusammen durchstehen konnte.

Haiden hatte es sich natürlich nicht nehmen lassen, meiner Großmutter den Stuhl zurechtzurücken und meinem Großvater seine Bewunderung für die ausgezeichnete Wahl des Weins zum Essen auszusprechen. Ich nippte an eben diesem Wein und schlürfte extra laut, sog ihn zwischen meinen Zähnen hindurch und schob ihn von einer Seite zur anderen.

»Katherine«, mahnte meine Mutter zischend. Sie trug wie so oft eines ihrer kratzigen, karierten *Chanel*-Kostüme.

Ich musste mich zusammenreißen, nicht laut loszulachen, ehe ich den mittlerweile warmen Wein hinunterschluckte. Vermutlich hatte es ohnehin niemand außer meiner Mutter mitbekommen, doch das reichte mir völlig.

»Was? Warst du noch nie bei einer Weinprobe? Das machen da alle so«, entgegnete ich lammfromm.

Jetzt war sie an der Reihe, die Augen bis zum Anschlag zu verdrehen. Ich mochte es nicht, dass ich das mit ihr gemein hatte. Allerdings war es mehr als bezeichnend für unsere Beziehung, dass *das* vermutlich unsere einzige Gemeinsamkeit war.

»Katherine, wie läuft es in der Kanzlei?«, fragte mein Großvater, während die Bediensteten die Vorspeise auftischten.

»Äh, gut.« War ja nicht einmal gelogen. Die Kanzlei lief bestimmt gut. Nur eben ohne mich. Für einen Moment verlor ich jegliche Kontrolle über meine Gesichtszüge, als ein Teller vor mir abgestellt wurde. Was zur Hölle! War das etwa eine Nacktschnecke?

»Makrele mit knuspriger Hühnerhaut an Zwiebelconfit mit Makrelenhaut«, verkündete einer der Kellner. Ich warf meiner Mutter einen angewiderten Blick zu. Da wären mir Nacktschnecken ja fast lieber gewesen.

Der restliche Abend war wie immer gefüllt von stocksteifen Gesprächen und mir, die versuchte, möglichst unauffällig das ekelhafte Essen auf meinem Teller von links nach rechts zu schieben. Bei diesen Abendessen ernährte ich mich hauptsächlich von der Salatdeko und Brotstangen, die in der Mitte des Tisches standen. Nachdem ich auch den verschwindend kleinen Nachtisch, der so etwas wie

Zitronenparfait und damit sogar ganz lecker war, hinter mich gebracht hatte, zog sich mein Großvater wie immer mit McAffenarsch in sein Jagdzimmer zurück. Sie taten stets so, als würden sie dort irgendwelche weltherrschaftlichen Dinge besprechen, was ich stark bezweifelte. Meist gesellten sie sich eine halbe Stunde später wieder zu uns, umnebelt von dem Gestank nach Zigarren und teurem Whiskey.

Möglichst unauffällig fischte ich mein Handy aus der Handtasche und tippte eine SOS-Nachricht an Pete. Die Antwort kam wenige Sekunden später.

Bin in 15 Minuten da, Ms. Nicholson.

Erleichtert atmete ich auf, als plötzlich ein gemurmeltes Gespräch meine Aufmerksamkeit auf sich zog. Ich sah vom Handy auf, schielte zu meiner Großmutter, die sich auf den nun freien Platz neben meiner Mutter gesetzt hatte und ihr durch die dunklen schulterlangen Haare strich. »Mit Haiden haben wir dir damals wirklich eine gute Partie ausgesucht, findest du nicht auch, Kind?«

Irgendwie war der Anblick surreal, weil ich nicht leugnen konnte, dass die ungewohnt liebevolle Geste und die Worte meiner Großmutter meine sonst so unterkühlte Mutter tatsächlich wie ein Kind wirken ließen. Bevormundet von ihrer Mutter, genau wie ich.

»Nicht hier«, mahnte Karen sie.

»Jetzt stell dir mal vor, wir hätten mit diesem Tölpel an diesem Tisch sitzen müssen. Mit *ihm* wäre dein Vater sicher nicht in sein Jagdzimmer gegangen.« Meine Mutter straffte die Schultern.

Ich wurde hellhörig. Ging es hier gerade um meinen leiblichen Vater? Karen verzog das Gesicht. Ich kannte diesen Ausdruck nur allzu gut. Weil er sonst immer mir gewidmet war. Ihr gefiel nicht, was ihre Mutter da sagte. »Stell dir vor, was aus Katherine geworden wäre, wenn *er* sie erzogen hätte.«

Ich kniff die Augen zusammen. Es ging nie um meinen Vater. Jegliche Gespräche rund um dieses Thema wurden seit jeher gemieden und abgeblockt. Als würde sie spüren, dass ich sie ansah, zuckte Karens Blick kurz zu mir. Ertappt räusperte sie sich.

»Wollen wir wieder ins Kaminzimmer gehen?«, fragte sie an meine Großmutter gerichtet und bedeutete ihr mit einem kaum merklichen Nicken in meine Richtung, dass ich der Grund war, wieso das Gespräch unterbrochen wurde.

»Großmutter?« Ich ergriff meine Chance. Vielleicht hatte sie schon genug getrunken und war dadurch redseliger.

»Ja, Liebes?«

»Wieso denkst du, dass Großvater nicht mit meinem Vater ins Jagdzimmer gegangen wäre?« Ich musste meine Fragen geschickt formulieren. Zu oft hatte ich zu direkt nach ihm gefragt. Wollte einen Namen wissen. Doch damit hatte ich bisher nie Erfolg gehabt.

Sie schnaubte. »Kindchen, dein Vater war selbst ein halbes Tier.«

Was sollte das nun wieder heißen?

Meine Mutter senkte den Blick. Sie wirkte traurig und beschämt.

»Er war ...« Meine Großmutter schien nach den richtigen Worten zu suchen. »Er war ...« Sie gluckste, was mir zeigte, dass sie definitiv zu viel Wein getrunken hatte.

»Er war was?« Auch wenn es schmerzhaft werden könnte, ich musste weiterbohren.

»Nicht sehr zivilisiert.«

»Mateo war ein anständiger Mann, Mutter!«

Ich traute meinen Ohren kaum. Mateo? Mein Vater hieß Mateo? Und sie verteidigte ihn? Ich verstand die Welt nicht mehr. In mir brach etwas auf. Nein, ein Knoten löste sich, von dem ich nicht einmal gewusst hatte, dass er da gewesen war. Gleichzeitig fühlte ich mich so verletzlich. Es war, als hätte meine Mutter ein Pflaster abgerissen, das all die Jahre kläglich versucht hatte, diese Wunde zu verschließen.

Wieso war er fortgegangen?

Mein ganzes Leben lang hatte sie dichtgemacht. Mich allein durch den Nebel der Unwissenheit waten lassen. Doch dieser Name, *sein* Name, erhellte die Dunkelheit wie ein Blitz für den Bruchteil einer Sekunde und ließ mich hoffen, dass es einen Weg gab. Einen Weg, der mich zu einer liebevollen Familie führen würde. Es schmerzte, den Namen meines Vaters auf diese Art zu erfahren. Aufgebracht und nur, weil sich meine Mutter in die Enge gedrängt gefühlt hatte.

Wieso hatte er uns im Stich gelassen?

Seit ich wusste, dass Haiden nicht mein leiblicher Vater war, hatte ich mir nichts sehnlicher gewünscht, als dass meine Mutter mich in den Arm nehmen und mir alles über meinen richtigen Vater erzählen würde. Alles, was ich über ihn wissen wollte. Und vor allem eine Frage beantworten würde. Die eine Frage, die mir am dringendsten auf der Seele brannte: Wieso wollte er mich nicht in seinem Leben?

»Mom?«, wisperte ich und jetzt war ich diejenige, die sich ganz klein fühlte. Wie ein Kind. Ich schlang die Arme um meinen Oberkörper. Sofort zog sie ihre Zugbrücke wieder hoch und verschloss sich vor mir. Sie winkte ab, stand auf und ging ins Kaminzimmer. Ich wusste, dass ich heute nichts mehr aus ihr herausbekommen würde und sosehr ich es auch ausnutzen wollte, dass meine Großmutter offenbar betrunken genug war, um mir mehr über meinen Vater zu erzählen, so unsicher war ich, ob ich wirklich *ihre* Version der Dinge hören wollte. Mein Handy vibrierte auf meinem Schoß.

Ich stehe vor dem Tor.

Die ganze Fahrt über sagte ich kein Wort. Die Gedanken flogen nur so durch meinen Kopf. *Mateo. Mateo …* Ließ sich anhand des Namens etwas über seine Herkunft schließen? Konnte ich ihn googeln? Wohl eher nicht.

In meiner kleinen Wohnung angekommen, war ich so durch den Wind, dass ich immer wieder zwischen Couch und Küchenzeile auf und ab lief. Auf einmal blieb mein Blick an etwas silbrig Glänzendem unter meiner Spüle hängen.

Silbrig glänzend, genau wie Deans Augen.

Mein Herzschlag beschleunigte sich. Am liebsten würde ich ihm von dem Abendessen bei meinen Großeltern erzählen. Auch als ich noch mit Allec zusammen war, waren es schon immer eher Louisa oder Dean gewesen, denen ich mich anvertraut hatte. Nun, Louisa fiel definitiv weg, aber Dean … Ich schluckte. Würde er mir zuhören? Wäre er für mich da? So wie früher?

Ich bückte mich, griff in den Papiermülleimer und fischte die Einladung zur Weihnachtsfeier von der Kanzlei heraus. Dabei merkte ich, wie all die lauten Gedanken, die durch meinen Kopf kreisten, gegen meine Schädeldecke wummerten. Vielleicht würde es mir helfen, den Kopf für heute Abend freizubekommen. Nach einem Jahr Funkstille zwischen Dean und mir war es womöglich nicht die beste Idee, ihn direkt mit solch einem schweren Thema zu überfallen. Doch Gratisdrinks und die Aussicht auf Ablenkung waren ein Pluspunkt für die Gala. Nachdenklich betrachtete ich die Karte, lief ins Schlafzimmer und nahm mein liebstes schwarzes Kleid aus dem Schrank.

Lang, eng anliegend, rückenfrei. Stilvoll, gewagt, ein wenig sexy, aber nicht zu sehr.

Trag mich, Kat. Du wirst dich gut fühlen, wenn du mich trägst. Es ist viel zu lange her, säuselte mir das Kleid gedanklich zu.

Und scheiße noch mal, dieses Kleid hatte recht!

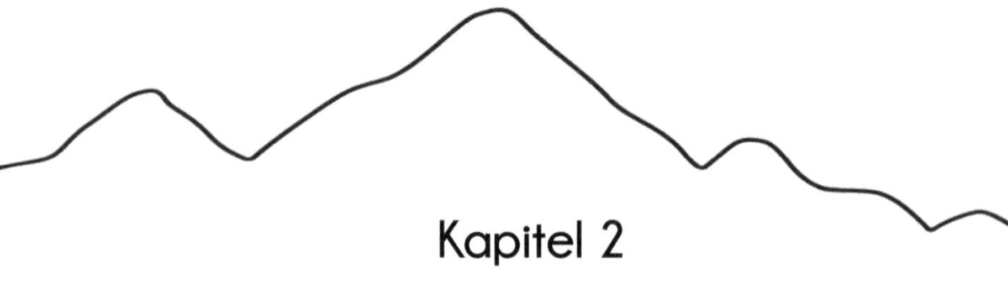

Kapitel 2

DEAN

»Louisa? Hörst du mich?« Ich schaltete mein Handy auf Lautsprecher und legte es neben dem Waschbecken ab. In der Leitung knackte es. Dann wurde eine Autotür zugeschlagen und ihre Stimme klang wieder ganz nah.

»Jap, bin gerade nach Hause gekommen. Ich musste noch was beim Supermarkt einkaufen für die Torte, die ich morgen früh fürs Adventsfrühstück backe.«

Ich schmunzelte, während ich meine Haare erst mit dem Handtuch trocken rubbelte, um es mir anschließend um die Hüften zu schlingen. »Was gibt's für eine?«

Ein Rascheln war zu hören und ich stellte mir vor, wie sich meine Ex-Frau ihre dicke Winterjacke im Hausflur abstreifte. »Lebkuchenböden mit Vanille-Buttercreme und ein zimtiges Apfel-Birnenkompott als Fruchteinlage. Dachte, ich mache etwas Weihnachtliches. Ist ja schließlich schon fast Dezember.« Sie ächzte, als würde sie einen schweren Gegenstand hochheben oder abstellen.

»Klingt gut. Meinst du, du kannst mir ein Stückchen sichern?«

Louisa lachte. »Kommt drauf an, wann du morgen hier eintriffst.«

»Planmäßig werde ich nachmittags in Sugar Hill ankommen. Aber hey, du könntest ja einfach direkt ein Stück abschneiden und zu Hause in den Kühlschrank stellen.«

»Pfff, wie würde das denn aussehen? Die Bäckerin hat sich erst mal selbst ein Stück gegönnt und bringt einen angeschnittenen Kuchen mit in die Kirche?« Sie verstellte die Stimme, um einen der Dorfbewohner nachzuäffen.

Ich wollte gerade zu einem Gegenargument ansetzen, als ich Marvin, meinen mittlerweile sechsjährigen Sohn, im Hintergrund plappern hörte. Seit Louisas und meinem Streit im letzten Dezember lebten die beiden in Sugar Hill. Marvin fühlte sich dort so wohl, dass für uns relativ bald klar gewesen war, dass er dort hingehörte. Genauso wie Louisa. Und wo meine Familie zu Hause war, war ich ebenfalls zu Hause. Ich hatte ein Haus im Nachbarort gekauft und im letzten Jahr zusammen mit meinem Bruder angefangen, es zu renovieren, wobei John als Schreiner da deutlich begabter war als ich. Aber es ging um die Sache an sich, dass wir ein gemeinsames Projekt hatten und zusammenarbeiteten. Uns wieder annäherten. Mit dem Tod unseres Vaters hatten wir uns voneinander entfernt, was vor allem meine Schuld gewesen war. Die letzten Jahre hatte ich meine Mom und ihn von mir gewiesen. Hatte all den Schmerz verdrängt, doch im letzten Jahr hatte ich daran gearbeitet und mich verbessert.

»Ist das Daddy?«, hörte ich Marvin fragen.

»Hey, Dean, hier ist jemand, der dich gern sprechen würde«, sagte Louisa. Sofort hellte sich meine Miene auf und ich stellte den Lautsprecher aus. Presste mein Handy fest ans Ohr, damit ich seine zarte Stimme noch besser hören konnte.

»Na, mein Großer, wie geht's dir?« Ich drehte mich vom Badezimmerspiegel meines Hotelzimmers weg und lehnte mich mit der Hüfte an den Waschtisch.

»Gut! Ich und Onkel John haben gerade Schokoeis gegessen«, rief er in den Hörer. Ich hörte Louisa im Hintergrund nach Luft schnappen und musste lachen.

»Du meinst *Onkel John und ich?* «, korrigierte ich ihn.

»Äh, was? Habt ihr auch Eis zusammen gegessen?«

Grinsend rieb ich mir über die Stirn. Was hatte ich mir nur dabei gedacht, ihn verbessern zu wollen? »Das klingt toll«, sagte ich, bemüht, nicht zu lachen. »Und sag mal, freust du dich, wenn ich morgen nach Hause komme? Dann kauf ich dir noch ein vieeeel größeres Eis als Onkel John.«

»Jaaaa!«, jubelte er und ich freute mich, obwohl ich wusste, dass das nicht sehr reif war. Ich gab mein Bestes, damit klarzukommen, dass meine Ex-Frau und High-School-Freundin Louisa inzwischen mit meinem kleinen Bruder zusammen und mein Sohn die meiste Zeit bei ihnen war. Aber manchmal spürte ich da so ein fieses Stechen in meinem Bauch und gerade war wieder so ein Moment. Ich war verdammt noch mal eifersüchtig auf meinen Bruder, dass er das Leben lebte, das ich aufgebaut hatte. Obwohl ich wusste, dass es nicht fair war. Louisa und ich hatten viele Gespräche darüber geführt und wir waren uns einig, dass es besser so war. Wir liebten uns, aber mehr als Freunde. Als Familie. Allerdings nicht so, wie es als Paar sein sollte.

Dass ich nun auch noch eine tiefere, mir mehr als vertraute Stimme im Hintergrund murmeln hörte, die vermutlich der Auslöser für Louisas Gekicher und Gequietsche kurz darauf war, machte das Gefühl in meiner Magengrube nicht gerade besser. Ich atmete tief durch und versuchte, mich wieder auf das Gespräch mit meinem Sohn zu konzentrieren.

»Wie war die Woche im Kindergarten? Was habe ich verpasst?« Theoretisch hätte Marvin schon seit dem Sommer in die Schule gehen können, doch aufgrund des Umzugs und der familiären Veränderungen hatten wir entschieden, ihm noch ein Jahr mehr Zeit zu geben. Damit er es locker angehen lassen und im Kindergarten neue Freundschaften schließen konnte.

»Hm, dies und das«, murmelte er geschäftig. »Kalsey und ich haben einen Schneemann gebaut. Dann kam Tony und hat ihn kaputt gemacht.«

»Oh«, entwich es mir überrascht, während ich mich bemühte, weiterhin ernst zu klingen. Es war einfach zu niedlich, wenn er so erwachsen sprach. »Und was ist anschließend passiert?«

»Kalsey hat ihn gehauen und wurde von ihrer Mom abgeholt.«

»Oh«, wiederholte ich. Damit hatte ich jetzt nicht gerechnet.

»Außerdem haben wir noch so Sterne für das Fenster gebastelt. Als Überraschungsweihnachtsgeschenk für die Eltern.«

»Marvin«, mahnte ich lachend. »Das darfst du doch nicht sagen, wenn du mit mir telefonierst und Mommy neben dir steht.«

»Upsi.« Er kicherte.

»Was habe ich hier mit Überraschung gehört?«, fragte Louisa neben ihm und nahm das Handy wieder an sich.

»Wenn du es nicht genau verstanden hast, sag ich nichts. Meine Lippen sind versiegelt. Damit wenigstens noch einer von uns überrascht ist.« Ich schaltete sie wieder auf Lautsprecher und warf mein Handy auf das gemachte Kingsize-Bett, während ich das Handtuch von meinen Hüften löste und in frische Boxershorts schlüpfte.

»Na gut.« Durch den Hörer klang ihre Stimme blechern. Ich betrachtete den Smoking, den ich gestern extra zum Aufbügeln für die Gala in die Reinigung hatte bringen lassen. Nun hing er auf einem Bügel, in eine Plastikfolie eingehüllt, an dem Schrank in meinem Hotelzimmer. Das letzte Jahr hatte ich mich bei der Arbeit zurückgezogen. Ich war nur noch selten selbst vor Gericht. Inzwischen fungierte ich eher als juristischer Berater und das konnte ich genauso gut von Sugar Hill aus machen, beziehungsweise dem Nachbarort Honey Daze, in dem mein Haus stand. Einmal im Monat flog ich für drei Tage nach New York, um ein paar Dinge persönlich mit den Kollegen zu besprechen. Für diese Zeit stellte mir die Kanzlei ein Hotelzimmer in der Nähe. Obwohl es nicht das Gleiche war, wie in den eigenen vier Wänden zu leben, konnte ich mich nicht beklagen. Es war ein schönes großes Zimmer in einem Fünfsternehotel.

»Du, Louisa?« Bäuchlings warf ich mich auf das Bett und betrachtete ihr Profilfoto, das auf meinem Handy aufleuchtete. Es zeigte sie und Marvin beim Plätzchenbacken in der Küche. Ein Schnappschuss von letztem Jahr kurz nach Weihnachten.

»Hm?«

»Kannst du ... Also, können wir einen Moment allein reden?«

Einen Moment herrschte Stille und die Hintergrundgeräusche von Marvin und John wurden leiser.

»Bin ins Badezimmer gegangen. Ist was passiert?« Sie senkte die Stimme.

»Ja, irgendwie schon. Ich hab Kat gesehen.«

»Was? Wo? Wie? Habt ihr euch getroffen?«, fragte sie und klang dabei so aufgebracht, dass sich ihre Stimme fast überschlug.

»Nicht verabredet. Ich hab sie zufällig vorm Rockefeller Center getroffen. Sie stand bei der Schlittschuhbahn und ich bin zu ihr gegangen.«

»Und?«

Ich wusste, was sie fragen wollte. Kat war in den letzten Jahren Louisas beste Freundin gewesen. Und dann war sie plötzlich einer der Auslöser gewesen, warum Louisa New York so plötzlich verlassen hatte. Die Umstände waren ungünstig gewesen, sodass Louisa dachte, ich hätte sie mit ihrer besten Freundin betrogen und Kat zu allem Überfluss auch noch geschwängert. Es stimmt zwar, dass Kat und ich uns geküsst hatten – aber das war schon Jahre her und ich hatte nicht mit ihr geschlafen. Am liebsten würde ich gar nicht mehr darüber nachdenken, weil das alles ein riesengroßes Schlamassel war.

Dennoch war es Louisa nicht egal, wie es Kat ging. Leider hatte keiner von uns sie das letzte Jahr über erreicht. Sie hatte uns beide blockiert oder ihre Nummer geändert. Jedenfalls schienen unsere Nachrichten nicht anzukommen. Anfang des Jahres war ihre Kündigung per Post in der Kanzlei eingetrudelt, sodass ich sie auch dort nicht mehr sah. Ich hätte ihren Freund Allec nach ihr fragen können, doch während der Feiertage in Sugar Hill erreichte mich eine Nachricht meiner Sekretärin. Es gab Gerüchte, dass es einen Überläufer in der Kanzlei gab und einer der Kollegen sich unserem größten Konkurrenten anvertraut hätte. Das Gerücht bestätigte sich, als ich im neuen Jahr nach New York zurückkehrte und mir im Gerichtssaal plötzlich Allec als Anwalt der Klägerseite gegenüberstand. Dieser verdammte Bastard! Seitdem konnte er mir gestohlen bleiben.

»Dean?« Louisa riss mich aus meinen Gedanken. »Wie geht es ihr?«

Ich schüttelte den Kopf, um mich wieder ins Hier und Jetzt zurückzuholen. »Sie hat gesagt, ihr geht's gut, aber ... sie sah müde aus.«

»Na ja, sie wird wohl die letzten Monate nicht viel Schlaf bekommen haben.«

»Hm?«

»Wegen ihres Babys«, erinnerte mich Louisa.

»Ach ja, richtig. Wobei sie gar kein Baby bei sich hatte. Sie war allein«, sagte ich nachdenklich.

»Bestimmt hat Allec gerade auf das Kind aufgepasst.«

Säure stieg meine Kehle hinauf, allein beim Klang seines Namens, doch ich grummelte zustimmend. Früher waren Allec und ich beste Freunde gewesen. Wir hatten uns während des Jurastudiums kennengelernt und ich selbst hatte ihn mit Kat bekannt gemacht, sie in seine Arme getrieben. Konnte ja keiner ahnen, dass er sich als verräterisches Arschloch entpuppen würde. Oder dass sich mir auch noch Jahre später die Nackenhaare aufstellten, allein bei dem Gedanken daran, dass die beiden sich küssten.

»Sorry, ich weiß, du bist nicht gut auf ihn zu sprechen, aber …«

»Jaja, schon klar.« Ich drehte mich auf den Rücken und starrte an die mit Stuck verzierte cremefarbene Decke. »Ich hab sie gefragt, ob sie mich heute Abend auf die Gala begleitet.«

»Was? Wie kommst du denn darauf?«

»Weiß nicht. Irgendwie ist es so aus mir rausgesprudelt. Vielleicht, weil ich mir einfach gewünscht hätte, dass es funktioniert.«

Louisa seufzte. »Ach, Dean. Ich hätte mir für dich gewünscht, dass es mit euch beiden geklappt hätte. Aber anscheinend ist sie immer noch mit Allec zusammen, und die beiden haben ein Kind. Sie sind eine Familie.«

Einen Moment lang schwieg ich, um abzuwarten, ob sie selbst darauf kam. *Ha!* Da konnte ich den Groschen förmlich fallen hören.

»Ja gut, das hat bei uns nichts zu heißen gehabt, und womöglich hätten wir uns früher eingestehen können, dass das mit uns nichts mehr wird, nur bei Kat und Allec muss es nicht genauso sein. Es soll Paare geben, die sich wirklich noch mal aufraffen und bei denen es dann viel besser läuft.«

»Mhm«, brummte ich amüsiert.

»Hab ich persönlich noch nicht mitbekommen, soll es jedoch geben. Sagt meine Mom.«

Jetzt konnte ich mir mein Lachen nicht mehr verkneifen. Louisas Mutter war Psychotherapeutin. Vermutlich spielte sie darauf an.

»Jedenfalls werde ich heute Abend ganz allein auf die Gala gehen«, verkündete ich theatralisch.

»Du Ärmster! Aber möglicherweise lernst du ja jemanden kennen. Eine holde Maid oder eine sexy Lady?« Sie verstellte wieder ihre Stimme.

»Okay, okay, stopp! Das reicht, Louisa!«

Sie war schon manchmal ein wenig durchgeknallt. Diese Seite war ihr während der letzten Jahre in New York abhandengekommen. Zu sehen, dass sie in Sugar Hill wieder aufblühte und dort glücklich war, erfüllte mein Herz mit Wärme. Da konnte ich über diese schräge Art hinwegsehen. Und wenn ich ehrlich zu mir selbst war, war es doch genau diese Art, in die ich mich damals verknallt hatte und wegen der wir jetzt wieder so gute Freunde waren.

Die Gala der Kanzlei fand im Großen Ballsaal der Gotham Hall statt. Der *fucking* Gotham Hall! Wenn ich das Marvin morgen erzählte, würde er vermutlich davon überzeugt sein, dass sein Dad *Batman* war und es all seinen Freunden im Kindergarten stecken.

Ich passierte die gigantischen Messingtüren, wurde sogleich freundlich begrüßt und meines Mantels entledigt. Ein junger Mann huschte damit nach rechts zur Garderobe, ehe mir eine dunkelhaarige Frau zu meiner Linken ein Glas Champagner auf einem Tablett anbot. Würde ich meine Brille nicht tragen, hätte ich sie im ersten Moment glatt für Kat gehalten. *Fuck*. Ich erinnerte mich zu gut, wie wir uns vor sechs Jahren bei genau solch einer Gala der Kanzlei kennengelernt hatten. Ich war damals mitten in meinem Jurastudium und sie war vertretungsweise für eine Freundin als Kellnerin eingesprungen.

Wir hätten uns eigentlich nie treffen sollen.

Doch das Schicksal hatte es wohl so gewollt.

Lächelnd nahm ich mir ein Glas vom Tablett und bedankte mich. Mein Blick glitt durch die Empfangshalle, von den marmorverkleideten Wänden hinauf zu den geometrischen Holzschnitzereien und Goldverzierungen an der Decke.

»Mund zu, Dean. Sonst fliegt Ihnen noch eine Fliege rein.« Die vertraute, tiefe Stimme erklang gleich neben mir.

»Edmond«, grüßte ich meinen Chef freudig und stieß mein Glas gegen seins. »Wenn ich gewusst hätte, dass die Kanzlei *so* viel Geld übrig hat, hätte ich nichts gegen eine kleine Gewinnausschüttung zum Ende des Jahres gehabt.«

Edmond Carlisle war ein rundlicher Mann in den Sechzigern. Seine grauen Haare waren stets ordentlich zur Seite gekämmt und der volle Schnauzer zuckte, als er laut auflachte. Ich konnte nicht anders, als mitzulachen. Ich verdiente definitiv mehr als genug und sollte mich nicht beklagen. Die neue Mitarbeiterin im Marketingteam versuchte anscheinend, irgendjemandem etwas zu beweisen, wenn sie so eine prunkvolle Feier geplant hatte. Ich hatte kaum mit ihr zu tun. Zugegeben, als Kat noch diese Stelle besetzt hatte, war kein Tag vergangen, an dem ich nicht in ihr Büro geschneit war und bei einem Kaffee mit ihr geplaudert hatte. Doch seit sie gekündigt hatte und ich ohnehin nur für ein paar Tage im Monat vor Ort war, gab es diese Besuche in der Marketingabteilung nicht mehr. Kat hatte sich lieber auf das Wesentliche beschränkt und das Geld nicht in verschwenderische, überzogene Events gesteckt. Nun ja, ich würde trotzdem versuchen, mich zu amüsieren. Ich wollte niemandem die Laune verderben und hatte gegen ein bisschen Schickimicki nichts einzuwenden.

»Wie geht es Ihrer Familie?«, erkundigte er sich ehrlich interessiert.

»Sehr gut. Ich fliege morgen früh wieder nach Vermont in die Heimat und freue mich schon auf die Feiertage mit meinem Kleinen. Ich habe zwar Urlaub, werde aber hin und wieder in die Mails schauen.«

»So soll es sein! Sie haben die richtige Entscheidung getroffen.« Edmond zwinkerte und klopfte mir auf den Rücken. Dann prostete er mir zu und bedeutete mir mit einem Kopfnicken, dass er weiterziehen würde, um sich mit anderen Mitarbeitern zu unterhalten. Ich lächelte und nahm noch einen Schluck von dem prickelnden Champagner. Vermutlich war ich auch gut damit beraten, mich unter die Leute zu mischen und Small Talk zu halten. Sosehr ich es hasste, es war meine Pflicht. Dafür, dass ich Partner der Kanzlei war, bekamen mich meine Angestellten ohnehin zu wenig zu Gesicht.

Die Eingangshalle hatte sich mittlerweile gefüllt und ich scannte den Raum nach einer Person ab, mit der Small Talk nicht ganz so schlimm sein würde. Erleichterung machte sich in mir breit, als ich Patricia entdeckte. Sie war bis vor ein paar Jahren Edmonds Sekretärin gewesen und hatte eine ähnliche Statur wie er. Inzwischen war sie in ihrem wohlverdienten Ruhestand. Obwohl bei den beiden todsicher nie etwas gelaufen war und ich mir das auf keinen Fall vorstellen wollte, hatten sie sich schon früher wie ein altes Ehepaar verhalten. Als ich noch im Studium gewesen war, hatte ich ehrlich gesagt eine Scheißangst vor meinem Chef gehabt, doch dass *sie* seine Sekretärin war, hatte ihn menschlicher auf mich wirken lassen. Patricia hatte mich unter ihre Fittiche genommen und bei Edmond ein gutes Wort für mich eingelegt, als ich meinen ersten eigenen Fall gleich so richtig in den Sand gesetzt hatte.

Ich schlich mich von hinten an Patricia und ihren Mann heran, um sie zu überraschen. »Einen schönen guten Abend, ihr beiden!«

Patricia zuckte so heftig zusammen, dass ihr Sekt über den Glasrand schwappte. Sie presste die Hand auf ihr üppiges Dekolleté. »Du liebes Bisschen, Küken! Du kannst mich doch nicht so erschrecken.«

Ach ja, hatte ich erwähnt, dass sie mich früher immer Küken nannte?

Lachend schlang sie einen Arm um meinen Hals und zog mich ruckartig zu sich hinunter in eine feste Umarmung. Ich tätschelte ihren Rücken und warf ihrem Mann einen gespielt gequälten Blick zu. Dieser grinste nur und prostete mir mit seiner Sektflöte zu. Nachdem Patricia mich wieder freigegeben hatte, richtete ich mich auf und strich mein Jackett glatt.

»Wie geht's euch so?«, fragte ich. »Langweilst du dich schon ohne mich?«

Sie winkte ab. »Ach, frag nicht! Dieser junge Herr hier neben mir«, sie deutete mit dem Daumen auf ihren Mann, der Ende sechzig sein musste, »denkt sich jeden Tag irgendwelche neuen Projekte aus. *Patty, wollen wir nicht die Terrasse neu machen? Wie wäre es mit einem Teich? Was hältst du von einer Kreuzfahrt, Patty?*«

Patricia verdrehte die Augen, bis sich ihr Mann zu Wort meldete. »Die Kreuzfahrt ist noch nicht vom Tisch, Liebling.«

Ich schmunzelte in mein Glas hinein und genoss das blubbernde Getränk auf meiner Zunge, nachdem ich noch einen Schluck genommen hatte.

»Genug von unserem Rentnerstress. Erzähl mir lieber, wieso du heute Abend allein hier auftauchst.«

»Louisa ist doch in Sugar Hill mit Marvin. Und ich meine … äh … Also du weißt doch, dass wir uns letztes Jahr getrennt haben, oder?«

»Schätzchen, ich denke, sogar die englische Königsfamilie weiß das, aber ich habe auch nicht von Louisa geredet.« Ihr Blick sprach Bände und sorgte dafür, dass ich mich verschluckte. Glücklicherweise wurden wir genau in diesem Moment von Edmond Carlisle unterbrochen, der ein paarmal mit einem Löffel gegen sein Glas tippte, um die Aufmerksamkeit aller auf sich zu ziehen.

»Es freut mich, dass Sie alle heute Abend hier sind und das gelungene Jahr gemeinsam mit uns abschließen wollen. Ein Vögelchen hat mir gezwitschert, dass das Essen angerichtet ist. Von daher bitte ich Sie, mir in den Ballsaal zu folgen. Ich wünsche Ihnen einen wundervollen Abend!«

Wir klatschten höflich und folgten ihm in den Saal. Heilige Scheiße! Der Raum war in warmes Licht gehüllt und überall funkelte und glänzte es. Louisa hätte das definitiv gefallen. Es war wie ein richtiges Winter Wonderland. Von der vergoldeten Decke hingen Tausende Buntglassteine in unterschiedlichen Größen, die das Licht reflektierten. Die kleinen Lichtpunkte tanzten über den polierten Marmorboden. Dieser Raum versuchte, *Weihnachten* zu schreien, doch wenn man genau hin hörte, schrie er noch viel lauter *Geld*.

Große Kalksteinsäulen schmückten die Wände des ovalen Ballsaals, und vor jeder Säule war ein hoher künstlicher Baum aufgestellt, der über und über mit Lichterketten verziert war. Mir fiel kein anderes Wort als *magisch* dafür ein.

Rasch suchte sich jeder einen Platz an den eingedeckten runden Tischen, die mehr an der linken Seite angeordnet waren. Rechts von uns entdeckte ich eine endlos wirkende Aneinanderreihung von schmalen Tischen mit silbernen abgedeckten Schalen, unter denen ich ein üppiges Buffet vermutete. Da Patricia wusste, dass ich allein gekommen war, hakte sie sich bei mir unter und zog mich mit sich und ihrem Mann zu einem der freien Tische. Ich war dankbar für ihre herzliche Art und ihre Gesellschaft. Das machte den Abend ein bisschen erträglicher.

Nachdem ich mich am Buffet bedient und mir einen Vorspeisenteller zusammengestellt hatte, wandte ich mich ab, um wieder an unseren Tisch zurückzugehen. Neben Patricia und ihrem Mann hatten sich in der Zwischenzeit zwei anderen Menschen niedergelassen. Als ich näher kam, erkannte ich *ihn*, was mir sofort jeglichen Appetit verdarb. Sofort versteifte ich mich. Mein Kiefer knackte, als ich die Zähne zusammenbiss. Unsanft stellte ich den Teller an meinem Platz ab.

»Ich wusste gar nicht, dass sie heute Abend auch Schlangen reinlassen«, knurrte ich, noch immer im Stehen. Ja, ich wollte damit meine Überlegenheit demonstrieren. Allec sah mich an, während er sich ebenfalls erhob.

»Ganz ruhig, mein Freund. Ich habe eine Einladung bekommen, also dachte ich ...«

»Erstens: Ich bin nicht dein Freund. Zweitens: War das sicherlich ein Missverständnis. Der heutige Abend ist nur für loyale Mitarbeiter der Kanzlei. *Loyal.* Weißt du, was das heißt?« Mein Blick glitt zu seiner Begleitung. Die blonde junge Frau sah mich irritiert an. Definitiv nicht Kat.

Allec schnalzte mit der Zunge und setzte sich wieder. »Können wir uns heute Abend vielleicht wie Erwachsene verhalten?«

Ich schnaubte und ließ mich ebenfalls auf meinen Stuhl sinken. »Eher ungern.« Missmutig pikste ich eine Tomatenscheibe mit der Gabel auf und beschloss, meinem ehemaligen besten Freund keine Beachtung mehr zu schenken. Was hatte es zu bedeuten, dass er heute Abend mit einer anderen Frau hier war? Ich war davon ausgegangen, dass Kat und er noch zusammen waren. Sicher, ich hatte Kat eingeladen, mich heute Abend zu der Gala zu begleiten, aber das war mehr ein impulsiver Wunsch gewesen. Ich war nicht davon ausgegangen, stattdessen Allec gegenübersitzen zu müssen, und wenn, dann schon gar nicht mit jemand anderem an seiner Seite. Es brannte mir auf der Zunge, ihn nach Kat zu fragen. Ihn auszuquetschen, wie es ihr ging. Ob sie allein zu Hause mit dem Baby saß, während sich Allec mit dieser Blondine einen netten Abend machte? Hatte sie das damit gemeint, als sie sagte, dass sie keine Zeit hätte? Je mehr ich darüber nachdachte, desto wütender wurde ich und stach mit jedem Mal fester auf meinen Salat ein. Dass sich auf meinem Teller schon längst kein Salat mehr befand und ich trotz allem weiter auf die Keramik einstach, bemerkte ich erst, als Patricia mir sanft über den Arm strich.

»Was ist denn los?«, flüsterte sie.

»Nichts«, erwiderte ich murrend.

»Sehe ich.«

Selbst wenn ich es ihr hätte sagen wollen, war jetzt nicht der richtige Zeitpunkt. Ich setzte gerade dazu an, sie zu fragen, ob sie mit mir eine zweite Runde am Buffet drehen würde, um ihr dort eine Kurzfassung meiner Gedanken zu geben, als meine Aufmerksamkeit auf den Eingang des Ballsaals gelenkt wurde.

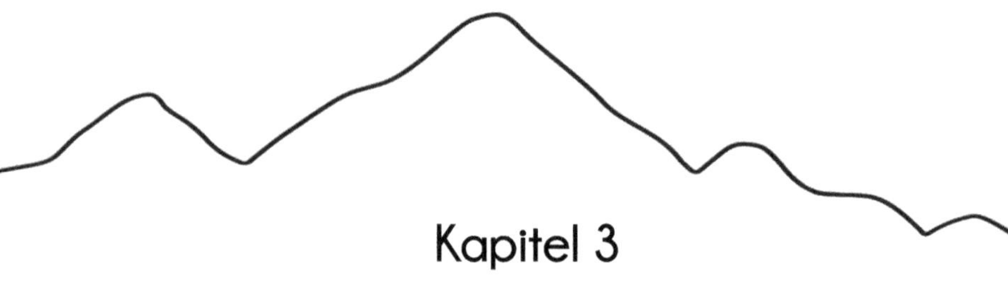

Kapitel 3

KAT

Mein Blick glitt an der Sandstein-Fassade des Haier Buildings empor. Acht Steinsäulen zierten die Front des eindrucksvollen Gebäudes, in dem sich die Gotham Hall befand. Von Hell's Kitchen war es durch den regen Abendverkehr mit dem *Uber* eine etwa zehnminütige Autofahrt gewesen. Bei dem rasanten Fahrstil, den der Fahrer an den Tag gelegt hatte, sollte man meinen, wir wären schneller vorangekommen. Fehlanzeige. Er schlängelte sich durch den Verkehr und wechselte andauernd die Spur, wann immer eine kleine Lücke frei wurde. Als mein Magen kurz davor war, sich umzudrehen, räusperte ich mich und merkte an, dass ich es nicht eilig hatte. Das war zwar ein wenig geflunkert, aber mir lag viel daran, heil an meinem Ziel anzukommen und möglichst nicht kreidebleich vor Angst zu sein. Der Fahrer bog vom Broadway nach links auf die 6th Avenue ab und ließ mich auf der anderen Straßenseite raus. Direkt vor einem *Taco Bell.*

Na danke. Ist hier irgendwo eine versteckte Kamera? Als Pete mich von meinen Großeltern abgeholt hatte, hätte ich vermutlich alles für einen Cantina Chicken Burrito gegeben, doch jetzt musste sich mein Magen erst mal beruhigen. Außerdem hatte ich keine Zeit zu verlieren. Auf keinen Fall wollte ich Dean verpassen. Wer wusste, wie lange er auf der Veranstaltung blieb, wenn er morgen früh nach Vermont flog?

Ich sah einmal nach links, einmal nach rechts, passte einen Moment ab, in dem keine Autos vorbeikamen, und überquerte die Straße. Mit jedem Schritt beruhigte sich mein Magen und machte wieder Platz für dieses unbändige Verlangen. Nach etwas Richtigem zu essen. Nicht etwa nach Dean.

Die gesamte Autofahrt lang hatte ich mir den Kopf darüber zerbrochen, was ich zu ihm sagen und wie ich mich verhalten sollte, wenn ich ihn dort antraf. Zugegeben, ich hatte auch versucht, mich damit ein bisschen von dem waghalsigen Fahrstil des *Uber*-Fahrers abzulenken. Fakt war, ich wollte Dean sehen. Mehr als das. Ich wollte meinen Körper an seinem reiben wie eine rollige Katze. Seit dem Unfall hatte ich mit niemandem mehr ... Seit der Trennung von Allec hatte ich keine Dates gehabt. Ich war ausgehungert, und zwar in jeglicher Hinsicht. Doch irgendwie war es mir gar nicht so sehr aufgefallen. Erst als ich Dean heute Nachmittag getroffen hatte, war dieser Funke wieder in mir entfacht worden. Und heilige Hölle, es war, als hätte Dean Carter das Fenster zu meiner Libido eingeschlagen. Sie befreit. Und damit meinen gesamten Körper in Flammen gesetzt. Ich wollte ihn mit jeder Faser meines Seins. Rein körperlich, verstand sich.

Er war single, wie ich vorhin erfahren hatte. Ich war single. Er würde morgen nach Vermont fliegen und ich nach Colorado. Zweitausend Meilen zwischen uns würden keinen Platz für Gefühlsduseleien lassen. Hatte ich recherchiert, wie weit die beiden Flughäfen Burlington und Denver voneinander entfernt waren? Möglicherweise. Hatte ich schon jetzt zu viel Zeit damit verschwendet, mir einzureden, dass eine Nacht mit Dean das brennende Gefühl in meinem Brustkorb löschen könnte? Definitiv. Ich war nur noch einen Sekt davon entfernt, meinen Plan in die Tat umzusetzen.

Eins stand fest: Was immer heute Abend passieren würde, was immer diese Nacht brachte, ich würde nicht wieder darauf reinfallen, zu glauben, dass Dean mehr für mich empfinden könnte. Ich würde ihn nicht küssen. Knutschen bedeutete Hoffnung und das hieß, dass ich Gefühle aufkommen ließ. Das würde das Ganze emotional machen. Kompliziert für mich und mein Herz. Und das war so ziemlich das Letzte, was ich zu meinem Weihnachtsblues noch gebrauchen konnte.

Die imposante Eingangshalle war mit einem Dutzend hüfthohen Bronzekrügen geschmückt, in denen sich aufwendige Tannengestecke mit dunkelroten Amaryllis und Weihnachtsbaumkugeln befanden. Während ich den Saal passierte, versuchte ich, die Quelle der weihnachtlichen Musik auszumachen. Einige bekannte Gestalten kamen mir entgegen, die im Gehen Zigaretten und Feuerzeuge zückten und mir zunickten. Als ich ihnen über die Schulter hinterher sah, bemerkte ich, dass sie bereits tuschelnd ihre Köpfe zusammensteckten.

»Guten Abend, Miss. Darf ich Ihnen ein Glas Sekt anbieten?«

Mein Kopf ruckte nach vorne, wo mir eine junge Frau mit dunkelbraunen Haaren freundlich lächelnd ein Tablett hinhielt. Sie war sicher gerade erst volljährig. Ihr Haut so hell wie Porzellan, die Wangen leicht gerötet. Eine Sekunde starrte ich sie einfach nur an. Es war fast, als sähe ich in einen Spiegel oder in die Vergangenheit. *Nimm dich in Acht vor den gut aussehenden Anzugträgern,* hätte ich ihr am liebsten geraten.

»Darf ich Ihnen zunächst Ihren Mantel abnehmen?«, kam es nun von der rechten Seite. Ein junger Mann mit rotblonden Haaren, die wirr zu allen Seiten abstanden. Mir entging nicht, wie er der Kellnerin zuzwinkerte. Ihre Wangen nahmen daraufhin einen noch tieferen Rotton an. Ich unterdrückte ein Kichern. Gut, diese Kellnerin war definitiv immun gegen all die Anwälte auf dieser Veranstaltung. Wie es aussah, hatte sie ausschließlich Augen für den Garderobier.

Ich ließ mir aus dem Mantel helfen, nahm mir eine Sektflöte vom Tablett und bedankte mich freundlich bei beiden. Als ich weiterlief, entdeckte ich in der hinteren Ecke des Eingangsbereichs einen Pianisten, der an einem elfenbeinfarbenen Flügel eine gediegene Version von *Santa Claus is coming to town* spielte. Instinktiv rümpfte ich die Nase. Der Gestank von Geldverschwendung lag in der Luft. Gepaart mit dem Geruch von Tannengrün. Meine Albtraum-Kombination. Dass mich so etwas auf der Weihnachtsgala einer der besten Anwaltskanzleien New Yorks erwartete, hätte ich mir eigentlich denken können. Ich zwang mich dazu, mich wieder darauf zu besinnen, weshalb ich hier war. Um Dean zu sehen, etwas zu essen und dann möglichst bald mit ihm von hier zu verschwinden. Vorausgesetzt, er wollte es ebenfalls. Vorausgesetzt, ich hatte nicht zu viel in seine Einladung und seine Blicke hineininterpretiert.

Der Champagner lief prickelnd meine Kehle hinab, nachdem ich einen Schluck genommen hatte. Ehe ich den Hauptsaal betrat, sah ich noch mal an mir herab und strich das schwarze Satinkleid glatt. Ich trat ein paar Schritte nach vorne und spürte sofort mindestens fünf Augenpaare auf mir. Einige davon kannte ich nicht einmal. Vielleicht neue Mitarbeiter oder Lebensgefährten von Mitarbeitern, die ich noch nie gesehen hatte. Als hätte ich einen Schutzschild um mich, wichen sie zurück, je weiter ich in den Saal lief. Sie musterten mich von oben bis unten. Ein Schauder jagte über meinen Rücken und ich hoffte inständig, dass sie die Narbe an meinem linken Unterarm nicht bemerkten, die ich vorhin extra mit Make-up abgedeckt hatte. Der Drang, sich auf dem Penny-Absatz umzudrehen und geradewegs davonzurennen oder wenigstens noch einen rettenden

Schluck Champagner gegen die Nervosität zu nehmen, war unbändig. Doch ich tat keins von beidem. Stattdessen reckte ich das Kinn, hielt ihrem Gaffen stand und ging weiter. Um an dieser Stelle Elton John zu zitieren: *The Bitch is back!*

DEAN

Die Menge teilte sich wie das Meer für den Propheten, und da stand sie. Scannte anmutig den Raum. Jeder sah sie an, da war ich mir absolut sicher. Wie könnte man auch nicht? Ich war jedenfalls nicht fähig, wegzusehen. Obwohl ich versucht war, meine Brille abzusetzen, um sie an meinem Hemd zu säubern. Um sicherzugehen, dass es keine Spiegelung meines Wunschdenkens war. Keine Einbildung. Doch ich wollte keine Sekunde wegsehen. Keine ihrer Bewegungen verpassen.

Kat.

Ich schluckte. Meine Hände wurden schwitzig und mein Bauch kribbelte. Sie trug ein bodenlanges schwarzes Kleid. Es war hochgeschlossen und betonte dadurch ihre elegante Statur. Ihre schlanken Schultern, ihre schmale Taille und ihre scheinbar nicht enden wollenden Beine. Ihre langen dunklen Haare fielen ihr in sanften Wellen über die Schultern. Ich sog ihren Anblick in mich auf. Für den Fall, dass es ein Tagtraum war. Grazil wie immer schwebte sie ein paar Schritte in den Raum. Obwohl sie ihr Pokerface aufgesetzt hatte und sich ihre Unsicherheit offenbar nicht anmerken lassen wollte, kannte ich sie gut genug, um zu wissen, dass ihr die ganze Aufmerksamkeit, die allein ihr galt, unangenehm war.

»O Shit«, hörte ich Allec murmeln, der wohl meinem Blick gefolgt war und sich zu ihr umgedreht hatte.

»Babe? Wer ist das?«, fragte seine Begleitung schnippisch. Was er darauf antwortete, bekam ich schon gar nicht mehr mit, denn ich war aufgestanden. Ohne dass ich es kontrollieren konnte, bewegte ich mich direkt auf Kat zu. Sie entdeckte mich und ich meinte, so etwas wie Erleichterung in ihrem Gesicht auszumachen.

»Hi«, wisperte ich, als ich bei ihr angekommen war.

»Hi«, erwiderte sie lächelnd.

Einen Moment lang sahen wir uns einfach nur an. Was wir heute Mittag nicht gekonnt hatten, weil wir zu überrumpelt gewesen waren, holten wir nun nach. Am liebsten wäre ich hier und jetzt in ihren wunderschönen dunklen Augen ertrunken und ich schwöre bei Gott, es wäre der schönste Tod, den ich mir vorstellen könnte.

»Hat es dir die Sprache verschlagen, Dean?«, fragte sie, und ihr Lächeln wurde zu einem Grinsen. Eine Gänsehaut breitete sich über meinem gesamten Körper aus.

»Sag das noch mal.«

Irritiert sah sie mich an. »Was?«

»Meinen Namen.«

Verlegen starrte sie zu Boden, ehe sie wieder zu mir aufsah und verdammt, dieser Wimpernaufschlag würde mich um den Verstand bringen.

»Dean«, wiederholte sie meinen Namen. Aber dieses Mal klang er noch wärmer, noch weicher. Wie flüssige Schokolade, die ich Kat gern von ihrem Körper geleckt hätte. Okay, und da passierte es. Ich spürte, wie meine Anzughose gefährlich eng im Schritt wurde und versuchte, schnell an etwas anderes zu denken. *Die Klimakrise, Tierquälerei, Trump,* zählte ich in Gedanken auf, damit sich die Lage da unten im wahrsten Sinne des Wortes wieder lockerte. Ich räusperte mich.

»Hast du Hunger?«

»Gott, ja! Ich sterbe vor Hunger.«

Gott, ja? Ernsthaft? Ich zwang mich, nicht daran zu denken, in welcher anderen Situation ich sie dazu bringen würde, diese Worte auszurufen. Hastig hielt ich ihr meinen Arm hin und führte sie in Richtung Buffet. Hoffentlich wurde es besser, wenn ich sie nicht mehr ansah.

»Ich wollte eh gerade das Buffet stürmen für die Hauptspeise. Du kommst genau richtig.«

»Perfekt. Ich war nämlich gerade bei meinen Großeltern. Wir hatten wieder mal ein superspießiges Dinner mit Nacktschnecken und so. Du kannst dir also vorstellen, wie viel ich gegessen habe.«

Ich lachte, erleichtert, dass die Stimmung nun lockerer zwischen uns war als heute Mittag. Es lag mir auf der Zunge, sie zu fragen, was sie dazu gebracht hatte, ihre Meinung zu ändern und doch zu kommen, aber ich wollte sie nicht verschrecken. Irgendwie hatte ich Angst, dass wenn ich sie direkt fragte, sie aus ihrer Trance aufwachen und selbst merken würde, dass sie gar nicht wusste, warum sie hier war. Dass ihr erst dann wieder einfiel, dass sie ja gar nicht hatte kommen wollen. Und dass sie einfach so verschwinden würde.

Lieber schwieg ich und sah sie den ganzen Abend stumm an. Auch wenn das vermutlich keine Option war, wenn ich nicht wie ein kompletter Creep rüberkommen wollte. Wir luden uns die Teller voll und ich grübelte, wie ich ihr am besten erklären könnte, dass ihr Freund mit einer anderen Frau hier war.

»Du siehst übrigens gut aus«, sagte sie und goss sich Soße über ihre Kroketten.

»Das kann ich nur zurückgeben. Ich hätte es gern zuerst gesagt, aber du hattest recht. Es hat mir tatsächlich ein wenig die Sprache verschlagen, als ich dich gesehen habe. Du siehst aus wie eine ...« Ich brach ab. Das konnte ich jetzt nicht ernsthaft sagen. *Creepy Dean* war schon wieder auf dem Vormarsch.

»Wie eine …?«

»Wie eine sehr schöne Frau«, sagte ich deshalb nur.

»Wie eine sehr schöne Frau?«, wiederholte sie belustigt. »Das war es, was du sagen wolltest?«

»Nicht ganz.«

Sie sah mich fragend an, doch ich drehte mich um und deutete mit dem Kinn in die Richtung, in der sich unser Tisch befand. Jetzt war der Moment gekommen. Ich musste ihr das mit Allec schonend beibringen. Vielleicht wusste sie Bescheid? Vielleicht war es okay für sie. Vielleicht war es lediglich eine neue Arbeitskollegin von Allec. Die ihn Babe nannte.

»Kat, da ist noch was, das ich dir sagen muss.«

»Hm?«

»Ich hatte dir ja erzählt, dass Ehemalige eingeladen wurden. So auch Allec. Obwohl ich mir nicht erklären kann, wieso *er* eine Einladung bekommen hat und du nicht. Ich meine, nach dem, was er da Ende letzten Jahres abgezogen hat.«

»Du weißt davon?« Ihre Stimme klang fast schon panisch.

»Dass er ein mieser Verräter ist und die Firma hintergangen hat? Ja, das weiß hier so gut wie jeder, glaub ich.«

Ich sah, wie sich ihre Schultern neben mir entspannten. »Ach so, ja richtig. Also ist er hier?«

»Du wusstest gar nicht, dass er hier sein würde?«

Shit, das war ja noch schlimmer.

»Nein, woher auch? Wir sind kein Paar mehr.«

Abrupt blieb ich stehen, wobei mir fast mein Rumpsteak vom Teller rutschte. »Seid ihr nicht? Wieso das?«

»Nein, sind wir nicht. Ich habe mich von ihm getrennt, und das aus gutem Grund«, sagte sie monoton und blickte über die Schulter zu mir.

Sie hatten sich getrennt. Nein, besser: Kat hatte sich von ihm getrennt. Es dauerte ein paar Sekunden, bis mein Hirn diese Information verarbeitet hatte. Am liebsten würde ich einen kleinen Freudentanz aufführen. Stattdessen beeilte ich mich, zu ihr aufzuschließen, und bedeutete ihr, mir zu dem Tisch zu folgen, an dem Allec saß.

»Wo sitzen wir?«

»Bei ihm«, knurrte ich angewidert.

»Und *ihr*«, stellte sie kühl fest.

»Ja, tut mir leid. Das war es, was ich dir eigentlich noch sagen wollte. Ich wusste nicht, dass ihr nicht mehr zusammen seid, und dachte, er würde dich betrügen und einfach mit dem Baby allein zu Hause lassen. Aber na ja, so ist es auch nicht besser, schätze ich.«

»Ich komme klar.« Sie setzte ein Lächeln auf und grüßte in die Runde. Dabei entging mir nicht, wie ihre Hände anfingen zu zittern und sie den Teller so fest umklammerte, dass ihre Knöchel hell hervortraten. Patricia sprang sofort auf und fiel Kat um den Hals. Allec sah aus, als würde er sich gleich übergeben wollen. Er hatte wohl nicht damit gerechnet, dass Kat heute Abend hier auftauchen würde, und seine Begleitung wirkte, als würde sie nur Bahnhof verstehen. Das weitere Essen verlief steif und unterkühlt. Nur dass es jetzt tausendmal besser war als zuvor.

Dank Kat.

Sie saß links von mir, neben Patricia. Bevor sie gekommen war, hatte ich dort gesessen, aber ich hatte ihr diesen Stuhl angeboten, damit sie auf beiden Seiten Personen hatte, bei denen sie sich wohlfühlte. Wobei ich hoffte, dass ich mich selbst dazuzählen durfte. Ich schielte immer wieder unbemerkt zu ihr hinüber, spürte ihre Wärme neben mir, atmete ihr frisches Parfüm ein. Sie roch wie eine Mischung aus frischer Wäsche, die im Garten aufgehängt wurde, und der Blumenwiese, die darunter blühte und sich nach der Wärme der Sonne reckte.

Himmel! Ob ich ein Poet geworden war? Schien fast so. Zumindest, wenn Kat in meiner Nähe war. Am liebsten hätte ich sie auf meinen Schoß gezogen, um meine Nase in ihrer Halsbeuge zu vergraben und noch mehr von ihrem vertrauten Duft einzuatmen.

Nachdem die Kellner die Teller abgeräumt hatten, schwoll die Musik an und auf einmal tönte Mariah Careys

Stimme mit *Oh Santa!* durch den Saal. Auch wenn ich kein begnadeter Tänzer war, war es eine willkommene Gelegenheit, endlich mit Kat den Tisch zu verlassen. Ich sprang von meinem Stuhl auf, leerte den Rest meines Weißweins in einem großen Schluck und reichte ihr die Hand. Glücklicherweise protestierte sie nicht. Sie trank ebenfalls ihr Glas Wein leer und legte ihre Hand in meine. Es war mir so was von egal, dass wir die Tanzfläche eröffneten und ich keine Ahnung hatte, wie man zu dem Lied überhaupt tanzen sollte. Kat hingegen ging sofort dazu über, hin und her zu hüpfen und Trippelschritte zu machen. Wie sie das in ihren High Heels schaffte, war mir ein Rätsel.

Sie war eine Queen. So. Jetzt hatte ich sie doch so genannt. In meinem Kopf durfte ich das, oder?

Der Tanz hieß Jive, wie sie mir erklärte, und er passte erstaunlich gut zu dem schnellen Beat. Kat zeigte mir lachend die Grundschritte und ich stellte mich, glaube ich, gar nicht so schlecht dabei an. An einer Stelle drehte ich sie anscheinend zu heftig und sie geriet ins Taumeln. Schnell umfasste ich ihre Taille mit beiden Händen, um sie zu stützen. Dabei glitten meine Finger über ihren Rücken. Ich hatte vorhin schon bemerkt, dass ihr Kleid auf der Rückseite eine sündige Überraschung bereithielt. Es war komplett rückenfrei und der Stoff begann erst wieder knapp über ihrem Hintern. Kleine Stromschläge zuckten durch meine Finger und elektrisierten meinen Körper regelrecht. Das hier fühlte sich viel zu gut an. So leicht. Fast wie ein Traum.

»Verrätst du mir, wieso du und Allec nicht mehr zusammen seid?«, fragte ich, während wir tanzten.

Sie verdrehte die Augen. »Komm schon, sei kein Downer, Dean.«

Ich schüttelte belustigt den Kopf. »Was ist mit eurem Kind? Ist es bei deinen Großeltern?« Das Thema ließ mich nicht los.

Für eine Sekunde flackerten ihre Lider und ich hatte das Gefühl, als würde sich ihre Hand in meiner versteifen. Sie wandte sich ab und drehte sich selbst nach außen. Als ich sie wieder eindrehte, war der Moment vorbei. Jetzt war sie es, die schnaubte. »Ich bitte dich. Hab ich dir nie von Mr. und Mrs. Frankenstein erzählt?«

Ich überlegte kurz. »Nein, ich glaube nicht.«

»Na ja, hast du nichts verpasst. Mach dir nicht so viele Gedanken. Lass uns einfach den Abend genießen, ja?«

Obwohl ich am liebsten weitergebohrt hätte, tat ich es nicht. Sie wollte offensichtlich nicht darüber reden und hatte bestimmt ihre Gründe, die sie mir früher oder später hoffentlich noch anvertrauen würde. Mir entging nicht, dass sie sich jetzt etwas enger an mich drückte, wann immer ich sie wieder zu mir eindrehte. Wenn sie versuchte, mich dadurch abzulenken, musste ich sagen: Es funktionierte.

Das Lied endete und ein langsamerer Beat setzte ein. So schnell sich die Tanzfläche während des ersten Songs gefüllt hatte, so schnell leerte sie sich nun wieder.

Feedback an den DJ: Schon mal was von Timing gehört?

Zunächst dachte ich, dass Kat dazu nicht tanzen wollen würde, doch sie nahm meine Hände und legte sie auf ihre Hüften. Als wäre das noch nicht genug, schlang sie auch noch beide Arme um meinen Hals. Ich schluckte. Das war viel Körperkontakt. Sehr viel. Uns trennten nur wenige dünne Lagen Stoff voneinander. Wenn sich jetzt etwas in der unteren Region bei mir regte, würde sie es sofort bemerken.

»Ich liebe den Song«, raunte sie in mein Ohr und das Vibrieren ihrer Stimme an meinem Brustkorb ließ mein Herz flattern.

Mit jeder Zeile, die sie mitsang, gefiel mir der Song besser. Vor allem der Refrain. Kat flüsterte mir zu, dass es sich um *Lover* von Taylor Swift handelte.

Ich schob sie ein wenig von mir, hielt sie dabei an den Händen, damit ich ihr in die Augen sehen konnte. Wie hypnotisiert drehten wir uns langsam im Kreis, wiegten uns hin und her. Dann zog ich sie wieder an mich und hielt sie fest.

»Eigentlich mache ich mir nichts aus Weihnachten«, wisperte sie.

»Ich auch nicht. Aber so gefällt es mir ganz gut.«

Ein Lächeln umspielte ihre Lippen und mein Herz drohte, mir aus der Brust zu springen. »Was hältst du davon, wenn wir woanders weitertanzen?« Auf meinen fragenden Blick hin nickte sie in Richtung Ausgang.

»Woran dachtest du? Den Eingangsbereich? In der Gotham Hall gibt es auch noch ein Eichenzimmer oder so was, glaube ich.«

Kat grinste verschwörerisch. »Ich dachte da eher an meine Wohnung.«

»Das klingt ehrlich gesagt viel besser als das verdammte Eichenzimmer«, erwiderte ich mit heiserer Stimme.

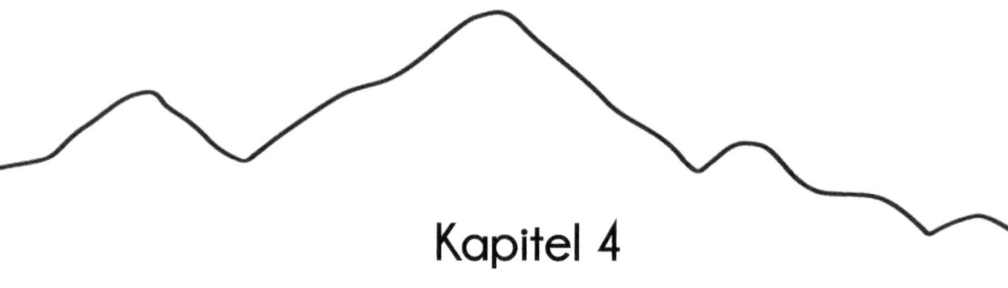

Kapitel 4

DEAN

So schnell hatte ich noch nie ein Event verlassen und im Taxi gesessen.

Wir hatten uns nicht mal mehr verabschiedet. Sicher würden sich die Kollegen das Maul über uns zerreißen. Darüber, dass wir erst so eng zusammen getanzt und es dann furchtbar eilig gehabt hatten, zu verschwinden. Ich hatte Kat angewiesen, draußen nach einem Taxi zu winken, während ich unsere Mäntel von der Garderobe geholt hatte. Wobei wir uns die eigentlich hätten sparen können. Neben Kat auf der Rückbank dieses Taxis zu sitzen, war ungefähr das Heißeste, das ich mir vorstellen konnte.

Sie saß links von mir und hatte sich etwas nach vorne gebeugt, um dem Taxifahrer ihre Adresse durchzugeben, da spürte ich schon ihre Hand auf meinem Oberschenkel, wie sie auf und abwanderte. *Fuck!* Ich war hart. Und wie. Da half auch kein Trump und keine Klimakrise mehr, um diese Latte zu beschwichtigen.

Kat lehnte sich wieder zu mir nach hinten und sah auf meinen Schritt hinab. Ein Lächeln huschte über ihre Lippen. Ein wenig peinlich berührt, legte ich meinen Mantel über die Beule in meiner Anzughose. Sie kam ganz nah an mein Ohr und flüsterte: »Du brauchst nicht zu glauben, dass mir deine Latte entgangen ist. Jetzt nicht und auch beim Tanzen nicht.«

Bei ihren Worten stellten sich die Härchen an meinem Nacken auf. Hastig drehte ich den Kopf in ihre Richtung, um sie endlich zu küssen. Das Verlangen pochte wild durch meinen Körper. Wie oft hatte ich die letzten Jahre daran gedacht und mir mentale Ohrfeigen dafür verpasst, solange ich mit Louisa zusammen gewesen war? Doch das letzte Jahr, seit wir getrennt waren, hatte ich mich noch viel mehr danach verzehrt. Nach Kat und ihrem Mund. Danach, sie irgendwann küssen zu dürfen, ohne dass es falsch wäre.

Bevor meine Lippen auf ihre trafen, wandte sie sich von mir ab, reckte mir nur ihren Hals entgegen. Für den Bruchteil einer Sekunde war ich irritiert, als meine Lippen auf ihre weiche Halsbeuge trafen. Wollte sie mich denn nicht ebenfalls küssen? Was immer es war, ich würde einen Teufel tun, das hier zu unterbrechen, um sie danach zu fragen. Ich begann, an ihrer Haut zu lecken und sanft zu saugen. Vielleicht interpretierte ich auch zu viel in ihre Bewegung herein und es war mehr versehentlich passiert.

Sie ließ ihre Hand weiter nach oben wandern, schob meinen Mantel wieder zur Seite und holte mich schlagartig aus meiner Gedankenwelt zurück. Dabei fuhr sie einmal direkt über meinen harten Schwanz und der Verräter zuckte ihr freudig entgegen.

»Fuck, Kat. Hör auf, mich so zu quälen. Bitte«, raunte ich flehentlich.

Sie sah mich herausfordernd an und ich hoffte, dass sie an meinem Blick ablesen konnte, dass sie unter keinen Umständen damit aufhören sollte. Niemals. Ich spürte, wie sie am Bund meiner Anzughose herumnestelte. O Gott, sie hatte meine stumme Bitte verstanden. Ich kam ihr zur Hilfe und öffnete den Knopf und den Reißverschluss so unauffällig es ging. Keine Sekunde später tastete ihre kühle Hand nach meinem harten Glied und umfasste es. Angesichts der Kälte schauderte ich kurz, doch irgendwie erregte mich der

Temperaturunterschied sogar noch mehr. Falls das überhaupt möglich war. Der träge Rhythmus der Auf- und Abbewegungen entlockte mir ein leises Stöhnen, weshalb sie mir den Zeigefinger ihrer anderen Hand auf den Mund legte.

»Shhh.« Ehe sie ihren Finger wieder von meinem Mund zurückziehen konnte, griff ich danach. Ich wollte sie küssen. Wenigstens irgendwo anders, wenn schon nicht auf ihren Mund. Also küsste ich zunächst ihren Handrücken, dann zog ich mit meinen Lippen eine warme Spur an ihrem Handgelenk entlang. Ich ließ meine Zunge über ihren heftig pochenden Puls gleiten, und nun war sie es, die sich zusammenreißen musste, nicht zu stöhnen. Ich sah zu ihr auf, mein Mund noch immer an ihrem Handgelenk, und genoss es, wie sie meinem Blick standhielt, sich dabei jedoch auf die Unterlippe biss. Sie ließ ihren Daumen über meine Spitze gleiten. *Fuck.* Wenn sie so weitermachte, würde ich hier und jetzt kommen. Auf der Rückbank eines Taxis. In meine Hose. Wie ein verdammter Dreizehnjähriger, der das erste Mal einen Handjob bekam.

Ich war mir fast sicher, dass der Taxifahrer genau wusste, was wir da buchstäblich hinter seinem Rücken trieben. Ich gab ihm einen Zwanziger extra dafür, dass er schwieg, als wir etwa fünfzehn Minuten später an unserem Ziel ankamen. Hastig sprangen wir aus dem Auto und ich drängte mich von hinten gegen Kat, während sie die Haustür aufschloss.

»Schneller«, knurrte ich.

»Ich versuch's ja. Shit. Diese blöde Tür klemmt immer.«

Ich stieß fest dagegen und die Tür sprang auf. Kat drohte, in den Flur zu stolpern, als ich von hinten ihre Taille umfasste. Erschrocken schnappte sie nach Luft, drehte sich in meinem Arm um. An meinem Mantelkragen zog sie mich in das Gebäude hinein. Der Flur war kühl und dunkel. Die Wandleuchten sorgten für schwaches Licht. Doch ich musste sie nicht sehen. Ich spürte sie überall an meinem

Körper, da ich sie gegen die Wand drückte, um ihren Kiefer zu küssen. Sie ließ ihre Hand erneut zu meinem Schritt wandern, während ich sie sanft in die weiche Haut an ihrem Hals biss.

»Du solltest besser damit aufhören«, keuchte ich.

»Wieso?« Sie konnte die Belustigung in ihrer Stimme nicht verbergen. Es gefiel ihr wohl, die Oberhand zu haben. Im wahrsten Sinne des Wortes.

»Sonst wird das hier gleich ganz schnell zu Ende sein.«

Rasch zog sie die Hand zurück.

»Siehst du. Hab ich mir gedacht.«

Wir lachten beide erstickt auf. Ich folgte ihr die Treppe nach oben in den ersten Stock.

Dort angekommen, drängte ich sie erneut an die Wand, vergrub meine Nase an ihrem Hals und atmete ihren Duft ein. Natürlich kamen wir dadurch nicht schneller in ihre Wohnung, aber ich konnte einfach keine Sekunde länger warten.

»Dean«, seufzte sie. Ich löste die Schlaufe ihres dunklen Mantels und wanderte mit den Händen zu beiden Seiten ihrer Taille darunter, bis ich ihre warme Haut am Rücken unter meinen Fingerspitzen spürte. Sie erschauderte und ich grinste. Ich liebte es jetzt schon, ihre körperliche Reaktion auf meine Berührungen zu sehen.

Heute Nacht würde ich es mir zur Aufgabe machen, herauszufinden, welche Laute ich ihr sonst noch entlocken konnte.

Wir taumelten eng umschlungen den Flur entlang, bis Kat mich an einer Tür zum Stehen brachte. Ihr Schlüssel klimperte und dieses Mal sprang die Tür direkt auf. Kat nahm meine Hand und zog mich mit sich in die dunkle Wohnung. Sofort stieg mir ihr vertrauter Duft noch intensiver in die Nase. Ehe sie mich in Richtung Schlafzimmer drängen konnte, hielt ich sie am Handgelenk zurück, schloss gleichzeitig mit der anderen Hand die Wohnungstür hinter mir und presste sie dagegen. Sie quietschte überrascht auf, woraufhin mein Mundwinkel zuckte.

Ein weiterer Laut, den ich ihr entlockt hatte.

Hungrig wie ein Wolf wollte ich mich auf ihren Mund stürzen, sie am liebsten in einem verschlingen. Sie schmecken. Alles von ihr. Davon hatte ich schon so lange geträumt. Doch Kat war schneller. Ehe ich ihren Mund erreichte, reckte sie sich nach vorne, küsste meinen Hals und leckte sachte über meinen Adamsapfel.

Gottverdammt. Ich hatte keine Ahnung, dass diese Stelle so empfindlich war und wie sehr es mich anturnte, dort von ihr geküsst zu werden. Aber vermutlich könnte sie mein Schienbein küssen und ich würde in Flammen aufgehen.

Es war ein ständiger Kampf um die Oberhand. Gerade hatte sich Kat wieder nach oben gekämpft und dieses Mal ließ ich sie gewähren. Was immer sie tun würde, ich wäre bereit. Im schwachen Licht, das von der Stadt durch die Fenster drang, blickte sie mit flatternden Lidern zu mir auf. Sie streifte mir den Mantel von den Schultern. Ich sah ihr in die Augen und tat es ihr gleich, sodass auch ihr Mantel zu Boden fiel. Dann knöpfte sie mein Hemd auf. Einen Knopf nach dem anderen. Ich schluckte hart und ballte die Fäuste, weil es mich all meine Willenskraft kostete, uns beiden nicht sofort alle Kleider vom Leib zu reißen.

»Warum so ernst?« Ein Schmunzeln breitete sich auf ihren Lippen aus, ehe sie in ihrer Bewegung innehielt.

Ich lachte. »Hör auf zu reden und mach weiter.«

»Warum so ungeduldig, Dean?«

Das war's. Mein Geduldsfaden war gerissen. Ich ergriff ihre Hände mit meinen und führte sie über ihrem Kopf an der Tür zusammen, fixierte sie mit der einen Hand, während ich mir mit der anderen die letzten Knöpfe meines Hemdes aufriss. Sie japste erschrocken nach Luft.

Wieder ein Laut, der ihren heißen Mund verließ. Check.

»Weil du mir gerade im Taxi einen runtergeholt hast.« Ich presste sie mit aller Kraft gegen die Tür. Meine harte

Mitte gegen ihren Bauch. »Spürst du das? Spürst du, wie er zuckt, wenn ich nur davon spreche?«, murmelte ich dicht von ihrem Mund.

Sie nickte und gab ein wimmerndes Geräusch von sich. Ihre Handgelenke noch immer mit meiner linken Hand über ihrem Kopf fixiert, strich ich unendlich langsam mit den Fingern meiner rechten Hand über ihr Dekolleté. Seitlich an ihren Brüsten entlang, über ihre Taille zu ihrem Rücken, wo ich den Reißverschluss ihres sündhaft tief ausgeschnittenen Kleides direkt über ihrem Hintern zu fassen bekam. Fragend sah ich sie an und sie nickte. In diesem Moment waren nur unser keuchender Atem und das leise Geräusch des Zippers zu hören. Ich ließ ihre Handgelenke los, sodass sie sich die feinen Träger ihres Kleides selbst über die Schultern streifen konnte.

Das schwarze Kleid glitt zu Boden. Und mit ihm mein letztes Bisschen Willenskraft, ihr zu widerstehen.

Meine Augen hatten sich mittlerweile an das kaum vorhandene Licht gewöhnt, weshalb ich sofort sah, dass sie keinen BH trug. Wie hätte sie auch, bei diesem rückenfreien Kleid? *Fuck*. Ihre Nippel richteten sich unter meinem Blick auf und luden mich förmlich dazu ein, sie zu küssen und zu liebkosen. Als ich gerade genau das tun wollte, hielt sie mich an den Schultern zurück.

»Fair Play. Ich finde, du hast noch viel zu viel an.«

Sie machte sich daran, mir das Jackett auszuziehen. Ich half ihr, knüllte es zusammen und warf es blindlings hinter mich. Das Hemd flog hinterher. Jetzt trug ich obenrum nur noch ein weißes enges Unterhemd. Mit ihren grazilen Fingern fuhr sie meine Arme entlang nach unten und sah mich auffordernd an. Ich verstand und griff nach dem Saum meines Unterhemdes, um es mir über den Kopf zu zerren. Kat sog die Luft scharf ein, als sie mich mindestens genauso hungrig musterte wie ich sie zuvor. Meine Muskeln zuckten, als ihre Fingernägel sanft und doch wie die einer Raubkatze über meinen Oberkörper kratzten. Meine Brustmuskeln, meine Bauchmuskeln. Ich kam mir vor wie eine lebensmüde Antilope, die darauf wartete, verschlungen zu werden. Sie war die Raubkatze, die vorher noch ein bisschen mit ihrem Essen spielte. Wer wäre ich, sie davon abzuhalten?

»Du bist ziemlich gut in Form«, raunte sie, als sie den Bund meiner noch immer offenen Anzughose zu fassen bekam und ihn nach unten schob.

»Man tut, was man kann.«

Mein Hirn hatte sich spätestens in dem Moment verabschiedet, in dem Kat ihr Kleid ausgezogen hatte. Ich trat mir die Anzugschuhe von den Füßen und aus meinen nach unten gesunkenen Hosen heraus. Dann legte ich meine Hände an ihre Hüften, um sie näher zu mir zu ziehen. Sie trug nichts bis auf ein schwarzes Spitzenhöschen und ihre High Heels, weshalb wir etwa auf Augenhöhe waren. So sexy sie damit auch war, die Dinger konnten einfach nicht bequem sein. Langsam begann ich, mir einen Weg über ihren nackten Körper nach unten zu küssen. Bei ihren Brüsten machte ich den ersten ausgiebigen Halt. Ich umfasste sie mit beiden Händen, strich mit meinem Daumen über ihre Nippel, leckte darüber und entlockte ihr damit die erotischsten Laute, die ich je hören durfte. Ihre empfindlichste Stelle überging ich ganz bewusst, um sie ein wenig zu ärgern. Stattdessen presste ich meine Lippen nur ein paarmal auf die Innenseiten ihrer Oberschenkel und tastete nach ihren Knöcheln, um ihre Füße behutsam aus diesen Mörderdingern zu befreien. Halt suchend stützte sie sich an meinem Kopf ab. Nun, da sie barfuß war, kam sie mir ein gutes Stück nach unten entgegen. Was hieß: Ihre Mitte kam meinem Mund zehn Zentimeter näher. Das hatte ich gar nicht geplant, aber es gefiel mir ausgesprochen gut.

»Kluger Schachzug«, kam es von oben. Selbstzufrieden grinste ich in mich hinein, bevor ich wieder die Innenseiten ihrer Oberschenkel küsste.

»Danke«, murmelte ich zwischen zwei Küssen. Als ich meine Hände an den Rückseiten ihrer Beine hinaufgleiten ließ und ihren Hintern fest packte, zuckte ihre Hüfte, vermutlich mehr vor Überraschung, nach vorne. Ich empfing sie freudig mit leicht geöffneten Lippen. Kat seufzte erregt auf und krallte sich abermals an meinem Kopf fest. Ich ließ meine Zunge über den rauen Spitzenstoff ihres Tangas gleiten.

»Dean«, wimmerte sie. Mein Schwanz pulsierte bei diesem Klang bereits schmerzhaft vor Lust.

»Mmh«, summte ich mit dem Mund zwischen ihren Beinen.

»Ich kann ... nicht mehr«, brachte sie gepresst hervor. Auch wenn ich vor ihr kniete, hatte ich sie so was von in der Hand. Apropos Hand. Ich löste sie von ihrem straffen Hintern und ließ meinen Daumen über ihre Klit kreisen.

»Fuck«, stöhnte sie und ich spürte, wie ihre Knie kurz nachgaben. Aus dem Augenwinkel sah ich eine Couch hinter ihr und drängte sie, noch immer auf meinen Knien, sanft in diese Richtung. Sie schien zu verstehen und ließ sich nach hinten fallen, sobald wir es erreicht hatten. Mit beiden Händen schob ich ihre Beine weiter auseinander, damit ich besseren Zugang zu ihrer empfindlichsten Stelle hatte. Mit halb gesenkten Lidern blickte sie zu mir herab. Ich schob ihren Slip zur Seite und strich mit dem Daumen direkt über ihre nackte Klit. Gott, sie war so verdammt feucht. Am liebsten würde ich sofort in sie eindringen, doch erst wollte ich sie schmecken. Richtig schmecken. Ohne den Stoff dazwischen.

Ich leckte über ihre Mitte und stöhnte auf. *Ihr* Stöhnen konnte fast nicht mehr als Stöhnen durchgehen. Es war mehr ein überraschter Schrei, während sie ihre Hüfte anhob und gegen mich drückte. Als Nächstes legte ich meine Lippen einfach nur auf ihre empfindlichste Stelle. Liebkoste und leckte sie sanft. Wenn ich schon ihren Mund nicht auf diese Art küssen durfte, dann wenigstens eine andere Stelle ihres wundervollen Körpers. Ich ließ meine Zunge sanft in sie hineingleiten und stöhnte erneut. Kat war von nun an mein Lieblingsgeschmack, und vermutlich würde ich bis an mein Lebensende nie wieder etwas essen oder trinken, um diesen Geschmack nicht zu verlieren. Meine Hände gingen unterdessen auf Wanderschaft und erkundeten weiter fahrig ihre Rundungen. Kneteten und streichelten alles, was sie zu fassen bekamen.

Mit einem Mal spürte ich, wie sie sich unter mir versteifte. In der ersten Sekunde dachte ich, sie wäre dem Höhepunkt nahe und würde sich deshalb verkrampfen, doch ich merkte schnell, dass es das nicht war. Alarmiert sah ich zu ihr auf.

»Alles gut?«

»Ja, sicher. Mach weiter.«

Ich versuchte, in der Dunkelheit ihren Gesichtsausdruck zu deuten, konnte ihn jedoch nicht genau erkennen. Also legte ich meinen Mund wieder an ihre Mitte und streichelte dabei ihren Bauch. Es sollte eine beruhigende Geste sein. Ein Zeichen, dass sie sich bei mir fallen lassen und entspannen konnte. Anscheinend bewirkte es das genaue Gegenteil. In der nächsten Sekunde stieß sie mich an den Schultern von sich und sprang hastig auf. Ich wich erschrocken zurück und landete auf meinem Hintern.

»Kat? Was ist los? Hab ich etwas falsch gemacht?«

Kopfschüttelnd schlang sie die Arme um ihren Oberkörper. Ich richtete mich auf und wollte nach ihr greifen, um sie in den Arm zu nehmen.

»Vielleicht haben wir das hier doch alles ein bisschen zu schnell angehen lassen?«

Sie trat einen Schritt zurück und schüttelte erneut den Kopf. »Im Gegenteil. Wir hätten einfach Sex haben sollen.«

»Bitte was?« Jetzt verstand ich gar nichts mehr.

»Wir hätten einfach Sex haben sollen. Ohne diese Zärtlichkeiten. Nur Sex. Alles rein körperlich. Dieses Streicheln und Geküsse wirkt fast, als würde das hier etwas bedeuten.«

»Aber Kat, es bedeu...«

»Nicht«, unterbrach sie mich. »Sprich es nicht aus.«

Ich konnte hören, wie ihre Stimme zitterte. Wieder streckte ich meine Hand nach ihr aus und ging einen kleinen Schritt auf sie zu. Plötzlich drehte sie sich um und rannte davon. Für den Bruchteil einer Sekunde konnte ich zumindest ihre Rückansicht im grellen Licht des Badezimmers erkennen. Das Licht blendete mich, sodass ich die Augen zusammenkniff, ehe sie die Tür hinter sich zuschlug und ich allein in der Dunkelheit zurückblieb.

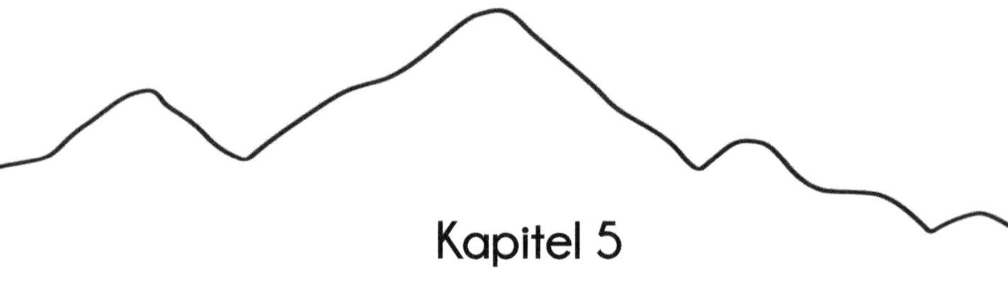

Kapitel 5

KAT

»Was meinen Sie mit *gecancelt?*«

»Ma'am, in Colorado tobt der heftigste Schneesturm seit über zwanzig Jahren. Heute wird kein Flieger mehr dort landen, und in den nächsten Tagen sicher auch nicht«, säuselte die Dame am Schalter mit überfreundlicher Stimme. Dieses Getue konnte sie sich sonst wohin stecken.

»Miss«, knurrte ich und krallte mich an dem Reisepass in meiner Manteltasche fest. »Sie scheinen nicht zu verstehen. Ich habe eine Reise gebucht. In einem Wellnesshotel. Ich habe dieses Jahr jeden Penny dreimal umgedreht und lebe in einem gottverdammten Schuhkarton, damit ich mir diesen Urlaub leisten kann, und *Sie* wollen mir jetzt sagen, dass ich diesen Urlaub nicht antreten kann wegen eines scheiß …«

Ich merkte erst, dass ich mit jedem Wort lauter – und ausfallender – geworden war, als sich jemand hinter mir räusperte. Langsam drehte ich mich auf dem Absatz um und blickte direkt gegen einen schlecht rasierten, sehr stark ausgeprägten Kiefermuskel. Ein bulliger Security-Mann mit eisblauen Augen starrte mich an. Hilflos blinzelte ich zurück zur Dame vom Schalter.

»Es tut mir leid, wir können im Moment leider nichts anderes tun als warten. Wenn Sie möchten, suche ich Ihnen ein günstiges Hotel hier in der Nähe raus.« Sie meinte es ernst. Der mitleidige Ausdruck auf ihrem Gesicht verriet, dass es ihr wirklich leidtat.

Ein schwaches Lächeln zupfte an meinen Lippen, ehe ich den Kopf schüttelte. »Nein, das ist nicht nötig. Aber vielen Dank.«

Als der Sicherheitsmann merkte, dass ich resignierte, lockerte sich seine Haltung. Mit hängenden Schultern griff ich nach meinem kleinen Handgepäck-Koffer und verließ das Flughafengebäude.

Das war ein schlechter Scherz. Es musste ein Scherz sein. Meine Füße schmerzten bei jedem wackeligen Schritt, den ich tat, ein bisschen mehr. Durch die gläsernen Automatiktüren der Flughafenhalle bis zur Hauptstraße, um mir ein Taxi zu rufen. Die schwarzen Spitzen meiner *Louboutins* lugten unter meiner schlabbrigen Jogginghose hervor. Ich betrachtete sie mitleidig. Hatte sich der Himmel gestern Abend noch nicht zwischen Regen und Schnee entscheiden können, war die Nacht deutlich entscheidungsfreudiger gewesen. Als ich meinen Wohnkomplex heute Morgen verlassen hatte, begrüßte mich nasskalter Schnee auf dem Bürgersteig, der schon wieder halb schmolz. Das Streusalz, das wohl in den frühen Morgenstunden auf Straßen und Gehwegen verteilt worden war, hatte unschöne weiße Ränder auf meinen Lieblingsschuhen hinterlassen. Mit diesem Look würde ich definitiv keinen Preis gewinnen. Er war auch nicht meine erste Wahl gewesen, aber meine einzige. Nachdem ich vor Dean geflohen war, hatte ich mich die ganze Nacht im Badezimmer eingesperrt und versucht, meine Panikattacke in den Griff zu bekommen. Er hatte bestimmt noch zwei Stunden vor der Tür gesessen und versucht, mich zum Rauskommen zu bewegen. Dabei hatte er beruhigend auf mich eingeredet. Verzweifelte Fragen gestellt, die ich nicht beantworten konnte.

Was habe ich falsch gemacht? Sag mir bitte, was mit dir los ist. Hast du Schmerzen? Ich will dir helfen. Wo ist dein Baby jetzt? Wieso seid Allec und du nicht mehr zusammen? Und seit wann? Wieso hast du dich das ganze letzte Jahr nicht bei mir gemeldet?

Irgendwann war es ruhiger geworden. Ruhiger vor der Tür und in meinem Inneren. Um halb sechs hatte ich leise die Tür geöffnet, gekleidet in dem erstbesten Outfit, das noch vom Vortag im Badezimmer gelegen hatte. Dean hatte sich wie eine Katze auf meinem Zweisitzer zusammengerollt, als wäre er nicht der große Mann, der er nun mal war. Es hatte furchtbar unbequem ausgesehen. Kurz hatte ich überlegt, mich ohne ein Wort des Abschieds aus meiner eigenen Wohnung zu schleichen. Irgendwie brachte ich es doch nicht übers Herz. Also schnappte ich mir Zettel und Stift aus meiner Küchenzeile und schrieb:

Tut mir leid, dass ich dir deine Fragen nicht beantworten konnte. Vielleicht bin ich nach meinem Wellnessurlaub bereit dazu. Ich melde mich bei dir, wenn ich aus Colorado zurück bin.

Dann hatte ich mir meinen Koffer geschnappt, den ich gestern fertig gepackt neben die Wohnungstür gestellt hatte, und mich auf den Weg zum Flughafen gemacht.

Ich hätte mit ihm geschlafen. Ich wollte mit ihm schlafen. Aber er hatte auf einmal etwas daraus gemacht, das mir das Gefühl gab, es wäre nicht nur Sex. Als könnte es mehr sein. Und das war nicht gut für mein Herz.

Die Bilder der letzten Nacht rauschten vor meinem inneren Auge vorbei wie die Autos im blassgrauen Morgenlicht an dieser Straße. Seine Hände, die an meinem Körper hinabgeglitten waren. Sein Mund, der meine Mitte gefunden hatte. Ich hätte nichts lieber getan, als dieses Gefühl zu genießen und mich ihm vollkommen hinzugeben. Doch dann hatte er meinen Bauch berührt. Instinktiv zuckte meine Hand an dieselbe Stelle. Ich schluckte heftig. Der Gedanke daran tat zu weh.

Ein Taxi näherte sich in der Morgendämmerung. Wie verkrampft meine Schultern waren, merkte ich erst, als ich sie nun lockerte und einen Arm hob, um es herbeizuwinken. Es wechselte auf die rechte Spur, verlangsamte sein Tempo jedoch nicht. Ehe ich mich's versah, rauschte der Wagen an mir vorbei und schleuderte den kalten braunen Matsch am Straßenrand nach oben, mir direkt entgegen. Ich stieß einen schrillen Schrei aus und taumelte zurück. Dabei verhakte sich mein Absatz zwischen zwei Steinen des Kopfsteinpflasters und mein rechter Fuß knickte weg. Unsanft landete ich auf dem Hintern, woraufhin meine Hand erneut zu meinem Bauch schnellte. Nur um ebenso schnell wieder loszulassen. Fast, als hätte ich mich verbrannt. Was zurückblieb, war ein dumpfer Schmerz, der sich von meinem Bauch gleichmäßig in meinem Körper ausbreitete.

»Verdammte Scheiße!«

Nachdem auch das dritte Taxi abgelehnt hatte, mich in diesem nassen und dreckigen Zustand mitzunehmen, beschloss ich, dass es keinen Sinn hatte. Laufen war keine Option. Von hier aus waren es fast fünfzehn Meilen bis zu meiner Wohnung. Dafür würde ich Stunden brauchen. Schnaubend griff ich nach meinem Handy. Es gab lediglich eine Person, die mir aus dieser Situation helfen konnte.

»Pete? Kannst du mich am Flughafen abholen?«, fragte ich, als er verschlafen ins Telefon muffelte. Diese Karte zog ich zwar ungern, aber der Fahrer meiner Mutter war buchstäblich die einzige Person, die ich fragen konnte.

»Natürlich Ms. Nicholson. Ich fahre sofort los.« Ich hörte ein Rascheln und vermutete, dass er aus dem Bett aufstand.

»Kannst du darauf achten, dass niemand mitbekommt, wo du hinfährst? Meine Mutter soll nicht erfahren, dass ich am Flughafen war.«

»Natürlich, Ms. Nicholson«, wiederholte er und unterdrückte hörbar ein Gähnen.

»Ach, und Pete? Vielleicht bringst du ein paar Plastiktüten mit, für deine Sitze.« Ein paar Sekunden herrschte Stille am anderen Ende, ehe er einatmete. »Frag besser einfach nicht«, unterbrach ich ihn schnell, bevor er überhaupt die Möglichkeit dazu hatte. Sein leises Lachen brachte mich zum Schmunzeln. Diese ganze Situation war so absurd. Aber ich liebte Pete dafür, dass er tatsächlich nicht weiter fragte und sein schwarzer Wagen kurze Zeit später vor mir zum Stehen kam.

Mein sonst so weiter Jogginganzug klebte dreckig und nass an meinem Körper wie eine zweite Haut. Doch die Sitzheizung, die ich durch die Plastiktüten hindurch spürte, tat gut. Die wohlige Wärme des Autos und die leise Musik aus dem Radio lullten mich ein und ließen meine Lider schwer werden.

Als ich letztes Jahr den Autounfall gehabt hatte, hatte ich mir geschworen, nie wieder in einen Wagen zu steigen. Ich war seitdem selbst kein Auto mehr gefahren, und an manchen Tagen bekam ich noch immer einen flauen Magen, wenn ich Taxi fuhr, ohne vorher zu wissen, welcher Fahrstil mich erwartete. Bei Pete hingegen fühlte ich mich sicher.

Gedankenverloren starrte ich aus dem Fenster. Vor einem Jahr war ich über genauso eine Kreuzung gefahren wie wir jetzt gerade. Nur dass mich damals ein anderes Auto erfasst und mein Leben für immer verändert hatte. Erst stand ich unter Schock, war wie gelähmt. In der nächsten Sekunde hatte ich panisch meinen Körper abgetastet. Stechender Schmerz. Überall Glassplitter und eine Menge Blut. Ich hatte geschrien, dass ich nie wieder in meinem Leben in einem Wagen mitfahren würde. Wenige Minuten später wurde ich auf einer Bahre in einen Krankenwagen bugsiert. So kurz nach einem Autounfall wieder in einem Fahrzeug zu liegen, nannte man wohl Schocktherapie.

Bei meinem Wohnkomplex angekommen, zerrte ich den Koffer hinter mir im Treppenhaus hinauf. Zu erschöpft, um ihn anzuheben, hallte das scheppernde Geräusch jeder Stufe durch das Gebäude. Mit letzter Kraft öffnete ich die Tür zu meinem Schuhkarton von Wohnung. Dann würde ich mich halt die nächsten vier Wochen hier verkriechen.

»Guten Morgen«, ertönte eine tiefe Stimme in der Sekunde, in der ich die Wohnung betrat. Ich riss die Augen auf und hob kampfbereit meine Fäuste. Mein Blick scannte die winzige Wohnung innerhalb von Sekunden.

Ich hätte eher mit einem Einbrecher gerechnet. Ehrlich. Mit wem ich definitiv nicht gerechnet hatte, war …

»Dean.«

Keuchend presste ich mir eine Hand auf den Brustkorb. Was hatte er noch hier verloren? Meine Nachricht auf dem Esstisch konnte er wohl kaum übersehen haben, denn er saß daran, vor sich eine dampfende Tasse. Meine Kehle wurde eng. Mit einem Mal kam mir der mickrige runde Tisch noch winziger vor. Er wirkte viel zu klein für Deans gigantischen Körper. Gott, wem machte ich etwas vor? Diese ganze Wohnung war zu klein für ihn. Für uns beide.

»Was willst du noch hier?«, presste ich hervor und starrte zu Boden. Als könnte er mich nicht sehen, wenn ich ihn nicht ansah. Als könnte ich dadurch meinen schrecklichen Anblick verbergen.

Mit dem Fuß schob er den zweiten Stuhl vom Tisch weg. »Dir ein Angebot unterbreiten.«

»Ich passe, danke.« Verächtlich schnaubend trat ich einen Schritt zur Seite und deutete auf die offene Wohnungstür hinter mir, um ihm zu signalisieren, dass er gehen konnte, doch er bewegte sich kein Stück. Sein Blick ruhte schwer auf mir. Es kostete mich meinen letzten Rest Energie, ihm standzuhalten. Was auch immer er vorhatte, es würde nicht funktionieren.

Dean nickte erneut zu dem freien Stuhl und schob eine zweite Tasse über den Tisch in meine Richtung. Ich zögerte ein paar Sekunden, ehe ich mich geschlagen gab. Genervt schloss ich die Tür hinter mir, ließ mich auf den Stuhl gegenüber von ihm sinken und umfasste die Tasse mit beiden Händen, um mich aufzuwärmen. Ich konnte mir ja zumindest mal anhören, was er von mir wollte.

»Also?« Erwartungsvoll sah ich ihn an, als ich vorsichtig einen Schluck von meinem Kaffee nahm. Er sah mindestens genauso müde aus, wie ich mich fühlte. Seine kurzen hellbraunen Haare standen ihm wirr vom Kopf ab und es juckte mich in den Fingerspitzen, hindurchzufahren. Vor allem jetzt, wo ich genau wusste, wie sie sich zwischen meinen Fingern anfühlten. Rasch wischte ich die Erinnerungen an letzte Nacht fort und legte meinen Fokus stattdessen wieder auf das flüssige Koffein in meinen Händen. Ich seufzte wohlig auf, als ich den Zimtsirup aus dem Kaffee herausschmeckte, und konnte nicht verhindern, dass mein rechter Mundwinkel nach oben zuckte. Verräterischer Körper.

Leider blieb diese winzige Reaktion nicht unbemerkt. Dean spiegelte den Hauch meines Lächelns. Er wusste es noch. Er wusste, wie ich meinen Kaffee am liebsten trank, und irgendwie sorgte es dafür, dass sich ein flatterndes Gefühl in meinem Brustkorb ausbreitete.

»Ist dir eigentlich bewusst, dass du nun schon die zweite Frau innerhalb von einem Jahr bist, die mich mit so einem bescheuerten kleinen Zettel verlässt?«, fragte er mit einem frechen Grinsen, meine Nachricht zwischen Zeige- und Mittelfinger wedelnd.

»Na ja, wir haben seitdem nicht mehr gesprochen, also nein. Ich kann mir aber denken, von wem der andere Zettel war.« Erst nachdem ich geendet hatte, bemerkte ich, dass ich kühler klang als beabsichtigt.

In seinen hellen Augen blitzte etwas auf. Schmerz?

»Was soll das, Kat? Ich …« Es wirkte, als müsste er sich zusammenreißen. Als wollte er mich nicht mit den gleichen

Fragen von letzter Nacht in die Enge treiben wollen. Auch wenn sie ihm noch so sehr auf der Seele brannten. Er rieb sich über die Stirn. »In dieser ganzen Wohnung deutet nichts auf ein Baby hin.«

Ich starrte die Tischplatte zwischen uns an, ohne zu blinzeln. »Ich weiß.«

Einen Moment herrschte Stille. Sie war ohrenbetäubend und dröhnte durch meinen Schädel.

»Ich sage das nur, weil ich weiß, wie chaotisch eine Wohnung mit einem kleinen Baby ist. Da fliegen Schnuffeltücher rum. Windeln, Fläschchen. Aber hier ist …«

»Es gibt kein Baby«, fiel ich ihm ins Wort. Jetzt war es raus. Früher oder später hätte er es ohnehin erfahren. Ich verstand nur nicht, wieso ihn das so brennend interessierte.

Er räusperte sich. »Oh. Okay.«

»Bist du endlich zufrieden? Was bringt dir diese Information, Dean?«

Seine Hand erschien in meinem Blickfeld, als er sie über den Tisch nach mir ausstreckte, doch ich ging nicht darauf ein. Kaute stattdessen unschlüssig auf meiner Unterlippe herum. Alles, was ich wollte, war ein entspannter Wellnessurlaub und ein bedeutungsloser One-Night-Stand mit dem Mann, den ich … Für den ich früher einmal geschwärmt hatte.

»Kat?«

Ich zögerte, sah ihn immer noch nicht an. »Ja?«

»Komm mit mir nach Sugar Hill.«

Ich verschluckte mich an meinem Kaffee und hustete. »Was?«

»Komm mit mir nach ...«

»Nein«, unterbrach ich ihn. War er vollkommen übergeschnappt?

»Wieso?«

»Weil ... Weil das eine vollkommen hirnrissige Idee ist.«

»Warum?«

Ich verdrehte die Augen. »Weil ... Ach, Dean, was soll ich denn da?«, fragte ich und versuchte, den Spieß umzudrehen.

»Du könntest bei mir sein«, sagte er und sah mich direkt an. Da war es wieder. Dieses Kribbeln in meinem Bauch. Dieses prickelnde Gefühl auf meiner Haut.

Das war nicht gut.

Da ich befürchtete, dass mein Körper mich schon wieder verraten könnte, senkte ich den Blick auf meine Tasse. »Dean, ich ... Ich werde jetzt eine heiße Dusche nehmen, und wenn ich damit fertig bin, wirst du weg sein, okay?«

Ohne eine Antwort abzuwarten, verschwand ich ins Badezimmer. Die Tasse Kaffee wanderte – hoffentlich unbemerkt – mit mir ins Bad.

Unter der Dusche kreisten meine Gedanken um seinen Vorschlag. *Komm mit mir nach Sugar Hill. Du könntest bei mir sein.* Es war viel zu verlockend. Wo war der Haken? Der Haken war, dass ich dort nicht hingehörte. Es war Deans Heimat. Die von ihm und seiner Familie, zu der auch Louisa gehörte. Selbst wenn sie nicht mehr zusammen waren, würde ich mich wie ein Eindringling fühlen. Ich war verantwortlich für das Ende ihrer Beziehung. Ich hatte ihre kleine Familie zerstört. Louisa würde mir das niemals verzeihen. Wie könnte sie auch? Ich selbst würde es mir niemals verzeihen.

Als ich in frischen Klamotten und mit einem Handtuch-Turban auf dem Kopf wieder zurück ins Wohnzimmer tapste, musste ich feststellen, dass Dean wieder auf der Couch lag. Was zur ...

»Welchen Teil von *Wenn ich wiederkomme, bist du weg* hast du nicht verstanden?«

Er schreckte hoch und setzte sich auf. Sein geschockter Gesichtsausdruck entlockte mir ein ungewolltes Grinsen. In diesem Moment klingelte es an der Tür.

»Wer ist das? Hast du vielleicht noch mehr ungebetene Gäste in meine Wohnung eingeladen?«

Dean streckte sich genüsslich und schlenderte anschließend zur Wohnungstür, um den Türöffner zu betätigen. »Wenn du den *UberEats*-Fahrer als solchen bezeichnen willst, dann ja.« Ungläubig sah ich zu, wie er dem jungen Kerl sein Geld gab und zwei braue Papiertüten von ihm entgegennahm.

»Frühstück?«

Ich schüttelte den Kopf, bewegte mich jedoch gleichzeitig in Richtung Esstisch. Mein Magen knurrte viel zu laut und ich bekam mehr und mehr das Gefühl, dass es ohnehin keinen Sinn hatte, Dean Carter zu widersprechen.

Es stellte sich heraus, dass sich Dean nicht nur daran erinnerte, wie ich meinen Kaffee gern trank, sondern ebenfalls nicht vergessen hatte, dass mein Lieblingsfrühstück Bagel mit Frischkäse, Avocado, Tomate und Ei war. Nach dem zweiten Biss schmeckte ich sogar ein wenig Senf raus. Der war nicht Teil der eigentlichen Rezeptur, aber irgendwann hatte ich angefangen, herumzuexperimentieren, ein paar Extras bei meinen Bagel-Bestellungen angegeben. Früher hatten wir uns oft Frühstück in einem Bagel Shop in der Nähe der Kanzlei geholt und auf dem Rückweg noch einen Kaffee. Ich glaube, es hatte uns beiden gutgetan, den Meetings und Papierbergen für einen kurzen Moment zu entfliehen. Durch die Straßen New Yorks zu spazieren und über irgendetwas zu quatschen, das nichts mit der Arbeit zu tun hatte. Und eines Vormittags war ich zu dem Entschluss gekommen, dass mir mein Bagel mit ein bisschen Senf noch besser schmeckte und ich ihn fortan nur noch so bestellen würde. Es rührte mich, dass er sogar das noch wusste. Natürlich ließ ich mir das nicht anmerken.

Wenn er mich mit dem Frühstück beschwichtigen oder bestechen wollte, musste ich zugeben, dass beides funktioniert hatte. Ich war nun tatsächlich irgendwie offener dafür, ihm zuzuhören und – ja, o Wunder – ihn sogar aussprechen zu lassen. Was hatte er aus mir gemacht?

»Kat, bitte komm mit mir nach Sugar Hill. Ich ertrage die Vorstellung nicht, dass du über die Feiertage allein hier bist. Außerdem wolltest du doch eh in die Berge.«

Ich biss genüsslich in eine der Zimtschnecken, die er ebenfalls bestellt hatte. »Und was sagt dir, dass ich nicht gleich dahin aufbreche?«

Die Art, wie er mich von oben bis unten musterte und herausfordernd die Augenbrauen hob, verriet mir, dass er es mir gleich erklären würde. »Habe eine Push-Benachrichtigung von der Katastrophen-Warn-App auf meinem Handy bekommen, dass in Colorado alles dicht ist wegen eines Schneesturms. Keine Chance, dass du da heute noch irgendwie hinkommst.«

Jetzt war ich es, die ihn skeptisch ansah. »Creep. Das erklärt zwar, woher du weißt, dass mein Flug gecancelt wurde, allerdings nicht, wieso du immer noch hier bist.«

Schmunzelnd fuhr er fort. »Ich habe ein Haus in Sugar Hill gekauft, beziehungsweise in Honey Daze, dem Nachbarort. Es ist groß genug für uns beide. Du könntest eine Etage komplett für dich haben. Wir müssten uns nicht mal wirklich über den Weg laufen, wenn du das nicht möchtest. Du könntest dich dort entspannen und runterkommen.«

Dean wusste, welche Knöpfe er bei mir drücken musste. Nicht körperlich, wobei das vielleicht auch, aber in diesem Moment sprach ich von meinen mentalen Knöpfen. Er hatte mir Zimtkaffee gekocht und meinen Lieblingsbagel *und* Zimtschnecken bestellt. Möglicherweise hatte all das in Kombi mit der zu heißen Dusche, die ich eben genommen hatte, und der Anblick eines verschlafenen Deans in Unterhemd und falsch zugeknöpftem Hemd mich weich gekocht. Die Vorstellung, mich irgendwo weit weg von New York, dem Drama bei meinen Großeltern und den Erinnerungen an den Unfall vor einem Jahr, in einem Haus in den Bergen zu verkriechen, kam mir mit jedem Wort, das Deans Lippen verließ, verlockender vor. »Sprich weiter.«

»Ich will dir nicht zu nahe treten«, begann er vorsichtig. »Aber dir geht es offensichtlich nicht gut. Ich meine, du bist … Wir haben letzte Nacht beinahe …« Sein Blick wanderte zur Couch. Hitze kroch meine Wirbelsäule hinauf bei den Erinnerungen, die vor meinem inneren Auge aufblitzten.

»Können wir einfach nicht darüber reden?«

Dean seufzte, als hätte er damit gerechnet, dass ich das sagen würde. »Kat, bitte tu das nicht. Zieh deine Mauern nicht wieder hoch. Nicht vor mir.«

»Was willst du von mir hören?«

»Wir hätten beinahe miteinander geschlafen. Doch dann ist irgendwas passiert. Sag mir, was ich falsch gemacht habe. Womit habe ich dich so verschreckt?«

»Ich kann es dir nicht sagen, Dean. Wenn ich zustimme, mit nach Honey Dizzle zu kommen ...«

»Honey Daze«, verbesserte er mich knapp.

»Honey Daze«, wiederholte ich. »Wenn ich mit nach Honey Daze komme, wirst du mich mit dem Thema in Ruhe lassen?«

Er zögerte kurz, ehe er mir seine Hand über den Tisch hinweg hinhielt.

Ich ergriff sie. »Deal?«, fragte ich, auch wenn sich diese Geste plötzlich gar nicht mehr so geschäftig anfühlte, als er mit seinem Daumen kleine Kreise auf meinen Handrücken malte. Himmel, was hatte ich mir dabei gedacht? Wie sollte ich es überstehen, mit *ihm* in einem Haus zu wohnen, nach dem, was letzte Nacht passiert war?

»Deal.«

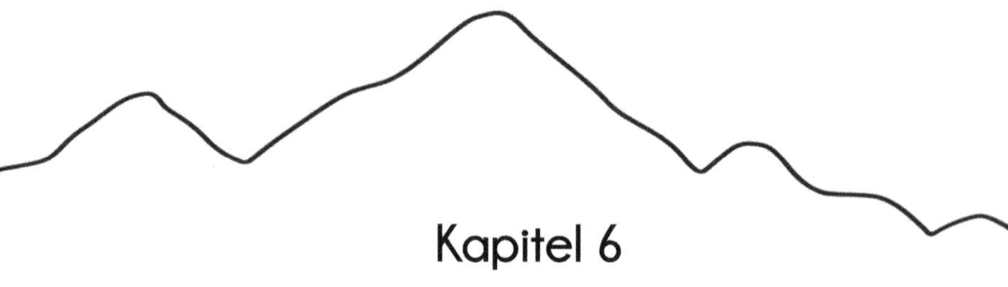

Kapitel 6

KAT

Der Flug nach Vermont dauerte keine zwei Stunden. Dean flog First Class. Natürlich tat er das. Nachdem ich beinahe zwanzig Minuten mit ihm diskutiert und mich gewehrt hatte, dass er für mich ebenfalls ein First-Class-Ticket buchte, hatte ich aufgegeben. Es war mir ohnehin schon unangenehm genug, dass er das alles für mich tat. Ich hatte keine Lust auf Almosen. Je mehr er für mich ausgab, desto größer wurde die Summe, die ich ihm am Ende zurückzahlen musste. Und mit jedem Dollar wuchs mein schlechtes Gewissen. Ich hatte beteuert, dass ich ihm das Geld überweisen würde, sobald ich die Rückzahlung der Airline für meinen stornierten Flug erhalten hatte, aber er hatte bloß milde lächelnd abgewunken. Nicht nur das Geld bereitete mir Sorgen, sondern auch die Tatsache, dass ich in seinem Haus wohnen sollte. Was mich jedoch am meisten beunruhigte, war, dass Dean Carter offenbar Macht über mich hatte. Er überredete mich zu Dingen, die mir widerstrebten. Und das allein mit seinem Augenaufschlag und einem schiefen Grinsen. Und einem Frühstück.

Am International Airport Burlington angekommen, standen uns weitere zwei Stunden Autofahrt bevor. Als der Pilot kurz vor dem Landeanflug von einem internationalen

Airport gesprochen hatte, hatte ich nicht damit gerechnet, dass der Flughafen *so* winzig sein würde. Mich beschlich das Gefühl, dass ich mich auf einen wesentlich größeren Kulturschock einstellen konnte, als ich vermutet hatte.

Wir verließen das Terminal – wohlgemerkt das einzige – und überquerten die Straße. Die unechten Tannengirlanden, mit denen das Vordach der Ausgangstür geschmückt war, flatterten im eisigen Wind und ließen die Glöckchen bimmeln, die daran befestigt waren. Meine Nase kribbelte vor Kälte und ich schnürte den schwarzen Mantel enger um meine Taille. Die Sonne schaffte es nicht, die Schicht aus blassgrauen Wolken am Himmel zu durchbrechen.

Ich folgte Dean in ein kleines Parkhaus mit roten Backsteinwänden, das direkt gegenüber dem gläsernen Flughafengebäude lag, und erwischte mich dabei, wie ich immer wieder verstohlen seine Rückansicht musterte. Auch er trug einen dunklen Mantel, einen karierten Schal, der lässig um seinen Hals lag, und eine Weekender-Bag aus braunem Kunstleder, die er geschultert hatte. Mein Blick glitt nach unten. An seine schlanken, langen Beine schmiegte sich eine dunkelblaue Jeans und mündete in schwarze Boots.

»Kommst du?«, fragte er über die Schulter. Mein Herz geriet kurz ins Stolpern, als er mich beim Starren erwischte. Ich räusperte mich und beschleunigte meine Schritte, um zu ihm aufzuschließen. Es war ein seltsames Gefühl, keine hohen Schuhe zu tragen. Ich musste sogar ein bisschen zu Dean aufblicken. Hoffentlich hatten meine geliebten *Louboutins* den Flug im Koffer gut überstanden. Ich sah auf die alten Sneakers herab, in denen ich mit den Zehen wackelte, um sie zu wärmen.

»Was ist? Wieso bleiben wir stehen?« Irritiert sah ich zur Seite. Als Dean einen Schlüsselbund aus seiner Manteltasche zog, damit vor meiner Nase klimperte und den Autoschlüssel auf den Wagen vor uns richtete, ahnte ich es.

»Darf ich vorstellen: mein Auto, Kat. Kat, mein Auto.« Seine Stimme klang so stolz, dass ich mir ein Grinsen verkneifen musste.

»*Das* ist dein Auto? Was ist mit deinem Sportwagen?«

»Hab ziemlich schnell gemerkt, dass der für diese ländlichen unebenen Straßen nicht so gut geeignet ist. Außerdem brauchte ich etwas Familientauglicheres. Und für die kurze Zeit, die ich in New York bin, lohnt sich der Sportwagen dort nicht.«

Sprachlos starrte ich auf den SUV vor mir. Familientauglich. Richtig. Dean hatte einen mittlerweile sechsjährigen Sohn, und trotz der Trennung von Louisa waren sie eine Familie und würden es immer bleiben.

Auch ich hätte beinahe eine Familie gehabt. Wenn da nicht letztes Jahr dieses eine Auto gewesen wäre, das den Traum zerstörte, von dem ich bis zu diesem Zeitpunkt nicht einmal gewusst hatte, dass es mein Traum gewesen war. Ich schluckte hart bei dem Gedanken daran.

Bei anderen im Auto mitzufahren, wie zum Beispiel bei Pete oder in einem *Uber*, hielt ich mittlerweile wieder aus. Aber hier in den Bergen, wo die Straßen schneebedeckt und glatt waren, bereitete mir die Vorstellung einer zweistündigen Autofahrt Bauchschmerzen. Wieso hatte ich nicht früher darüber nachgedacht? Mir hätte doch klar sein müssen, dass hier überall Schnee lag.

»Hey, so schlimm ist das Auto doch nicht, oder?«, scherzte Dean und riss mich damit aus meinen Gedanken.

»Na ja, wie man's nimmt«, gab ich zurück und zwang mich zu einem Grinsen.

Dean öffnete den Kofferraum und wollte nach meinem Koffer greifen, doch ich kam ihm zuvor und bugsierte mein Gepäckstück selbst hinein. Nachdem er seine Tasche ebenfalls verstaut hatte, stiegen wir ein. Überrascht musste ich feststellen, dass das Auto so riesig und hoch war, dass es mir von innen ein relativ sicheres Gefühl gab. Damit würden wir die Strecke durch die Einöde immerhin zügig hinter uns bringen. Je schneller wir ankamen, desto eher konnte ich mich in seinem Haus verkriechen und ausblenden, wo ich mich befand.

Nämlich nicht in meinem ursprünglichen Wellnesshotel.

Dafür viel zu nah bei Louisa.

Die mich hasste.

Der Geruch von Neuwagen, vermischt mit Tannennadeln und Kaffee, stieg mir in die Nase, während ich mir die pinke Wollmütze vom Kopf zog. In der Mittelkonsole entdeckte ich einen Thermobecher, vermutlich von Deans letztem Aufenthalt in Sugar Hill. Am Rückspiegel baumelte ein Duftbäumchen in Form einer grünen Tanne. Als Dean den Motor startete, war außer der dudelnden Weihnachtsmusik aus dem Radio nichts zu hören. Irritiert blickte ich mich um, während er den Rückwärtsgang einlegte, losfuhr und ich auch da keine Autogeräusche vernahm.

»Ist das ein E-Auto?«

»Ja, ich dachte, wenn ich mir schon ein neues Auto hole, warum nicht gleich ein E-Auto?«

Ich nickte anerkennend.

»Wir müssen nur gleich noch mal bei einer Ladestation halten.«

Wir verließen das Parkhaus und der helle Schnee blendete mich für einen kurzen Moment. Da das schnurrende Motorgeräusch ausblieb, hatte ich keine andere Wahl, als der Musik zu lauschen. Eine fröhliche Melodie. Ein Weihnachtslied. Meine Kehle wurde eng und mein Magen zog sich zusammen. Unwillkürlich verselbstständigte sich meine Hand und betätigte den Radioknopf.

»Okay, dann eben keine Musik«, hörte ich Dean wie durch Watte sagen.

Stille erfüllte das Auto. In meinen Ohren wummerte mein Puls. Ich spürte ihn bis in den Hals pochen. Schon wieder dieses Taubheitsgefühl in meinen Fingern. Damit hatte ich im letzten Jahr öfter zu kämpfen gehabt. Meist, wenn sich eine Panikattacke anbahnte. Und dann … Wärme.

Ich merkte erst, dass ich meine Augen fest zusammengekniffen hatte, als ich sie langsam öffnete, um zu prüfen, warum meine Hand auf einmal warm wurde. Dean hatte sie ergriffen. Ich war noch nicht bereit, ihn anzusehen und seinen durchdringenden grauen Iriden zu begegnen. Also fixierte ich stattdessen die feinen Sommersprossen, die seinen Handrücken zierten.

Wie viele es wohl waren?

Mein Blick glitt über die blassbraunen Pünktchen, die seine sehnige große Hand bedeckten, und ich begann zu zählen. Ich war bereits im zweistelligen Bereich angekommen, als sich mein Puls wieder halbwegs beruhigte. »Tut mir leid«, wisperte ich, holte tief Luft und versuchte, sie möglichst kontrolliert wieder auszuatmen.

»Hey, es gibt nichts, wofür du dich entschuldigen musst.« Sachte bewegte er seinen Daumen und ließ ihn über meine Finger streichen. Er sah kurz zu mir herüber. Der Ausdruck auf seinem Gesicht, seine zärtliche Berührung, das Verständnis in seiner Stimme – all das sorgte dafür, dass mein Herz schneller schlug. Ich wollte nicht, dass sich dieses verräterische Ding etwas darauf einbildete. Dean war nett, höflich und hilfsbereit. Das war er schon immer gewesen. Dass er für mich da sein wollte, bedeutete nichts, oder?

Schnaubend schüttelte ich den Kopf über mich selbst und zog meine Hand unter seiner hervor. »Wie auch immer. Konzentrier dich lieber auf die Straße.«

Etwas mehr als zwei Stunden später passierten wir das Ortsschild von Honey Daze. Ein Holzschild, das das ausgeblichene Gemälde eines Waldes mit einem sich durch die Tannen windenden goldenen Bach zeigte. Ob das Honig darstellen sollte?

Während der Fahrt hatten wir nicht viel gesprochen. Nach Deans Zustimmung hatte ich mein Handy mit seinem Autoradio verbunden und eine meiner Playlists angeschaltet. Es beruhigte mich, zu wissen, dass ich die

Kontrolle darüber hatte und sichergehen konnte, dass keine Weihnachtslieder mehr gespielt wurden. Zugegeben, die Landschaft, die sich uns rechts und links der Straße bot, war zweifelsohne beeindruckend. Hohe Tannen säumten die Straße und schneeverhangene Berge glitzernden in der Nachmittagssonne, als wir den Ort erreichten und kurz darauf in die Straße einbogen, in der ich Deans Haus vermutete. In manchen Vorgärten waren die Bäume und Büsche bereits mit Lichterketten überhäuft und ich musste zweimal hinsehen, um zu erkennen, dass es sich bei einem der Häuser um eine lebensgroße Puppe handelte, die an der Regenrinne baumelte. Himmel, wieso hängte man sich so etwas ans Haus? Dean schien meinen Blick bemerkt zu haben, denn er sagte nur »*Christmas with the Cranks.* Ein Klassiker.« Als würde es das erklären. Ich tippte auf einen Weihnachtsfilm.

Ich hatte keine Ahnung, welches Haus ich erwartet hatte, aber dieses übertraf allein von außen alles! Am Ende der Straße, abgelegen von den anderen Häusern, erstreckte sich ein modernes, zweistöckiges Haus. Dadurch, dass es etwas weiter hinten lag als die anderen Häuser in der Reihe, war allein der Vorgarten schon ausladend. Am unteren Rand befand sich ein massives Fundament aus hellgrauen Steinen in unterschiedlichen Größen und Formen. Darüber befand sich eine Holzfassade im Blockhausstil.

»Ein kleineres Haus hatten sie nicht, oder?«, scherzte ich, während ich aus dem Auto stieg.

»Tatsächlich nicht«, gab er grinsend zurück und dieses Mal widersprach ich nicht, als er auch mein Gepäck aus dem Kofferraum lud und damit auf das Haus zulief. Ich folgte ihm und bestaunte das Gebäude. Wir betraten die Veranda, die einmal um das ganze Gebäude zu reichen schien. Dean schloss die Tür auf und stellte unser Gepäck im Eingangsbereich ab.

»Komm, ich zeige dir direkt das Gästezimmer. Hier kannst du die nächsten Wochen wohnen und es dir gemütlich machen.« Er zog seinen Mantel aus und warf ihn achtlos über das Treppengeländer. »Oder solange du möchtest.«

Mit meinem Koffer in der Hand folgte ich ihm durch einen Flur, der zur linken Seite abging. Noch im selben Moment, in dem er die Tür zum Gästezimmer öffnete, hörte ich ihn leise fluchen.

»Das darf nicht wahr sein«, murmelte er und war bereits dabei, sein Handy aus der Hosentasche zu fischen. Seiner Reaktion entnahm ich, dass er nicht damit gerechnet hatte, einen vollkommen leeren Raum vorzufinden. Er durchquerte das Zimmer mit wenigen Schritten und öffnete eine weitere Tür. Von hier konnte ich ein paar Stapel Fliesen auf dem Boden ausmachen und vermutete, dass dort das Bad war. Oder einmal sein würde. Ich wollte etwas sagen, doch er entfernte sich bereits von mir, das Handy ans rechte Ohr gepresst.

»Hast du nicht gesagt, du bekommst das bis zum ersten Advent hin?«, blaffte er, ehe die Haustür hinter ihm ins Schloss fiel und das Gespräch für meine Ohren erstarb.

Irritiert blieb ich im leeren Gästezimmer zurück. Okay, das war definitiv eine Überraschung. Und zwar keine der guten Sorte. In Gedanken sah ich meine vier Wochen Ruhe und Abgeschiedenheit fortziehen und mich im nächsten Flieger zurück nach New York sitzen. Holzklasse. Ich blinzelte ein paarmal und beschloss dann, das Haus ein wenig auf eigene Faust zu erkunden.

Ich war gerade dabei, die wunderschöne Küche zu inspizieren, als Dean zurückkehrte. Er legte beide Hände flach auf die cremefarbene Marmorplatte der Kochinsel.

»Wie ich sehe, hast du dich schon umgeschaut?«

Mit den matten navyblauen Holzschränken hinter sich sah er aus, als hätte man ihn geradewegs aus einem Küchenkatalog geschnitten. Ich nickte zufrieden. Auch wenn ich keine große Köchin war, sah ich mich förmlich durch die Küche tanzen und die Zutaten für eine leckere Gemüsesuppe schnippeln. Einzig sein Gesichtsausdruck wollte nicht zum Katalogbild passen. Die hellbraunen Augenbrauen zusammengekniffen. Dazwischen eine feine Falte, die ich am liebsten mit dem Zeigefinger glatt gestrichen hätte. Seine Schultern verkrampft nach oben gezogen.

»Ist alles gut bei dir?«

Er fuhr sich durch die Haare und rang sich ein Lächeln ab. »Ja, nein, alles gut. Mach dir keine Gedanken.«

»Mit wem hast du eben telefoniert?«

Abwesend ging er um die Kücheninsel herum zur Spüle. Er öffnete einen der Schränke darüber, holte ein Glas heraus und hielt es mir fragend hin. Ich nickte, woraufhin er ein weiteres Glas herausholte und beide unter den Wasserspender am Kühlschrank stellte. Der Kühlschrank war so breit, dass ich Grund zur Annahme hatte, er hätte das Exemplar, das ich in meiner Wohnung hatte, gleich zweimal verdrückt.

»Dean?«, hakte ich leise nach, als ich vor ihn trat, um ihm das Glas abzunehmen. Unsere Hände verharrten eine Sekunde länger als nötig in der Position, in der sie sich um das Glas herum berührten.

»Hm?« Er schüttelte den Kopf, als hätte ich ihn von weit weg wieder zurückgeholt. »Mit meinem Bruder.« Als er meinen fragenden Blick bemerkte, holte er weiter aus. »Er meinte, er würde es schaffen, die restlichen Renovierungsarbeiten bis zum ersten Advent abzuschließen. Es sind ja nur noch das Gästezimmer und das Gästebad. Ich habe zwar nicht gewusst, dass ich es nun tatsächlich brauchen würde, aber wir hatten es uns einfach immer als Deadline gesetzt. Ich meine, ich habe das Haus letztes Jahr um diese Zeit gekauft. Wir haben es ein Jahr lang gemeinsam renoviert und es wäre schön gewesen, wenn es auch wirklich vor der Adventszeit fertig geworden wäre. Und jetzt ... jetzt bist du hier und ... Ach, es ist einfach Sch...«

»Hey, Dean«, unterbrach ich ihn und legte reflexartig eine Hand auf seinen Unterarm. Er spannte sich unter meiner

Berührung an. »Trink erst mal einen Schluck und beruhig dich, okay? Das wird schon alles. Es gibt sicher ein Hotel hier in der Nähe, oder? Dann checke ich einfach dort für eine Nacht ein und fliege morgen wieder nach Hause.«

»Nein!« Alarmiert umschloss er mein Handgelenk. »Das kommt gar nicht infrage. Ich werde mir eine andere Lösung einfallen lassen. Du kannst mein Schlafzimmer nehmen und ich schlafe so lange auf dem Sofa. Ich hoffe, dass John und ich das in den nächsten Tagen gemeinsam hinbekommen.«

»Bist du sicher?«

Er trank das Glas in drei großen Schlucken aus. »Auf jeden Fall. Ich bin heute Abend beim Adventsessen meiner Familie. Da werde ich alles genau mit meinem Bruder besprechen. Aber komm, ich zeig dir erst mal das Haus.«

Küche, Wohn- und Esszimmer waren in einem offenen, hellen Raum vereint. Auf dem dunklen Holzboden lagen Teppiche aus verschiedenen Texturen. Ich kam mir vor wie in einer Folge *Dream Home Makeover* – meiner liebsten *Netflix*-Show. Alles war so modern und schick und gleichzeitig einladend und warm. Doch was hatte ich von Dean anderes erwartet?

Auf die Küche folgte ein langer hölzerner Esstisch, der mindestens acht Leuten genug Platz bot, und dahinter war der Wohnbereich. Das Sofa, das mehr als Wohnlandschaft bezeichnet werden konnte, war auf einen Kamin ausgerichtet, über dem ein riesiger Flachbildfernseher hing. In das cremefarbene Cordsofa verliebte ich mich auf Anhieb. Als ich die Fensterfront hinter dem Sofa entdeckte, stockte mir der Atem. Dean neben mir lachte leise, als er meinen Gesichtsausdruck bemerkte.

»Willst du mich jetzt verarschen?«, war alles, was ich rausbrachte.

Sein Lachen wurde lauter. »Wieso?«

Ich krallte mich an seinem Arm fest, ohne ihn anzusehen. Keine Ahnung, ob ich mich jemals an diesem Panorama, das sich mir bot, sattsehen würde.

»Wollen wir kurz raus?«

Unfähig, zu antworten, spürte ich seine Hand an meinem unteren Rücken, die mich sanft nach vorne schob. Dean öffnete die gläserne Schiebetür und wir traten auf die überdachte Terrasse. Vor uns erstreckte sich ein eingeschneiter Garten, der direkt auf einen türkisblau glitzernden zugefrorenen See zulief. Dahinter reckten sich schneebedeckte Bergspitzen in die Höhe. Ich keuchte ungläubig. Versuchte noch immer, diesen Anblick zu verarbeiten.

»Ich glaube nicht, dass ich jemals etwas so Schönes gesehen habe«, hauchte ich.

Er lachte erneut und blieb einen Moment stumm, ehe er wisperte: »Geht mir genauso.«

Als ich den Kopf zu ihm drehte, merkte ich, dass er *mich* ansah, anstatt den See.

»Im Ernst, wen hast du umgebracht, um an dieses Haus zu kommen, Dean? Es wird langsam unheimlich.«

»Verrate ich dir lieber nicht. Oder willst du dich mitschuldig machen, indem ich es dir sage?«

Ich verdrehte die Augen und stieß mit meiner Schulter gegen seine. »Lass mal lieber. Keine Lust auf Gefängnis.«

Er schnaubte und drehte sich wieder in Richtung Haus. »Komm, ich zeige dir mein Schlafzimmer, äh ... *dein* Schlafzimmer.«

Ein, zwei Atemzüge verweilte ich noch draußen auf der Terrasse, um den kurzen Moment der Ruhe zu genießen und mir klarzumachen, dass dieses Paradies wirklich existierte. Ich hatte verdammtes Glück, hier zu sein. Jetzt, wo ich *das* gesehen hatte, wollte ich auf gar keinen Fall gleich wieder abreisen. Ich würde sogar auf dem Boden schlafen, nur um die nächsten vier Wochen diese surreale Natur direkt vor der Nase zu haben. Vielleicht war es doch nicht so schlecht, dass ich mich von Dean hierzu überreden lassen hatte.

»Hey, Dean! Wenn du ins Gefängnis gehst, kann ich solange auf dein Haus aufpassen?«, rief ich ihm hinterher, als ich ihm ins Innere folgte.

Hatte ich geglaubt, dass der Ausblick vom Wohnzimmer aus nicht zu übertreffen wäre, belehrte mich das Obergeschoss eines Besseren. Das Schlafzimmer wurde vom goldenen Licht der Abendsonne durchflutet und sorgte dafür, dass ich mich einmal selbst zwickte, um zu prüfen, ob das hier auch ganz sicher kein Traum war. Der Himmel sollte Eintritt verlangen für das Spektakel, das er dort über den gezuckerten Bergen abzog. Blau wechselte von Rosa zu Orangerot, das langsam in einen hellen Fliederton überging, der allmählich immer dunkler wurde. Dean hatte sich kurz in das angrenzende Badezimmer entschuldigt, um zu duschen und sich für das Adventsessen frisch zu machen, nachdem ich ihm versichert hatte, dass ich nicht mitkommen wollte.

»Sicher?«

»Ja, ich bin mir sicher.«

»Aber das ist doch schade, wenn du an deinem ersten Abend hier so allein bist.«

»Ich habe das ganze letzte Jahr allein gegessen, Dean.«

»Das macht es nicht besser. Komm doch mit.«

»Nein, ist schon okay. Ich würde mich dort unwohl fühlen.«

»Aber ...«

»Geh duschen, Dean.«

Ursprünglich hatte ich unterdessen runter ins Wohnzimmer gehen und die Karte des Pizza-Lieferservices auf meinem Handy studieren wollen. Wie lange ich tatsächlich auf der Bettkante gesessen und dem Himmel bei seinem Farbenspiel zugesehen hatte, bemerkte ich erst, als ich die Badezimmertür hinter mir aufgehen hörte. Reflexartig wandte ich mich dem Geräusch zu, nur um mich in der nächsten Sekunde wieder zurück zur Fensterfront zu drehen. Dean stand in der Tür. Mit nichts als einem weißen Handtuch tief auf den Hüften. Hitze stieg mir in die Wangen. Wie alt war ich? Fünfzehn? Letzte Nacht hatten wir weiß Gott mehr getan, als uns nur anzusehen. Er hatte in nichts als seinen Boxershorts vor mir gekniet, wenn auch fast im Dunkeln. Ich hatte seinen Körper mit meinen Fingern gespürt. Mit meinen Lippen, meiner Zunge. *Fuck.* Ich hatte ihm sogar im Taxi einen runtergeholt. Die Erkenntnis krachte über mich herein wie ein Eimer eiskaltes Wasser. Wir hätten beinahe miteinander geschlafen. Wie zur Hölle sollte ich mir die nächsten vier Wochen das Haus mit Dean teilen?

»Sorry, ich wollte nicht ...«

»Kat, ich dachte, du ...«, setzte er gleichzeitig an.

»Ja, wollte ich auch. Also, nicht gucken, sondern nach unten gehen. Sorry, ich bin schon weg.« Ich hüpfte von dem Kingsize-Bett runter und huschte, ohne ihn noch einmal anzusehen, zur Tür. Als ich im Flur war, hörte ich ihn leise lachen.

Eine Stunde später hatte ich es mir in meinem weichen Lounge-Set im Schneidersitz auf dem gigantischen Sofa bequem gemacht, den Pizzakarton vor mir auf dem niedrigen Holztisch ausgebreitet wie ein Festmahl. Dean hatte mir ein Feuer im Kamin angezündet, bevor er aufgebrochen war, da er die Heizung im Haus immer nur einschaltete, wenn er sich auch wirklich hier aufhielt. Ich konnte nicht leugnen, dass er gut aussah. Ich meine, ich durfte das zugeben, oder? Da war nichts dabei. Dean Carter war ohne jeden Zweifel ein attraktiver Mann. Als er da so an der Küchentheke gestanden hatte, um beim Pizzalieferanten anzurufen, in seinem dunkelblauen Strickpullover, einem weißen Hemdkragen, der oben herausguckte, und dazu eine beige Chino. Die kurzen Haare feucht vom Duschen, die Brille an den Rändern noch leicht beschlagen. Das Seufzen, das mir bei dem Gedanken daran entwich, holte mich zurück ins Hier und Jetzt.

Ich angelte mir ein weiteres Stück Artischocken-Pizza, während ich mit der anderen Hand zwischen den verschiedenen TV-Programmen hin und her zappte. Auf der Suche nach einem Krimi oder einem Thriller kämpfte ich mich durch unzählige Weihnachtsfilme. Ich kniff die Augen zusammen. War es nicht möglich, diesem Feiertag irgendwie zu entgehen? Wenigstens im Fernsehen? Selbst der eine Krimi, den ich fand, spielte zur Weihnachtszeit, wie sich nach fünf Minuten herausstellte. Schließlich blieb ich bei einer Tierdoku hängen. Mit süßen Tieren konnte ich leben.

Ich war schließlich kein Unmensch.

Ich hasste einfach nur Weihnachten.

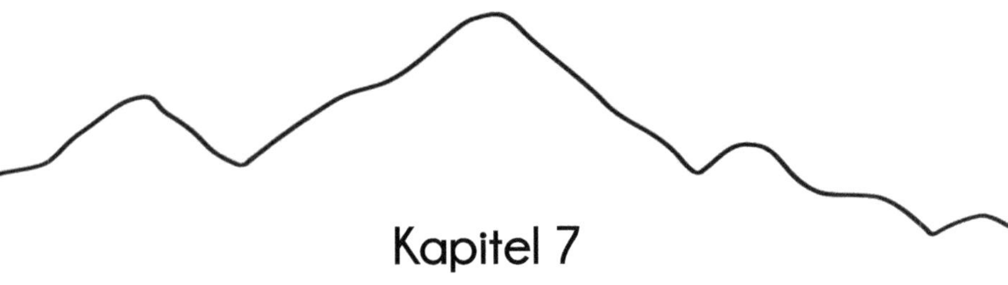

Kapitel 7

DEAN

Der Schnee knirschte unter meinen Schuhen, als ich aus dem Auto stieg. Etwas, an das ich mich erst wieder gewöhnen musste, seit ich zurück nach Sugar Hill gezogen war. In New York gab es fast nie Schnee, und wenn, hatte sich dieser meist schneller in braune Pampe verwandelt, als man hätte *Schneemann* sagen können. Ein eisiger Windstoß wehte von Westen her und kroch mir geradewegs unter den Mantel. Louisa und John schienen die Woche über fleißig gewesen zu sein, denn im Gegensatz zum letzten Mal, als ich hier gewesen war, war mein Elternhaus nun in strahlende Lichterketten gehüllt, die die Dunkelheit erhellten. Noch ehe ich klingeln konnte, wurde die Haustür geöffnet und mein Sohn hüpfte mir entgegen.

»Daddy!«, schrie er strahlend, sprang mir direkt in die Arme und ich wirbelte ihn einmal im Kreis herum. Bei seinem vollen, ehrlichen Lachen wummerte mein Herz heftig in meinem Brustkorb.

»Hast du etwa am Fenster auf mich gewartet, mein Kleiner?«

Er nickte stolz. Gerade als ich ihn wieder absetzen wollte, bemerkte ich, dass er gar keine Schuhe trug. Seine grünen Socken waren komplett durchnässt.

»Marvin Carter! Du hast keine Schuhe ...«, hallte Louisas Stimme durch die kalte Abendluft.

»Zu spät.« Schmunzelnd lief ich auf die Tür zu und umarmte meine Ex-Frau zur Begrüßung.

»Schön, dich zu sehen«, sagte sie, nachdem sie sich von mir gelöst hatte.

»Gleichfalls.« Ich lächelte. Seit Louisa und ich letztes Jahr zur Weihnachtszeit gemeinsam entschieden hatten, uns zu trennen, lief es zwischen uns viel besser.

»Na, dann wollen wir dir mal frische Socken anziehen. Nicht, dass du dich noch erkältest.« Louisa war im Begriff, mir Marvin abzunehmen, als John hinter ihr erschien.

»Komm, lass mich das machen. Geht ihr ruhig schon ins Wohnzimmer zu den anderen. Hey, Dean!« Mein kleiner Bruder umarmte mich mit einem Arm und nahm mit dem anderen Marvin entgegen.

»Hey, Johnny«, krächzte ich. Ich wusste, dass er es nur gut meinte. Wirklich. Trotzdem fühlte es sich manchmal so an, als wollte er mir meine Vaterrolle abspenstig machen. Doch ich hatte keine Lust auf eine Diskussion. Also übergab ich ihm meinen Sohn und folgte Louisa ins Wohnzimmer. Dort herrschte bereits buntes Treiben. Letztes Jahr an Weihnachten hatte meine Mom uns eröffnet, dass sie Dads und ihren Traum nun allein verwirklichen wollte. Bevor mein Dad gestorben war, hatten sie immer davon geträumt, die Welt zu bereisen. Sie hatten es andauernd aufgeschoben. Wenn John und ich mit der Schule fertig wären, hatten sie immer gesagt. Und dann war es zu spät gewesen. Ich schluckte. Inzwischen war Mom seit fast einem Jahr mit einem Wohnmobil in Nordamerika unterwegs. Sie schickte Postkarten von jedem Ort, an dem es ihr gefiel und an dem sie mehr als drei Tage blieb. Alle ein bis zwei Monate kam sie uns besuchen und mindestens zu allen Geburtstagen.

Es war ein seltsames Gefühl, dass meine Mom genau in dem Moment beschlossen hatte, zum ersten Mal in ihrem Leben diesen Ort zu verlassen, in dem ich die Entscheidung fällte, wieder hierherzuziehen. Doch das eine hatte sicher mit dem anderen zu tun. Dass ich in meinen Heimatort zurückgezogen war, lag nur daran, dass Louisa in Sugar Hill bleiben wollte. Und da ihr größter Traum schon immer gewesen war, ein eigenes Café zu betreiben, meine Mutter maßlos überarbeitet war und endlich eine Auszeit brauchte, hatte sie Louisa ihr Café, das *CC's*, überlassen, solange sie verreiste. So hatte jeder, was er wollte. Meine Mom ihre Auszeit, Louisa ihr Café, John Louisa und ich ... Na ja, ich erfreute mich daran, dass meine liebsten Menschen glücklich waren.

»Schön, dass du da bist, Junge«, kam es von meinem Onkel Atlas. »Tust du mir einen Gefallen und lässt hier die Luft raus?« Er wedelte mit seinem Bierglas.

»Hey, Atlas, auch schön, dich zu sehen«, sagte ich grinsend zu dem Bruder meiner Mutter und holte ein frisches Bier aus dem Kühlschrank in der Küche.

»Lora.« Ich nickte seiner Frau zu und sie tat es mir gleich.

»Hey, Dean, altes Haus. Lässt du hier auch mal die Luft raus?«, blökte mich meine Cousine Jess mit verstellter Stimme von der Seite an und hielt mir ihr halb volles Colaglas vor die Nase. Mit ihren kurzen schwarzen Locken, der dunklen Haut und der schlanken Figur kam sie optisch eher nach ihrer Mutter. Das lose Mundwerk und den Humor hatte sie jedoch definitiv von ihrem Vater, Ati. Als wir damals nach Sugar Hill gezogen waren, waren John und ich plötzlich auf der gleichen Schule wie sie und hatten dadurch noch mehr Kontakt gehabt als vorher. Da sie genau wie John und Louisa nur ein Jahr jünger war als ich, hatte ich sie schon immer eher als Freundin betrachtet.

»Netter Versuch, Cousinchen.«

»Jessica«, tadelte Lora sie dafür, dass sie ihren Vater nachgemacht hatte. Diesen schien das gar nicht zu stören. Er lachte bloß darüber.

Louisas Mutter Barb kam aus der Küche und stellte das erste Schälchen mit Muschelsuppe lächelnd vor ihren Freund Patrick auf dem Tisch ab. Nach Louisas und meinem klärenden Gespräch letztes Jahr hatte sie mir von ihrer Mutter und dem örtlichen Postboten Patrick Porter erzählt. Zunächst war sie nicht begeistert von den beiden gewesen, weil es ihr klarmachte, dass sie die Trennung ihrer Eltern noch immer nicht vollständig verarbeitet hatte, auch wenn es schon so viele Jahre her war. Aber mittlerweile war es das Normalste auf der Welt, dass er hier mit uns am Tisch saß. Ich mochte ihn und mein Onkel war regelrecht vernarrt in ihn, weil er seine Leidenschaft zum Baseball teilte.

Louisa trat hinter ihrer Mutter ins Wohnzimmer und balancierte eine Steingutschale zu Jess' Platz. »Keine Sorge, für dich hab ich natürlich etwas extra gemacht. Ich hab mich an einer Zwiebelsuppe probiert. Ich hoffe, das ist okay?«

»Das ist perfekt. Du bist die Beste, Lui.« Jess beugte sich über ihre dampfende Schale, um daran zu schnuppern.

»Immer noch vegetarisch unterwegs, was?«, fragte ich.

»Hundertneunundvierzig Tage fleischfrei, mein Lieber.«

Ich nickte anerkennend. Es war das örtliche Grillfest anlässlich des vierten Julis gewesen, an dem Jess, ihr Bruder Steven und Sophie, Louisas kleine Schwester, ein Chickenwings-Wettessen veranstaltet hatten. Sagen wir es mal so, Jess hatte gewonnen. Während alle noch bis spät in die Nacht am Dorfplatz gesessen, getanzt und das Feuerwerk bestaunt hatten, hing Jess im Gebüsch und entledigte sich ihrer vierundfünfzig Chickenwings. Sie hatte geschworen, dass in der Nacht darauf ein weinendes Huhn neben ihrem Bett gestanden hatte. Am nächsten Morgen hatte sie den Frühstücksspeck angewidert abgelehnt und da wussten wir, dass es ernst war, denn Jess hatte Bacon nahezu angebetet wie eine Religion.

»Ich bin stolz auf dich«, sagte Lora an Jess gewandt. Sie hatte sich noch immer nicht davon erholt, dass ihre Tochter bei einem Wettessen mitgemacht und sich dann am Rande des Festes übergeben hatte. Deshalb unterstützte sie Jess von der ersten Reihe aus. Sicher wollte sie vermeiden, dass sich so etwas jemals wiederholte. Ich schüttelte grinsend den Kopf. Verdammt, wie hatte ich nur so viele Jahre ohne diese durchgeknallte Familie leben können?

Marvin schlüpfte zurück ins Wohnzimmer, an seinen Füßen rote Strümpfe mit Hunden darauf. Er kletterte auf den Stuhl neben mir und blinzelte mich aus seinen großen hellgrauen Augen an. Immerhin konnte ich mir dadurch stets sicher sein, dass er mein Sohn war. Die Augen hatte er definitiv von mir.

»Na du.« Ich wuschelte ihm durch die blonden Locken. »Was hab ich verpasst die letzten Tage?«

»Hm. Nicht viel.«

Wow, so gesprächig? Kein Zweifel. Er kam nach mir.

Louisa ließ sich auf der anderen Seite von Marvin nieder und neben ihr, am Kopfende, mein Bruder. Jap, er war jetzt hier der Hausherr. Ich hatte zwar angeboten, dass sie in mein Haus in Honey Daze ziehen könnten, doch sie fühlten sich hier wohl. Außerdem war es praktisch, dass Barb direkt im Nachbarhaus wohnte. So konnte sie auch mal spontan auf unseren Kleinen aufpassen. Und da Mom ohnehin fast die ganze Zeit unterwegs war, hatten sie das Haus für sich allein. Bis auf das Geschirr und ein wenig Deko, die Louisas Handschrift trug, hatte sich in meinem Elternhaus im Grunde nicht viel geändert.

Barb sprach das Tischgebet, während wir uns alle an den Händen hielten, und dann konnte es endlich losgehen mit dem Essen. Mir hing der Magen schon fast in den Kniekehlen. Bis auf den Bagel heute Morgen und ein Croissant im Flieger hatte ich nichts gegessen.

Das Geklapper von Geschirr ertönte. Die Gespräche meiner Familie ebbten ab. Hin und wieder hörte man jemanden genüsslich seine Suppe vom Löffel schlürfen, und erst da bemerkte ich, dass im Hintergrund leise Musik lief.

»Ist das Credence Clearwater Revival?«, fragte ich in Johns Richtung, woraufhin er nickte und seine Suppe hinunterschluckte.

»Hast du Dads Platten vom Dachboden geholt?«

»Nein, hab eine Playlist erstellt mit seinen Lieblingsliedern.« Mein Bruder deutete mit dem Löffel hinter mich und ich entdeckte eine *Bluetooth*-Box auf dem Kaminsims. Mein Blick verharrte einige Atemzüge darauf, während ich der krächzenden Stimme von John Fogerty lauschte. Es war fast, als könnte ich meinen Dad hier stehen sehen. Direkt vor mir. Wie er eine Blockkerze meiner Mom als Mikro nutzte und so tat, als würde er Gitarre spielen.

»Der gute alte John«, sagte Ati schnaufend.

»Bitte?«, kam es von John.

»Nicht du, Junge. John Fogerty. Der Sänger der Band. Weißt du eigentlich, dass du nach ihm benannt wurdest?«

Ich horchte auf. Ab und zu erzählte uns mein Onkel etwas über uns oder unsere Kindheit, das wir noch nicht oder nicht mehr wussten.

»Ach ja?« Louisa griff lächelnd nach Johns Hand.

»Ja, war einer seiner Lieblingssänger. Und dreimal dürft ihr raten, wer sein anderer Lieblingssänger war.« Er blickte zu mir.

Ahnungslos zuckte ich mit den Schultern.

»Dean Martin«, sagte er schmunzelnd.

Meine Lippen formten sich zu einem Lächeln. Ich hatte keine Ahnung, dass wir nach den beiden Lieblingssängern unseres Dads benannt worden waren. Irgendwie war ich davon ausgegangen, dass Mom in einem *Die 1000 besten Babynamen*-Buch geblättert und ihr diese beiden Namen am besten gefallen hatten. Es war schön, zu wissen, dass unsere Namen eine tiefere Bedeutung hatten. Dadurch fühlte ich mich etwas verbundener zu meinem Dad.

»Da hatte Camille ja ungefähr genau so viel bei den Kindernamen mitzubestimmen wie Ginny bei *Harry Potter*«, murmelte Jess in ihre Serviette.

»Was sagst du?«, kam es spitz von Lora.

»Ach nichts.« Jess winkte ab und grinste. Ich kannte mich zwar nicht so gut mit *Harry Potter* aus, aber dieses Meme war auch an mir nicht vorbeigegangen. Louisa kicherte, als ich über Marvin hinweg zu ihr sah. Kurz spielte ich mit dem Gedanken, ihr zu erzählen, dass ich Kat mitgebracht hatte, die vermutlich in diesem Moment auf meinem Sofa eine Pizza verdrückte. Sie sollte hier sein und nicht allein in einem ihr fremden Haus. Ich wünschte, sie wäre bei mir. Bei uns. Ich holte tief Luft. Doch als Louisa mich daraufhin ansah, wurde mein Mund mit einem Mal ganz trocken und ich machte einen Rückzieher.

»Was ist los?«

Kat hatte sich klar ausgedrückt. Sie wollte nicht, dass jemand erfuhr, dass sie in Honey Daze war, und das würde ich respektieren. Auf keinen Fall wollte ich den Funken Vertrauen, den sie mir geschenkt hatte, in dem sie mich begleitet hatte, wieder zunichtemachen.

»Alles gut.«

Ihr Blick bohrte sich tiefer in meinen hinein. Sie würde nicht lockerlassen.

Ich legte einen Arm über Marvins Stuhllehne. »Ich freue mich einfach, bei meiner Familie zu sein. Auch wenn ich nicht der größte Weihnachtsfan bin.«

»Wir freuen uns auch, dass du hier bist, und soll ich dir was sagen?«, murmelte sie mit gesenkter Stimme und beugte sich über Marvin hinweg näher zu mir herüber. Ich tat es ihr gleich.

»Hm?«

»Ich bin gerade so glücklich.«

Ich lächelte. Dieses kleine Insider-Spiel spielten wir seit fast einem Jahr. Fast immer, wenn wir uns sahen oder telefonierten, nahmen wir uns eine Sekunde, um uns zu sagen, ob oder wie glücklich wir waren. Ein Psychotherapeutinnen-Tipp von Louisas Mom. Diese Frage war während unserer Zeit als Paar viel zu kurz gekommen. Wir hatten sie uns nie gegenseitig gestellt und uns schon gar nicht getraut, in uns hineinzuhorchen, um sie uns selbst zu stellen. Fragend sah sie mich an. »Ich arbeite dran, aber ich bin auf einem ziemlich guten Weg, glaube ich.«

Als ich spät am Abend nach Hause kam, schlüpfte ich aus meinen Boots, klopfte den Schnee auf der Veranda von den Sohlen und stellte sie ordentlich in den Schuhschrank im Eingangsbereich. Fast erwartete ich, Kat noch immer auf dem Sofa Pizza essen zu sehen, doch dort war sie nicht. Die Flammen im Kamin waren erloschen und sie hatte offenbar sogar bereits gelüftet, da es nicht so sehr nach Feuer roch wie sonst. Ehrlich gesagt, sah nichts danach aus, als wäre sie heute mit mir hierhergekommen. Lediglich ihr Mantel im Garderobenschrank verriet sie. Sanft schob ich ihn zur Seite, während ich meinen daneben hängte. Ich mochte es, wie sie dort so nebeneinander hingen. Wie sich mein Mantel sachte an ihren schmiegte. Sicher war sie bereits schlafen gegangen. Eben hatte ich Marvin ins Bett gebracht und ihm etwas vorgelesen, wobei mir selbst schon die Augen zugefallen waren. Jetzt einfach nur noch Zähne putzen und dann war der Abend für mich ebenfalls vorbei.

Ich war halb die Treppe nach oben gegangen, als mir einfiel, dass Kat ja in meinem Bett schlief. Und dass ich durch mein Schlafzimmer müsste, um ins Bad zu gelangen. Kurz spielte ich mit dem Gedanken, einfach reinzugehen, entschied mich jedoch schnell dagegen. Ich wollte sie auf keinen Fall aufwecken oder erschrecken. Leise schlich ich die Treppe wieder nach unten, checkte noch mal, ob das Feuer im Kamin wirklich aus war, und goss mir ein Glas

Wasser ein. Ich entledigte mich meiner Klamotten und schnappte mir die Kuscheldecke, die zusammengefaltet an einem Ende des Sofas lag. Als ich nur in Boxershorts unter die Decke schlüpfte und mich bis unters Kinn zudeckte, roch ich auf einmal einen neuen Duft.

Fremd in diesem Haus.

Neu an dieser Decke.

Doch vertraut in meiner Nase.

Kat.

Mein Herz wummerte spürbar in der Brust, während ich tief einatmete und meine Lider immer schwerer wurden.

Die Sonne kitzelte mich an der Nasenspitze, bevor ich die Augen blinzelnd öffnete. Der orangerote glühende Ball kletterte über den Bergen hinter dem See empor. Ich wusste nicht, ob ich jemals so früh aufgewacht war. In meinem Schlafzimmer hatte ich elektrische Jalousien, die sich um punkt sieben Uhr dreißig öffneten. Mein Handy auf dem Couchtisch verriet mir, dass es erst kurz vor sieben war. Kein Wunder, dass ich dieses Spektakel sonst immer verpasste. Ich richtete mich auf und schlurfte zur Kaffeemaschine in der Küche. Während ich ihr beim Brühen und Brummen zuhörte, sah ich mich in dem offenen Raum um. Das goldene Licht verfing sich in den hellen Vorhängen, ließ feine Staubpartikel über den dunklen Holzboden tanzen und brach sich auf der glänzenden Marmorplatte. Mit meinem Kaffee bewaffnet, schlurfte ich zur Terrassentür und öffnete sie.

»Frierst du nicht?«

Wenn man vom Teufel spricht. Oder in Kats Fall wohl eher vom Engel …

»Äh, doch«, gab ich lachend zu und schloss die Glastür wieder hinter mir. Kat stand ein paar Schritte von mir entfernt. Sie trug eine cremefarbene weite Stoffhose und ein Longsleeve. Obwohl es locker saß, entgingen mir die kleinen Spitzen auf Höhe ihrer Brüste nicht. Jap, es war ziemlich frisch hier. Ich wandte meinen Blick rasch ab, als sie die Arme vor den Brüsten verschränkte.

»Guten Morgen«, sagte ich lächelnd. »Kaffee?«

»Klingt perfekt.«

Ich war gespannt, ob sie den Zimtsirup herausschmeckte, den ich ihr in den Kaffee gab. Ich hatte gestern Abend auf dem Weg zu meiner Familie extra kurz bei *Walmart* Halt gemacht, um zwei Flaschen davon zu kaufen.

»Wie hast du geschlafen?«, fragte ich über die Schulter.

»Wie ein B...« Sie stockte. »Wie ein Stein«, verbesserte sie sich.

Mich beschlich der Gedanke, dass sie ursprünglich hatte sagen wollen, dass sie wie ein Baby geschlafen habe. Zu gern wüsste ich, was geschehen war, um ihr helfen zu können. Die Tatsache, dass es ihr sogar schwerfiel, das Wort auszusprechen, zeigte mir, dass ihr Schmerz noch sehr tief sitzen musste. Hatte sie es abtreiben lassen? Hatte sie es zur Adoption freigegeben? Hatte sie es verloren? Ich traute mich nicht, diese Gedanken weiterzuführen. Doch ich würde ihr die Zeit geben, die sie brauchte. Sie sollte sich mir anvertrauen, wenn sie bereit dazu war, aber erst mal brauchte sie Ablenkung, Ruhe und Zeit für sich.

»John kommt bald vorbei, damit wir weiter an dem Gästezimmer arbeiten können.«

»Oh, okay.« Sie nahm den Kaffee entgegen und nippte an der Tasse. Ein kleines Lächeln stahl sich auf ihre Lippen und wanderte direkt in mein Herz.

»Wenn du nicht möchtest, dass er weiß, dass du hier bist, bleibst du in der Zeit am besten oben.«

»Klar, kein Problem.«

»Oder du könntest spazieren gehen.«

»Spazieren?«, wiederholte sie skeptisch.

»Ja, ich hab leider kaum was zum Frühstücken im Kühlschrank. Wenn John und ich später zum Baumarkt fahren, kann ich ein paar Sachen bei *Walmart* kaufen. Der liegt gleich daneben. Du könntest so lange durch den Wald zum

Bäckerladen spazieren. Der Waldrand ist hier gleich um die Ecke.« Ich deutete vage in diese Richtung.

»Natürlich ist er das.« Ihre Mundwinkel zuckten verräterisch.

»Was ist?«

»Dean Carter, du und dein verdammt perfektes Kleinstadtleben. Ich hätte nie gedacht, dass das was für dich wäre.« Sie verdrehte die Augen. »Aber wenn man so ein perfektes Haus hat ... Mit perfekter Sicht auf einen *fucking* See. Und natürlich ist der Wald ebenfalls in der Nähe. Es ist einfach alles perfekt.«

»Ich konnte es mir auch nicht vorstellen. Doch manchmal passt einfach alles.«

Ich würde mich nicht auf dieses Spiel einlassen. Zwar hatte ich keine Ahnung, was genau letztes Jahr vorgefallen war, doch eines war sicher: Sie hatte eine harte Zeit hinter sich. Und während ich mein ach so perfektes Leben gelebt hatte, wie sie es nannte, war sie allein gewesen. Kat war verletzt, und deshalb wollte sie mir ebenfalls wehtun. Doch solange sie hier bei mir war, konnte sie nichts sagen oder tun, das so sehr schmerzte, wie das letzte Jahr von ihr getrennt gewesen zu sein und nicht zu wissen, wo ich sie finden konnte.

Entwaffnet und überrascht sah sie mich an. Sie räusperte sich und rieb sich über den Unterarm. »Vielleicht ist ein Spaziergang keine so schlechte Idee.«

Eine knappe Stunde später klingelte es an der Tür. Kat war kurz nach unserem Kaffeegespräch aufgebrochen. Ich hatte ihr den Weg zum Waldrand beschrieben und erklärt, welche Route ich meistens zum Joggen nahm. Anschließend war ich nach oben ins Badezimmer verschwunden, um meine Zähne zu putzen und mich umzuziehen. Nun zog ich mir im Gehen einen schwarzen Sweater über den Kopf, rutschte beinahe auf der Treppe aus und checkte noch ein letztes Mal, ob auch nichts darauf schließen ließ, dass Kat bei mir wohnte.

»Hey«, keuchte ich ein wenig aus der Puste, als ich die Tür aufriss.

»Morgen«, erwiderte John. »Wo hab ich dich denn hergeholt? Sag bloß, du hast so lange geschlafen?«

Wir hatten gerade mal halb neun. Es sprach Bände, dass das in unserer Familie als *lange schlafen* galt. Louisa war meistens schon um fünf auf den Beinen, um zu backen. Das wusste ich von früher aus ihrer Ausbildungszeit, und seit sie das *CC's* übernommen hatte, war sie zu dieser Gewohnheit zurückgekehrt. John war auch nie wirklich ein Langschläfer gewesen. Genauso wenig wie ich.

»Quatsch, hab mich nur noch umgezogen. Komm rein, willst du einen Kaffee?«

Mein Bruder folgte mir ins Haus. »Nee danke. Hatte gerade zu Hause einen.«

Wie immer war das Erste, was er tat, seine Jacke über einen der Barhocker am Küchentresen zu werfen. Ich atmete tief durch die Nase ein und stöhnte.

»Kannst du dir vielleicht mal angewöhnen, deine Jacke in den Garderobenschrank zu hängen? Ich meine, wie alt bist du?«

Er stieß einen hohen Ton aus und ging mit seiner Jacke in den Flur zurück.

»Wem gehört die Mütze hier?«, hörte ich ihn aus dem Flur rufen.

Fuck.

»Welche Mütze?«, fragte ich, um Zeit zu schinden. Ich konnte mir denken, welche Mütze. Die rosafarbene von Kat. Sie hatte sie wahrscheinlich hier vergessen, als sie losgegangen war.

»Na, die hier?« John kam zurück in die Küche und trug ... natürlich Kats Mütze auf seinem wuscheligen dunklen Haar.

»Steht dir«, sagte ich grinsend.

»Hattest du Frauenbesuch?«

»Was? Nein, wie kommst du denn darauf?«

Er deutete auf die Mütze. Ich zog sie ihm vom Kopf.

»Mach dich nicht lächerlich. Das ist meine.«

»Deine?«

»Ja, meine.«

»Du hast eine pinke Mütze?« Ich betrachtete die Kopfbedeckung genauer, ehe ich sie mir aufsetzte.

»Erstens: Sie ist lachsfarben. Und zweitens: Hast du was dagegen?«

Lachend hob John die Hände vor die Brust. »Alles gut, Mann. Sorry. Ich wusste nicht, dass *Lachsfarben* jetzt in Mode ist in der Großstadt. Dauert wahrscheinlich noch ein halbes Jahr, bis das auch mal bei uns ankommt.«

»Tja, hast du wieder was gelernt von deinem großen Bruder.« Ich klopfte ihm auf die Schulter und brachte die Mütze zurück in den Flur. »Wollen wir anfangen? Ich bezahl dich schließlich nicht dafür, dumme Witze zu reißen.«

»Du bezahlst mich gar nicht«, brummte er hinter mir, ehe er mir ins Gästezimmer folgte.

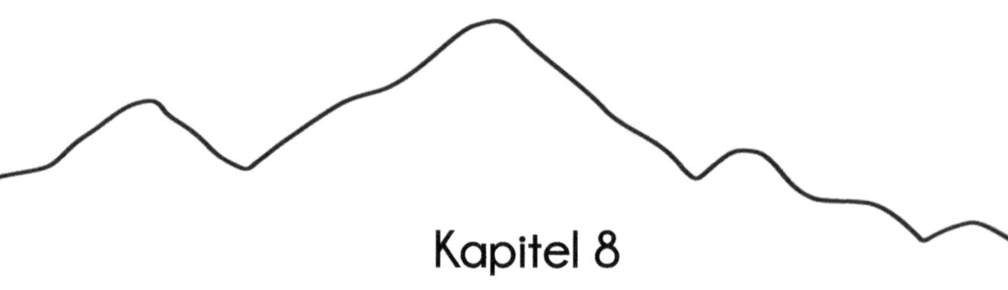

Kapitel 8

KAT

ZU VERKAUFEN

Ich drehte mich um die eigene Achse, nur um doch wieder bei dem Schild hängen zu bleiben. *Zu verkaufen* bedeutete in diesem Fall wohl nicht, dass sie hier Kaffee oder Croissants anboten. Zunächst hatte ich gedacht, dass es sich bei diesem mysteriösen Glaskasten mitten im Wald vielleicht um einen modernen, aber verirrten *Starbucks* handeln würde. Beim Näherkommen merkte ich allerdings schon, dass an diesem Gebäude wenig Neues und Modernes war. Ich schirmte meine Augen mit beiden Händen ab, während ich meine Nase gegen die Fensterscheibe drückte, um einen Blick ins Innere werfen zu können. Ich sah eine Kasse, ein paar breite Metalltische und ... Blumentöpfe? Leere Blumentöpfe. Nicht das, was ich mir gewünscht hatte. Ich war etwa zwanzig Minuten durch den Schnee gestapft, als das Glashaus abseits des Weges meine Aufmerksamkeit auf sich gezogen hatte. In der Hoffnung auf etwas zu essen hatte ich mich querfeldein zwischen den hohen Tannen hindurchgeschlängelt. Mein enttäuschtes Seufzen vermischte sich mit dem lauten Knurren meines Magens. Dann würde ich eben weitersuchen. Irgendwo würde dieser

Waldweg ja wohl hinführen. Ich erwartete kaum, dass er in einer Klippe enden würde. Wobei ... überraschen würde mich das hier mitten im Nirgendwo auch nicht allzu sehr.

Als ich mich wieder zurück auf den Weg gekämpft hatte, wo der Schnee platt getreten und glatt war, klopfte ich meine Sneakers ein paarmal gegeneinander, um sie von der Schneeschicht zu befreien. Zwischen den Tannen war ich ganz schön eingesackt und nun waren meine Füße nass und glichen zwei Eisblöcken. Sneakers waren kein passendes Schuhwerk für dieses Wetter, aber ich hatte nun mal für einen Wellnessurlaub gepackt, bei dem ich nicht vorgehabt hatte, wandern zu gehen.

Ich sah einmal nach rechts und einmal nach links. Verdammt. Eigentlich hatte ich einen guten Orientierungssinn, hier draußen sah jedoch alles gleich aus. Keine Straßennamen, keine hohen Gebäude oder Geschäfte, an denen ich mich orientieren konnte.

Rechts: ziemlich hohe Tannen und Unmengen an glitzerndem Schnee.

Links: noch höhere Tannen und mindestens genauso viel Schnee.

Zugegeben, es hatte etwas. Als echtes New Yorker Mädchen hatte ich noch nie in meinem Leben so viel Schnee auf einmal gesehen. Wir waren nie wirklich in den Urlaub gefahren. Vielleicht mal in den Sommerferien in die Hamptons, weil McAffenarsch da ein Ferienhaus hatte. Nur dass es am Strand lag und dort keine Spur von Schnee zu finden war. Mit sechzehn hatte ich meine Mutter endlich überzeugen können, dass ich nicht mehr mit ihnen in den Urlaub fahren musste, sondern zu Hause bleiben konnte. Bei meinen Freunden. Und so hatte sich das Thema Urlaub dann komplett für mich erledigt. Ich trauerte meinem Wellnessresort noch immer hinterher.

Ich wollte in den Rockys schneeverhangene Berge bestaunen. Von einer Badewanne mit wohlig warmem Wasser aus. Hinter einer Glasscheibe. Nun stand ich hier mitten in der Pampa und hatte keine Ahnung, wo ich hergekommen war oder wo ich hinwollte. Sehr bezeichnend für mein Leben aktuell.

Mit vor Kälte steifen Fingern tastete ich nach meinem Handy in der Manteltasche. Ich öffnete die Karten-App, um herauszufinden, wo ich war. Die Suchnadel schwebte irgendwo im Nirgendwo. Ich sah zwar, wo ich war, aber die Karte um mich herum war grau und lud nicht vollständig. Fantastisch, kein Netz.

Ich schloss die Augen und atmete tief ein. Ein Vogel hoch über mir zwitscherte munter. In der Ferne hörte ich einen Bach leise vor sich hin plätschern. Ich drehte mich einmal im Kreis. Meine Sneakers brachen eine kleine vereiste Stelle unter mir. Ich drehte mich noch einmal. Und noch einmal. Bis ich immer schneller wurde. Ein Lachen entschlüpfte meiner Kehle, als ich die Arme ausbreitete und mich weiterdrehte. Ich warf den Kopf in den Nacken und öffnete die Augen. Die Baumspitzen über mir drehten sich wie ein Rad. *Wie ein Glücksrad*, dachte ich und kam schwankend zum Stehen. Entschlossen sah ich nach vorne und stapfte los. Die ersten paar Schritte waren wackelig, weil mir schwindelig war. Doch mit jedem Schritt wurde ich sicherer. Ich hatte keine Ahnung, wo ich hinging und was mich dort erwartete, aber ich würde es herausfinden. Bei all dem *Was wäre wenn* und *Was hätte sein können* dachte ich wieder an den Satz, den ich in dem Buch gelesen hatte, das Dr. Rosewood mir empfohlen hatte. Die Therapeutin hatte ich kurz nach dem Unfall auf ärztliche Empfehlung hin immerhin dreimal aufgesucht.

Was, wenn alles gut wird?

Was, wenn alles besser wird als vorher?

Was, wenn alles klappt und du glücklicher bist als je zuvor?

Ich würde furchtlos sein, und ich würde nach vorne sehen.

Nach einiger Zeit kam ich an dem Bachlauf vorbei, den ich gehört hatte, sog all die Eindrücke zusammen mit der kalten Luft in mir auf, drehte ein kurzes Video von meiner Umgebung und meinen Füßen im Schnee. Ich wechselte die Kameraeinstellung zur Frontkamera und erkannte mich kaum wieder. Meine ungeschminkte Haut war blass. Erhellt vom Sonnenschein und dem reflektierenden Schnee um mich herum. Unter meinen Augen lagen leichte Schatten. Doch meine Wangen und meine Nasenspitze waren rosig. Und – was am ungewöhnlichsten war – meine Mundwinkel zeigten leicht nach oben. Sonst hatte ich oft den Trick von Dr. Rosewood angewendet. Ich sollte mich im Spiegel ansehen und lächeln, obwohl mir gar nicht danach war. Um mein Gehirn auszutricksen. Es war nämlich so, dass das Hirn nicht verstand, ob man wirklich glücklich war oder nicht. Wenn man die Mundwinkel nach oben zog, erhielt es das Signal *Glücklich* und schüttete dann automatisch Glückshormone im Körper aus. Auf einmal hatte man das Gefühl, das Lächeln tatsächlich ernst zu meinen. Diese Übung hatte ich in diesem Jahr perfektioniert. Fast schon so sehr, dass ich glaubte, mein Gehirn gar nicht mehr austricksen zu können. Aber in diesem Moment musste ich mir nichts vormachen. Ich beobachtete, wie meine Mundwinkel immer weiter nach oben wanderten. Schließlich wurde ein ausgewachsenes Grinsen daraus. Meine Augen glänzten vor Freude und Kälte. Ich drückte den Auslöser-Button in der Mitte und schob mein Handy zurück in die Tasche, um weiterzugehen.

Der Waldweg endete mit einer überdachten Holzbrücke, unter dessen Dachgiebel ein Tannenkranz mit roter Schleife hing.

Darf es noch ein bisschen mehr Kitsch sein?

Die Bäume wurden weniger und machten Platz für ein paar Wohnhäuser, bis ich schließlich eine breite Straße erreichte. *Ach, so etwas gibt es hier tatsächlich?* Ich schlenderte an ein paar Geschäften vorbei, bis ich hinter einer Glastür eine ältere Frau entdeckte, voll beladen mit Weihnachtsdeko und Tannenzweigen. Sie hatte viel zu viel auf dem Arm. Aber ich kannte das: Bloß nicht zweimal gehen. Ungelenk versuchte sie, die Tür mit ihrem Ellbogen zu öffnen, und unsere Blicke verhakten sich. Reflexartig griff ich nach der Klinke und öffnete ihr die Tür.

»Vielen Dank, Liebes! Wie nett von dir«, schnaufte sie.

»Keine Ursache.«

Ich war im Begriff, weiterzugehen, als sie weitersprach. »Hast du vielleicht noch einen Moment?«

Verwundert hielt ich inne und drehte mich wieder zu ihr um. »Soll ich Ihnen noch mal die Tür aufhalten?«

»Wenn es dir nichts ausmacht.« Ihre Stimmlage kletterte gegen Ende des Satzes nach oben, wodurch es eher wie eine Frage klang.

Eine Sekunde überlegte ich. Es war seltsam, auf offener Straße angesprochen und um Hilfe gebeten zu werden. In New York würde man eine solche Person als frech bezeichnen. Aber ehrlich gesagt, hatte ich gerade nichts Besseres zu tun. Und irgendwie war es sogar ein schönes Gefühl, um Hilfe gebeten zu werden und ihr damit vermutlich eine Freude bereiten zu können.

»Sicher, ich helfe gern«, antwortete ich deshalb entschlossen.

Ich half Kirsty, so hieß die Frau, ein paar weitere Kisten Weihnachtsdeko vom Lagerraum ihres Blumenladens nach vorne auf die Straße zu tragen. Gemeinsam hängten wir ein paar funkelnde Lichterketten auf, dekorierten die Außenseite des Schaufensters mit unechten Tannengirlanden und rosafarbenen und cremefarbenen Weihnachtsbaumkugeln. Anschließend wickelten wir die beiden Straßenlaternen vor ihrem Geschäft mit weiteren Girlanden ein. Anfangs war es ein komisches Gefühl, weihnachtlich zu schmücken, wo ich doch mit diesem Feiertag so gar nichts anfangen konnte, doch das Gespräch mit Kirsty lenkte mich ab. Sie erzählte mir von ihren vier Kindern und dass sie erst vor drei Jahren hierhergezogen waren, weil ihr Mann schweres Asthma hatte und der ärztliche Rat lautete, in die Berge zu ziehen. Raus aus der Stadt.

»Hier ist die Luft einfach viel besser«, schwärmte sie. »Wann bist du hergezogen?«

»Ich, ähm ...« Ich fragte mich, was mich verriet. Woher sie wusste, dass ich nicht aus der Gegend kam? Vermutlich, weil sich hier alle kannten und kein Gesicht mehr neu für einen wäre. »Ich mache hier nur Urlaub.« Unschlüssig trat ich von einem Bein aufs andere. »Die Bergluft«, ergänzte ich lächelnd.

»Urlaub? Das nächste Hotel ist ein ganz schönes Stück entfernt. Was hat dich denn in unser verschlafenes Örtchen verschlagen?«

»Ich wohne bei einem Freund«, erklärte ich knapp. Ich würde das nicht weiter ausführen, auch wenn sie mich nun mit einem viel zu neugierigen Blick musterte. Wie gern in Kleinstädten getratscht wurde, wusste ich aus den *Hallmark*-Filmen, die ich mir in den letzten Jahren wegen Louisa manchmal hatte antun müssen. Mir hätte schon damals auffallen müssen, wie sehr sie all das vermisste.

»Bei einem Freund?«, hakte Kirsty nach.

Das war mein Stichwort. »Ja, den kennen Sie sicher nicht. Wenn Sie jetzt allein klarkommen, würde ich mich weiter auf die Suche nach einem Café oder einer Bäckerei machen. Haben Sie einen Tipp? Ich habe nämlich noch nichts gefrühstückt.«

»Oh, da solltest du unbedingt ins *CC's* gehen. Da gibt es die allerbesten Croissants. Und Torten haben die. Noch und nöcher!«

»Klingt perfekt. Wo finde ich das?«

Sie beschrieb mir den Weg und wenige Minuten später bog ich nach links in eine Gasse ein. Diese hatte die Weihnachtsexplosion schon hinter sich. Tannengirlanden waren links und rechts an den Hauswänden befestigt und überspannten die gesamte Gasse, durchzogen von glitzernden Ornamenten und blinkenden Lichterketten. Ich betrachtete die Schilder über den Läden: *Mary's Buchladen*, der kleine Teeladen, *Andrew's Candy Shop, Jasper's Bar* – war es Pflicht, dass der Name des Besitzers mit in den Namen des Geschäfts aufgenommen wurde? –, und schließlich das *CC's*. Ich meinte bereits, den Geruch von frischem Kaffee und Zimtschnecken in meiner Nase zu haben, als ich die Tür öffnen wollte.

Fuck.

Da war sie.

Sofort begannen meine Hände zu zittern und ich schreckte vor der Türklinke zurück, als hätte ich mich daran verbrannt.

Hinter der Theke stand Louisa. Meine ehemalige beste Freundin. Deren Leben ich zerstört hatte. Wobei sie in diesem Moment gar nicht danach aussah. Sie wirkte eigentlich ziemlich glücklich, wie sie den Kunden so anstrahlte, den sie gerade bediente. Ausgelassener, als ich sie je in New York erlebt hatte. Ohne dass ich es hätte kontrollieren können, hatte sich meine Hand wieder auf die Klinke gelegt. *Aber du hast ihre Ehe zerstört. Sie muss dich hassen. Das wird sie dir niemals verzeihen. Du hast sie hintergangen, sie belogen. Wie willst du ihr jemals wieder unter die Augen treten?*

Ein Mann kam von innen auf die Tür zu und sah mich fragend an. Als er die Tür öffnete und sie mir aufhielt, schüttelte ich den Kopf. Mein Blick klebte noch immer an Louisa, die sich dem nächsten Kunden annahm und mit ihm scherzte.

Nope. Ich konnte das nicht. Ich war nicht bereit hierfür. Zumindest noch nicht.

Niedergeschlagen trottete ich die Gasse zurück in Richtung Hauptstraße. Dann würde ich eben wieder zu Dean nach Hause gehen und darauf hoffen, dass sein

Bruder schon weg war und er bereits etwas zu essen eingekauft hatte.

»Hey, Trauerkloß!« Ich hob den Kopf und sah mich um. »Ja, du! Willst du einen Milchshake?«

Eine junge rothaarige Frau stand ein paar Schritte hinter mir an einer offenen Tür. *Andrew's Candy Shop*, verriet mir das bunte Schild. Ich musste ziemlich irritiert aussehen, denn sie lachte und sagte: »Keine Sorge, ich will dich nicht kidnappen und zerhacken. Komm rein, ich geb dir einen Milchshake aus.«

Ein Schmunzeln zupfte an meinem Mundwinkel. Sie war mir auf Anhieb sympathisch.

Ihr Laden schien geradewegs den Sechzigern entsprungen zu sein. Der Boden glich mit seinen rosa-weißen Fliesen dem Schachfeld von Riesen. Die Barhocker zierten fliederfarbene Kunstlederbezüge. Es sah aus, als wäre hier ein Regenbogen explodiert. Ein weihnachtlicher Regenbogen. Der gesamte Candy Shop war bis unter die Decke mit Gläsern vollgestopft und von den Regalbrettern starrten mich ein paar pastellfarbene Hirsche und rosafarbene Nussknacker an. Jedes der bauchigen Gläser beherbergte Süßigkeiten in einer anderen Farbe und Form. Allein von diesem Anblick bekam ich Karies und Bauchschmerzen. Es schrie nach unbeschwerter Kindheit. Es war perfekt.

»Erdbeere, Schoko, Banane?«, kam es von hinter der Theke.

Ich ließ mich auf einen der Barhocker plumpsen und spürte, wie das Polster unter mir seufzte. *I feel you*, dachte ich.

»Hast du auch was Härteres?«

Herausfordernd zog sie eine Augenbraue hoch und deutete rechts über sich auf die Karte. Dort, wo sie hinzeigte, stand in Retroschrift geschrieben: *Milk'n'Alc.*

»Gott, nein, wie viel Uhr haben wir? Ich meinte etwas mit Koffein«, sagte ich lachend.

»Erstens Viertel nach neun, und ja, wir haben auch Kaffee. Bist du offen für eine Überraschung?«

»Äh, klar«, platzte es aus mir heraus, selbst wenn ich überhaupt nicht offen für eine weitere Überraschung an diesem Morgen war. Das Louisa-Überraschungsei reichte mir eigentlich.

»Verrätst du mir deinen Namen?«

»Brauchst du den, um ihn auf den Becher zu schreiben?«

Sie hatte mir den Rücken zugekehrt, doch ich konnte sehen, wie sie kurz in ihrer Bewegung innehielt. »Sicher.«

Ihre orangeroten Haare fielen ihr glatt über die Schultern und reichten bis zur Taille. Beneidenswert. Mein dunkler Schopf war schon den ganzen Morgen in einem unbequemen Dutt gefangen. Kurzerhand löste ich das Haargummi und fuhr mit den Fingern hindurch.

»Kat«, sagte ich knapp.

»Mit C?«

»Mit K.«

»Ist das eine Abkürzung für Katrina?«

»Katherine.«

»Schöner Name.«

Noch immer konnte ich lediglich ihre Rückansicht betrachten, während sie mein Getränk zubereitete. Irgendwie war es leichter, so mit ihr zu sprechen. Ich fühlte mich ein wenig anonymer dabei. Fast wie in einem Beichtstuhl. Nicht, dass ich jemals eine Kirche von innen gesehen hätte. Ein paar Beichten hätte ich dennoch abzulegen.

»Danke«, murmelte ich und suchte die Karte über dem Tresen nach etwas Essbarem ab. Wenn es darum ging, auf eine Zimtschnecke in diesem Laden zu hoffen, wurde ich superschnell gläubig und sendete ein Stoßgebet gen Himmel. Leider vergebens. Alles, was es hier zu essen gab – abgesehen von den vierhundertdreißig verschiedenen Süßigkeitensorten um uns herum –, waren diverse Eisbecher und Donuts.

»Zimtschnecken habt ihr keine, oder?«

»Nope, sorry. Nur das, was auf der Karte steht.«

»Was habt ihr für Donuts?«

»Das sind alle, die wir gerade da haben.« Sie nickte vage nach rechts. Am Ende der Theke standen zwei Tortenplatten mit Glashaube, unter der jeweils etwa ein Dutzend Donuts zu einer Pyramide gestapelt waren. Rosafarbene mit kleinen weißen Zuckerguss-Schneeflocken und braune mit aufgeklebten Kulleraugen aus Zucker. Und steckten am oberen Rand Geweihe aus Salzbrezelchen? Ehrlich gesagt, lachten sie mich als selbst ernannter *Grinch* nicht so an, aber mein Magen hing mir in den Kniekehlen.

»Hast du die selbst gemacht?«, fragte ich.

Ein Lachen ertönte, als sie sich zu mir umdrehte und ein Kunstwerk von einem Shake vor mir abstellte. »Ne, so was kann ich nicht. Die sind aus dem *CC's*. Wenn du Zimtschnecken oder mehr Auswahl an Gebäck haben willst, würde ich dir generell dazu raten, rüberzugehen. Louisa ist eine Göttin am Ofen.«

Ich schluckte. »Danke für den Tipp. Mache ich vielleicht morgen. Fürs Erste nehme ich gern einen von den Schoko-Donuts.«

Sie sah mich an, als hätte ich nicht mehr alle Tassen im Schrank. Dann schnappte sie sich einen Teller und ging zu den Tortenplatten. Unterdessen betrachtete ich meine Kaffee-Milchshake-Überraschung oder was auch immer ich da vor mir hatte.

»Hey, du Lügnerin. Du brauchtest meinen Namen gar nicht für den Becher«, rief ich, als ich mein Mason Jar anhob.

Ein freches Grinsen erschien auf ihrem Gesicht und ließ ihre Sommersprossen tanzen, ehe sie einen türkisfarbenen Teller mit dem Donut vor mir abstellte und eine Serviette daneben legte.

Willkommen in Sugar Hill, Rini! XO Candy, stand in schrägen Großbuchstaben auf der Serviette.

»Rini?«, fragte ich belustigt.

»Meine Kurzform für Katherine. Ist mal was anderes, oder?«

Erneut betrachtete ich die Buchstaben auf der Serviette. Bei dem Spitznamen klingelte ein leises Glöckchen in meinem Inneren, aber ich konnte nicht deuten, woher es kam.

»Und deinen richtigen Namen darf ich nicht erfahren?«

»Steht doch da: Candy.«

»Verarschen kann ich mich selbst. Als ob das dein richtiger ...« Als ich die Enttäuschung in ihrem Gesicht sah, brach ich abrupt ab. »O Shit. Sorry, ich wollte nicht ...«

»Verarscht! Du solltest dich sehen«, sagte sie kichernd.

Ich entspannte mich wieder. »Vielen Dank auch.«

»Mein richtiger Name ist Andrea, und von Andy kommt man schnell auf Candy, wenn der eigene Vater einen Süßigkeitenladen besitzt.«

Ich schmunzelte, ehe ich die Lippen um den Glasstrohhalm in meinem Getränk schloss. Der süße Geschmack von Zimtsirup legte sich auf meine Zunge und zauberte mir ein ausgewachsenes Lächeln aufs Gesicht. Auch Candys Miene erhellte sich.

»Gut, oder?«

»Woher wusstest du, dass ich Zimt liebe?«

Sie zuckte mit den Schultern und begann, hinter sich aufzuräumen und die Theke mit einem Lappen abzuwischen.

»Im Ernst, bist du Hellseherin?«

Sie lachte erneut. »Ich bin einfach eine gute Zuhörerin, Rini.«

Verständnislos sah ich ihr hinterher, während sie die Serviettenspender auf der Theke auffüllte.

»Du hast nach einer Zimtschnecke gefragt«, erklärte sie.

»Du bist gut«, murmelte ich anerkennend.

»Hab ich schon öfter gehört.«

»Hey, ist es okay, wenn ich es mir da hinten in einem der Sessel bequem mache und eine Weile bleibe?«

»Dafür stehen die Sessel ja da.«

Ich schnappte mir meinen Teller und den Kaffee-Zimt-Shake und fläzte mich in den Ohrensessel neben einer alten Jukebox.

Der Donut schmeckte ... süß. Das war eigentlich alles, was ich schmeckte. Nicht wirklich das beste Frühstück, aber immerhin endlich etwas im Magen. Ich würgte das Zuckerding runter und begnügte mich danach wieder mit meinem Shake. Aufgeputscht vom Zucker fischte ich mein Handy aus der Manteltasche und betrachtete das Selfie von mir im Wald. Ich wechselte zu *Instagram* und wischte einmal nach unten, um meine Startseite zu aktualisieren und die neuen Beiträge der anderen zu sehen. Das Rädchen rotierte und rotierte. Nichts passierte. Mist, entweder hatte ich hier auch keinen Empfang oder ich hatte meine mobilen Daten für diesen Monat bereits aufgebraucht.

»Candy? Hast du WLAN im Laden?«

Sie war gerade dabei, mit einem Staubwedel zwischen den kugelförmigen Süßigkeitengläsern herumzuwischen, und drehte sich zu mir um.

»Klar, geh einfach auf *Andrew's Candy Shop*. Das Passwort ist *sweeterthanyou*. Zusammen und alles kleingeschrieben.«

»Ernsthaft?«

»Warum sollte ich scherzen?«

Ich tippte das Passwort ein und war eine Sekunde später tatsächlich mit dem WLAN verbunden. Ohne meine Startseite zu checken, postete ich das Selfie in meiner Story, jedoch nicht ohne vorher noch das Wort *Auszeit* darüber zu schreiben. Wo ich war, würde ich nicht verraten. Das wollte ich noch ein bisschen für mich behalten. Mein eigenes kleines Paralleluniversum. Fernab von der Realität.

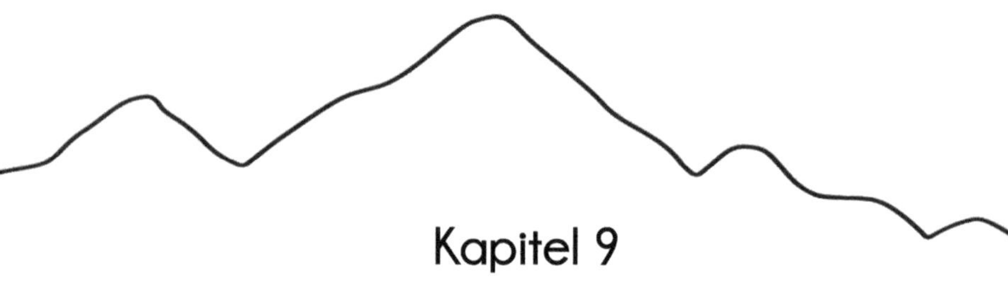

Kapitel 9

KAT

Während ich in meinem Sessel versunken war, öffnete sich immer wieder die Tür und Kundschaft aller Altersklassen betrat den Laden. Die meisten kauften die hausgemachten Karamellbonbons, aber auch *Hershey's Candy Cane Kisses* erfreuten sich großer Beliebtheit. Manche kamen nur, um einen kleinen Plausch mit Candy zu halten oder sich nach ihrem Vater zu erkundigen.

»... nach Weihnachten wahrscheinlich nach Kanada. Ich sag dir, ich bin schon ein bisschen neidisch.«

»Kanada? O mein Gott, kann sie mich bitte mitnehmen?«

Bei der Stimme einer der beiden jungen Frauen, die gerade zur Tür hereinkamen, stellten sich meine feinen Armhaare auf. Das Blut gefror mir augenblicklich in den Adern. Ich reckte den Kopf, um vorsichtig über den Sessel gegenüber von mir zu schielen. Verdammt. Es war Louisa, zusammen mit einer Freundin. Sie steuerten geradewegs auf die Theke zu. Ich sank noch tiefer in die Polster und überlegte fieberhaft, was ich tun könnte, um ihr aus dem Weg zu gehen. *Ob es wohl eine Option ist, mich auf den Boden zu werfen und zum Ausgang zu robben? Oder vielleicht kann ich mir mit dem Teelöffel einen Tunnel graben?*

»Frag sie«, antwortete Louisa lachend. »Hey, Candy!«

»Na, ihr beiden, was macht ihr denn um diese Uhrzeit hier? Nicht, dass ich mich nicht freuen würde, euch zu sehen, aber ihr wisst, dass es bei uns keine Mittagskarte gibt.«

Ich beugte mich nach links, um an dem gegenüberstehenden Sessel vorbeizuschielen. Die andere Frau grinste und zog sich ihre bunte Strickmütze vom Kopf. Zum Vorschein kamen kurze schwarze Locken.

»Keine Sorge, wir brauchten nur einen Ort, an dem es um die Mittagszeit etwas ruhiger ist. Wir haben nämlich geheime Dinge zu besprechen, und da dachten wir, welcher Zuckerjunkie verbringt seine Mittagspause schon im Candy Shop?«

»Tatsächlich einer.« Candy deutete in meine Richtung und ich drehte mich rasch zum Fenster, die Haare extra so gelegt, dass sie hoffentlich mein Gesicht verdeckten, wenn sich Louisa zu mir umdrehen würde. Einen Moment herrschte Stille. Entweder das oder sie tuschelten so leise, dass ich sie nicht bis hierhin hören konnte.

»Was habt ihr für geheime Dinge zu bereden? Und viel wichtiger: Welche geheimnisvollen Getränke möchtet ihr dabei schlürfen?«

»Briannas Junggesellinnenabschied.« Louisas Stimme klang verschwörerisch.

»Und machst du uns zwei Vanille-Shakes?«, kam es von ihrer Freundin.

»Wow, Vanille-Shakes? Sehr unerwartet«, erwiderte Candy amüsiert. »Außerdem, was gibt es denn noch zu besprechen? Ich dachte, wir hätten alles schon geklärt und gebucht?«

Ich musste schnellstens zusehen, wie ich hier unbemerkt rauskam. Louisa und ihre Freundin setzten sich Gott sei Dank an einen Tisch, der weit weg von mir war. Soweit man das in diesem kleinen Laden überhaupt sagen konnte. Links von mir entdeckte ich das Schild für die Toiletten.

Wenn ich es schaffen würde, dorthin zu gelangen, ohne dass Louisa mein Gesicht sehen konnte ...

Candy balancierte die beiden Shakes auf einem Tablett und ging auf den Tisch der beiden zu. Dabei fing sie meinen Blick auf. Die Verzweiflung musste mir ins Gesicht geschrieben stehen, denn kurz darauf sah ich, wie Candy mit dem Rücken zu mir stand und die Sicht auf mich vor den beiden verbarg. Sie blieb noch ein bisschen länger als nötig genauso dort stehen, klinkte sich in ihr Gespräch ein und gestikulierte hinter ihrem Rücken wie wild nach links in Richtung Toilette. Langsam erhob ich mich und ging in großen Schritten zu der rettenden pinken Tür.

»Die Luft ist rein«, wisperte Candy eine gefühlte Ewigkeit später dumpf hinter der Tür.

Ich schloss die Klotür auf und öffnete sie einen Spalt.

»Glaub mir, sie sind weg. Ihre Mittagspause ist rum.«

Noch immer auf der Hut verließ ich die Kabine und sah mich um. Das Geschäft war wieder leer und der Tisch von Louisa und ihrer Freundin bereits abgeräumt und abgewischt. Als wären sie nie hier gewesen. Zu meiner Überraschung ließ sich Candy nun auf den Sessel gegenüber von meinem plumpsen und sah mich auffordernd an.

»Was?« Ich griff nach meinem Mantel, doch sie lachte auf.

»Du setzt dich jetzt schön hin und erklärst mir, was hier los ist.«

»Ich weiß wirklich nicht, was du ...«

»Hast du Louisas Kind entführt oder ihr den Mann ausgespannt?« Sie fragte es so leichthin, als hielte sie beides davon für vollkommen ausgeschlossen.

»Zweiteres«, sagte ich knapp.

»Bitte was?« Candy richtete sich in ihrem Sessel auf und bedeutete mir mit einem energischen Nicken, mich endlich hinzusetzen.

Seufzend ließ ich mich auf den Sessel fallen. »Na ja, nicht so ganz. Ich bin mit dafür verantwortlich, dass Louisa und Dean nicht mehr zusammen sind.«

»Wie das?«

Ich zögerte und wand mich auf meinem Platz. Candy schien zu merken, dass mir das Thema unangenehm war und ich nicht darüber sprechen wollte. Sie war eine Fremde. Woher sollte ich wissen, dass sie das, was ich ihr erzählte, nicht im gesamten Ort verbreitete?

»Hey, du kannst es mir ruhig sagen, wenn du willst. Ich werde dich nicht drängen, aber wenn du es mir erzählst, schweige ich wie ein Grab.« Sie hob beide Hände und streckte die Finger auseinander. Wohl, um zu zeigen, dass sie sie nicht hinter dem Rücken überkreuzte. Das brachte mich zum Schmunzeln. Candy hatte mir geholfen und irgendwie fand ich sie nett. Ich glaubte ihr.

»Also gut«, begann ich. »Es war vor fünf ... Nein, warte, mittlerweile sechs Jahren. Du weißt, dass Dean in New York Jura studiert hat?«

Sie nickte.

»Ich habe damals auf einer Gala seiner Kanzlei gekellnert. Ich war selbst im Studium und bin nur für eine Freundin eingesprungen, die an dem Abend krank war. Dean und ich sind ins Gespräch gekommen. Wir haben uns auf Anhieb gut verstanden und uns von da an mehrmals wöchentlich getroffen. Ich bin in New York aufgewachsen und kannte viele coole Spots, Ausstellungen und Cafés, die ich ihm gezeigt habe. Wir haben uns ... wir haben uns wirklich gut verstanden.«

»Ihr habt euch verliebt«, schob Candy ein, doch ich ging nicht darauf ein, sondern fuhr stattdessen fort.

»Er hat mir einen Job in seiner Kanzlei organisiert und irgendwann eines Abends haben wir uns geküsst. Es war ein schöner Kuss. Unschuldig und süß. Dann hat Dean mir gesagt, dass er eine Freundin in Sugar Hill hätte. Dass sie schwanger sei und dass sie bald nach New York nachkommen würde. Und da wurde mir klar, dass es für Dean etwas ganz anderes war. Er hat mich nicht so gesehen wie ich ihn. Für ihn war ich nur eine gute Freundin. Nicht mehr. Und mir war auch klar, dass er Louisa niemals von unserem Kuss erzählen würde. Nicht weil er sie in seinen Augen damit betrogen hätte, sondern weil es einfach nicht das Gleiche für ihn bedeutet hat wie für mich.«

Candy atmete hörbar aus und sah mich mitfühlend an.

Ich klärte meine Stimme mit einem Räuspern. »Jedenfalls ist Louisa kurze Zeit später nach New York gezogen. Ich hatte mir vorgenommen, sie bescheuert zu finden. Ich wollte sie hassen, weil sie zwischen Dean und mir stand. Aber Fakt war, dass sie zuerst da war. Sie war mit Dean zusammen und wenn, wäre ich diejenige gewesen, die sich zwischen sie gedrängt hätte, und das wollte ich auf keinen Fall. Außerdem war sie ziemlich nett. Leider.« Ich lachte trocken auf, als ich an die Begegnung von eben dachte. Sie wirkte noch immer unheimlich nett. Und wäre nicht diese ganze Scheiße zwischen uns vorgefallen, wäre ich am liebsten zu ihr gegangen und hätte sie in den Arm genommen.

»Ja, ich mag sie auch sehr gern. Ich bin gut mit ihrer großen Schwester Kendra befreundet. Wieso hast du dich vor ihr versteckt, wenn du sie kennst und sogar magst?«

Ich zögerte einen Atemzug. »Ich denke, sie mag *mich* nicht mehr.«

»Wieso das?«

»Letztes Jahr um diese Zeit hatten Louisa und Dean einen heftigen Streit und Louisa hat sich mehr oder weniger von Dean getrennt, glaube ich. Zumindest weiß ich, dass Dean echt fertig war und dass Louisa wohl mit Marvin, ihrem Sohn, nach Sugar Hill abgehauen ist.«

»Der Teil der Geschichte ist bereits zu mir durchgedrungen, ja. Aber was hat das mit dir zu tun? Warum sollte sie dich deshalb nicht mögen?«

»Ich, ähm ... ich habe Louisa gesagt, dass Dean und ich mal etwas miteinander hatten.«

»O Shit, wieso hast du das getan? Nicht, dass sie die Wahrheit nicht von Anfang an verdient hätte, nur wieso hast du es ihr ausgerechnet nach dem Streit gesagt?«

»Ich dachte, dass sie so aufgebracht wäre, weil Dean es ihr schon gesagt hätte. Ich dachte, sie wüsste es längst. Und irgendwie habe ich mich verplappert.«

Die Erinnerungen an diesen Abend blitzten vor meinem inneren Auge auf. Meine Finger zitterten, als ich mich streckte, um nach meinem Glas zu greifen und den Rest des Shakes auszuschlürfen.

»Heilige Sch...«, flüsterte Candy. »Und wie ist es weitergegangen?«

»Hey, mein Leben ist keine Daily Soap, okay?«

Geschäftig strich sie sich eine der roten Haarsträhnen hinters Ohr und stützte ihr Kinn in der Hand auf, den Ellbogen auf dem Knie. »Ja, schon klar, erzähl weiter.«

»Dean war die nächsten Tage in der Kanzlei ziemlich aufgewühlt. Er wollte nicht mehr mit mir reden, als ich ihm gesagt habe, dass ich mich bei Louisa verplappert habe. Ich habe versucht, Louisa anzurufen und ihr jede Menge Nachrichten geschrieben, doch sie hat keine davon gelesen oder beantwortet. Und dann ...«Meine Stimme versagte. »... hatte ich einen Autounfall. Und, ähm ...« Ein dicker Kloß bildete sich in meinem Hals und ich spürte, wie sich meine Augen mit Tränen füllten. Ich rieb meine Hände im Schoß aneinander und sah zur Decke, in der Hoffnung, dass das meine Tränen davon abhalten würde, meine Wangen hinunterzufließen.

»Sorry, ich ... ich hab da noch nie so wirklich drüber geredet.«

Als ich meinen Blick wieder senkte, sah Candy mich so verständnisvoll an, dass mein Brustkorb noch enger wurde. »Du brauchst dich nicht zu entschuldigen.«

Sie gab mir Zeit. Sie versuchte nicht, sofort eine Lösung vorzuschlagen oder mich in den Arm zu nehmen. Sie gab mir die Zeit und den Raum, den ich brauchte, um das hier zu erzählen. Ich hätte nicht gedacht, dass ich direkt an meinem ersten Tag in diesem Kaff hier heulend vor einer Fremden sitzen würde.

In einem viel zu fröhlichen Süßwarenladen.

Ich schluckte. »Ich war ein paar Wochen im Koma«, fuhr ich fort. »Deshalb weiß ich nicht, wie es mit den beiden weitergegangen ist.«

»Den beiden?«

»Louisa und Dean.«

Candy schmunzelte. »Das sagt viel über dich aus.«

»Was?« Nun wischte ich mir doch eine Träne von der Wange, die es gewagt hatte, aus meinem Auge zu kullern. Verräterin.

»Dass du mir gerade erzählt hast, dass du einen schweren Autounfall hattest und im Koma lagst, und dir offenbar trotzdem weiter Gedanken darüber gemacht hast, wie es Louisa und Dean in der Zeit ging. Dass du denkst, dass das in dieser Geschichte gerade der Teil wäre, der mich mehr interessieren würde. Dass du dir anscheinend noch heute Gedanken darum machst und ein schlechtes Gewissen deshalb hast.«

»Ich hab kein ...«

Candy unterbrach mich, indem sie eine schmale rötliche Augenbraue hochzog. Ihr Gesichtsausdruck sprach Bände: *Erzähl mir keinen Scheiß.*

»Gut, vielleicht hab ich ... Vielleicht mache ich mir noch immer Gedanken darum. Aber Louisa wird mir das sowieso niemals verzeihen. Von daher bin ich nicht sonderlich scharf darauf, ihr hier zu begegnen und mit ihr zu sprechen.«

»Nur damit ich es richtig verstehe: Aus diesem Grund versteckst du dich in ihrem Heimatort und schlenderst hier durch die Straßen?«, hakte Candy grinsend nach.

Ich versuchte mich an einem zaghaften Lächeln. »Der Plan war, dass ich mich in Deans Haus in Honey Daze verschanze und das Haus gar nicht verlasse. Es sollte niemand mitbekommen, dass ich bei ihm bin. Dann ist sein Bruder heute Morgen vorbeigekommen, und da Dean nichts zu essen im Haus hatte, dachte ich, ich mache einen Spaziergang. Eigentlich wollte ich nach Honey Daze zu *Target* oder so, irgendwie habe ich mich wohl im Wald verlaufen und bin in Sugar Cone gelandet.«

»Sugar Hill.«

»Genau, das.«

»Warte, warte, warte. Du wohnst bei Dean?«

Ich nickte. »Das darfst du bitte genauso wenig jemandem erzählen wie die ganze restliche Geschichte. Ist das klar?«

»Jaja, schon klar«, sagte sie eifrig und nickte. »Also läuft bei euch jetzt wieder was?«

»Natürlich nicht!« Ich dachte an den Abend vor zwei Tagen. Deans Hände auf meinem Körper, seine Lippen an meinem Hals. Hitze kroch meine Wirbelsäule hinauf. Candy musterte mich ein paar Sekunden lang und kniff die Augen wissend zusammen. »Das kam eine Spur zu energisch, wenn du mich fragst.«

Ertappt sackte ich in meinem Sessel zusammen. »Schön, wir hätten fast ...«

Sie schnappte nach Luft und klatschte aufgeregt in die Hände. Dabei flogen ihre roten Haare wild um ihren Kopf. »*Now we're talking!*«

»Was? Nein!« Mir entkam ein Kichern. »Ich sag gar nichts mehr.«

»Untersteh dich, Rini! Ich will alles wissen!«

»Wir haben ein bisschen rumgemacht, mehr war da nicht.« Wieso ich das Ganze abgebrochen hatte, verschwieg ich. Dass es Deans Hände auf meinem Bauch gewesen waren, während sein Mund zwischen meinen Schenkeln war. Seine Hände auf meinem Bauch, die kleine Blitze in meinen Unterleib gesendet und mich an die Leere dort erinnert hatten.

»Wieso zur Hölle?«

»Ich weiß nicht.« Ich wand mich verlegen. »Jedenfalls hatte ich ursprünglich einen Wellnessurlaub in den Rockys gebucht, aber wegen eines beknackten Schneesturms ging der Flug nicht.«

»Und dann hat Dean angeboten, dich hier in seinem eigenen Haus zu verwöhnen?« Ein anzügliches Lächeln breitete sich auf ihren Lippen aus.

»Er hat mir angeboten, dass ich mich bei ihm entspannen und etwas zur Ruhe kommen könnte, ja.«

»Entspannen«, wiederholte sie vielsagend. »Ich verstehe.«

»Als wir in dem Haus angekommen sind, hat sich allerdings herausgestellt, dass John mit den Renovierungsarbeiten noch nicht ganz fertig ist, und deshalb ist er heute Morgen vorbeigekommen.«

»Lass mich raten.« Candy lehnte sich in ihrem Sessel zurück. »Es gibt nur ein Bett.«

»Dean hat letzte Nacht auf dem Sofa geschlafen«, bestätigte ich ihre Aussage monoton.

»Ha! Ich wusste es! O mein Gott, ich bin so was von into it! Ich liiiiebe den Only-One-Bed-Trope. Du musst mich unbedingt auf dem Laufenden halten, ja?«

»Den was?«

»Den Only-One-Bed-Trope. Jetzt sag mir nicht, du hast davon noch nichts gehört.«

»Okay, ich werde es nicht sagen«, erwiderte ich und grinste.

»Gib mir deine Nummer, ich schick dir ein paar Buchempfehlungen. Oder nein, noch besser, ich bring dir ein paar Bücher vorbei. Liest du New-Adult-Romance?«

Verwirrt kniff ich die Augen zusammen. »Gibt es da Morde?«

»Eher weniger.«

»Dann nein.«

»Keine Sorge, ich führe dich ein in die wunderbare Welt der Liebesromane. Glaub mir, du wirst es liiiiieben!«

Ich gab Candy meine Nummer und wir saßen noch eine Weile zusammen. Sie erzählte mir von ihrem Wirtschaftsstudium, das sie nicht interessierte, aber in Ordnung war. Sie brauchte es, um irgendwann den Laden ihres Vaters übernehmen zu können. Außerdem vertraute sie mir ein Geheimnis an, das sonst niemand in Sugar Hill kannte. Vielleicht, damit ich mir sicher sein konnte, dass sie meines ebenfalls für sich behalten würde.

»Ein Geheimnis für ein Geheimnis«, hatte sie gesagt und sich verschwörerisch nach vorne gelehnt. »Wenn mir alles zu viel wird – der Unistress, frustrierende Dates oder die Arbeit im Laden –, bleibe ich manchmal noch etwas länger. Ich schließe vorne zu, lasse die Rollläden runter und tanze zu lauter Musik aus den Achtzigern. Einmal hat sogar einer der Nachbarn gedroht, die Polizei zu rufen. Aber wirklich gekommen ist sie nie, also tanze ich hin und wieder immer noch auf der Theke. Mein Gott, ich bin ja wohl nicht die Einzige, die mal einen schlechten Tag hat, oder?«

Ich kicherte. »Definitiv nicht. Das nächste Mal, wenn du wieder eine geheime Party veranstaltest, kannst du mir gerne Bescheid sagen.«

»Abgemacht!«

Gegen Nachmittag kamen immer mehr Kunden in den Laden und unterbrachen unser Gespräch. Gut gelaunt verabschiedete ich mich und hob mein Handy im Gehen an, um ihr zu signalisieren, dass ich ihr später schreiben würde. Doch als ich wieder bei Deans Haus ankam und sich mein Handy dort mit dem WLAN verband, hatte ich schon fünf Nachrichten von Candy mit Screenshots von Buchempfehlungen.

Kapitel 10

DEAN

»Morgen um dieselbe Zeit?«, fragte ich, als John den Pick-up vor meinem Haus parkte. Wir waren beim Baumarkt gewesen, um dort ein Waschbecken und eine Toilette für das Gästebad zu kaufen. Natürlich war keine der Sachen, die mir gefiel, sofort lieferbar. Ich hätte auch einfach irgendwas kaufen können, doch ich wollte eine Einrichtung, die mir zusagte, und nicht irgendeinen Schrott. Lieferzeit zwei bis drei Wochen. Vielleicht auch länger, wegen der bevorstehenden Feiertage, hatte die Verkäuferin gesagt. Immerhin hatten mein Bruder und ich es geschafft, das Parkett im Gästeschlafzimmer zu verlegen. Zum Glück konnte sich John, der nach dem Tod unseres Vaters seinen Betrieb übernommen hatte, die Aufträge flexibel auf die Nachmittage legen. Seitdem war er sozusagen der Hausmeister von Sugar Hill und fungierte als Schreiner, Elektroniker und Gas-Wasser-Installateur.

»Jap, ich bringe Marvin erst noch in den Kindergarten und danach komme ich, ja?«

Ich schluckte. »Das kann ich machen.«

John zögerte einen Moment. »Klar, wenn du willst.«

»Gut, dann sehen wir uns morgen früh. Schönen Abend euch noch«, sagte ich und öffnete die Beifahrertür des Wagens.

»Euch auch«, flötete er grinsend.

Ich verdrehte die Augen. »Ich bin *allein*, Mann. Wie oft soll ich dir das noch sagen?«

John hatte den ganzen Tag keine Ruhe gegeben und immer wieder versucht, etwas aus mir herauszuquetschen, was die Mütze betraf. Ich war bei der Story geblieben, dass die Mütze mir gehörte. Wenn man bei John einmal einknickte, hatte man keine Chance mehr, da rauszukommen.

»Kat?«, rief ich in die Stille des Hauses, nachdem ich die Haustür hinter mir geschlossen hatte. Keine Antwort. War sie immer noch unterwegs? Dass der Zettel mit meiner Nachricht, dass ich mit John im Baumarkt war, unberührt auf der Kücheninsel lag, sah ich schon vom Flur aus. Ich zog den Kragen meines Sweatshirts vom Hals weg, um an mir zu schnuppern. Leicht angewidert rümpfte ich die Nase. Wenn Kat noch nicht zu Hause war, würde ich die Gelegenheit nutzen, um schnell unter die Dusche zu springen und mir etwas Frisches anzuziehen. Bei der Arbeit im Gästebad war ich vorhin ziemlich ins Schwitzen gekommen und hatte noch mehr Respekt für Johns Beruf dazugewonnen.

Ich lief die Holztreppe nach oben, immer zwei Stufen auf einmal nehmend, ging durchs Schlafzimmer und öffnete die Tür zum Badezimmer.

»Besetzt!«, schrie Kat im selben Moment schrill, in dem ich dies selbst bemerkte. Es war nur etwa eine Millisekunde, die ich sie gesehen hatte, wie sie in der Badewanne lag, die dunkeln Haare zu einem Knoten hochgebunden und die hellbraune Haut von Schaum bedeckt, bevor ich einen Schritt rückwärts tat.

»Fuck, sorry«, keuchte ich und zog die Tür vor meiner Nase zu. »Ich dachte, du wärst noch nicht wieder zu Hause.«

»Hast du nicht meinen Mantel an der Garderobe gesehen?«

Ich stockte. Hatte ihr Mantel da gehangen? »Den hab ich wohl übersehen«, gestand ich zögerlich. Vielleicht hatte mein Unterbewusstsein auch gewollt, dass ich ihn nicht sehe.

»Und meine Nachricht?«, hallte ihre Stimme durch die Holztür.

»Was für eine Nachricht?«

»Die ich unter deine geschrieben habe. Auf dem Notizzettel unten in der Küche.«

»Du hast da was drunter geschrieben?« Ich kniff mir mit Daumen und Zeigefinger in die Nasenwurzel.

»Ja, und zwar, dass ich baden bin«, erwiderte sie empört. Ich konnte mir vorstellen, wie sich ihre Stirn dabei kräuselte.

»Sorry«, wiederholte ich grinsend.

»Das ist nicht witzig.«

Ich lehnte mich mit dem Rücken gegen die Tür und ließ mich auf den Boden sinken. »Absolut nicht«, stimmte ich zu und hoffte, dass sie die Belustigung nicht aus meiner Stimme raushörte.

»Wieso zum Henker kann man dein Badezimmer nicht abschließen? Welcher Idiot hat bitte ein Bad ohne Schloss?«, kam es von drinnen und ich hörte das Wasser plätschern, als würde sie dabei aufgebracht mit ihren Händen gestikulieren.

»Das wäre dann wohl ich«, antwortete ich und hob eine Hand, obwohl sie das gar nicht sehen konnte.

»Wie ein Perversling.«

»Wohl eher wie jemand, der allein wohnt.«

»Als ob du noch niemanden hier zu Besuch gehabt hättest.«

»Wenn ich nicht da bin, normalerweise nicht.«

»Willst du jetzt die ganze Zeit vor der Tür warten, du Weirdo?«

»Ich kann auch gehen.«

Einen Moment herrschte Stille, ehe ich erneut das Wasser plätschern hörte. Es war die reinste Folter, zu wissen, dass sie auf der anderen Seite der Tür war. Nackt. In meiner Badewanne. Umgeben von warmem Wasser und eingehüllt in einen süßlich-frischen Duft. Ich war gerade dabei, mich vom Boden zu erheben, als sie weitersprach.

»Ich hab mich verlaufen.«

Das verstand ich als Aufforderung, zu bleiben. Zufrieden lehnte ich mich wieder an die Tür.

»Wie das?«

»Im Wald. Ich bin den Weg gegangen, den du mir beschrieben hast, und dann ... Na ja, ich hab mich ein paarmal im Kreis gedreht und irgendwie wusste ich anschließend nicht mehr so genau, wo ich lang musste.«

»Du hast dich im Kreis gedreht?«, fragte ich und spürte, wie ein Lächeln auf meinen Lippen wuchs.

»Ja«, sagte sie nur.

»Wieso hast du dich im Kreis gedreht?«

»Es hat mich glücklich gemacht. Hat sich richtig angefühlt in dem Moment.«

Ich dachte an Louisas und mein Spiel.

Bist du glücklich?

Ich arbeite daran.

In diesem Moment war ich glücklich. Es tat gut, mit Kat zu sprechen. Obwohl ich sie dabei nicht ansehen konnte. Zwischen uns fühlte es sich fast wieder normal an. Fast wie früher.

»Klingt gut«, gab ich zu.

»Ja, war es auch. Aber ich empfehle es dir eher an einem Ort, an dem du auch nach dem Drehen noch weißt, wohin du gehen musst.«

Ohne zu wissen, wie mir geschah, erhob ich mich. Spürte den Teppich unter meinen Füßen, sah zur Decke. Betrachtete die Holzbalken, die sich über mir erstreckten, und begann, mich zu drehen. Immer und immer schneller.

»Jedenfalls bin ich irgendwann in Sugar Hill rausgekommen«, murrte Kat aus dem Badezimmer, während ich mich so schnell drehte, wie ich konnte. Ich fühlte mich wie einer der kleinen Kreisel, mit denen Marvin manchmal spielte.

»Und rate mal, wen ich dort gesehen habe.« Sie ließ mir gar nicht die Möglichkeit, zu raten. »Louisa.«

Ich verlor das Gleichgewicht, stolperte krachend gegen die Badezimmertür und anschließend zu Boden.

»Zur Hölle, Dean!«, schrie Kat erschrocken. Im nächsten Moment fiel ich nach hinten, kippte ihr geradewegs entgegen, als sie die Tür aufriss, ein weißes Handtuch um ihren Körper geschlungen. »Was ist passiert?«

»Ich hab mich gedreht«, erklärte ich und rieb mir im Liegen die schmerzende Stelle an der Stirn, mit der ich gegen die Tür geknallt war.

»Du hast echt einen an der Murmel, oder?« Sie verdrehte die Augen, doch ich konnte die Belustigung in ihrer Stimme hören. »Nicht gucken«, befahl sie und ich tat, wie mir geheißen. Als ich den Blick wieder hob, war sie bereits über mich gestiegen und stand ein paar Schritte von mir entfernt. *Sicherheitsabstand*, dachte ich und stützte mich auf die Ellbogen.

»Hey, das war deine Idee. Du hast gesagt, du warst glücklich dabei. Also wollte ich es auch ausprobieren.«

»Ich dachte nicht, dass du es direkt machst.«

»Damit hättest du rechnen müssen«, erwiderte ich schelmisch grinsend.

»Darf ich mich nun vielleicht anziehen?« Kat sah an sich herunter, als wäre mir entgangen, dass sie in nichts als einem Handtuch vor mir stand. »Was wolltest du eigentlich im Bad?«

»Sorry, natürlich. Ich wollte duschen. Das würde ich jetzt machen, wenn du im Bad fertig bist, ja? Du kannst dich in der Zeit in Ruhe anziehen.«

»Klar, mach nur.«

Ich stand auf und betrat das Badezimmer, nahm einen tiefen Atemzug von der schweren, feuchten Luft. Es roch nach *ihr*. Nach Zitrus und Vanille. Frisch und süß, genauso wie Kat. Vermutlich hatte sie ihr Duschgel als Badeschaum genommen, denn ich hatte keinen da. Gedanklich machte ich mir eine Notiz, dass ich gleich morgen einen Großeinkauf für sie machen würde, um für Wellness-Feeling zu sorgen. Da war Badeschaum das Mindeste.

Ich streifte mir die Jogginghose zusammen mit den Boxershorts von den Beinen, zerrte das Sweatshirt über meinen Kopf und warf es zu Boden. Dann stieg ich in die Dusche, stellte das Wasser an und genoss, dass es wie warmer Sommerregen auf meinen Kopf und meine Schultern prasselte. Sobald ich die Augen schloss, wanderten meine Gedanken zurück zu Kat. Bis vor wenigen Minuten hatte sie nackt in meiner Badewanne gelegen. Na klasse, ich war sofort hart. Was hatte ich auch erwartet? Ich drehte mich dem Wasserstrahl zu, stützte mich mit einer Hand an der rauen Steinfliesenwand ab und legte die andere an den Temperaturregler. Ich sollte das Wasser kälter stellen. Das würde meine Gedanken runterkühlen und mein anderes Problem klären. Doch stattdessen umfasste ich mein erregtes Glied und stöhnte leise auf, während ich meine Hand langsam auf und ab wandern ließ.

Die Tür öffnete sich geräuschvoll hinter mir und ließ mich erschrocken zusammenzucken.

»Kann ich kurz meine Bürste … O fuck!«, rief Kat, als ich über die Schulter zu ihr sah. »Sorry, ich wusste nicht, dass du …«

»Kat, ich …« Ich setzte zu einer Erklärung an, da hatte sie die Tür schon wieder hinter sich geschlossen. Ich hätte ohnehin nicht gewusst, wie ich das erklären sollte. Shit. Kurz spielte ich mit dem Gedanken, da weiterzumachen, wo ich eben unterbrochen worden war. Doch ich war nicht scharf darauf, dass Kat noch einmal dabei reinplatzen würde, weil ihr einfiel, dass sie *unbedingt* noch ihre Tagescreme brauchte. Ich wollte nicht, dass sie dachte, dass ich nicht mal für eine Dusche die Finger von mir lassen konnte. Wenn sie nur wüsste, wie schwer mir das fiel, wenn sie die ganze Zeit um mich war. Vor allem, nachdem ich sie so lange nicht gesehen hatte.

Ein Jahr lang war ich auf kaltem Entzug gewesen, und nun war ich meiner Droge wieder verfallen. Ich hatte eine Kat-Überdosis, und wenn sie mich ließ, würde ich nie wieder clean werden.

Nachdem ich fertig geduscht hatte – kalt, wohlgemerkt –, zog ich mich rasch an und ging die Treppe hinunter, wo ich Kat auf dem Sofa sitzend fand. Die Beine angezogen und die Wangen leicht gerötet.

»Sorry«, murmelte sie abermals. Das Lächeln auf ihrem Gesicht ließ mich zweifeln, ob sie die Entschuldigung ernst meinte.

»Du wusstest, dass ich dusche«, sagte ich und rubbelte mir über die feuchten Haare an meinem Hinterkopf.

»Dass du *duschst*, ja«, entgegnete sie und setzte dabei Anführungszeichen in der Luft.

»Wieso bist du trotzdem reingeplatzt?«

»Ich brauchte meine Bürste.«

»Und die musstest du so dringend haben?«

Sie grinste. »Ich wusste ja nicht, dass du ...«

»Sag jetzt einfach nichts mehr, okay?«, unterbrach ich sie. Mir war die Angelegenheit verdammt unangenehm.

Sie mimte, dass sie ihren Mund mit einem Schlüssel abschloss und diesen wegwarf.

Seufzend ließ ich mich zu ihr auf das Sofa fallen. »Ich glaube, wir brauchen ein paar Regeln.«

Die Tage zogen vorüber. Der Schnee fiel. Der Schnee schmolz. Neuer Schnee fiel. Ich rutschte jeden Morgen die dünne Eisschicht vor meinem Elternhaus entlang, um meinen Sohn für den Kindergarten abzuholen. Dass Louisa und John mich dabei grinsend hinter dem Fenster beobachteten, entging mir nicht. Mit jedem Tag wurde es schwieriger, meinen Bruder davon zu überzeugen, dass ich keine Frau zu Besuch hatte. Vor allem, seit er mir am

Dienstagmorgen eröffnet hatte, dass Louisa glaubte, Kat im Candy Shop gesehen zu haben.

Am liebsten würde ich ihm sagen, dass er recht hatte. Würde das Strahlen in meinem Gesicht zulassen. Ihm von dem kribbelnden Gefühl in meinem Bauch erzählen. Gleichzeitig wollte ich Kats und mein Geheimnis hüten wie einen kostbaren Schatz. Vor allem aber wollte ich das Vertrauen, das Kat langsam zu mir aufbaute, wahren. Es wuchs wie eine zarte Blume, und ich würde einen Teufel tun, diese mit meinem Mitteilungsdrang zu zertrampeln. Kat hatte sich bislang nicht mehr nach Sugar Hill gewagt. Ich hatte ihr den Weg zum Ortskern von Honey Daze noch einmal erklärt. Doch nachdem ich einen Großeinkauf bei *Walmart* mit all ihren Lieblingssnacks, einem Dutzend Badeschaumsorten und Pflegeölen mit nach Hause gebracht hatte, hatte sie sich ein kleines Wellnessresort in meinem Schlafzimmer eingerichtet. Solange John da war, blieb sie oben. Leider hatten wir nicht bedacht, dass John während unserer Arbeiten auch mal pinkeln musste. Damit hatte er mich so sehr aus der Fassung gebracht, dass ich ihm als Übersprungshandlung erst mal vorgeschlagen hatte, sich draußen im Garten zu erleichtern. Sein Blick war nach draußen gewandert, wo dicke weiße Flocken vom Himmel fielen.

»Lass mich wenigstens schnell im Bad aufräumen«, hatte ich laut gesagt, während ich ihn auf der Treppe überholte. Kat war vor Schreck aus dem Bett gefallen und ich bedeutete ihr, sich zu verstecken. Sie hatte sich geradewegs unters Bett gerollt und ich klaubte schnell ein paar ihrer Kosmetikprodukte zusammen, um sie in einer Schublade verschwinden zu lassen.

»Meine Güte, wann bist du denn so empfindlich geworden?«, hatte John gemurmelt, während er sich gleichermaßen skeptisch und amüsiert im Badezimmer umsah.

Jeden Nachmittag, wenn mein Bruder das Haus verließ, hatte ich Kat mit einem anderen Song, der von Freiheit handelte, nach unten gelockt. Das erste Mal war es *Looking for Freedom* von David Hasselhoff gewesen, den ich bis zum Anschlag auf meinen Boxen aufdrehte und das gesamte Haus damit beschallte. Als Kat irritiert die Treppe herunterkam, um die Lage zu checken, und mich durch die Küche tanzen sah, musste sie so doll lachen, dass sie auf den Stufen zusammensackte. Ich war ihr mit einem frischen Zimtkaffee entgegengekommen und hatte ihr geholfen, wieder aufzustehen.

»Du weißt schon, dass ich freiwillig hier bin, oder? Zumindest mehr oder weniger. Du brauchst nicht so zu tun, als wäre ich deine Geisel, die nun wieder in die Freiheit darf.«

»Kann ich nicht mit dir feiern, dass du dich ab jetzt frei im Haus bewegen darfst und dich endlich wieder in meiner Nähe aufhalten kannst?«

»Was bringt dich dazu, zu glauben, dass ich das möchte?«

Herausfordernd sah ich sie an, während ich um die Kücheninsel tanzte und mir den Kochlöffel als Mikrofon schnappte.

Lachend japste sie nach Luft und stellte ihre volle Tasse auf der Arbeitsplatte ab, um sich eine Träne aus dem Augenwinkel zu wischen. Dieses Lachen war das schönste Geräusch, das ich seit Langem gehört hatte. Mein Herz glühte. *Fuck*. Ich hatte sie so sehr vermisst.

Am Mittwoch war es *Freedom! '90* von George Michael, der durch das Haus tönte. Ich sang aus vollem Hals mit, während ich Zimtsirup in Kats Kaffee gab.

Sie spähte über meine Schulter. »Bist du der Frontsänger und die Background Vocals gleichzeitig?«

Ich ließ mich nicht beirren und trällerte munter weiter zur Melodie: »Einer muss es ja machen.«

Kat verdrehte belustigt die Augen. Anschließend drehte sie mir den Rücken zu und wandte sich zur Terrassentür, hinter der der See lag. Ich sah, wie ihre Schultern im Takt wippten. Ihr Kopf schwankte leicht von links nach rechts. Es gefiel ihr.

Sie wollte es nicht zugeben, aber ihr Körper verriet sie und diese Reaktion war fast noch schöner als jedes Wort.

KAT

Ich sang leise vor mich hin, während ich eine pinke Musselinbluse aus meinem Koffer zog. Vermutlich das einzige bunte Kleidungsstück, das ich besaß. Irgendwie bekam ich immer gute Laune, wenn ich sie trug, und ich hatte heute Lust darauf. Candy hatte gefragt, ob sie heute Abend vorbeikommen könnte und ob wir uns einen Film ansehen wollten. Ich verfluchte Dean für den Ohrwurm, den er mir mit dem Song von George Michael verpasst hatte. Ohne dass ich mich dagegen wehren konnte, wisperte ich den Text weiter vor mich hin, als ich die Treppe runterging, um Candy die Tür zu öffnen. Dean traf sich heute Abend mit seinem Bruder und ein paar Kumpels, um den Junggesellenabschied für einen Freund zu planen. Würde mich ja stark wundern, wenn das nicht das männliche Gegenstück zu der JGA-Planung war, die ich bei Louisa und ihrer Freundin im Candy Shop kurz belauscht hatte.

»Heeey«, flötete Candy überschwänglich, als ich die Tür öffnete.

»Willkommen in Deans Haus.« Ich umarmte sie zur Begrüßung und nahm ihr den Jutebeutel ab, den sie mir in die Hand drückte, um sich die Stiefel und ihre dicke Jacke auszuziehen.

»Hast du Backsteine dabei? Ich weiß nicht, ob die Jungs die im Gästezimmer noch gebrauchen können«, scherzte ich und spähte in die Tasche.

»Hey, nicht reingucken!« Sie riss mir die Tasche aus der Hand und drückte sie wieder an sich. Candy war ein wenig kleiner als ich, jedoch nicht viel. Heute trug sie eine dunkelgrüne Jogginghose, dazu ein weißes langärmliges Rippshirt und ihre roten Haare waren in einem Messy Bun hoch auf ihrem Kopf drapiert. Sie sah niedlich aus, wie sie so mit ihrem Jutebeutel bepackt ins Wohnzimmer watschelte. Auf dem Beutel stand in schwarzen Großbuchstaben *Romance Book Club* geschrieben.

»Hab ich selbst gemacht«, sagte sie stolz, als sie meinen Blick bemerkte.

»Echt? Sieht cool aus.« Fragend hielt ich eine Flasche Weißwein hoch. Sie nickte und sah sich weiter im Haus um.

»Du hast nicht erwähnt, dass Dean in einer Villa wohnt.«

»Wusste ich vorher auch nicht. Ich wollte, dass du den gleichen Überraschungseffekt hast wie ich«, sagte ich grinsend. Es war natürlich keine Villa, in der wir hier wohnten. Aber wir hatten schon ziemlich viel Platz. Moment mal, *wir?*

Ganz dünnes Eis, Kat.

Candy und ich hatten gestern bereits im Chat beratschlagt, was wir essen könnten. Da ich nicht gerade talentiert in der Küche war und Candy nach einem langen Arbeitstag auch mal froh war, wenn sie nicht kochen musste, kamen wir schnell zu dem Entschluss, chinesisches Essen zu bestellen. Die Abwechslung kam mir gelegen, weil Dean und ich in den letzten Tagen fast nur Pizza gehabt hatten. Einmal hatte ich mir immerhin einen Salat bestellt, es dann aber sogleich bereut, als ich Dean genüsslich in seine Salami-Pizza hatte beißen sehen. Er hatte Mitleid gehabt und wir hatten uns Pizza und Salat geteilt.

Es stellte sich heraus, dass Candy keine Backsteine in ihrem Jutebeutel hatte. Es waren sechs Bücher und ihr Laptop. Nachdem ich meinen gebratenen Reis mit Ente und sie ihre Spicy Vegan Noodles auf dem Couchtisch gegessen hatte, sprang sie auf und machte sich daran, ihren Laptop am Fernseher anzuschließen.

»Verrätst du mir jetzt mal, was du da eigentlich vorhast?«

Sie setzte sich im Schneidersitz auf den Boden. »Na, ich stelle dir meine Lieblingsbücher vor. Oder hast du gedacht, ich überlasse sie dir einfach so?«

»Schon irgendwie.« Verwirrt bettete ich das Kinn in meiner Handfläche, den Ellbogen auf dem Knie abgestützt. »Brauche ich für diese Bücher erst noch eine Bedienungsanleitung?«

»So ähnlich«, murmelte sie, ehe der Bildschirm in ein zartes Rosa gehüllt wurde. *»Zehn Gründe, warum Rini Romance lesen sollte«*, las sie die Überschrift, die in orangefarbenen Retro-Buchstaben auf dem Bildschirm prangte, laut vor und riss freudig ihre Arme in die Luft. Anschließend drückte sie auf eine Taste und ein weiterer Schriftzug erschien darunter. *Eine Präsentation von Candy Andrews.*

»Hast du eine *PowerPoint*-Präsentation erstellt, um mich von Liebesromanen zu überzeugen?«, fragte ich kichernd und nahm einen Schluck von meinem Wein.

Sie prostete mir vom Boden aus zu und stellte ihr Glas wieder vor sich ab. »Natürlich.«

Belustigt lehnte ich mich auf dem Sofa zurück, ignorierte, dass es nach Dean roch, und verschränkte die Arme vor der Brust. Die ersten fünf Punkte von Candys Präsentation lauteten:

1. New Adult Romance ist DER heiße Shit. Jeder redet darüber und es ist mir unbegreiflich, wie du das nicht kennen kannst. Das reicht schon als erstes Totschlagargument.

2. Jeder braucht ein bisschen Romantik in seinem Leben. Gerade wir Single Ladys. Wenn wir schon keinen echten Mann haben, verdienen wir wenigstens einen süßen Book-Boyfriend, den wir anhimmeln können.

Als ich den Finger hob, um zu widersprechen, machte sie mit der nächsten Folie weiter.

3. Die Romance-Bücher könnten dir helfen, herauszufinden, wie du Dean für dich gewinnen kannst. Oder wie ich es nenne: ihn zu verführen.

Auf die Frage hin, ob sie mir Pornobücher andrehen wollte, grinste sie nur teuflisch und kam zum nächsten Punkt. Was hatte ich mir hier eingebrockt?

4. Dean und du sind die Personifizierung des Only-One-Bed-Tropes.

Obwohl der Name selbsterklärend war, war Candy sich natürlich nicht zu schade, es mir auch noch bildlich darzustellen und verschiedene Bücher mit besagtem Thema zu empfehlen. Die Protagonisten waren gezwungen, sich ein Bett zu teilen, und dadurch kam es zu romantischer Stimmung oder sexuellen Spannungen. Als ich Candy abermals erklärte, dass Dean auf dem Sofa schlief und es weder zu Romantik noch zu Sex kommen würde, legte sie den Kopf schief und kniff die Augen zusammen. »Irgendwie glaube ich dir das nicht so richtig …«

5. Romance Rini klingt einfach zuckersüß und du solltest unter diesem Namen einen Instagram-Account oder einen Podcast anfangen, in dem du die neuesten Romance-Bücher besprichst und empfiehlst.

Lachend verbarg ich mein Gesicht mit beiden Händen. »Das wird nicht passieren!«

»Fragen und Anmerkungen bitte erst am Ende. Weiter geht's mit der Vorstellung der Bücher, die ich dir heute mitgebracht habe«, sagte sie mit astreiner Lehrerinnenstimme.

Ich richtete mich auf dem Sofa auf und mimte die perfekte Musterschülerin. Erwartete sie, dass ich mitschrieb?

Candy hob am Anfang jeder Folie das entsprechende Buch hoch. Als ich kommentierte, dass all diese Bücher gleich aussahen und die Cover nur Pastellfarben mit geschwungener Schrift waren, drohte sie an, einen Fünfhundert-Seiten-Wälzer nach mir zu werfen. Sie stellte jedes der Bücher mit sprühender Begeisterung vor, gab mir eine kurze Inhaltsangabe und zeigte mir Fotos davon, wie sie sich das Setting und die Charaktere vorgestellt hatte. Zugegeben, ich war schon ein wenig angefixt und freute mich darauf, die Bücher in der nächsten Zeit zu lesen. Dann hatte ich wenigstens noch eine andere entspannende Beschäftigung, während ich oben im Schlafzimmer verharrte, wenn John da war. *Netflix* hatte ich gefühlt schon leer geguckt.

»Noch Fragen?«, kam es von Candy. Passend dazu war auf der letzten Folie ein Foto von ihr zu sehen, wie sie Daumen und Zeigefinger nachdenklich an ihr Kinn legte und nach rechts oben sah.

Ich hatte Mühe, den Schluck Wein, den ich zuvor genippt hatte, nicht auf meine Leggings zu spucken. »Ja, eine«, sagte ich, als ich es geschafft hatte, den Wein bei mir zu behalten. »Wie lange hast du bitte für diese Präsentation gebraucht?«

Sie zuckte mit den Schultern, als sie den Laptop schloss und der Fernsehbildschirm schwarz wurde. »Nicht so lange. Das meiste wusste ich noch aus dem Kopf. Also musste ich lediglich die passenden Bilder raussuchen. Aaaaber die viel wichtigere Frage von meiner Seite: Habe ich dich überzeugt?«

»Hm, du hast mir ehrlich gesagt eher ein Problem beschert.«

»Was, wieso das?«

»Weil ich jetzt alle Bücher lesen will und gar nicht weiß, mit welchem ich anfangen soll.«

Quietschend kam sie auf mich zu gerannt und warf sich zu mir aufs Sofa, um mich in den Arm zu nehmen. »Oh, ich bin so glücklich!«

Ich drückte sie an mich, während ich murmelte: »Ich auch.«

Ich hatte das hier wirklich vermisst. Einen ausgelassenen Mädelsabend mit einer Freundin. Davon hatte ich im letzten Jahr genau null gehabt, seit Louisa und ich zerstritten waren und sie wieder zurück nach Sugar Hill gezogen war. Es hatte mir einmal mehr vor Augen geführt, *wie* allein ich war.

Ich war nie der Typ für große Freundescliquen gewesen. Vermutlich auch, weil ich mit einer Mutter aufgewachsen war, die mich zu Höchstleistungen auf dem Eis getriezt hatte. Beim Solo-Eiskunstlauf kämpft – wie der Name schon sagt – jeder für sich allein. Soziale Kontakte waren bei mir bisher immer eher von praktischer Natur gewesen. Die Frau, die in meinem Fitnessstudio arbeitete, war nett. Manchmal blieb ich kurz bei ihr stehen und hielt einen kleinen Plausch. Und abgesehen von Dean hatte es auch andere Kolleginnen und Kollegen in der Kanzlei gegeben, mit denen ich mich gut verstanden hatte. Aber ich wäre nie auf die Idee gekommen, mich nach der Arbeit mit ihnen zu verabreden. Geschweige denn, ihnen von meinem Unfall oder meiner Trennung zu erzählen. Die wenigen Freunde, die das Ende der Schulzeit überdauert hatten, waren mittlerweile im ganzen Land verstreut oder meldeten sich nicht mehr. Oder vielleicht hatte auch ich mich bei der einen oder anderen Person lange nicht mehr gemeldet? Die Freundschaften, die während des Studiums entstanden waren, waren schnell verblasst. Jedenfalls alle bis auf eine … Kurzum, ich war einfach schlecht in so was. Im Socializen. Louisa hingegen, als kleiner Social Butterfly, war mein perfektes Gegenstück gewesen. Mist. Ich vermisste sie. Mit ihr war alles so einfach. Gab es noch Hoffnung für uns? Sollte ich doch noch mal versuchen, Kontakt zu ihr aufzunehmen? Es wäre ein Anfang, ihre Nummer nicht mehr zu blockieren.

DEAN

»Wir könnten ihn kidnappen, und dann denkt er erst mal *O Shit, was ist denn jetzt los?*, und hat total Schiss, und dann ziehen wir ihm den Sack vom Kopf und schreien alle *Überraschung!*«

Ich vergrub mein Gesicht in den Händen. Als ich durch meine Finger spähte, blickte ich zu John, der mich Hilfe suchend ansah. Also gut.

»Caleb, nichts mit Kidnapping oder einem Sack über dem Kopf. Wie oft sollen wir dir das noch sagen?«, fragte ich entnervt.

Wir saßen schon seit über einer Stunde an diesem klebrigen Tisch im *Jasper's*, um den Junggesellenabschied von Tristan Tottham zu planen, dem besten Kumpel meines kleinen Bruders. Seit ich wieder hier wohnte, hatten Tristan und ich uns auch angefreundet. Im Hintergrund lief leise *Hell of a Holiday* über die Boxen. An diesen Charme hatte ich mich erst wieder gewöhnen müssen, als ich in meine Heimat zurückgezogen war. Keine schicken Rooftop-Bars mehr, keine High-Class-Gästelisten, kein Dresscode. Dafür immerhin Bier für drei Dollar. Alles hatte seine Vor- und Nachteile.

Caleb stöhnte frustriert und verschränkte die Arme vor der Brust. »Dann macht ihr auch mal Vorschläge!«

»Machen wir doch die ganze Zeit. Wir waren auf einem guten Weg, bis du wieder alles über den Haufen geworfen hast«, murrte Ezra, ein College-Kumpel von Tris, von der Seite und fuhr sich durch die schwarzen Haare. Sie waren so fluffig, wie sie ihm im lockeren Mittelscheitel auf beiden Seiten bis zu den Schläfen fielen. Mit seiner hellen Haut, den dunklen mandelförmigen Augen und seiner schlanken Statur könnte er glatt als Männermodel anfangen. Er trug einen schwarzen Rollkragenpullover und etliche silberne Ringe an seinen Fingern.

Tristans anderer Freund vom College, Miles, saß neben ihm und bevorzugte wohl eher den praktischen Look. Er war ein bulliger Kerl mit Dreitagebart, dunkelblonden halblangen Haaren und khakigrünem Sweatshirt. Ich traf sie heute zum ersten Mal, aber beide machten einen aufgeschlossenen Eindruck. Sie waren mir direkt sympathisch, und immerhin brachten sie bessere Vorschläge als Caleb. Die Nervensäge mit den blonden Engelslocken war ebenfalls einer von Johns besten Freunden und zu meinem Leidwesen wieder im gleichen Ice-Hockey-Team wie ich. Wir hatten schon früher zu High-School-Zeiten in einer Mannschaft gespielt. Das hatte ich fast verdrängt. Doch als ich im Frühjahr mal mit John zum Training gekommen war, um zu sehen, ob Ice Hockey wieder etwas für mich sein könnte, überschwappte mich die Erinnerung an Caleb wie ein Eimer eiskaltes Wasser. Er war wirklich … *besonders.* Nett? Ja. Aber er hatte definitiv einen an der Waffel.

»Also, was haben wir bis jetzt?«, fragte ich, in der Hoffnung, das Ganze zu strukturieren.

John kratzte sich am Kopf. »Wir haben das Wissen, dass er das gesamte letzte Jahr alle Staffeln von *Alone* gebingewatcht und mich in jeder freien Minute genervt hat, dass er das ja auch *sooo* gern mal machen würde.«

»Ist mir immer noch unbegreiflich«, murmelte Caleb in sich hinein.

»Und wie soll das aussehen mit diesem *Alone?* Was ist das eigentlich genau?«, fragte ich.

»Da müssen normale Leute für eine gewisse Zeit in der Wildnis überleben, und sie haben nur ein paar einfache

Werkzeuge zur Hilfe, um selbst etwas zu fischen oder zu erlegen«, erklärte John geschäftig.

»Aha.«

»Oder wir könnten einfach was Normales machen, was man bei jedem JGA macht und feiern gehen, eine Stripperin engagieren und einen netten Abend verbringen«, schlug Miles vor.

»*Normal. Nett*«, äffte Caleb ihn nach und verdrehte die Augen.

Ich richtete mich auf meinem Stuhl auf und rieb mir den schmerzenden Nacken. »Da muss ich ihm ausnahmsweise recht geben. *Normal* und *nett* sind nicht die Begriffe, mit denen man seinen JGA beschreiben möchte, oder?«

»Außerdem hat er deutlich gesagt, dass er keine Stripperin will«, ergänzte John und nahm einen Schluck von seinem Bier.

»Sagt man das nicht nur so, wenn die Verlobte zuhört, und will es insgeheim doch?«, hakte Ezra nach.

John kniff die Augen zusammen. »Ich denke nicht. Wir waren allein, als er mir das gesagt hat, und ich kann ihn ganz gut einschätzen.«

Ich griff zu dem Kugelschreiber, der vor meinem Bruder auf dem Tisch lag, und zog den Notizblock zu mir.

»Halten wir fest: Keine Stripperin«, sagte ich, während ich es in Großbuchstaben an den oberen Rand des Blattes schrieb. *Und keine Entführung*, notierte ich ebenso groß daneben und warf Caleb einen strengen Blick zu. Dieser zeigte mir missmutig den Mittelfinger.

»Auf jeden Fall gibt es seit ein, zwei Jahren auch *Alone: Frozen*. Das wäre quasi genau das, was wir machen würden«, fuhr John fort.

»Und wo genau soll der Spaß dabei sein?«, fragte ich.

John zuckte mit den Schultern. »Ich stell's mir witzig vor. Wir müssen es ja nicht so krass umsetzen und können einfach in der Wildnis übernachten, selbst Holz schlagen und Feuer machen und so. Aber was zu essen nehmen wir schon mit.«

»Oooder«, rief Caleb und richtete sich kerzengerade auf. Himmel, er war wieder mit an Bord und ich wusste nicht, ob ich hören wollte, was er diesmal vorschlug. »Wir könnten ihn erst im Glauben lassen, dass wir das ganze Programm durchziehen und wirklich nichts zu essen dabei haben, auch keine Zelte. Sondern dass wir ein Iglu für die Nacht bauen müssen.«

Einen kurzen Moment war es still bei uns am Tisch, ehe ich schwerfällig einatmete. »Darauf würde ich mich von mir aus einlassen. Du willst ihn wohl unbedingt schocken, was?«

Caleb nickte freudig.

»Gut, also steht es fest? Wir machen quasi die *Alone: Bachelor Edition?*«, fragte John und sah in die Runde.

»Wenn das mal nicht die nächste Reality-Show ist«, kommentierte Ezra höhnisch.

»Ist doch eigentlich voll gut. Dann kostet es uns nicht so viel«, sagte Caleb begeistert. Soweit ich es mitbekommen hatte, studierte er immer noch und es war längst kein Ende in Sicht. Verständlich, dass er da aufs Geld achten musste.

»Klar, nur ein schneefestes Zelt, Schlafsäcke, Essen, Getränke und vielleicht wäre ein Ranger nicht schlecht, der uns am Anfang eine kleine Einweisung gibt. Wofür er bestimmt auch Kohle haben will«, ratterte Miles monoton runter.

»Oh, gute Idee. Dieser Ranger könnte uns ja erst ein bisschen ...«

»Lass mich raten: schocken?«, unterbrach ich ihn.

Caleb zwinkerte mir zu. »Langsam verstehen wir uns.«

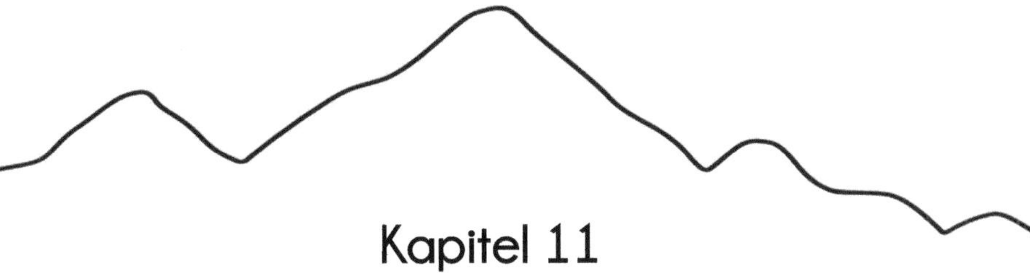

Kapitel 11

KAT

Beschwingt von dem lustigen Mädelsabend, den ich gestern mit Candy gehabt hatte, schlug ich die Decke zurück und setzte mich an die Bettkante. Dem Fenster zugewandt, blinzelte ich ins orangerote Licht. Ich hatte Dean gebeten, die elektrischen Jalousien so einzustellen, dass ich den Sonnenaufgang auf jeden Fall mitbekam. Die Sonnenstrahlen taten gut, wie sie sanft über mein Gesicht streichelten. Ich griff nach meinem Handy, um nachzusehen, ob Candy mir gestern Abend noch etwas geschrieben hatte. Sie hatte in ihrem Buch weiterlesen wollen, sobald sie nach Hause kam, und angekündigt, mir eine Nachricht zu schreiben, wenn die beiden Protagonisten endlich ihren ersten Kuss hatten.

Keine Nachricht.

Kein Kuss.

Mein Blick fiel stattdessen auf etwas anderes auf meinem Handy.

7:14 Uhr
05. Dezember

Mein Atem stockte.

Mein Blut gefror.

Ich hatte es fast vergessen.

In meiner Kehle wurde es eng. Ich ließ mich zurück ins Bett fallen. Genau heute vor einem Jahr hatte ich den Autounfall gehabt. Heute vor einem Jahr war ich morgens aufgewacht und hatte nicht damit gerechnet, dass es der schlimmste Tag meines Lebens werden würde. Wie auch? Ich hatte nicht gewusst, dass irgendein Arschloch es eilig hatte. Meinte, über eine rote Ampel zu fahren. In mein Auto.

Ich schluckte. Meine Augen füllten sich mit Tränen. Die Holzbalken an der Decke verschwammen.

Heute vor einem Jahr hatte ich mir Gedanken um Louisa gemacht. Mich schlecht gefühlt, dass mir die Wahrheit rausgerutscht war. Dass ich sie all die Jahre belogen hatte und sie nichts mehr mit mir zu tun haben wollte. War sauer auf Dean gewesen, dass er mich auf der Arbeit ignoriert hatte. Hatte Allec abgesagt für das Dinner, zu dem er mich abends nach der Arbeit hatte einladen wollen, um meine Schwangerschaft zu feiern. Ich war länger auf der Arbeit geblieben. Hatte mich in das neue Projekt gestürzt, um zu verdrängen und zu vergessen. Ich hatte das Büro erst spät verlassen, war in mein Auto gestiegen und vom Parkplatz gefahren. Alles war normal gewesen. Scheiße. Aber irgendwie doch halbwegs normal. Ich hatte an der Ampel gestanden, gewartet, bis es grün wurde. Im Radio lief *Happier than ever* von Billie Eilish. Ich hatte es voll aufgedreht und mitgesungen. Aufs Lenkrad geschlagen und geweint. Ich war traurig gewesen, wütend, verzweifelt.

All das.

Nur nicht unaufmerksam.

Die Ampel sprang auf Gelb. Auf Grün. Ich fuhr los. War in der Mitte der Kreuzung. Vielleicht noch nicht ganz, als von links ein schwarzes Auto angerast kam. Ich hatte es erst gesehen, als es schon viel zu nah war. Ich hatte keine Chance gehabt.

Ich schnappte nach Luft. Erst jetzt fiel mir auf, dass ich vergessen hatte, zu atmen.

Es klopfte an der Tür.

»Kat?«

Ich war nicht fähig, zu reagieren.

Die Tür wurde geöffnet.

»Bist du schon wach? Ich dachte, wir könnten uns zusammen den Sonnenaufgang ... Hey, was ist los?«

Seine Schritte klangen dumpf auf dem Teppichboden. Dean kam um das Bett herum und setzte sich neben mich. Sein Gesicht erschien über meinem. Die hellgrauen Augen matt, schläfrig und doch weit aufgerissen. Noch immer rührte ich mich nicht.

»Hey, hey, sprich mit mir. Bitte. Was ist los? Tut dir etwas weh?«

Ich nickte kaum merklich.

»Was? Was tut dir weh?«

Langsam ließ ich meine Hand zu meinem Brustkorb wandern, und von dort aus zu meinem Unterleib.

Dean beobachtete mich mit flackernden Lidern. »Darf ich dich in den Arm nehmen?«

Wieder nickte ich. Eine minimale Bewegung, aber Dean sah sie. Vorsichtig legte er eine Hand unter mein Genick und umfasste mich mit der anderen am unteren Rücken. Dann zog er mich an sich und hielt mich fest. Er hielt mich und presste mich so eng an sich, dass jedes verbliebene Quäntchen Luft meiner Lunge entwich und mich daran erinnerte, wieder einzuatmen. Sein beruhigender Duft stieg mir in die Nase. Ich japste und auf einmal entwich mir ein vollkommen unkontrolliertes Schluchzen. Ich wollte es nicht. Ich wollte vor Dean nicht weinen. Wollte nicht, dass er mich so sah. Dass er Mitleid mit mir hatte. Doch Dean hielt mich. Er sagte nichts, drängte mich nicht. Stattdessen spürte ich seine Hand an meiner Wange. Seinen Daumen, der meine Tränen fortwischte, obwohl die ganze Zeit neue nachkamen. Ich weinte an seiner Brust. Ich bezweifelte, dass jemals jemand bei einer solchen Aussicht geweint hatte. In einem solch perfekten Haus. Bei einem so perfekten Mann.

»Was stimmt nicht mit mir?«, wisperte ich.

»Gar nichts«, antwortete er sofort. »Kat, mit dir ist alles in Ordnung. Alles ist gut, okay?«

Ich schüttelte den Kopf. Was schwierig war, angesichts der Tatsache, dass Dean ihn noch immer an seine breite Brust drückte.

»Nichts ist okay«, sagte ich schluchzend. »Ich habe es verloren.«

Dean hielt kurz inne, dann streichelte er mich weiter und umarmte mich noch ein wenig fester. Er wusste es. Er wusste, was ich meinte. Trotzdem musste ich es sagen. Ich musste es endlich laut aussprechen.

»Ich habe das Baby verloren.«

Ich brachte die Worte kaum heraus, so sehr weinte ich. So gellend. So schmerzerfüllt. Jetzt spürte ich, dass auch Deans Körper zu beben begann. Ich löste mich gerade so weit von ihm, dass ich ihm in die Augen sehen konnte. Silbern, glitzernd vor Tränen.

»Ich hab es verloren, Dean«, wiederholte ich. »Ich habe es verloren und ich bin selbst schuld.«

Er umfasste mein Gesicht mit beiden Händen. Sie waren feucht, weil er sich seine eigenen Tränen damit eben weggewischt hatte. Unsere Tränen vermischten sich auf meinen Wangen, als er versuchte, meine aufzuhalten. Einzufangen.

»Wieso sagst du das?«

»Weil ich es erst nicht wollte. Verstehst du? Das war meine Strafe. Ich glaube nicht an Gott, dafür an Karma. Das Schicksal hat mich bestraft, weil ich nie Kinder wollte. Und weil ich mich nicht darüber freuen konnte.«

»Hör auf«, sagte er scharf, fügte dann aber flehentlich ein »Bitte« hinzu. Seine Züge wurden sofort wieder weich.

»Bitte sag so was nicht. Ich möchte nicht, dass du so etwas auch nur denkst.«

Dean hatte leicht reden. Das ganze letzte Jahr hatte ich mir diesen Satz immer wieder gesagt.

»Ich bin mit dem Auto nach Hause gefahren ... und, äh ...« Ich sah auf meine Hände. Nestelte am Saum meines Schlafshirts herum. »Da kam ein Auto von der Seite angerast. Ich hatte grün, er hatte rot. Und dann ...«

»Ist schon gut«, wisperte Dean in mein Haar, als er mich wieder an sich zog.

Eine Weile verharrten wir in dieser Position. Halb sitzend, halb liegend. Die Sonne kletterte langsam die Berge hinauf, färbte sich von Orangerot in Gelbgold und tauchte den Himmel in ein zartes Blau. Es könnte ein schöner Morgen sein, wenn er mich nicht an den schlimmsten Tag meines Lebens erinnern würde.

»Ich werde John für heute absagen und mache uns Frühstück, okay?«, murmelte Dean, woraufhin ich schwach nickte. Als er sich etwas unbeholfen von mir löste, krallte ich mich zunächst reflexartig an seinem T-Shirt fest.

»Bin gleich wieder da. Wir frühstücken hier im Bett, ja?«

Mein Griff lockerte sich und ich ließ zu, dass er mich vorsichtig auf der Matratze ablegte. Erschöpft von all der Trauer, döste ich langsam wieder ein. Ich war erleichtert, dass Dean es jetzt wusste. Aber es tat so gottverdammt weh, darüber nachzudenken oder zu reden.

DEAN

Sie hatte es verloren.

Türklinke.

Treppengeländer.

Kücheninsel.

Wasserkocher.

Fahrig klammerte ich mich an allem fest, was ich zu fassen bekam. Versuchte, zu funktionieren. Ich musste stark sein. Musste funktionieren. Nicht *ich* hatte mein Kind verloren. Ich hatte kein Recht, traurig zu sein. Doch tief in mir pochte die Schuld, die mich auch nach all den Jahren nicht losließ.

In Gedanken daran drehte ich das Wasser auf, sah zu, wie es in den Wasserkocher lief und stellte es zu spät wieder ab. Das Wasser war schon kurz vorm Überlaufen. Ich goss etwas davon weg und schaltete den Wasserkocher ein.

Fuck. Ich hatte keine Ahnung, was ich Kat überhaupt zum Frühstück machen sollte. Mir selbst war so kotzübel, dass ich nicht mal an Essen denken konnte. Panik kroch in mir hoch, erinnerte mich daran, wie ich damals nicht für meine Mutter und meinen Bruder da gewesen war. Damals, als sie mich am meisten gebraucht hatten. Als mein Dad im Sterben lag.

Ich musste mit jemandem reden. Louisa. Mein erster Impuls war, es Louisa zu erzählen, da sie Kat auch kannte. Ich ging ein paar Schritte auf das Sofa zu, wo ich mein Handy gestern Abend abgelegt hatte, hielt jedoch in der Bewegung inne. Kat würde es Louisa sicher selbst erzählen wollen.

John.

Doch John durfte gar nicht wissen, dass Kat hier war. Verdammt, eigentlich sollte es niemand wissen.

Mir war heiß. Zu heiß. Mein Brustkorb fühlte sich zu eng an. Ich ging zur Terrassentür, öffnete sie und lief ein paar Schritte hinaus. Meine nackten Füße trafen auf Kälte, versanken im feinen Schnee, der auf dem Steinboden der Terrasse liegen geblieben war. Es kribbelte und pikste. Am liebsten würde ich schreien, aber ich konnte nicht. Kat war oben und ruhte sich aus. Außerdem hatte ich wirklich nicht das Recht, so traurig zu sein.

Ich presste mir die Faust an den Mund und ließ mich in die Hocke sinken. Meine Brille beschlug durch den warmen Atem, der auf die Gläser traf. Die Tränen bahnten sich ihren Weg nach draußen und ich konnte sie nicht aufhalten. Ich konnte *ihn* nicht aufhalten. Ihn, den Scheißkerl, der Kat das angetan hatte. Ihn … den Tumor meines Vaters. Die Bilder von damals vermischten sich mit der Gegenwart. Die Anrufe meiner Familie, die ich ignoriert hatte. Die Nachrichten, die ich ungelesen ließ. Meine Mutter, die mich verzweifelt zu erreichen versuchte, während ich mich immer mehr in die Arbeit gestürzt, einen Fall nach dem anderen angenommen hatte. Um mich von dem Schmerz abzulenken und um die Schuldgefühle zu verdrängen.

Fuck. Fuck. Fuck.

Ich war nicht da gewesen für sie. Schon wieder.

Das Klicken des Wasserkochers drang leise an mein Ohr. Schnellen Schrittes durchquerte ich das Wohnzimmer, holte mit zittrigen Fingern eine Tasse aus dem Schrank und goss das heiße Wasser hinein. Ein bisschen schwappte daneben und aus Reflex griff ich danach. Wollte die Tropfen davon abhalten, was sie taten. Sie gerieten aus der Bahn. Sie machten nicht das, was sie sollten. Ich musste sie aufhalten. Ich packte in das kochend heiße Wasser.

»Fuck!«, stieß ich laut aus.

Unsanft stellte ich den Wasserkocher ab und eilte zur Spüle, um meine Hand zu kühlen.

Mein Handy vibrierte auf dem Sofa. Zunächst wollte ich es ignorieren, entschied mich dann aber, wenigstens nachzusehen, wer es war. Vielleicht war es wichtig. Vielleicht war etwas mit Marvin.

Als ich sah, wer mich anrief, zögerte ich keine Sekunde. »Mom«, keuchte ich atemlos in den Hörer.

»Honey«, kam es sofort alarmiert zurück.

Ein Wort hatte ausgereicht. Ein einziges Wort und eine Mutter wusste, dass etwas nicht stimmte. Da waren sie schon wieder, diese verdammten Tränen. Ich sank auf das Sofa. Ließ mich von dem weichen Polster empfangen wie von einer warmen Umarmung meiner Mom. Wie von selbst legte ich meine linke Hand, noch immer pochend von der Verbrennung, um meinen rechten Oberarm. Ich hielt mich selbst fest. In der Hoffnung, es würde etwas bringen.

»Was ist los?«, fragte sie.

»Kat ist bei mir«, begann ich mit bebender Stimme. »Sie wohnt bei mir im Haus.«

Mom schwieg. Sie wartete wohl darauf, dass ich weitersprach.

»Du weißt doch, dass sie schwanger war? Letztes Jahr, bevor ich zurück nach Sugar Hill gekommen bin. Als ich sie vor ein paar Tagen in New York gesehen habe, war sie allerdings allein. Sie hat gesagt, es gibt kein Baby und ich habe gespürt, dass ich nicht weiter nachbohren sollte … Und eben hat sie es mir endlich anvertraut. Sie hat es …«

»Hey, hey, Dean. Ganz ruhig. Beruhig dich. Atme. Atme!«, sagte sie mit Nachdruck. Wahrscheinlich, weil sie es nun schon mehrmals gesagt und sich an meiner Atmung nichts gebessert hatte. Ich lauschte ihren Worten und versuchte, mich zu beruhigen.

»Sie hat das Baby verloren, Mom. Sie hatte einen Autounfall und hat das Baby verloren. Heute vor einem Jahr.«

Einen Moment war wieder Stille am anderen Ende.

»Das tut mir so unfassbar leid, Honey«, wisperte Mom. »Du bist bestimmt sehr traurig.«

»Ja«, wimmerte ich. »Aber ich darf nicht traurig sein. Ich habe kein Recht dazu. Es war nicht mein Baby.«

»Natürlich darfst du traurig sein, Dean. Niemand kann dir deine Gefühle absprechen. Was du fühlst, fühlst du. Gefühle brauchen keine Rechtfertigung und auch keinen Grund, sie sind einfach da. Außerdem bedeutet Kat dir viel, oder?«

Ich nickte, obwohl meine Mom das nicht sehen konnte. Vermutlich konnte sie es sich ohnehin denken. »Ist da noch etwas, das dich belastet?«

Mein Blick glitt durch den Raum, blieb an einem Bild meiner Familie aus Kindheitstagen auf dem Kaminsims hängen und ich wusste, dass ich es ihr sagen musste. »Ich habe das Gefühl, dass mich gerade die ganze Scheiße der letzten Jahre wieder einholt.«

»Was meinst du damit?« Ich war mir sicher, dass sie genau wusste, um was es ging, doch sie wollte mich dazu bringen, wirklich offen darüber zu reden. Immerhin hatte ich dieses Jahr alles daran gesetzt, mich mit meinen Gefühlen auseinanderzusetzen und besser zu kommunizieren. Nun zeigte sich, ob ich es auch schaffte, mich durch den dunklen Tunnel des Leids durchzukämpfen, um am Ende hoffentlich von einem hellen Licht empfangen zu werden.

»Ich habe das Gefühl …«, begann ich zögerlich. »Es kommt mir wieder so vor wie damals, als Dad gestorben ist. Da war ich auch nicht für John und dich da, und jetzt ist schon wieder einer so wichtigen Person in meinem Leben etwas Schlimmes passiert, und ich war *schon wieder* nicht da.«

»Dean, es war damals nicht deine Schuld, dass es passiert ist, und das ist es auch dieses Mal nicht. Das ist dir doch klar, oder? Du hättest es nicht verhindern können.«

»Aber ich hätte da sein müssen, Mom!«

Sie seufzte, als würde sie mit mir leiden. Vermutlich tat sie das auch. »Dean, du bist *jetzt* da und das ist alles, was zählt. Menschen sind nicht perfekt. Sie handeln nicht immer so, wie es vielleicht gut oder vermeintlich richtig wäre. Es war damals deine Art, mit dem Schmerz umzugehen.«

»Eine *super* Art, die dein Sohn da hatte, oder?«, verspottete ich mich.

»Dean, hör bitte auf, dich selbst so fertigzumachen wegen Dingen, die du nicht mehr ändern kannst!«, sagte sie nun deutlich strenger. »Wo ist Kat jetzt gerade?«

»Sie liegt noch oben in meinem Bett. Ich habe ihr mein Schlafzimmer überlassen, solange sie hier ist, und schlafe auf dem Sofa. John hat ...« Ich kniff mir mit Daumen und Zeigefinger in die Nasenwurzel. »John hat eigentlich gesagt, er bekommt das mit dem Gästezimmer bis zum ersten Advent hin, aber ...« Zittrig atmete ich aus und ließ den restlichen Satz unausgesprochen in der Luft hängen.

»Er hat momentan viel zu tun, glaube ich.«

»Hm.«

»Und wo bist du gerade? Bist du bei ihr?«

»Bis eben, ja. Ich wollte runtergehen und ihr Frühstück machen, aber mir ist aufgefallen, dass ich gar nicht weiß, was sie essen möchte. Ob sie überhaupt etwas essen will. Also wollte ich einen Tee machen, und dabei hab ich mir die Hand am heißen Wasser verbrannt. Und dann hast du angerufen.«

»Gerade zur richtigen Zeit, meinst du?«, schlussfolgerte sie und der liebevolle Klang ihrer Stimme hüllte mich wie in eine kuschelige Decke.

»Kann man so sagen. Wann kommst du noch mal für Weihnachten nach Hause? Ich ...« Kurz hielt ich inne. Manchmal verbot ich es mir, zu sagen, dass ich sie vermisste. Ich wollte ihr kein schlechtes Gewissen machen, dass sie sich diesen Traum erfüllte und die Welt bereiste. Sie hatte es mehr als verdient. Bis vor einem Jahr war ich fünf Jahre nicht bei ihr gewesen, hatte sie im Stich gelassen, als sie und mein Bruder mich am meisten gebraucht hatten. Als mein Vater gestorben war.

»Ich vermisse dich auch, Honey. Dich und John. Euch alle. Ich versuche, zum zweiten Advent da zu sein. Also nicht mehr lange.«

Erleichtert atmete ich auf. Der zweite Advent war schon in drei Tagen. So lange würde ich es irgendwie durchhalten.

»Aber Dean?«

»Ja?«

»Lass sie heute nicht allein, ja?«

Ich schluckte. »Hatte ich nicht vor.«

»Ein Verlust wiegt immer schwer. Selbst wenn man um jemanden trauert, der das Licht der Welt nie erblicken durfte. Vielleicht gerade dann. Es ist besser, wenn man an solch dunklen Tagen nicht allein ist.«

»Mom, ich ...« Ich wollte mich entschuldigen, weil ich mich zwangsläufig angesprochen fühlte. Ich hatte sie an ihrem dunkelsten Tag allein gelassen. Ich war nicht für sie da gewesen, als ihr Mann gestorben war. Mein Dad.

»Ist schon gut, Dean.«

»Nein, ist es nicht. Es tut mir so unendlich leid, dass ich nicht für dich da war.«

Nun hörte ich *sie* schwer schlucken. »Du konntest nicht anders damals. Aber du bist jetzt da. Für uns. Für mich. Für Kat. Das ist das Einzige, das zählt.«

»Wie kannst du nur so verständnisvoll sein? Wie schaffst du es, nicht sauer auf mich zu sein oder mich zu hassen?«, fragte ich. Denn ich tat es.

Sie lachte auf. Es war ein Lachen während des Weinens. Als hätte ich einen Witz gemacht, doch für mich war es kein Witz. »Honey, ich könnte dich niemals hassen.«

»Wieso?«

»Weil ich dich liebe. Du bist mein Sohn, Dean. Und ich liebe dich, egal, was kommt. Egal, was passiert und egal, was du getan hast oder noch tun wirst in deinem Leben.«

Ich senkte den Blick auf meine nackten Füße. Mittlerweile hatte ich meine Knie angezogen und sie mit meinem freien Arm umklammert. Ich legte mein Kinn auf den Knien ab und seufzte schwer.

»Danke, Mom.«

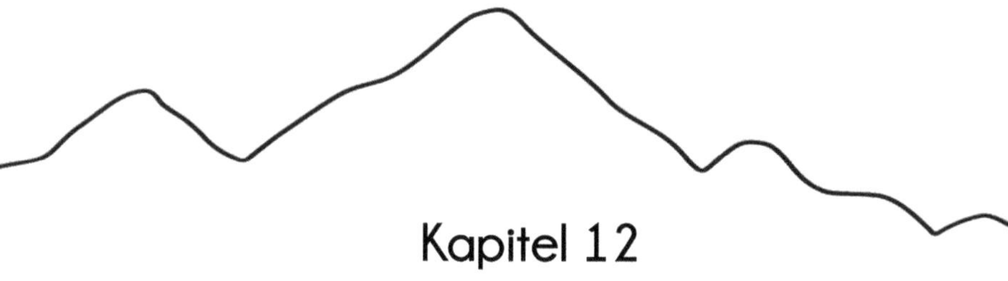

Kapitel 12

KAT

»Danke«, flüsterte ich. Ich hatte die Augen noch nicht wieder geöffnet, doch ich spürte Deans Nähe neben mir. Roch seinen unverkennbaren Duft. Süßlich, herb. Wie Lavendel oder Sandelholz. Vermischt mit dem Duft von frischem Kaffee. Die Kombination verlangsamte meine Atmung und entkrampfte meine Lunge. Er ließ seine Fingerspitzen über meine Wange tanzen, über meine Schläfen. Wanderte mit ihnen über meine Brauen zu meinem Haaransatz und geradewegs meinen Nasenrücken hinunter. Dann tippte er einmal auf meinen rechten Mundwinkel und wie als Antwort zuckte dieser leicht nach oben. Dasselbe wiederholte er mit meinem linken Mundwinkel. Auch dieser gehorchte aufs Wort und hüpfte kurz nach oben.

Ich öffnete die Augen und blickte direkt in Deans Gesicht. Er lächelte warm.

»Wofür?«, kam es leise von ihm.

»Dass du für mich da bist.«

»Danke, dass ich für dich da sein darf, Cinnabon. Dass du dich mir anvertraut hast.«

Ich schluckte. Er hatte mich seit sechs Jahren nicht mehr so genannt, und jetzt verwendete er diesen Kosenamen, als wäre es das Normalste auf der Welt. In einem Nebensatz. Als würde es mir nicht *alles* bedeuten, dass er sich noch daran erinnerte. Ich richtete mich ein wenig auf und lehnte mich gegen das gepolsterte Kopfteil des Bettes.

»Ich hab einen Bärenhunger«, sagte ich in dem Versuch, das als Grund vorzuschieben, warum mein Magen gerade Purzelbäume schlug. »Was hast du da alles gezaubert?« Ich beugte mich über das Tablett, das er am Fußende des Bettes positioniert hatte.

»Wir haben …«, er deutete auf den ersten Teller, »Toasts mit Erdnussbutter und Marmelade.« Fragend sah er mich an und ich nickte lächelnd. Dean gab mir eines der Toasts und ich biss genüsslich hinein.

»Was noch?«, fragte ich mit vollem Mund.

»Bacon.«

»Nehm ich.«

Er reichte mir einen gebratenen Speckstreifen und ich hielt ihn zufrieden in der anderen Hand. Ich fühlte mich wie eine Prinzessin. Dean machte das mit mir. Er behandelte mich wie eine Prinzessin und ich liebte es. Nie hätte ich gedacht, dass heute meine Zehen unter der Decke tanzen würden und ich es schaffen würde, ehrlich zu lächeln.

»Wir haben außerdem schwarzen Tee mit Honig und Milch.«

Ich nickte und nahm die Tasse entgegen, nachdem ich den knusprigen Speckstreifen in drei Bissen verdrückt hatte.

»Der ist ja kalt«, stellte ich mit verzogener Miene fest, nachdem ich einen Schluck genommen hatte.

Dean grinste entwaffnend. »Sorry, ich wusste nicht, dass du doch noch so lange schläfst.«

»Macht nichts. Danke für das Frühstück«, sagte ich und hauchte ihm einen sanften Kuss auf die Wange. Es kam ganz automatisch. Ich hatte gar nicht darüber nachgedacht. Als mir bewusst wurde, was ich da tat, hielt ich in der Bewegung inne. Kaum eine Handbreit von seinem Gesicht entfernt. Langsam drehte er seinen Kopf in meine Richtung und sah mir direkt in die Augen. Sein Blick wanderte von meinem rechten zu meinem linken Auge. Mir entging nicht, dass sich seine Ohren leicht rosa gefärbt hatten.

Dean räusperte sich und fuhr mit der Hand über seinen Hinterkopf. »Was möchtest du heute machen?«

»Was hat John gesagt, als du ihm für heute abgesagt hast? Wollte er nicht wissen, wieso?«

Er schüttelte den Kopf.

»Könnte er dann nicht meinetwegen Verdacht schöpfen?«

»Tut er ehrlich gesagt ohnehin schon.« Er kratzte sich an der Schulter und ich beobachtete seine Bewegung wie im Bann. Fuhr die Kontur seines Schlüsselbeins nach, als der Stoff seines Shirts kurz zur Seite gezogen wurde.

»Oh.«

»Ja, ich wollte es dir nicht sagen, weil ich dich nicht beunruhigen wollte, aber ...«

»Aber jetzt dachtest du dir, heute ist der Käse eh schon gerollt?«

Er stutzte und ein kleines Lachen entfuhr ihm. »Sagt man das so?«

Ich zuckte mit den Schultern. »Ist das Gleiche wie: Der Drops ist gelutscht.«

»Na ja ... also ja. Ich dachte, ich sollte es dir sagen. Louisa glaubt, dich am Montag in Sugar Hill gesehen zu haben.«

»Hm«, machte ich nachdenklich. Wartete auf den Schock, der einsetzte. Einsetzen *sollte*. Auf das flaue Magengefühl, das schlechte Gewissen, die klammen Hände und das kalte Kribbeln im Nacken. Nichts davon kam. Vielleicht, weil sich etwas verändert hatte. Die letzten Tage schon und insbesondere heute Morgen. Ich fühlte mich sicher bei Dean. »Was hast du ihr gesagt?«

»Dass sie verrückt geworden ist«, erwiderte er leichthin.

»Dean!« Ich schlug ihm spielerisch auf den Unterarm.

»Was? Du hast gesagt, es soll niemand wissen, dass du hier bist.« Verteidigend hob er die Hände vor die Brust.

»Du bist unmöglich!« Ich versuchte, ihn ernst anzusehen. Doch er sah genauso ernst zurück und wir beide wussten, dass keiner von uns es ernst meinte. Ein Glucksen entwich mir und verwandelte sich schnell in ein ausgewachsenes Lachen.

Hier saß ich also, am Todestag meines ungeborenen Babys, von dem ich nicht einmal wusste, ob es ein Junge oder ein Mädchen geworden wäre, und schaffte es, zu lachen. Ich saß neben Dean im Bett und war unglaublich dankbar, dass er bei mir war. Ich war dankbar und stolz. Stolz auf mich selbst, dass ich es bis hierhin geschafft hatte, ohne komplett zu zerbrechen. Dass ich die Entscheidung getroffen hatte, hierherzukommen. Dean endlich von alldem zu erzählen. Und ich war dankbar, dass ich mich selbst hatte. Nach all dem Leid, all dem Schmerz war ich noch da. Ich war immer noch ich. Ich war nicht vollständig verloren oder kaputt. Ich konnte noch immer lachen, konnte fühlen. Wenn ich es zuließ. Und heute hatte ich zum ersten Mal das Gefühl, es zu wollen. Fühlen zu wollen. Denn es bedeutete Schmerz, aber es bedeutete auch, die Möglichkeit auf Glück und Freude und Lachen.

Dean und ich blieben bis nachmittags im Bett. Er schlürfte seinen kalten Kaffee, ich meinen kalten Tee. Wir redeten, sahen uns *Dream Home Makeover* und ein paar Folgen von der Survival-Show *Alone* an. Dean erzählte mir, was der Plan für den Junggesellenabschied seines Kumpels Tris war. Es fiel mir noch immer schwer, den Dean, den ich aus New York kannte, mit dem neuen Kleinstadt-Dean zu vereinen. Ich hatte mich damals in den Anzug-Dean verknallt, doch ich befürchtete, dass Sweatshirt-Dean mit den Bartstoppeln mir noch gefährlicher werden konnte. Kleinstadt-Sweatshirt-Bartstoppel-Dean brachte mich zum Lachen und mir Frühstück ins Bett. Er hielt mich und war für mich da. Und das brachte ihm einige Pluspunkte ein.

Dean hatte mich gefragt, was ich heute machen wollte, und mein erster Gedanke war, dass ich nichts machen wollte. Das hieß, nichts und gleichzeitig alles.

Nichts allein und alles an seiner Seite.

Er erklärte, dass er wieder angefangen hatte, Ice Hockey zu spielen, seit er in seine Heimat zurückgezogen war, und dass er heute Abend eigentlich Training hatte. Ich wollte nicht, dass er meinetwegen darauf verzichten musste, weil er sich verpflichtet fühlte, bei mir zu bleiben. Auch wenn er mir etwa vierundsiebzig Mal versicherte, dass es für ihn kein Problem wäre und dass er es gern für mich ausfallen lassen würde. Dennoch wollte ich ihn auf dem Eis sehen. Auf dem Element, das mir einmal die Welt bedeutet hatte.

Es hatte sich so unfassbar gut angefühlt, damals über das Eis zu gleiten. Die ersten Jahre meines Lebens war die Eishalle mein Zuhause gewesen. Hausaufgaben? Hatte ich auf der alten Holzbank neben der Eisfläche erledigt, umgeben von Kindergeschrei oder dröhnender Musik, wenn eine meiner Konkurrentinnen gerade ihre Kür übte. Für Klausuren gelernt? Auf dem Rücksitz eines Autos. Am Steuer Pete, auf dem Beifahrersitz meine Mutter, die mich je nach Tagesleistung über den grünen Klee lobte oder anmeckerte. Und trotzdem hatte ich mich frei gefühlt. Als könnte ich alles schaffen. Zumindest, wenn es mir gelang, die Rufe meiner Mutter am Rand der Eisbahn auszublenden. Manchmal träumte ich noch immer davon und es war fast, als könnte ich die kühle Luft, die meine Wangen streichelte, und das Kitzeln meiner Haarsträhnen, die vom Fahrtwind um meinen Kopf gewirbelt wurden, wieder spüren.

»Aber John wird auch da sein. Er wird dich sehen«, gab Dean zu bedenken.

Ich kaute auf meiner Unterlippe herum. John würde mich sehen, und er würde Louisa sicher davon erzählen. Das würde dem Versteckspiel definitiv ein Ende setzen. Früher oder später musste ich mich ihr und unserer Vergangenheit stellen, also fasste ich einen Entschluss. Ich war es leid, den Kopf einzuziehen, mich zu schämen und Angst vor Louisa zu haben. Das hatte ich das letzte Jahr mehr als genug getan. Der Gedanke, dass ich Angst vor Louisa oder mehr ihrer Reaktion auf mich hatte, brachte mich zum Schmunzeln. Louisa war ungefähr genauso gefährlich wie ein Baby-Kaninchen. Aber ich hatte sie verletzt und ich hatte keine Ahnung, was das womöglich mit ihr gemacht haben könnte.

In der Middle School hatte ich mal einen Apfel mit in die Schule genommen. Es war der letzte Tag vor den Ferien gewesen. Ich hatte ihn in meinen Rucksack gepackt und dann hatte Bobby Flatwick auf einmal Kuchen dabei. Konnte doch keiner ahnen, dass Bobby Geburtstag hatte. Jedenfalls war der Apfel natürlich vergessen. Kaum war ich zu Hause angekommen, hatte ich meinen Rucksack in eine Ecke meines Zimmers gepfeffert und die ganzen Ferien nicht mehr reingesehen. Das böse Erwachen kam an dem Abend, bevor die Schule wieder losging. Ich wusste, dass ich meinem Problem nun nicht mehr aus dem Weg gehen konnte. Die Sache war die, der Rucksack hatte schon nach einer Woche angefangen zu müffeln, und schon da war es mir siedend heiß wieder eingefallen. Doch ich hatte mich davor gedrückt, das Problem anzugehen. Hatte mir gesagt: *Das ist ein Problem von Zukunfts-Kat.* Natürlich hatte ich nicht wochenlang neben einem stinkenden Rucksack gelebt. Ich hatte das Problem … nennen wir es mal outgesourct. In den Keller. Irgendwo ganz weit hinten, unter der Weihnachtsdeko. Als ich also am Sonntagabend im Schlafanzug die Treppe in den dunklen Keller hinabstieg, um den Rucksack zu holen, war ich mir voll und ganz darüber im Klaren, dass ich das Problem besser direkt angegangen wäre, als es mir aufgefallen war. Ich würde gern sagen, dass ich mich auf den Hosenboden gesetzt und den Rucksack mit Schweiß und Blut geschrubbt hatte. Die Wahrheit war jedoch, dass er absolut unbrauchbar gewesen war. Den Gestank und die Flecken hätte nicht mal das aggressivste Waschmittel rausbekommen. Der Rucksack landete im Müll und am nächsten Tag klemmte ich mir meine Bücher unter den Arm und stopfte Mäppchen und Ordner in eine große Umhängetasche. Es war eine Notlösung, die seltsamerweise Gefallen fand, sodass ich in den nächsten Wochen immer mehr Mitschülerinnen so rumlaufen sah. Ob sie ebenfalls alle einen Apfel in ihrer Tasche vergessen hatten? Alles nur wegen Bobby Flatwicks blödem Kuchen.

Damals hatte ich mich gefreut, dass die Geschichte im Großen und Ganzen positiv für mich ausgegangen war. Vielleicht tappte ich deshalb noch heute, über zehn Jahre später, in die gleiche Falle. Aber ich wusste, dass damit jetzt Schluss sein musste. Ich war nun Zukunfts-Kat, und die musste sich verdammt noch mal ihren Dämonen stellen.

»Wird Zeit, dass sich das Phantom der Oper mal sehen lässt, oder?«

Dean wickelte sich eine meiner Haarsträhnen um den Zeigefinger und zupfte sanft daran. »Du bist das schönste Phantom, das die Welt je gesehen hat.«

Kufen kratzten über das Eis. Der Geruch von Gummiboden und verschwitzten Trikots hing in der Luft. Ich atmete tief ein, schloss die Luft für eine Sekunde in meiner Lunge ein, um sie dann stoßweise wieder hinauszupressen. Kindheitserinnerungen.

Zugegeben, Dean bewegte sich nicht so selbstsicher und dynamisch auf Schlittschuhen wie die anderen, aber dafür, dass er so lange nicht gespielt hatte, war er ziemlich gut. Wir waren ein paar Minuten zu spät gekommen, weshalb ich mich seitlich an die Bande gestellt und Dean sich mit einer raschen Umarmung in die Umkleide verabschiedet hatte.

Meine Zehen zuckten bei diesem Anblick. Es war fast, als würde ich selbst auf der Eisfläche stehen. Als könnte ich das rutschige Gefühl unter meinen Füßen selbst spüren.

Fasziniert beobachtete ich die großen, bulligen Typen, die dort auf dem Eis rannten, als wäre es Asphalt. Obwohl das hier weder die *NHL* noch College-Hockey war, hängten sie sich ganz schön rein. Es ging um nichts, das hieß, doch: Es ging um Spaß. Um Adrenalin. Darum, sich auszupowern. Alles Gründe, aus denen ich damals gern Eiskunst gelaufen wäre. Wenn da nicht der Leistungsdruck meiner Mutter gewesen wäre, der alles verdorben hatte …

»Tante Kat?«

Mein Kopf ruckte nach unten zu einem kleinen Jungen mit blonden Locken, der auf mich zu gerannt kam.

»Marvin!«, stieß ich freudig aus und hob ihn hoch, als er mir in die Arme sprang.

Er umarmte meinen Kopf, als wäre es mein Oberkörper, zerknautschte mein Gesicht und zog unbeabsichtigt an meinen Haaren. Das machte nichts, ich drückte ihn fest an mich und wiegte ihn hin und her.

»Hey, was machst du denn hier?«, fragte ich, ehe ich ihn wieder vor mir absetzte.

»Ich hab nach den Erwachsenen Training, und Mommy wollte bei Daddy und Onkel John zugucken«, erklärte er und deutete hinter sich. Mein Blick folgte seiner Geste und für eine Sekunde erstarrte ich.

Louisa kam langsam auf uns zu.

»Hey«, wisperte ich und deutete ein Winken an.

Sie nickte, ein zaghaftes Lächeln auf den Lippen.

Ein Anfang.

Ich würde nicht lügen. Ein Teil von mir hatte gehofft, dass sie genauso wie ihr Sohn auf mich zustürmen würde und wir uns in den Armen liegen könnten. Dass wir vergessen könnten, was geschehen war, doch das passierte nicht. Sie war verletzt und ich war es auch. Nur dass sie das vermutlich nicht wusste.

»Dann bin ich also nicht verrückt geworden«, sagte sie schmunzelnd und stellte sich neben mich. Sie stützte die Unterarme auf die Bande, ich tat es ihr gleich. Wir sahen nach vorne auf das Eis. Marvin war hinter uns auf die Tribüne geklettert und kreischte immer wieder freudig oder stieß kindliche Flüche aus.

»Nein.« Ich lachte auf. »Du bist nicht verrückt geworden. Du hattest recht, als du geglaubt hast, mich zu sehen.«

»Du hast dich vor mir versteckt«, stellte sie fest.

Ich nickte zögerlich. »Ja, ich war irgendwie noch nicht bereit für eine Begegnung. Ich hatte noch nicht die Kraft für eine Auseinandersetzung.«

»Auseinandersetzung? Was meinst du?«

Ich kniff die Augen zusammen. »Ist das nicht das, was jetzt kommen wird? Du schreist mich an, ziehst mich an den Haaren und beschimpft mich als Schlampe?«

Louisa drehte sich um. Vermutlich, um sicherzugehen, dass Marvin mich nicht gehört hatte. Sie grinste und sah von der Seite zu mir auf. »Willst du, dass ich das tue?«

»Nein, sicher nicht. Aber ich hätte es verdient.«

»Findest du?«

»Ich denke, dass du das bestimmt so siehst.«

»Darin bist du ziemlich gut, oder?«

»Worin?«

»Darin, zu denken, dass du weißt, was andere denken oder fühlen.« Unsicher zupfte ich am Ärmel meines Mantels herum. »Was ich damit sagen will: Hör auf, zu versuchen, in andere Köpfe zu gucken und so zu handeln, als hättest du dich schon mit den Personen unterhalten. Als wäre das Szenario in deinem Kopf Wirklichkeit.«

»Hm, sehr weise«, kommentierte ich neckisch.

»Und das, obwohl ich jünger bin als du.«

Ich stieß spöttisch die Luft aus. Spöttisch und ein bisschen erleichtert. Auch wenn wir uns nicht in die Arme gefallen waren, so hatten wir uns wenigstens nicht gegenseitig die Köpfe abgerissen. Das hier war in Ordnung. Wir würden an unserer Beziehung arbeiten, sodass wir eines Tages vielleicht wieder Freundinnen sein könnten. Und damit konnte ich leben.

»Ich bin froh, dass das hier nicht so abläuft, wie ich befürchtet hatte«, sagte ich.

»Ich auch.«

Als das Training vorbei war, kamen zwei der großen Typen übers Eis zu uns geschlittert. Einen davon machte ich als Dean aus, er kam vor mir an der Bande zum Halten. Der andere war John, Deans Bruder, wie ich feststellte, als er den Helm abnahm. Ich hatte ihn mal auf einem alten Foto auf Deans Handy gesehen. Damals, als wir uns kennengelernt hatten, hatte er mir manchmal von ihm erzählt. Dass die beiden Brüder waren, erkannte man sofort. John sah aus, als hätte man einen warmen Filter über Dean gelegt. Seine Haut war ein wenig gebräunter, seine Haare und Augen etwas dunkler, seine Gesichtszüge weicher.

»Na, ihr?« Er beugte sich über die Abgrenzung und drückte Louisa einen Kuss auf den Mund. Ich sah zu Dean, dessen Blick für eine Sekunde an den beiden klebte, ehe er mich ebenfalls ansah. Selbst wenn er sich nichts anmerken ließ, musste es sicher komisch für ihn sein.

Marvin drängte sich zwischen Louisa und mich und strahlte Dean und John an. Die beiden zerrten sich die wuchtigen Handschuhe von den Händen und griffen in stummer Abmachung über die Bande zu dem Kleinen hinunter. Sie zogen ihn an beiden Armen in die Luft und zu ihnen aufs Eis.

Er quietschte und kicherte. »Ich hab doch noch keine Schlittschuhe an!«

»Dann musst du wohl heute so spielen.« John klemmte ihn sich rechts unter den Arm, hielt ihn an seine Taille und düste mit ihm davon. Marvins silberhelles Lachen erfüllte die Eishalle.

»Hey, alles gut?«, raunte Dean mir ins Ohr, als er sich zu mir herunterbeugte. Ich strich meine Haare über das Ohr, weil sein Atem mich dort gekitzelt hatte.

»Ja, alles okay.« Zuversichtlich lächelte ich ihn an.

John kam wieder bei uns zum Halten und bugsierte Marvin zurück auf unsere Seite, auf festen Boden. Seine Pausbäckchen waren knallrot vor Freude und Kälte.

»Und nun zu dir.« Sein Blick fiel auf mich und ich tat reflexartig einen Schritt von der Bande weg.

»Willst du mich auch so übers Eis zerren?«

Er lachte kehlig und Louisa verdrehte die Augen. »Glaub mir, er würde es machen.«

»Für wen hältst du mich, Morgan? Ich könnte ja stattdessen mit *dir* so durch die Halle fetzen.«

Bei dem Namen *Morgan* stutzte ich. Das war doch Louisas Mädchenname, oder? Gedanklich machte ich mir eine Notiz, Dean später zu fragen, wieso zur Hölle John Louisa mit diesem Namen ansprach, und folgte dann weiter dem Schlagabtausch der beiden.

»Gefetzt wird hier schon mal gar nicht«, erwiderte sie lachend. Und Dean und ich waren abgeschrieben. John und Louisa sahen sich an, sagten nichts mehr und lieferten sich ein halb ernst gemeintes Blickduell, bis John sich wieder berappelte und an Dean vorbeischob.

»Sorry, ich wollte dich richtig begrüßen«, sagte er an mich gewandt. »Du musst *Pinkie, the Phantom* sein. Ich bin John. Aber das hast du dir sicher schon gedacht.« Noch ehe ich widersprechen konnte, spürte ich einen Teil seines Gewichts auf mir, als er sich für einen Atemzug auf mich lehnte, um mich zu umarmen.

»Bitte was? Wie hast du mich gerade genannt?«

John grinste schelmisch zu Dean rüber, doch der winkte ab. »Erzähl ich dir später zu Hause.«

Dieser Satz war Magie. *Später zu Hause.* Er bedeutete, dass wir im Anschluss wieder Zeit miteinander verbringen würden, oder noch immer. Und er bedeutete, dass wir zusammen nach Hause gehen würden. Dass wir zusammenwohnten. Zumindest momentan. Es klang fast, als könnte sein Haus unser gemeinsames Zuhause sein.

Wenig später verschwanden die Männer in die Umkleide und ich blieb mit Louisa und Marvin auf der Tribüne zurück. Mittlerweile hatten noch ein paar andere Elternteile ihre Kinder für das anschließende Kindertraining vorbeigebracht. Wie es aussah, war Louisa nur gekommen, um Marvin herzubringen. John trainierte die Kleinen und nahm Marvin später wieder mit nach Hause, denn ich konnte belauschen, wie sich Louisa von ihm verabschiedete, während sie ihm in die Schlittschuhe half.

Anschließend kam sie zu mir und legte mir eine Hand auf den Unterarm. »Komm doch morgen früh mal im *CC's* vorbei. Wir können ein bisschen quatschen, wenn gerade nicht so viel zu tun ist.«

»Klingt gut«, sagte ich lächelnd.

Als sie weg war, setzte ich mich neben Marvin. Wir starrten nach vorne aufs Eis, und mir entging nicht, dass er währenddessen an seinem Schnürsenkel herumnestelte.

»Kann ganz schön beängstigend sein, oder?«, begann ich.

Er nickte stumm.

»Weißt du, ich bin früher sehr viel Schlittschuh gelaufen. Als ich so alt war wie du.«

»Echt?«

»Ja, ich war in einem Verein und stand mindestens viermal die Woche auf dem Eis. Manchmal sogar öfter.«

»Hast du auch Ice Hockey gespielt, so wie Onkel John und Daddy?«

Ich schmunzelte. »Nein, ich war Eiskunstläuferin.«

Er schwieg, deshalb hakte ich nach: »Weißt du, was das ist?«

»Hm, nö.«

»Weißt du, was Ballett ist?«

»Ja, das macht Kalsey, glaub ich.«

»Kalsey? Ist das deine Freundin?«

»*Eine* Freundin«, korrigierte er mich oberschlau.

»Verstehe«, murmelte ich amüsiert. »Jedenfalls ist Eiskunstlaufen so etwas wie Ballett, nur mit Schlittschuhen auf dem Eis.«

»Woah, das ist bestimmt schwer, oder?«

»Ja, ich musste viel üben, aber dann war ich ziemlich gut.«

»Machst du das immer noch?«

»Nein«, sagte ich knapp.

»Wieso nicht?« Kinder hatten es verdammt gut drauf, immer die richtigen Fragen zu stellen.

»Äh, ich habe irgendwann den Spaß daran verloren, weil der Druck zu groß wurde.«

»Druck? Welcher Druck?«

Ich schluckte. »Meine Mutter hatte zu hohe Erwartungen an mich. Sie war nicht so liebevoll wie deine Mommy. Sie war streng.«

Das war eine glatte Untertreibung. *Arschbacken zusammenkneifen, Katherine.*

»Und soll ich dir was sagen? Ich würde gern mal wieder Schlittschuh laufen, aber ich habe mittlerweile irgendwie Angst davor. Genau wie du.«

»Echt?«

»Ja, komisch, oder? Ich meine, ich weiß, dass es mir früher Spaß gemacht hat, und ich weiß auch, dass ich es gut konnte, und trotzdem, oder vielleicht gerade deshalb, ist die Angst da, dass ich es nicht mehr kann und auf dem Eis ausrutsche.«

»Davor habe ich auch Angst«, sagte Marvin leise.

»Und vorhin, als John dich unter den Arm geklemmt hat und mit dir übers Eis gedüst ist. Hattest du da auch Angst?«

Er zögerte einen Moment. »Nicht so sehr wie jetzt. Da musste ich ja nicht selbst fahren.«

»Hm«, stimmte ich nachdenklich zu.

Ich überlegte kurz, doch plötzlich hatte ich keine Lust mehr, Angst zu haben und mir hypothetische Szenarien im Kopf auszumalen, was Schlimmes passieren könnte. Heute war ich mutig. Heute war ich stark. Heute war ich Katherine *fucking* Nicholson.

»Marvin, weißt du, ob man sich hier Schlittschuhe ausleihen kann?«

Er nickte und deutete auf ein paar Spinde in einer Ecke. Zielstrebig stapfte ich darauf zu, an all den Kindern und vereinzelten Eltern vorbei. Ich las das Schild *Schlittschuhverleih nur nach Absprache mit dem Trainer*, fand meine Größe und zerrte sie aus dem Schrank. John würde sicher nichts dagegen haben, wenn ich mir die mal kurz auslieh.

Ich ging zurück zu Marvin, zog meine Boots aus und die Schlittschuhe an. Heilige Scheiße, ich würde das wirklich tun! Das Innere der Schlittschuhe fühlte sich kalt und etwas klamm an. Oder das kam durch den Angstschweiß an meinen Füßen.

Wackelig erhob ich mich, sah zu Marvin hinab und streckte meine Hand nach ihm aus. »Traust du dich, wenn ich mich traue?« Zögerlich betrachtete er sie. »Wir machen das zusammen, ja?«

»Na gut.« Er legte seine kleine Hand in meine. »Zusammen.«

Wir stapften zum Eingang der Eisfläche. Die Eltern der anderen Kinder blendete ich vollkommen aus, würdigte sie keines Blickes. Ich setzte einen Fuß aufs Eis und rutschte zur Seite. Mit der linken Hand krallte ich mich an der Bande fest, die rechte schloss ich um Marvins Fingerchen. Er quietschte auf und ich lockerte den Griff.

»Sorry.«

Ich setzte den zweiten Fuß aufs Eis, drehte mich zu Marvin um und reichte ihm meine andere Hand, um ihm auf die Bahn zu helfen.

Stolz grinsend sah er zu mir auf. Ich dachte, er wäre stolz auf sich, doch er überraschte mich, indem er sagte: »Du hast es geschafft.«

Meine Augen wurden feucht. Verdammt, meine besten Freunde hatten das wunderbarste Kind der Welt groß gezogen.

»Ja, dank dir.«

Vorsichtig lief ich rückwärts und zog Marvin mit mir. Auch wenn er Angst hatte, fuhr er sogar besser als ich. Er hatte das letzte Jahr sicherlich öfter auf dem Eis gestanden. Und trotzdem fürchtete er sich. Das war okay. Manche Ängste brauchten etwas länger, bis sie nachließen.

Nachdem wir eine langsame Runde über das Eis gedreht hatten, wurde er zunehmend mutiger und fuhr mehr und mehr selbstständig. Irgendwann hielt ich ihn nur noch an einer Hand fest und schlitterte neben ihm her. Ich war so sehr auf ihn fokussiert, dass ihm nichts passierte und er es schaffte, seine Angst zu besiegen, dass ich kaum auf mich und meine eigenen Ängste achtete. Ich hatte es geschafft, die Enge in meiner Brust zu ignorieren, und so langsam ließ das Druckgefühl dort nach. Der Knoten in meinem Bauch löste sich. Ich hatte mir das, was meine Mutter mir vor all den Jahren kaputtgemacht hatte, was sie mir entrissen hatte, zurückgeholt. Zurückerkämpft. Und verdammt, fühlte sich das gut an.

»Glaubst du, du traust dich, allein zu fahren?«, fragte ich mit kribbelnden Wangen und sah zu ihm hinab. Er nickte, woraufhin ich ihn losließ. Ich verlangsamte mein Tempo und ließ ihn mich überholen. Marvin fuhr gar nicht so schlecht. Ein wenig unsicher, aber das tat nichts zur Sache. Ich setzte die Kufen ins Eis, wurde mutiger, beschleunigte und drehte eine Runde um Marvin herum. Sein herzliches Lachen traf mich mitten ins Herz, während er mir mit dem Blick folgte. Seine Freude steckte mich an und ich konnte nicht anders, als ebenfalls zu lachen und einen Hüpfer zu machen.

Glück.

Die einzige Droge, die überall legal, kostenlos und unschädlich für den Körper war, egal, wie hoch man sie dosierte.

Glück.

Ich dachte, es wäre mir verwehrt. Doch mich beschlich der befreiende Gedanke, dass das ein Irrglaube gewesen war.

Glück.

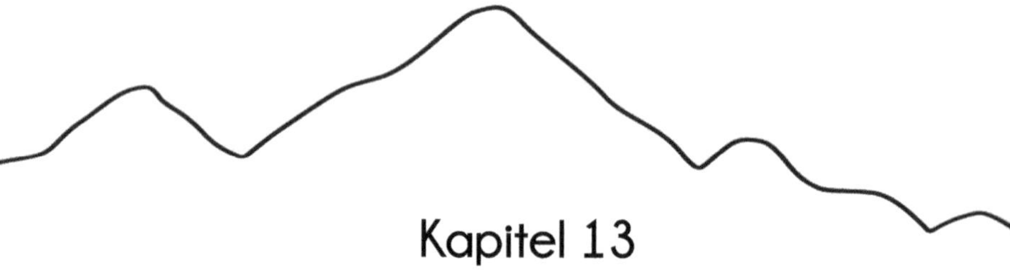

Kapitel 13

DEAN

Ich ließ den Kopf kreisen, um mein Genick zu dehnen, schob die Brille zur Nasenwurzel hoch und schaltete das Auto an. Meine Wirbelsäule knackste, als ich mich zum Anschnallgurt drehte. Obwohl mein Sofa bequem und groß war, machten sich die Nächte darauf langsam bemerkbar. Kat und ich hatten eben wieder beim Sonnenaufgang unseren Kaffee mit Blick auf den See genossen. Heute war sie es gewesen, die vor mir wach war und mich mit dem köstlichen Duft geweckt hatte. Und damit meinte ich zum einen den Kaffee, aber auch ihre Haare, die mein Gesicht umspielten, als sie sich über mich gebeugt hatte, um in der sanftesten Stimmlage »Guten Morgen« zu hauchen. Wir hatten zu zweit am Esstisch gesessen und in das goldene Licht geblinzelt, das den Raum durchflutete. Ihre Haut hatte mit dem See vor dem Haus um die Wette geglitzert. Wir beide an diesem Tisch, fast wie ein echtes Date. Das brachte mich auf eine Idee. Ein Lächeln stahl sich auf meine Lippen. An diese Morgenroutine könnte ich mich gewöhnen.

Ich lenkte den Wagen auf die Hauptstraße von Honey Daze und ließ meine Gedanken zurück zu gestern schweifen. Zurück zur Eishalle. Kat, wie sie über das Eis schwebte, als ich aus der Umkleide gekommen war.

Kat auf dem Eis war eine Erscheinung.

Pure Eleganz.

Ich wusste, dass sie als Kind viel gefahren war. Das hatte sie mir schon einige Male erzählt. Doch mit dem Thema Eiskunstlaufen war zwangsläufig ihre Mutter verbunden, und dann wurden ihre Augen immer matt und wir hatten das Thema gewechselt. Gestern war es anders gewesen. Sie mit meinem Kleinen auf dem Eis, wie sie versucht hatte, ihm die Angst zu nehmen, und dabei selbst ihre eigene Angst bekämpfte. Sie war so grazil, mit schnellen, kontrollierten Bewegungen. Ihr Gesicht ein Wechselspiel aus Unsicherheit und Freude. Und als sie mich erblickte, hatte sie gelächelt. Sie war mir in die Arme gefallen und mindestens genauso aufgedreht wie Marvin, als wir mit dem Auto nach Hause gefahren waren.

Die Holzlatten klapperten unter dem Gewicht meines Autos, während ich die überdachte Brücke überquerte, die das Ende der Waldstraße und den Beginn von Sugar Hill markierte. Hinter der Brücke wartete ein kleines rosafarbenes Auto, auf dessen Dach ein Tannenbaum gebunden war. Der Baum war länger als der Dreitürer, sodass die Tannenspitze über die Windschutzscheibe ragte. Schmunzelnd hob ich die Hand, um mich zu bedanken. Das Ortsschild, ein großes, bemaltes Holzbrett, zeigte einen weiß beschneiten oder mehr einen *bezuckerten* Berg. Den Sugar Hill, der Namensgeber meines Heimatortes. Es war nett, wenige Minuten von meiner Familie entfernt zu wohnen, mit dem Pluspunkt, dass wir alle irgendwie glücklicher waren als vor einem Jahr. Louisa hatte ihr eigenes Leben, hatte ihr Glück mit meinem Bruder gefunden, der schon seit der Middle School in sie verknallt gewesen war. Ich hatte mein eigenes Leben und war trotzdem ein Teil ihres Lebens, weil wir eine Familie waren. Und das Allerwichtigste: Ich war einen Katzensprung von meinem Sohn entfernt und konnte ihn jeden Tag sehen. Etwas, das definitiv nicht möglich wäre, würde ich noch in New York wohnen.

Ich fuhr durch den Ort, die breite Hauptstraße entlang. Zu meiner Rechten nahm ich den Skiverleih von Calebs Dad wahr, links befand sich die Freiwillige Feuerwehr. Als ich das andere Ende von Sugar Hill erreicht hatte, setzte ich den Blinker rechts und bog in die Pine Cone Street ein, bis ich vor meinem Elternhaus zum Stehen kam. Noch ehe ich meine Autotür geöffnet hatte, ging die Haustür auf und Marvin kam dahinter zum Vorschein.

»Nein, Marvin. Nicht schon wieder!«, hörte ich Louisa schimpfen, während sie unseren Kleinen gerade noch an der Kapuze seines Pullovers zu fassen bekam. Instinktiv hatte ich ein Déjà-vu zum letzten Adventsessen, als Marvin mir nur in Strümpfen entgegengerannt war.

»Hör auf deine Mom, Marvin«, rief ich, um meiner Ex-Frau beizupflichten. Es war wichtig, dass wir trotz der Trennung als eine Einheit auftraten und er nicht glaubte, einem Elternteil auf der Nase herumtanzen zu können.

Marvin grummelte vor sich hin und ließ geduldig über sich ergehen, dass Louisa ihm die Schuhe anzog.

»Morgen, mein Großer.« Ich bückte mich, um ihm einen Kuss auf die blonden Wuschellocken zu geben. »Hey«, sagte ich an Louisa gewandt und umarmte sie.

»Guten Morgen. Na, wie ist die Lage bei dir? Oder sollte ich sagen bei *euch?*«, fragte sie und zwinkerte mir zu.

Ich stieß ein heiseres Lachen aus. Es lag mir auf der Zunge, ihr von Kat und dem Unfall zu erzählen, aber das sollte sie besser selbst machen, deshalb fragte ich nur: »Kat meinte, sie besucht dich später im Café?«

»Ja, genau. Ich dachte, das wäre nett. Dann hat sie mal einen Tapetenwechsel und ich kann ihr mein Reich zeigen.«

Ich nickte lächelnd. »Also meinst du, das wird wieder was zwischen euch?«

»Ich hoffe es. Ich will nichts überstürzen, aber wir sind auf einem guten Weg«, sagte sie und reichte Marvin seine Jacke vom Garderobenhaken.

»Das freut mich, ehrlich.«

»Und?« Sie sah mich vielsagend an und ich wusste sofort, was sie meinte.

»Auch auf einem guten Weg«, antwortete ich auf ihre stumme Frage nach meinem Glückszustand.

»Wenn ihr noch länger quatschen wollt, könnt ihr euch gern zu mir setzen.« Die Stimme meines Bruders erklang aus der Küche. Kurz darauf streckte er seinen Kopf in den Flur. »Morgen, Dean. Um halb neun bei dir?«

»Ja, klingt gut. Und sorry, ich wollte euch nicht vom Frühstück abhalten. Marvin, bist du startklar für den Kindergarten?« Ich betrachtete meinen Kleinen, der mit dem Reißverschluss seiner Winterjacke kämpfte.

»Quatsch, du hältst uns nicht auf. John ist sein Frühstück nur heilig. Er übertreibt mal wieder ein bisschen.« Louisa winkte ab und warf eine Kusshand in Richtung John. Er fing den imaginären Kuss auf und verschwand wieder in die Küche. Da kam mir ein Gedanke.

»Ach warte mal, John.«

Jetzt kam er ganz in den Flur gestapft, die Kaffeetasse in der einen Hand, die andere legte er an Louisas Hüfte.

»Was kann ich gegen dich tun?«, fragte er überfreundlich.

»Wir haben doch neulich von Dads Schallplatten gesprochen, weißt du noch? Wenn du nichts dagegen hast, würde ich sie mir mal ausleihen.«

Louisa blickte lächelnd zu John auf. Seine Augenbrauen zogen sich für den Bruchteil einer Sekunde zusammen, als hätte ihm meine bloße Frage einen Stich direkt ins Herz versetzt. Louisa strich ihm sanft über den Rücken und antwortete mir an seiner statt. »Ich such sie dir raus, Dean. Wir hören sie eigentlich nie, oder, Babe?«

»Ja, stimmt schon«, kam es ein wenig widerwillig von ihm.

Ich wusste, dass es ihm schwerfiel, Dinge von unserem Dad rauszurücken, aber das war etwas, an dem *er* arbeiten musste. Mein Päckchen war es, daran zu arbeiten, dass mich mein schlechtes Gewissen nicht auffraß. John musste lernen, zu akzeptieren, dass ich wieder da war und dass ich unseren Dad genauso geliebt hatte wie er. Und wenn es nach unserer Mom ging, hatte Dad uns beide ebenfalls gleichermaßen geliebt.

Als ich vom Kindergarten zurückkam, saß Kat im Schneidersitz auf dem Sofa und tippte auf ihrem Handy herum.

»Lass dich nicht stören«, sagte ich und öffnete die Spülmaschine, um sie auszuräumen. Als ich sah, dass sie leer war, stutzte ich und drehte mich wieder zu Kat um.

»Hab ich schon ausgeräumt, und außerdem störst du nicht. Hab nur gerade ein Foto von dem zugefrorenen See in meiner *Insta*-Story gepostet. Ich hoffe, das war okay?«

»Klar, der See gehört mir ja nicht«, witzelte ich und ging auf sie zu. »Ich hab dir doch gesagt, dass du nichts im Haushalt zu machen brauchst. Du bist mein Gast.« Ich ließ mich neben sie auf das Sofa fallen und sie rutschte ein bisschen zur Seite, um mich besser ansehen zu können.

»Und was, wenn ich mehr sein will?«

Mein Herz setzte einen Schlag aus.

»Was meinst du?«

»Gestern Abend in der Eishalle hast du gesagt, du erzählst es mir später zu Hause, und das fand ich irgendwie schön. Die Vorstellung, dass ich dieses Haus als Zuhause bezeichnen kann, zumindest für die nächsten Wochen.«

»Von mir aus kannst du das sehr gern. Wenn du willst, ist das jetzt unser Haus.« Meine Hände wurden schwitzig, während ich das sagte, weshalb ich schnell hinzufügte: »Für die nächsten Wochen.«

Kats Lider flackerten und sie nickte. »Und das bedeutet«, sagte sie und klärte ihre Stimme mit einem Räuspern, »dass ich genauso etwas im Haushalt machen kann wie du. In meiner Wohnung mache ich den Haushalt ja auch allein.«

»Hast du mich gerade ausgetrickst, Cinnabon? Bist du wirklich so scharf darauf, die Spülmaschine auszuräumen?« Ich zwickte sie in die Seite und sie quietschte auf.

»Hey«, beschwerte sie sich und pikste mich unter der Achsel.

»Na warte«, knurrte ich und stürzte mich auf sie, um sie durchzukitzeln. Sie gackerte und grunzte vor Lachen und ich liebte alles daran. Ihre Augen füllten sich mit Tränen. Lachtränen. Die schönsten Tränen.

Ich hielt inne, als ich über ihr lag. Eine Hand neben ihrem Kopf auf dem Sofa abgestützt. Die andere an ihrer Wange, wo mein Daumen eine Träne fortwischte. Kat musterte mich und jede meiner Bewegungen mit ihren dunkelbraunen Iriden. Ihr Blick zuckte zu meinen Lippen und ließ mein Herz tanzen. Die dunklen Haare flossen in sanften Wellen von ihrem Gesicht davon und bildeten den schönsten aller Kontraste zum hellen Sofa. Alles um uns herum verschwamm und ich bückte mich zu ihr hinab, stoppte in der Bewegung, wartete auf ein Zeichen von ihr, dass sie das hier ebenfalls wollte. Ihr Mund öffnete sich kaum merklich und sie lächelte mich zaghaft und ermutigend zugleich an. Ich kam ihr noch näher, bis mein Gesicht direkt über ihrem schwebte, ein winziges Stück von ihren Lippen entfernt. Bis ich ihren Atem auf meiner Zunge schmeckte und ein leises Summen meiner Kehle entwich. Sie reckte den Hals, um mir das letzte Stück entgegenzukommen. Das Letzte, was ich sah, war, wie sich ihre Lider schlossen, bevor ich es ihr gleichtat und sich meine Lippen auf ihre legten. Warm und weich. Das Kostbarste, das ich je berühren durfte.

Wir lösten uns voneinander und ich zog mich ein Stück zurück. Mein Kopf schwirrte jetzt schon und ich glaubte, im Himmel zu sein. Es war hell, sonnig und alles in meinem Körper kribbelte und vibrierte vor Freude. Wenn ich tot und das der Himmel war, wäre ich vollkommen okay damit. Doch ich war nicht tot, ich war so was von lebendig. Pures Glück strömte durch meine Adern.

Dieser Kuss war so viel besser als jede Erinnerung und jeder Traum von unserem ersten Kuss vor sechs Jahren. Klar, der Kuss damals war aufregend gewesen, weil wir uns noch nicht lange kannten. Und vielleicht auch, weil es falsch gewesen war, was wir da taten. Weil ich eine Freundin zu Hause hatte, die mehr für mich empfand, als ich für sie. In den letzten sechs Jahren hatte ich mich unzählige Male gefragt, wieso ich es überhaupt so weit hatte kommen lassen. Wieso ich den Kontakt mit Kat so forciert hatte, obwohl ich vergeben war. Die Antwort war: Ich hatte keine Ahnung. Als Kat auf dieser Gala auf einmal vor mir gestanden hatte, wusste ich: Diesen Menschen will ich in meinem Leben. Ihre selbstbewusste Art, ihren trockenen Humor, ihre funkelnden Augen. Ich wollte sie um jeden Preis wiedersehen, also hatte ich sie überzeugt, dass sie mir New York zeigen könnte. Der Plan war, dass wir uns anfreundeten. Nicht, dass ich mich in sie verknallte und mit jedem Treffen mehr nach ihr verzehrte. Vermutlich hatten mein Körper und mein Verhalten jedoch genau diese Signale gesendet. Und als wir eines Abends lachend und leicht beschwipst aus dem Museum of Modern Art gestolpert waren, hatte Kat mich plötzlich am Hemdkragen gepackt und geküsst. Für ein paar Sekunden hatte ich den Kuss erwidert. Ich erinnerte mich daran, als wäre es erst gestern gewesen. Wie meine Hände instinktiv gezuckt hatten, um sich um ihre Hüften zu legen. Nur um mich dann daran zu erinnern, dass es falsch war. Entsetzt über mich selbst hatte ich sie von mir gestoßen und ihr gesagt, dass ich eine Freundin hatte.

Dieser Kuss war anders, weil er sich gottverdammt richtig anfühlte.

Damals war ich ein Arschloch gewesen und hatte nicht gewusst, was ich wirklich wollte. Oder zumindest nicht den Mut, dazu zu stehen.

Heute war ich ein Mann, der genau wusste, was er wollte. Oder besser, wen.

Kat ließ ihre Hände zu meinem Hinterkopf wandern. Vorsichtig zog sie meinen Kopf wieder zu sich herunter und wir küssten uns erneut. Dieses Mal länger, tiefer und intensiver. Jedoch genauso langsam und zärtlich. Was immer das hier war oder werden sollte, ich wollte, dass es nie endete. Das war alles, was ich wusste. Sie schmeckte nach Zimt und Kaffee und Croissant und Kat. Sie schmeckte himmlisch und sündig zugleich. Ich senkte meinen Oberkörper sachte auf ihren und verlagerte mein Gewicht etwas zur linken Seite. Ich stützte mich nicht mehr auf der Hand ab, sondern auf dem Ellbogen, um ihr noch näher zu sein, und ließ meine rechte Hand zu ihrem Rücken gleiten. Seitlich über ihre Taille und wieder zu ihrem Rücken, um sie dichter an mich zu ziehen. Sie seufzte und öffnete ihren Mund einen Spaltbreit. Eine Einladung, die ich gern annahm. Ich ließ meine Zunge in ihren Mund gleiten, wo sie auf ihre traf und einen kleinen Tanz aufführte. Gerade als unsere Küsse ein wenig heftiger und schneller wurden und Kat ein Bein um meiner Hüfte schlang, klingelte es.

Wir hielten inne. Ich öffnete widerwillig die Augen und blinzelte. Es fühlte sich an, als wäre ich aus dem schönsten Traum aller Zeiten geweckt worden. Trotzdem grinste ich über beide Ohren, weil ich wusste, dass es kein Traum war. Es klingelte noch einmal.

»Ist das John?«, fragte sie leise und löste sich von mir.

»Mh-mh«, brummte ich zustimmend. Ich erhob mich vom Sofa und versuchte, die Situation in meinem Schritt unauffällig zu richten, während ich zur Haustür lief.

»Hey, John, komm rein«, sagte ich, als ich die Tür öffnete.

Er musterte mich von unten bis oben und grinste spitzbübisch. »Soll ich in einer Stunde wiederkommen?«

»Was?« Ich sah an mir herunter. Gut, vielleicht zeichnete sich meine Latte immer noch ein bisschen ab. Jetzt half nichts weiter, als meinen Mann zu stehen.

»Deine Brille ist total verdatscht und ... auf den Rest brauche ich nicht einzugehen, oder?«, zog er mich auf.

»Hör auf zu quatschen und komm endlich rein. Ich weiß nicht, wovon du redest.« Ich wich einen Schritt zur Seite und hielt ihm die Tür auf. Mit seinem Werkzeugkoffer bepackt, betrat er das Haus. Er warf einen kurzen Blick ins Wohnzimmer.

»Hi, Pinkie«, rief er freudig aus und stieß mir zwinkernd in die Seite.

»Hey«, hörte ich Kat gequält antworten.

»Fester!«

»Ich hab's doch schon so fest gemacht, wie ich konnte«, ächzte ich.

Zwei Stunden später.

Unter dem Waschbecken liegend.

John saß neben mir auf dem Boden und gab mir Anweisungen. Wir hatten davon geredet, dass ich ihm helfend unter die Arme griff. Es war nie die Rede davon gewesen, dass *ich* den Hauptteil machen oder dass ich etwas von ihm lernen wollte. Ich hatte andere Qualitäten.

»Das sitzt immer noch locker. Das seh ich von hier«, kam es von über mir. Er erhob sich und kurz darauf schoss mir das Wasser seitlich durch die Schelle entgegen, die ich seit zehn Minuten versucht hatte, am Siphonrohr zu befestigen.

»Verdammte Scheiße, hast du gerade ernsthaft den Hahn aufgedreht?« Ich kam unter dem Waschbecken hervor und wischte mir schnaubend über das nasse Gesicht.

John lachte und hob unschuldig die Hände. »Hab nichts damit zu tun.«

Ich boxte ihm in die Kniekehle, wodurch er zusammensackte und neben mir auf dem Boden landete.

»Dann mach's doch selbst! Ich hab nie gesagt, dass ich das können will. Ich bin Anwalt, John.«

»Pfff.« Er griff nach oben zum Wasserhahn, schaltete ihn aus und drehte sich, um sich rücklings unter das Waschbecken zu legen und sich selbst der Schelle anzunehmen. »Was ist denn aus *Wir machen das als gemeinsames Projekt* geworden?«

Ich rieb mir über die Stirn.

»Hat sich wohl erledigt, seitdem Kat hier aufgeschlagen ist, oder?«

»Sie ist nicht hier *aufgeschlagen*«, brummte ich. »Ich habe sie eingeladen.«

»Und? Läuft da jetzt was zwischen euch?«

Ich zuckte mit den Schultern, was er vermutlich nur aus dem Augenwinkel sehen konnte.

»Ja oder ja?«

»Ja, na ja ... keine Ahnung.«

»Also hab ich euch nicht vorhin beim Rummachen unterbrochen?«

Ich schwieg und John hob den Kopf, um mich grinsend anzublicken.

Auffordernd stieß ich mit meinem Fuß gegen seinen. »Konzentrier dich mal lieber auf deine Arbeit.«

»*Bow chicka wow wow.*«

»Du bist unmöglich, Mann«, sagte ich und konnte ein Lachen nicht unterdrücken. »Sag mal, bist du eigentlich absichtlich so langsam oder einfach superschlecht in deinem Job?«

Ohne mich anzusehen, zeigte er mir den Mittelfinger und ich stand auf, um mich kurz im Gästezimmer umzusehen. Obwohl wir uns jetzt schon einige Male getroffen hatten, waren keine nennenswerten Fortschritte zu sehen. Wir waren zwar beim Baumarkt gewesen und hatten Fliesen gekauft, doch die konnten wir nicht verlegen, weil die Toilette noch nicht geliefert worden war. Wenn wir das Waschbecken endlich angebracht hatten, konnten wir immerhin die Wände verfliesen. Der Holzboden für das Gästeschlafzimmer war mittlerweile verlegt. Das Bett, das ich ausgesucht hatte, war aktuell jedoch ebenfalls nicht lieferbar. Mein Rücken freute sich schon auf weitere Nächte auf dem

Sofa. Nicht. Aber solange das bedeutete, Kat noch länger um mich zu haben, nahm ich einen schmerzenden Nacken gern in Kauf.

»Dean?« Johns Stimme tönte aus dem Bad. Ich kehrte zu ihm zurück. Was hatte er jetzt wieder für Hiobsbotschaften für mich? »Kann ich dich mal was fragen?«

»Was gibt's?« Ich beugte mich zu ihm unter das Waschbecken, doch offenbar war er fertig.

»Was glaubst du? Hätte Dad das hier gefallen? Wir beide zusammen am Renovieren und Tüfteln?« John klopfte neben sich auf den Boden und ich kam der stummen Aufforderung nach, mich zu ihm zu setzen.

Ich schmunzelte. »Ja, ich denke, er hätte seinen Spaß, uns hierbei zuzusehen.«

Er zögerte einen Moment, als ob er seine Worte sorgfältig wählen wollte. Dann sprach er leise und fast vorsichtig. »Warum bist du nicht zu Dads Beerdigung gekommen? Ich weiß, du hast gesagt, du hattest viel auf der Arbeit zu tun, und dann meintest du letzten Winter, du konntest es einfach nicht ... aber ich versteh's nicht. Ich versteh's einfach nicht, und es macht mich immer noch fertig.« Der Blick seiner dunklen Augen ruhte auf mir, voller Hoffnung, dass ich eine gute Erklärung hatte. Ich hatte eine, aber ich bezweifelte, dass sie ihm gefallen würde.

Ich seufzte tief und merkte, wie das Gewicht dieser Frage schwer auf uns beiden lag. »Erinnerst du dich, warum wir damals überhaupt nach Sugar Hill gezogen sind?«, begann ich deshalb. Ich musste das Feld von dieser Seite aufrollen. Vielleicht machte es das leichter.

»Weil Dad einen neuen Job hatte.«

Ich hatte fast vermutet, dass er das glaubte. »Nicht so ganz. Er hatte seine Festanstellung verloren. Das Geld wurde knapp und Mom und Dad konnten die Miete für unsere Wohnung nicht mehr zahlen. Deshalb sind wir zu Grandma gezogen. Bei ihr konnten wir mietfrei wohnen.

Weißt du noch, dass wir am Anfang mit ihr zusammen in ihrem Haus gewohnt haben?«

John nickte. Er war zwar nur anderthalb Jahre jünger als ich, doch zwischen seinen vierzehn und meinen fünfzehn Jahren hatte damals ein gefühltes Jahrzehnt gelegen. Während er damit beschäftigt gewesen war, sich in der neuen Schule zurechtzufinden und sonst scheinbar nichts von den Problemen unserer Eltern mitbekommen hatte, hatte ich mir meinen ersten Job gesucht. Und dann meinen zweiten. Weil das Geld trotzdem vorne und hinten nicht gereicht hatte.

»Wir sind hierhergezogen, und Dad hatte noch nicht seinen neuen Job. Er war eine ganze Weile arbeitslos. Er hat sich gehen lassen und war richtig verloren.«

»Ich erinnere mich, dass er endlich mal mehr Zeit für mich hatte«, sagte John mit einem zuversichtlichen Lächeln auf den Lippen. »Und du hast dich immer mehr von uns abgekapselt.«

Es schmerzte, dass er die Zeit damals komplett anders wahrgenommen hatte und unsere Erinnerungen so auseinanderdrifteten. In meinem Magen bildete sich ein Knoten, der sich immer weiter zusammenzog.

»Ich habe Zeitungen ausgetragen. Jeden verdammten Tag. Noch vor der Schule. Und weißt du, was ich nach dem Unterricht gemacht habe, John? Ich habe Nachhilfe gegeben, so oft es ging.« Die Worte verließen meinen Mund harscher als beabsichtigt.

»Dad und ich haben in dem Sommer ein Vogelhaus gebaut, und wir haben ein paar Sachen im Haus zusammen repariert. Granny konnte das nicht allein machen, und seit Grandpa gestorben war, war so einiges liegen geblieben«, erinnerte er sich laut. Sein Lächeln erstarb sogleich, als er wieder zu mir sah.

Ich schnaubte verächtlich. »Freut mich, dass ihr *Bob der Baumeister* gespielt habt, während ich am Wochenende noch Brezeln im Stadion verkauft habe, damit das Geld langt. Ich bin mir nicht mal sicher, ob das legal war.«

Seine Augen weiteten sich erschrocken. »Dean, ich verstehe das nicht. Wieso musstest du so viel arbeiten und ich nicht? Wieso hat sich Dad denn nicht sofort einen neuen Job gesucht?«

»Ich glaube, er hatte einen Burn-out. Hat Mom mir zumindest irgendwann gesagt. Und warum du dir keinen Job suchen musstest? Keine Ahnung, womöglich, weil du schon damals Dads Liebling warst ...«

»Dean ...«

»Vielleicht hast du ihm gutgetan. Die Zeit mit dir. Jedenfalls hab ich damals versucht, das so vor mir selbst zu rechtfertigen. Damit ich es irgendwie ertragen konnte. Ich dachte, wenn er gern Zeit mit dir verbringt, geht es ihm bald besser. War ja auch so. Und das hat es für mich bestätigt. Die Arbeitsteilung klargemacht. Du tust Dad gut und ich war derjenige, der auf einmal erwachsen sein musste, um zu arbeiten und Geld nach Hause zu bringen.«

»Und Mom? Sie hat doch auch gearbeitet, oder? Hat sie von dir verlangt, dass du dir diese Jobs suchst?«

Ich holte tief Luft, um mich zusammenzureißen und nicht wieder aus der Haut zu fahren. »Die paar Kröten, die sie bei dem alten Bäcker verdient hat. Hätte ich nicht zusätzlich noch Geld verdient, wäre in dieser Zeit wohl Mom und Dads gesamtes Erspartes draufgegangen, und das wollte ich auch nicht. Irgendwie dachte ich auch, dass es meine Pflicht ist als ältester Sohn. Ich glaube, es war meine Art, ihm beizustehen. In diesem Sommer wurde mir etwas klar. Dass ich mich nicht mehr auf Dad verlassen konnte. Dass ich selbst für mein Glück verantwortlich war. Also recherchierte ich, in welchem Job man gut verdiente, damit es mir nie so wie Dad ergehen würde.«

»Und deshalb hast du dir einen der anstrengendsten Jobs ausgesucht? Damit du kein Burn-out bekommst, so wie Dad?«, fragte er höhnisch.

»Damit ich niemals so ein Loser werde«, korrigierte ich ihn und erschrak vor meinen Worten.

»Das meinst du nicht so.«

Seine Worte fühlten sich an wie ein grelles Scheinwerferlicht, das geradewegs auf die dunkelsten, hässlichsten Ecken meines Inneren gerichtet wurde. Diese Gedanken hatte ich noch nie mit jemandem geteilt. All die Jahre hatte ich sie so gut es ging verdrängt. In einer Schublade in meinem Kopf versteckt und diese mit einem Hochsicherheitsschloss verriegelt. Und nun hatte John den Schlüssel gefunden. Ich schämte mich für meine Worte. Für meine Gedanken. Für mein jugendliches Ich.

»Ich wünschte, ich würde es nicht so meinen. Heute sehe ich das anders, aber damals habe ich es so gesehen. Ich habe all die Kids in der neuen Schule gesehen. Mit ihren coolen Klamotten, den neuen Schuhen und Handys, und ich hab mich gefragt, was bei uns falsch gelaufen ist. Warum mein Dad einfach nur zu Hause auf der Couch rumhängt, wenn ich von der Schule komme. Warum er die Zeit und die Kraft hat, ein verkacktes Vogelhäuschen zu bauen, allerdings nicht, um sich einen neuen Job zu suchen.«

Ich rechnete damit, dass John mich schlagen würde, genau wie letztes Jahr im Wald. Oder aufstehen und gehen. Womit ich nicht rechnete, war, dass sich eine große warme Hand auf meinen Nacken legte. Über meine Schultern und über meinen Rücken strich. Er sagte nichts. Er war einfach da und das war alles, was zählte.

»Ich habe angefangen, ihn dafür zu hassen. Dass ich seine Rolle einnehmen musste. Dass er das zugelassen und indirekt verlangt hat, beziehungsweise mir gar keine andere Wahl gelassen hat. Verstehst du? Deshalb wollte ich so schnell wie möglich weg von hier. Ich wollte mein eigenes neues Leben beginnen. Mich in einer neuen Stadt hocharbeiten. Nicht mehr zurücksehen.«

»Das hast du geschafft.« Seine Stimme war sanft und verständnisvoll.

»Konnte ja keiner ahnen, dass er krank werden würde. Ich meine, so richtig. So unheilbar krebskrank. Shit.«

»Und warum bist du dann nicht zurückgekommen?«

»Ich konnte nicht. Nach allem, was ich Schlimmes über ihn gedacht und ihm an den Kopf geworfen habe, bevor ich ausgezogen bin. Ich dachte, ich kann doch nicht jetzt wieder angekrochen gekommen.«

»Du wärst nicht angekrochen gekommen. Du wärst gekommen, um dich um ihn zu kümmern oder Zeit mit ihm zu verbringen. Oder dich zu versöhnen, zu verabschieden.«

»Ich konnte ihn nicht schon wieder so schwach sehen. Außerdem habe ich mich so geschämt für das, was ich zu ihm gesagt habe. Ich hab ihm wirklich hässliche Dinge an den Kopf geworfen, John. Dass ich bloß weg von hier will und hoffe, nie so zu werden wie er. Und jetzt … ist es zu spät. Er ist schon über drei Jahre tot und ich habe ihm nicht gesagt, dass ich ihn liebe. Dass sich ein Teil von mir immer gewünscht hat, dass alles wieder wie früher werden könnte. Dass er noch mal mit mir Football im Garten spielen würde. Dass ich ihn noch mal von der Treppe aus beobachten könnte, wie er mit Mom durchs Wohnzimmer tanzt, zum Klang seiner Schallplatten. Ich habe ihn geliebt, verdammt. Nur deshalb hat es so wehgetan, ihn so zu sehen. Weil ich wusste, wie er eigentlich war.«

»Er wusste es«, sagte John leise und zog mich in eine Umarmung. »Er wusste, dass du ihn geliebt hast, Dean.«

»Meinst du?«

John nickte. »Klar, weißt du, wie oft er von dir erzählt hat? Wie stolz er auf dich war, auf alles, was du erreicht hast? Dass du dein Ding so durchgezogen hast. Er hat dich vermisst, aber er hat gewusst, dass du ihn liebst. Und du brauchst nicht zu glauben, dass irgendetwas seine Liebe für dich je erschüttert hätte. Liebe, die so tief geht, hält alles aus.«

»Fuck, für einen Idioten bist du ziemlich weise«, stieß ich lachend aus und zog die Nase hoch. Es war der klägliche Versuch, die Situation aufzulockern.

»Danke. Hab die letzten Jahre viel Zeit mit Mom verbracht.«

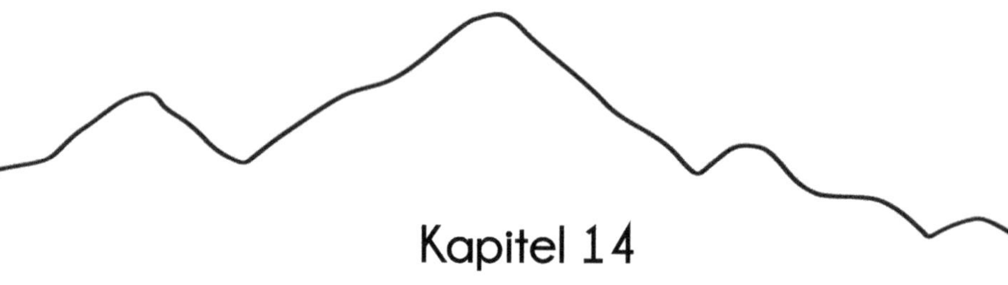

Kapitel 14

KAT

»*Et voilà!* Eine Zimtschnecke für die Zimtschnecke.«

Louisa kam mit einem Teller zu mir, auf dem das riesige Gebäck thronte. Das weiße Frosting tropfte zu allen Seiten auf den Teller und mir lief das Wasser im Mund zusammen. Mir war ihr Spruch nicht entgangen. Ein Versuch, die Stimmung zwischen uns zu lockern und das Eis zu brechen, wofür ich dankbar war.

»Danke, die sieht köstlich aus.« Ich nahm den Teller entgegen und sah zu, wie sie sich gegenüber von mir auf den Ohrensessel setzte.

Das *CC's* verdankte seinen Namen der eigentlichen Besitzerin, Deans Mom, Camille Carter. Wunderte mich das in Sugar Hill? Nicht wirklich. Das Café war hell, lichtdurchflutet von den großen Fenstern. Es war nicht sonderlich groß, dafür gab es hohe, mit Stuck verzierte Decken und umso gemütlichere Sessel direkt vor den Fenstern. Während ich auf Louisa gewartet hatte, konnte ich von hier aus die Dorfbewohner beobachten, die in der engen Gasse vorbeigekommen waren. Und natürlich quoll das Café fast über vor Weihnachtsdeko. Wie sollte es anders sein, in einem Café, das Louisa führte? Auf jedem Tisch stand ein goldener Blumentopf mit künstlichen Tannenzweigen darin. Von der Decke funkelten mir goldgelbe Lichterketten in unterschiedlichen Längen entgegen, und ich fragte mich, wie Louisa die wohl mit ihren knappen ein Meter sechzig angebracht hatte. Die Tür zur Küche war ebenfalls eingerahmt mit einer unechten Tannengirlande, über und über behangen mit Weihnachtskugeln. Über die Lautsprecher sang im Hintergrund leise eine weibliche Stimme von *Christmas Memories*, und wenn mich nicht alles täuschte, hatte Louisa die Ränder der Fensterscheiben von innen mit Kunstschnee besprüht. Ich kratzte mit dem Fingernagel über eine Stelle. Jap, definitiv Kunstschnee.

»Ich finde es schön, dass wir das hier machen. Es war an der Zeit«, sagte sie.

»Ja, da hast du recht. Und ich möchte auch gleich beginnen und dir endlich sagen, wie unglaublich leid es mir tut. Es tut mir leid, dass ich dich all die Jahre belogen und dir nicht gesagt habe, dass ich Gefühle für Dean hatte.«

»Hatte?«

Hitze breite sich auf meinen Wangen aus. »Hatte. Und die ich dann aufgrund unserer Freundschaft natürlich verdrängt habe ... Jetzt ...« Ich zögerte. War dies wirklich der richtige Zeitpunkt, um darüber zu reden?

»Empfindest du noch etwas für ihn? Oder wieder?«, fragte sie und blickte mich forschend an.

Ich nahm einen Bissen von meiner Zimtschnecke, um mir Zeit zu verschaffen, und stöhnte sogleich auf. »Louisa!«, nuschelte ich. »Wie viel verlangst du für die Dinger? Egal, was du sagst, es ist zu wenig. Die sind ja der Himmel!«

Sie kicherte verlegen und es fühlte sich ein bisschen so an wie früher.

»Im Ernst, wenn ich Amor in den Arsch beißen würde, würde es vermutlich so schmecken«, fuhr ich fort und brachte sie damit noch mehr zum Lachen.

Louisa beugte sich zu mir und flüsterte: »Ein Hauch von Muskat.«

Ich nickte wissend.

»Es tut mir leid, dass ich deine Nachrichten erst nicht gelesen und deine Anrufe nicht angenommen habe«, sagte Louisa nun.

»Es tut mir leid, dass ich dich blockiert habe.«

»Es tut mir leid, dass ich nicht versucht habe, dich auf einem anderen Weg zu erreichen.«

»Es tut mir leid, dass ich dir nichts von meinem Autounfall erzählt habe.«

»Was? Welcher Autounfall?«, kam es schrill von ihr.

»Der, bei dem ich mein Baby verloren habe und nach dem ich im Koma lag«, wisperte ich mit erstickter Stimme. Da waren sie schon wieder, die Tränen. Aber das war okay. Es tat weh und auch das war okay.

Louisa sprang von ihrem Sessel auf, was mich im ersten Moment irritierte und wie ein Häufchen Elend zurückließ. Als ich sah, dass sie zur Ladentür ging, um das *Geöffnet*-Schild auf *Geschlossen* umzudrehen, war ich erleichtert. Es saßen zwar noch einige Gäste an den Tischen, sie wollte wohl allerdings sichergehen, dass keine neuen hinzukamen. Ich erzählte ihr alles, was ich Dean gestern erzählt hatte und sogar noch mehr. Von meinen Narben und den Unsicherheiten, die ich seitdem im Hinblick auf meinen Körper hatte. Ab und zu entschuldigte sie sich für einen kurzen Moment, wenn einer der Gäste zahlen wollte. Als sich bis auf uns beide niemand mehr im Café befand, stand sie auf, um abzuschließen, obwohl ich mir fast sicher war, dass sie sonst länger geöffnet hatte.

Louisa setzte sich zu mir auf die Sessellehne, nahm mich in den Arm und wir weinten zusammen. Für eine halbe Ewigkeit.

Ich erzählte ihr auch von dem seltsamen Dinner bei meinen Großeltern. Von meinem Vater, der vermutlich Mateo hieß und über den ich sonst nichts wusste. Die ersten Jahre meines Lebens hatte ich geglaubt, McArschloch wäre mein leiblicher Vater, und dass es normal wäre, keinerlei Verbindung zu seinem Vater zu haben oder Gemeinsamkeiten zu teilen. Erst in der Middle School hatte ich einen Streit meiner Mutter und ihm belauscht und dabei erfahren, dass er nicht mein richtiger Vater war. Natürlich hatte ich versucht, etwas aus meiner Mutter herauszubekommen, sie über meinen leiblichen Vater auszuquetschen, doch sie machte immer sofort dicht. Irgendwann war ich es müde, weiter danach zu fragen. Ich hatte die Hoffnung aufgegeben und war mir sicher, dass sie alle Informationen über ihn mit ins Grab nehmen würde. An manchen Tagen kam es mir sogar so vor, dass sie sich die ganze Sache nur ausgedacht hatte. Dass es ihr im Eifer des Gefechts herausgerutscht war, um meinem sogenannten Ziehvater eins auszuwischen.

Seit dem Abendessen vor ein paar Tagen war das Fünkchen Hoffnung, das ich die letzten Jahre scheinbar unbemerkt in meinem tiefsten Inneren beschützt hatte, wieder entfacht worden. Befeuert und angetrieben von einem Namen. Die Art, wie meine Großmutter mit meiner Mutter gesprochen hatte und wie sie es vor mir geheim halten wollten – es zeigte mir, dass es mehr über meinen leiblichen Vater zu erfahren gab, und vielleicht war meine Mutter nun bereit dazu, endlich über die Vergangenheit zu sprechen. Mir endlich zu erzählen, was damals vorgefallen war.

Louisa wusste, dass ich meinen leiblichen Vater nicht kannte, und wir hatten nie viel darüber gesprochen. Wieso auch? Es gab ja nichts, worüber man bei dem Ganzen hätte rätseln können. Jetzt gab es etwas. Einen Namen. Sie bot sofort ihre Hilfe an, was ich zu schätzen wusste. Aber erst mal brauchte ich mehr Informationen von meiner Mutter. Ich hatte das Gefühl, dass die dicke Eisschicht, die sie seit Jahrzehnten um ihr Herz gelegt hatte, einen Knacks erlitten hatte. All die Jahre war ich um den Eisblock herumgetänzelt, auf der Suche nach einer Tür, einem Fenster, durch das ich zu ihr hindurchklettern könnte. Und irgendwann hatte ich akzeptiert, dass es keines gab. Doch dann hatten die Worte meiner Großmutter wie ein Eispickel Risse verursacht und nun, wo ich erwachsen war, wusste ich, dass es an mir selbst war, diese Mauern vollends einzureißen. Ich würde es schaffen. Ich hatte es verdient, mehr über die Vergangenheit, meine Herkunft und damit auch über mich selbst zu erfahren.

Es wurde langsam dunkel vor den Fenstern. Die Laternen in der Gasse gingen an und sendeten einen kleinen Lichtschein ins Dunkle. Ein Licht im Dunkeln. So fühlte sich das Gespräch mit Louisa an. So fühlte sich mein gesamter Aufenthalt hier bisher an. Die Zeit mit Dean.

Damit ich nicht allein durch den dunklen Wald nach Hause laufen musste, begleitete ich Louisa zu ihr und sie fuhr mich mit ihrem Auto rüber nach Honey Daze. *Nach Hause.* Innerlich schmunzelte ich bei diesem Gedanken.

Die untere Etage des Hauses war hell erleuchtet. Warmes Licht drang durch die Fenster nach draußen zur Straße und ich öffnete die Tür mit einem Lächeln auf den Lippen. Ich war froh, dass Louisa und ich uns endlich ausgesprochen hatten. Auch wenn wir uns vermutlich manchmal ansehen und daran denken würden, was passiert war und woran unsere Freundschaft fast für immer zerbrochen wäre, so waren wir beide bereit, nach vorne zu sehen und daran zu arbeiten.

Mit dem Anblick, der sich mir nun bot, hatte ich wohl am wenigsten gerechnet. Marvin Gayes *Let's get it on* beschallte den Raum, als ich die Küche betrat. Dean hatte mich noch nicht bemerkt. Er stand mit dem Rücken zu mir. Nein, er *tanzte* mit dem Rücken zu mir. Die dunkle Chinohose schmiegte sich an seinen knackigen Hintern. Das weiße Hemd spannte über seinen wippenden Schultern. Seine Hüfte schwang von rechts nach links, während er etwas auf dem Herd umrührte. Verdammt, so viel Taktgefühl hätte ich ihm nicht zugetraut. Seinen dramatisch gefühlvollen Gesang untermalte er hier und da mit einem Schnippen. Dieser war weiß Gott nicht perfekt und Dean klang nicht mal annähernd wie Marvin Gaye. Trotzdem wummerte mein Herz im Takt des Songs und meine Knie drohten, nachzugeben. Fühlte es sich so an, nach Hause zu kommen? Wirklich nach Hause? Damit meinte ich nicht die Adresse, in der man wohnhaft gemeldet war. Keine Wohnung, kein Haus, in dem ich je gelebt hatte, hatte ein solches Gefühl in mir ausgelöst. Ein wohlig warmes Gefühl breitete sich in meiner Magengegend aus und taute den Bereich in meinem Brustkorb auf.

Als er auf einmal einen Slide über den glatten Boden nach rechts hinlegte, um nach dem Weinglas zu greifen, entwich mir ein Glucksen. Erschrocken drehte er sich zu mir um. Erst jetzt entdeckte ich die weinrote Schürze, die er über seinem Hemd trug. Der ertappte Dean war zum Dahinschmelzen. Zunächst waren seine Augen weit aufgerissen und er stand da wie ein Reh im Scheinwerferlicht. Doch als er mein Lächeln sah, wurden seine Züge weicher. Wie magnetisch angezogen schwebte ich auf ihn zu und umarmte ihn.

»Hey, Cinnabon«, wisperte er an meine Halsbeuge.

Ich erschauderte. »Selber hey.«

»Wofür ist das denn?«, fragte er und wiegte mich sanft hin und her.

»Ich weiß nicht, es hat mich irgendwie glücklich gemacht, dich so zu sehen. Ich hatte einen guten Tag.«

Er löste sich von mir, um mich anzusehen, und strich mir eine Haarsträhne hinter das Ohr. Sein Blick zuckte kurz zu meinem Mund, dann wieder zu meinen Augen.

»Das freut mich wirklich sehr.« Dean trat einen Schritt zurück und ich vermisste seine Wärme sofort. Er ging um die Kücheninsel herum zu dem Sideboard an der Wand neben dem Esstisch, wo ein Schallplattenspieler stand, um die Musik leiser zu stellen.

Als er meinen irritierten Gesichtsausdruck sah, erklärte er: »Der ist von meinem Dad. John hat ihn mir heute Morgen mitgebracht, zusammen mit denen hier.« Grinsend hielt er ein paar alte Vinylplatten hoch. Ich kam zu ihm, betrachtete sie und strich andächtig über die Hüllen. Aretha Franklin, eine weitere Platte von Marvin Gaye, Creedence Clearwater Revival und Dean Martin.

»Hey, genau wie du«, stellte ich amüsiert fest und deutete auf den Namen.

Er nickte. »Ich habe erst vor Kurzem erfahren, dass ich meinen Namen ihm zu verdanken habe. Und Johns Name kommt durch den Sänger von Creedence Clearwater Revival, John Fogerty. Eine der Lieblingsbands von meinem Dad.«

»Wie schön, dass eure Namen eine Bedeutung haben«, murmelte ich.

»Er hatte eine ganze Sammlung an Schallplatten, allerdings hat John mir erst mal nur die mitgebracht. Wenn er nichts dagegen hat, würde ich sie vielleicht alle zu mir holen. John hört sie ohnehin nicht an. Ich glaube, es tut ihm noch zu sehr weh. Aber ich finde es schön. Ich fühle mich dadurch ein bisschen mehr mit Dad verbunden.« Den letzten Satz sprach er leiser aus, weshalb ich ihm eine Hand auf den Unterarm legte und vorsichtig darüber strich.

»Was riecht hier eigentlich so gut?«, fragte ich in dem Versuch, ihn auf andere Gedanken zu bringen.

»Ich mache Lasagne. Ich hoffe, das magst du?«, entgegnete er, sichtlich dankbar für den Themenwechsel.

»Nenn mir eine Person, die keine Lasagne mag.«

Ich half Dean, die Lasagne in der Auflaufform zu schichten, auch wenn er mich davon abhalten wollte. Hin und wieder stieß ich ihn neckend mit meiner Hüfte an und er warf mir einen herausfordernden Blick zu. Schließlich schob er die Lasagne in den Ofen und entledigte sich seiner Schürze.

»Jetzt heißt es wohl warten.«

Ich schielte zum Timer am Ofen. Vierzig Minuten. Als ich wieder zu ihm sah, ertappte ich ihn gerade noch so, wie er mich von oben bis unten musterte.

»Hast du auch so einen Hunger?«, flüsterte er mit rauer Stimme.

Ich biss mir auf die Unterlippe und nickte abermals, unfähig, zu sprechen.

Seine Zunge glitt über seine Lippen, ehe er auf mich zu kam. Eine Hand wanderte zu meiner Taille, die andere an meine Halsbeuge. Mit dem Daumen zog er kleine Kreise unter meinem Ohr und ich schloss die Augen.

»Hast du eine Idee, was wir in der Zeit machen könnten?« Sein warmer Atem kitzelte mich am Ohr. Himmel, diese Stimme.

»Du erwartest heute keinen Besuch mehr, oder?«, presste ich hervor, bemüht, normal zu sprechen und dabei nicht zu stöhnen. Ich öffnete die Augen wieder und sah ihn unter halb gesenkten Lidern an.

»Mh-mh«, machte er. Seine Stimme brachte meinen Brustkorb zum Vibrieren, was vermutlich daran lag, dass er sich mit seinem ganzen Körper gegen mich lehnte.

Ich warf einen Blick über die Schulter. »Na ja, wir haben da heute Morgen auf dem Sofa etwas ausprobiert, also …«, begann ich und ließ den Rest des Satzes zwischen uns hängen.

»Ich weiß nicht, was du meinst.« Er ließ seine Hand von meiner Taille zu meiner Hüfte hinabsinken. »Ich glaube, du musst mir auf die Sprünge helfen.«

Ach, dieses Spiel wollte er spielen. Das konnte er haben.

Ich stieß ihn von mir und griff stattdessen nach seiner Hand. »Du kannst dich wirklich nicht erinnern?«, fragte ich und drehte mich im Gehen kurz zu ihm um, während ich ihn zum Sofa hinter mir herzog.

»Da klingelt noch nichts«, sagte er trocken. Das Zucken an seinem rechten Mundwinkel entging mir nicht.

»Heute Morgen hast du zwar auf mir gelegen, aber vielleicht erinnerst du dich so auch daran.«

Das Grinsen verging ihm, als ich ihn nach hinten auf das Sofa schubste und gleich darauf auf seinen Schoß kletterte. Dean schluckte, musterte mich konzentriert.

»Und?«, fragte ich und lächelte ihn lasziv an.

Zögerlich schüttelte er den Kopf.

Ich legte meine Hand gespielt nachdenklich ans Kinn. »Und daran?« Ich beugte mich nach vorne, küsste ihn seitlich am Hals und genoss das leise Seufzen, das ihm gleich darauf entwich. Das und seinen unwiderstehlichen Duft nach Lavendel und Sandelholz.

»Wie sieht's jetzt aus?«, hauchte ich an seinen Hals.

»Ganz dunkel«, erwiderte er. Seine Stimme war tiefer als sonst und jagte mir eine Gänsehaut über den Körper.

Ich verlagerte mein Gewicht, beugte mich zur anderen Seite seines Halses und küsste ihn auch dort. Ihn zu quälen, bereite mir eine viel zu große Freude, als dass ich ans Aufhören denken konnte. Er war es, dem offenbar jegliche Beherrschung entglitt, als er plötzlich mein Gesicht mit beiden Händen umfasste und seine Lippen auf meine presste. Mein Herz geriet ins Stolpern. Das Stöhnen, das aus unseren beiden Mündern drang, war erregt und schwer. Und gleichzeitig erleichtert und erlöst. Sein Daumen glitt zu meiner Unterlippe, schob sie sachte nach unten und ermöglichte es seiner Zunge, in meinen Mund einzudringen und einen wilden, drängenden Tanz mit meiner Zunge aufzuführen. Eine prickelnde Gänsehaut breitete sich auf meinen Armen aus, kroch über meinen Rücken, meine Wirbelsäule hinauf bis in meinen Nacken. Mit der anderen Hand packte er meinen Hintern, schob mich näher an sich heran. Mein schwarzes Strickkleid rutschte nach oben und ich begann, mich unkontrolliert an ihm zu reiben. Ich spürte seine Härte überdeutlich durch meine dünne Strumpfhose. Himmel! Ich hatte das Gefühl, jeden Moment in Flammen aufzugehen. So heiß war das Blut, das pulsierend durch meine Adern gepumpt wurde.

»Erinnerst du dich jetzt?«, keuchte ich zwischen zwei Küssen.

»Noch nicht genug«, knurrte er und eroberte meinen Mund erneut.

Meinen Mund. Mich. Mein Herz.

Dean war gefährlich, denn er wusste, was er wollte. Er war meistens kontrolliert. Viele würden ihn als kalt bezeichnen, doch wie könnte ich, wenn ich ihn *so* kannte? Dean war liebevoll, auch wenn sich das hier weniger liebevoll, sondern nach einem alles verzehrenden brennenden Verlangen anfühlte. Dean war gefühlvoll, ein guter Zuhörer und definitiv einfühlsamer, als er es manchmal selbst von sich dachte. Die letzten Jahre hatte er vernünftig gehandelt, für ihn hatten Louisa, Marvin und seine Ehe an erster Stelle gestanden. Aber Louisa hatte mir vorhin erzählt, dass sie letztes Jahr einen Pakt geschlossen hatten, ab sofort zuerst nach ihrem eigenen Glück zu suchen. Und was immer das für ihn war, ich hoffte, dass ich Teil davon sein durfte.

Ich spreizte meine Beine weiter, bis meine Strumpfhose an meiner feuchten Mitte spannte. Drängte meinen Brustkorb gegen seinen und schlang die Arme um seinen Nacken, um ihn noch tiefer zu küssen.

Seine Hände fuhren über meine Oberschenkel. Nach oben. Nach unten. Wieder nach oben. Und dieses Mal schoben sie mein Kleid bis zu meinem Hintern. Er umfasste ihn, knetete ihn und presste seine Hüfte fester gegen mich.

»Fuck«, hörte ich ihn wispern, bevor er meinen Hals küsste. Er leckte und saugte und brachte mich damit um den Verstand. Ich war unfähig, auch nur einen weiteren klaren Gedanken zu formulieren. Alles, wozu mein Körper noch imstande war, war fühlen. Und das war das Einzige, was ich in diesem Moment wollte. Was ich brauchte. Dean an meinem Körper zu spüren, ihn zu küssen.

Leise Soulmusik drang wie aus weiter Ferne an mein Ohr und ergab zusammen mit Deans Stöhnen meinen neuen

Lieblingssound. Die Luft knisterte und roch nach geschmolzenem Mozzarella, Tomatensoße und Dean.

»Ist dir nicht zu warm?«, fragte er und nestelte am Saum meines Wollkleids herum. Instinktiv griff ich nach seinen Händen und gab ihm zu verstehen, dass ich noch nicht so weit war. Verdammt, ich wollte ihn. Ich wollte ihn unbedingt. Doch die kleine fiese Stimme namens Angst hallte durch meine von Lust benebelten Gedanken. Angst davor, mich ihm so zu zeigen, wie ich wirklich war. Mit all meinen Makeln und Narben.

Ohne jeglichen Protest oder Unverständnis bewegten sich seine Hände wieder oberhalb des Kleides. Als ich ihn anblickte, stellte ich belustigt fest, dass seine Haare wild zu allen Seiten abstanden. Eventuell war ich dafür verantwortlich.

Fragend sah ich ihn an, während ich versuchte, sein Hemd zu öffnen, und er hastig nickte. Endlich gelang es mir. Er beugte sich leicht nach vorne, damit ich es ihm von den Schultern streifen konnte. Eine Hand landete an meinem Hintern, die andere an meinem Rücken. So erhob er sich halb, mich mit ihm, nur um mich auf dem Rücken auf dem Sofa abzulegen und sich über mir zu positionieren.

»Genau so«, flüsterte ich grinsend.

»So war das heute Morgen?«

Ich nickte.

Dean sah an uns beiden herunter und zog skeptisch eine Augenbraue hoch.

»Heute Morgen hattest du noch ein bisschen mehr an«, gab ich zu. »Aber ansonsten.«

»Ach so. Jetzt erinnere ich mich.«

Seine Lippen landeten wieder auf meinen und ich seufzte, als er sich gegen meine Mitte drängte. Langsame Bewegungen, die meine Lust immer weiter befeuerten, während ich ihn mit beiden Schenkeln umklammerte. Ich ließ meine Hände über seinen nackten Rücken wandern, sog all das in mir auf. Wie er schmeckte, das Spiel seiner

Muskeln unter meinen Fingerkuppen. An seinem Rücken, seinen Schulterblättern, seinen Oberarmen, seiner Brust und seinem festen Bauch. Ich liebte die kleinen Geräusche, die dabei seine Kehle verließen und mir bestätigten, dass er das hier genauso genoss wie ich. Seit meinem stummen Nein zum Ausziehen des Kleides waren seine Berührungen ein wenig vorsichtiger und fragender geworden. Ich mochte das Tempo, versuchte jedoch, ihm verstehen zu geben, dass er sich keine Sorgen zu machen brauchte. Irgendwann würde ich hoffentlich bereit sein, mich ihm gänzlich hinzugeben. Als er mit seiner Hand sanft über meinen Rippenbogen strich, unterhalb meiner Brust, rutschte ich absichtlich ein Stück nach unten, sodass sie genau auf meiner Brust landete. Überrascht hielt er inne, legte seine Stirn an meine und sah mich an.

Seine Augen waren wie flüssiges Quecksilber.

Genauso schön.

Genauso gefährlich.

Ich ermutigte ihn mit einem Nicken. Wieder küsste er mich. Heiß und feucht. Dabei begann er langsam, meine Brust zu kneten. Das hier war verdammt perfekt. Dean auf mir, zwischen meinen Beinen, und ich wünschte, ich könnte mein Kleid ausziehen. Aber es ging nicht. Ich schämte mich zu sehr. Was Dean nicht wusste, was niemand außer mir wusste, war, wie meine Haut seit dem Autounfall aussah. Nicht mal Allec hatte ich mich nach dem Unfall vollständig nackt zeigen wollen. Zwar waren die Narben relativ gut verheilt, schön anzusehen war ich dennoch nicht mehr. In New York letzte Woche hatte ich es mit Dean nur so weit kommen lassen, weil ich mich im Schutz der Dunkelheit gewähnt hatte. Doch hier war es, wenn auch schummrig, zu hell für mich. Obwohl ich es wollte. Verdammt, ich wollte mich ihm zeigen. Mich ihm öffnen. Ich wollte *ihn*. Wollte meinen nackten Oberkörper an seinen drücken. Seine glühende Haut auf meiner spüren.

Gerade als meine Gedankenspirale drohte, mich weiter in Gefangenschaft zu nehmen, ertönte ein Piepen aus der Küche. Dean schreckte hoch.

»Schätze, das Essen ist fertig.«

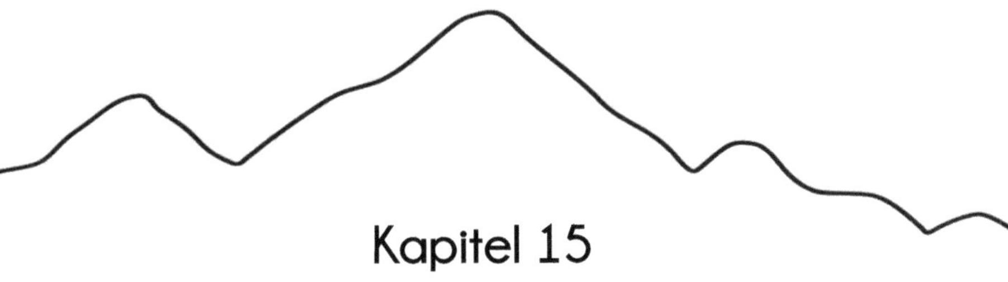

Kapitel 15

DEAN

Es wurde zunehmend schwieriger, die Finger von Kat zu lassen. Zumal sie mich letzte Nacht gebeten hatte, bei ihr im Bett zu schlafen. Ich hatte das Gefühl, dass sie sich im Dunkeln mehr traute. Sich sicherer fühlte. Was immer es war, das sie davon abhielt, dasselbe im Hellen zuzulassen, ich würde sie nicht drängen. Sie würde es mir erzählen, wenn sie dazu bereit war. Letzte Nacht hatte sie sich im Halbschlaf an mich gedrängt, ihren Hintern an mir gerieben. Als ob ich nicht schon hart genug gewesen wäre. Vorsichtig war ich mit der Hand zu ihrer Hüfte gewandert, hatte mir einen Weg unter ihr dünnes Schlafshirt gebahnt und erst über ihren Rippenbogen und dann über ihre harten Nippel gestrichen.

»Bist du noch bei uns, Dean? Oder willst du uns an deinen feuchten Tagträumen teilhaben lassen?«

Johns Stimme riss mich aus meinen Gedanken und ja, vielleicht hatte er mit den feuchten Träumen nicht ganz unrecht.

»Nein«, sagte ich schnell. »Also, ja, bin da, und nein zu dem zweiten Teil«, korrigierte ich mich. Mein Blick huschte über die Gesichter der Runde und blieb an Calebs dreckigem Grinsen hängen. Ich verdrehte die Augen und zeigte ihm den Mittelfinger.

»Die einzige Möglichkeit für den JGA ist tatsächlich das nächste Wochenende«, fuhr John fort.

Wir hatten uns dieses Mal bei ihm zu Hause getroffen. Es war Samstagnachmittag und ich war ein wenig hibbelig, weil ich Kat heute Morgen dazu hatte überreden können, morgen Abend mit zum Adventsessen meiner Familie zu kommen.

»Bri will ja nicht, dass wir es zu knapp vor der Hochzeit machen, also bleibt nur noch dieses Wochenende vor Weihnachten.«

»Und was spricht dagegen?«, fragte Ezra.

»Nächstes Wochenende ist der Weihnachtsmarkt bei uns im Ort«, erklärte John. Für uns war das Begründung genug, aber Ezra und Miles war die Bedeutung dieses Events wohl nicht klar, denn Miles erdreistete sich, nun schulterzuckend zu fragen: »Na und?«

Drei entsetzte Augenpaare richteten sich auf ihn. Die von Caleb, John und mir. Entschuldigend hob er die Hände. »Was zur Hölle?«

Caleb seufzte angestrengt und kniff sich in die Nasenwurzel. »Alter.«

»Erstens, ihr könnt es nicht wissen, weil ihr nicht von hier seid, aber die Eröffnung des Weihnachtsmarkts ist so etwas wie unser Nationalfeiertag. Zweitens haben sich Tris und Bri letztes Jahr auf dem Weihnachtsmarkt verlobt. Deshalb weiß ich nicht, ob es blöd ist für sie, wenn wir den JGA an dem Wochenende veranstalten.«

»Was ist denn mit den Mädels? Weißt du, was die für Brianna geplant haben und wann?«, fragte ich an John gewandt.

Nachdenklich deutete er auf mich. »Guter Punkt. Ich frag mal Louisa.« Er griff nach seinem Handy, drückte ein paarmal darauf herum und schaltete es auf Lautsprecher.

»Hey, Babe«, tönte ihre Stimme blechern in unsere Mitte.

Caleb kicherte wie ein kleines Schulmädchen und John stöhnte auf.

»Sorry, Schatz, du bist auf Lautsprecher. Hätte ich dir vielleicht erst sagen sollen.«

»Oh«, kam es von ihr. »Hey, Jungs, alles gut?«

Er legte das Handy auf dem Couchtisch in unserer Mitte ab.

»Hey, Louisa«, tönte es im Gleichklang von uns vieren.

»Was gibt's?«

»Wir sitzen gerade zusammen wegen Tristans Junggesellenabschied, und da haben wir uns gefragt, was ihr Mädels eigentlich so geplant habt und wann?«, fragte John.

»*Was* wir geplant haben, verrate ich euch schon mal gar nicht.«

»Hey«, beschwerte sich Caleb, woraufhin Louisa lachte.

»Genau *du* bist einer der Hauptgründe dafür, Caleb! Du würdest alles ausplappern.«

Beleidigt schob er die Unterlippe vor.

»Wo sie recht hat …«, wisperte ich tonlos in seine Richtung.

»Und wann, hab ich dir bereits gesagt«, fuhr Louisa an John gewandt fort. »Steht in unserem Kalender.«

»Äääh«, machte John und wischte hastig auf seinem Handy herum. »Nächste Woche?«

»Jap. Warte eine Sekunde.«

Wir lauschten, wie Louisa das Handy klappernd ablegte, hörten sie entfernt mit einem Kunden sprechen, die Kasse piepen und dann war sie wieder bei uns.

»Du weißt aber, dass da der Weihnachtsmarkt ist und dass sich die beiden dort verlobt haben, oder?«

»Ja, ich weiß, aber es geht an keinem anderen Termin.« Ich hörte ehrliches Bedauern in ihrer Stimme heraus. »Dass wir es an dem Wochenende machen, an dem sie sich vor genau einem Jahr verlobt haben, finde ich sogar ganz schön.«

»Was wäre denn mit dem Wochenende nach Weihnachten?«, schlug Ezra vor und blickte in die Runde.

Ich holte Luft, um meinen Einwand zu bekunden, doch Miles kam mir zuvor. »Da bin ich mit Freunden im Urlaub. Über Silvester.«

Erleichtert ließ ich die Schultern sinken. Ich war kurz davor gewesen, zu sagen, dass es mir an dem Wochenende nicht so lieb war. Ich spielte nämlich mit dem Gedanken, Kat zu fragen, ob sie da mit mir gemeinsam in einen Wellnessurlaub fahren würde.

»Außerdem ist da alles noch viel teurer, und wir haben schon gebucht«, ergänzte Louisa. »Es lässt sich jetzt eh nichts mehr daran ändern. Bri wird's wohl verkraften.«

»Ha! Also habt ihr was gebucht!«, kam es von Caleb, als wäre *das* die Erkenntnis des Jahres.

»Ihr etwa noch nicht?«, stieß Louisa entsetzt aus. »Ach Jungs, ihr vermasselt es aber nicht, oder? Ich will nicht, dass Tris am Ende leer ausgeht und enttäuscht ist.«

»Wird er nicht. Danke, Schatz, du hast uns sehr geholfen«, rief John in den Hörer und legte schnell auf.

»Perfekt«, kommentierte ich ironisch und fasste damit die allgemeine Stimmung zusammen. »Wie es aussieht, gehen wir nächste Woche campen, Leute!«

»Bist du sicher, dass es okay ist, wenn ich mitkomme?«, fragte mich Kat zum gefühlt hundertsiebzigsten Mal, als ich meinen Wagen am nächsten Abend wieder vor meinem Elternhaus zum Stehen brachte und wir ausstiegen. Mein Blick fiel auf den großen Wohnwagen in der Hofeinfahrt.

»Ja, ich bin mir sicher.«

Ich stieg aus, ging ums Auto herum zu ihr auf den Bürgersteig und legte eine Hand an ihren unteren Rücken, um sie zum Haus von Louisas Mom zu lenken.

»Und du findest nicht, dass ich underdressed bin?«

»Nein«, erwiderte ich ebenfalls zum hundertsiebzigsten Mal. »Du siehst wunderschön aus, Kat.« Ich sah sie an und schenkte ihr ein liebevolles Lächeln. Es war untypisch, sie so nervös zu erleben. Aber irgendwie auch niedlich. Sie war wirklich wunderschön. Sie trug einen schwarzen groben oversized Strickpulli und dazu eine ebenfalls schwarze Kunstlederhose, die sich perfekt an ihren Hintern schmiegte. Ich betätigte die Klingel und kurz darauf öffnete Barb, Louisas Mutter, uns die Haustür.

»Kommt rein, ihr beiden. Ihr seid früh!« Sie schloss erst mich, dann Kat in eine herzliche Umarmung.

»Sind wir die Ersten?« Ich spähte an ihr vorbei in Richtung Wohnzimmer, während ich meinen Mantel an der Garderobe aufhängte.

»Ja, ich bin noch gar nicht ganz fertig.« Kurz darauf schrie sie am Treppenabsatz nach ihrer jüngsten Tochter Sophie. Und schon war sie wieder in der Küche verschwunden, wo ich Patrick mit beiden Händen in einer Schüssel hantieren sah. Ein wenig irritiert, aber gleichermaßen belustigt blieben Kat und ich im Flur zurück. Sophie, Louisas jüngere Schwester, kam die Treppe hinuntergepoltert, setzte sich auf halber Strecke aufs Geländer und rutschte uns quietschend entgegen. Dabei flogen ihr die rosa Spitzen ihrer sonst hellblonden Haare wild um den Kopf. Wenn ich sie so ansah, könnte man meinen, sie sei zwölf. In Wahrheit war sie zweiundzwanzig.

»Hey, Dean! Oh, hallo«, sagte sie und zwinkerte Kat anzüglich zu.

»Soph, das ist Kat. Eine gute Freundin von Louisa und, äh, mir. Kat, das ist Sophie, Louisas kleine Schwester.«

Ein Grinsen erschien auf ihrem Gesicht, ehe sie uns beide gleichzeitig umarmte. »Gute Freundin, verstehe.«

»Sophie, deckst du bitte den Tisch?«, rief Barb aus der Küche und Soph verdrehte zunächst die Augen, tat dann aber wie ihr geheißen. Wir folgten ihr ins Wohnzimmer, wo der lange ausgezogene Esstisch stand.

Kat schlug sich ziemlich gut, wobei ich daran, im Gegensatz zu ihr, keinerlei Zweifel gehabt hatte. Es freute mich, zu sehen, dass Louisa und sie langsam wieder normal miteinander umgingen. Je mehr Zeit verging, desto mehr taute Kat auf. Sie hatte immer einen schlagfertigen Konter für Johns freche Sprüche auf Lager, unterhielt sich mit Onkel Ati und seiner Frau Lora, Jess' Eltern. Schielte belustigt zu Jess und ihrem jüngeren Bruder Steven hinüber, hörte aufmerksam zu und nickte immer wieder, als Barb ihr erklärte, wie sie die Maissuppe zubereitet hatte und wie lange der Braten im Ofen schmoren musste.

Kat hatte meine Familie mühelos um den Finger gewickelt – und das an einem einzigen Abend. Was jedoch das Wichtigste für mich war: Sie verstand sich gut mit meiner Mom. Mein Herz hatte einen Satz gemacht, als sie mit John, Louisa und Marvin ins Wohnzimmer gekommen war. Mom hatte mir heute Morgen eine Nachricht geschrieben, dass sie gut in Sugar Hill angekommen war, und ich hatte mich seitdem darauf gefreut, sie endlich wiederzusehen. Sie sah gut aus, erholt und glücklich. Die Haut leicht gebräunt. Kein Wunder, sie war direkt von den Florida Keys zu uns hochgefahren, und dort waren es noch über zwanzig Grad.

Meine Hand ließ ich den Abend über immer wieder hinüber zu Kat wandern. Malte kleine Kreise auf ihrem Knie unter dem Tisch, streichelte sanft über ihren Rücken oder ihre Schulter. Es war ein bisschen bescheuert, dass ich sie allen als *gute Freundin* von Louisa und mir vorgestellt hatte und sie dann so berührte. So vertraut. Doch was hätte ich sonst sagen sollen? Was waren wir denn?

Ich mochte die Adventsessen. Ich mochte sie wirklich. Aber heute Abend zuckte mein Blick immer wieder zu der altmodischen Hühneruhr, die über der Tür zur Küche hing. Am liebsten hätte ich Jess verboten, so viel zu plappern, und ihr den Nachtisch eigenhändig in den Mund gestopft. Warum? Weil ich es kaum abwarten konnte, mit Kat nach Hause zu verschwinden. Sie ganz für mich allein zu haben.

Selbst wenn nichts weiter zwischen uns passieren würde. Ich brannte auf die Möglichkeit, dass wir uns wieder küssen würden. Dass ich sie heute noch einmal schmecken durfte. Wir hatten uns heute noch gar nicht geküsst und ich fühlte mich bereits auf Entzug. Wie sollte das erst werden, wenn Kat wieder in New York war? Ich wusste, dass es nicht gut für mich war, jetzt schon darüber nachzudenken. Irgendwie ploppte dieser Gedanke trotzdem immer wieder in meinem Hirn auf. Wie ein freundlich gemeinter Reminder des Service-Hirns. Konnte ich drauf verzichten, danke.

»Geschafft«, stieß ich schnaufend aus, als wir wieder im Auto saßen. Mein Atem tanzte in Form eines warmen Wölkchens durch die Kälte vor meinem Mund.

»So schlimm?« Kat sah mich grinsend von der Seite an.

»Nein, aber ich ...« Ich hielt inne, sah gequält zu ihr.

»Ich weiß«, erwiderte sie. »Los, fahr schnell nach Hause.«

Das ließ ich mir nicht zweimal sagen.

Zu Hause angekommen, stürzten wir uns wie zwei verzweifelte Teenager aufeinander, taumelten von einer Wand zur anderen und ließen uns oben ins Bett fallen. Wir verknoteten uns in den Laken, küssten uns auf jede erdenkliche Weise, bis meine Lippen angeschwollen waren. Wir gingen jedes Mal ein bisschen weiter. Verlegten die imaginäre Grenze jedes Mal ein klein wenig weiter nach hinten. Für mich war es das größte Kompliment, das Kat mir machen könnte. Zu spüren, wie sie sich mit jedem Mal weiter entspannte. Es schaffte, sich immer weiter fallen zu lassen. Dass sie mir immer mehr vertraute. Das war das schönste Geschenk.

KAT

An dieses Leben hier könnte ich mich gewöhnen.

Das war gefährlich.

Immer öfter ertappte ich mich dabei, wie ich vor mich hin grinste. Auch jetzt gerade blickte ich meinem lächelnden Spiegelbild entgegen. Ich konnte nichts dagegen tun. Ich war dabei, meine Haare im Badezimmer zu kämmen, während Dean und John wieder unten im Gästezimmer zugange waren.

Manchmal plagte mich das schlechte Gewissen, dass ich nicht mehr durchgehend traurig war. Dass ich mich erdreistete, glücklich zu sein. Und das, obwohl ich mein Baby verloren hatte. War es da überhaupt erlaubt, jemals wieder glücklich zu sein?

Ich durfte mich nicht zu sehr daran gewöhnen, wie es hier war. An heimliche Küsse, wohlduftende Mahlzeiten. An dieses wunderschöne Haus und das Lächeln auf meinem Gesicht, das fast wie einbetoniert wirkte. Früher oder später würde ich wieder nach New York zurückkehren. In meinen Schuhkarton. Zu meiner Einsamkeit und den unregelmäßigen, nervtötenden Essen bei meinen Großeltern. Mit meiner Mom und McAffenarsch.

In den letzten Tagen musste ich immer öfter an meine Mutter denken. Vermutlich wegen des Eislaufens letzten Donnerstag und dem Gespräch mit Louisa. Letzte Nacht hatte ich von meinem Dad geträumt. *Mateo*. Er hatte dunkle Haare, so wie ich, und ein wenig dunklere Haut. Dunkler als meine. Doch ich hatte kein Gesicht vor Augen. Es war auch kein langer Traum gewesen. Mehr so, dass ich ihn einfach vor mir gesehen hatte. Ich war ein kleines Mädchen gewesen und ich hatte geweint, während er immer weiter vor mir verschwommen war.

»Du hast im Schlaf gewimmert«, hatte Dean heute Morgen gesagt und mich enger an seine Brust gedrückt. Daraufhin hatte ich ihm endlich von dem Dinner bei meinen Großeltern erzählt. Das Ganze ließ mich nicht los. Er hatte mir aufmerksam zugehört und mich sanft ermutigt, noch einmal mit meiner Mutter zu reden.

Entschlossen griff ich nach meinem Handy und wählte ihren Kontakt aus.

»Katherine?«, fragte sie steif wie immer am anderen Ende.

»Mutter«, entgegnete ich, verbesserte mich jedoch sogleich. »Mom, hey.« Ich wollte etwas von ihr und hoffte so, sie eher zu erweichen.

»Was gibt es?«

»Ich muss mit dir reden. Hast du Zeit?«

»Wird das lange dauern?«

Ich seufzte. Andere Eltern würden sich freuen, von ihrem Kind zu hören. Nicht so meine Mutter. Für sie war ich schon immer lästig gewesen.

»Könnte sein, ja«, gab ich zu. Nun war sie es, die einen lang gezogenen Seufzer von sich gab. »Wer ist Mateo?« Ich fiel direkt mit der Tür ins Haus, ging vom Badezimmer ins Schlafzimmer und ließ mich auf das Bett fallen.

»Ich weiß nicht, wen du meinst«, antwortete sie kühl.

»Kannst du ihn bitte wenigstens nicht leugnen?« Meine Stimme wackelte gefährlich. »Vor Grandma hast du ihn doch sogar verteidigt.«

Stille am anderen Ende. Gefolgt von einem weiteren schweren Seufzen. Sie haderte mit sich, das konnte ich spüren. Jetzt hieß es dranbleiben. So weit hatte ich sie noch nie gehabt.

»Mom, bitte. Ich habe letzte Nacht von ihm geträumt.«

»Was? Wie ...?«

»Ich habe natürlich kein Gesicht gesehen, doch ich wusste, dass er es war. Er hatte dunkelbraune, fast schwarze Haare, so wie ich. Und dunklere Haut. Ich war noch ein kleines Kind und habe die Hände nach ihm ausgestreckt und geweint. Und dann ist er vor meinen Augen verschwommen. Bitte, Mom, was hat das zu bedeuten? Ich würde ihn so gern kennenlernen. Wieso kannst du mir nicht wenigstens seinen vollen Namen sagen? Du musst ihn ja nie wiedersehen, wenn du das nicht willst. Aber ich finde, ich habe verdient, zu wissen, woher ich komme. Von wem ich abstamme. Ich habe verdient, zu wissen, wer mein Vater ist …« Mein Redeschwall wurde von einem leisen Schluchzen unterbrochen. »Mom?«

»Mateo García«, keuchte sie.

»Was?«

»Dein Vater. Er heißt Mateo García.«

Mein Herz geriet ins Stolpern. Ich hatte sechsundzwanzig Jahre alt werden müssen, um endlich den Namen meines Vaters zu erfahren.

»Danke«, wisperte ich erschöpft.

Eine Weile sagte keiner von uns etwas. Wir hörten uns gegenseitig beim Weinen zu, ohne darauf einzugehen, dass der andere weinte. So war das bei uns. Ich wusste nicht, ob es überhaupt jemals vorgekommen war, dass ich meine Mutter weinen gehört hatte, geschweige denn, dass sie es vor mir zugelassen hätte und wir gemeinsam geweint hätten.

»Erzählst du mir von ihm?«

»Er war toll«, sagte sie sofort. »Ich habe ihn geliebt, aber das Schicksal war gegen uns …«

»Großmutter war gegen euch«, schlussfolgerte ich.

»So kann man das auch sagen.« Ein freudloses Lachen entwich ihr. »Ich war sechzehn, als ich ihn kennengelernt habe. Er war achtzehn. Er war über die Grenze gekommen, um zu arbeiten.«

»Über die Grenze?«

»Aus Mexiko. Er war achtzehn und seine Mutter war schwer krank. Sie brauchten Geld für die Behandlung. Deshalb kam er zu uns. Meine Eltern stellten ihn als Gärtner ein.«

Ich bemühte mich, ihrer Erzählung zu folgen. Schloss die Augen und versuchte, mir all das vorzustellen. Meine Mutter, jung, mit glatter Haut und nicht ganz so verbissenem Gesichtsausdruck, wie ich ihn heute von ihr kannte.

»Und du hast dich in ihn verliebt.«

»Ja«, erwiderte sie mit schmerzverzerrter Stimme. »Wir haben uns verliebt. Er war mein Romeo und ich seine Julia. Meine Eltern waren von Anfang an dagegen. Sie haben die Blicke, die wir ausgetauscht haben, sofort durchschaut. Also haben wir uns heimlich getroffen.«

»Was hatten sie dagegen?«

Sie schnaubte. »Frag lieber, was sie *nicht* dagegen hatten. Sie hassten ihn.«

»Aber ich verstehe das nicht. Wieso haben sie ihn dann eingestellt?«

»Für die Gartenarbeit war er ihnen gut genug. Er war eine billige Arbeitskraft, arbeitete für einen Hungerlohn. Für sie war er ein Mensch zweiter Klasse, der an meiner Seite nichts verloren hatte.«

»Das ist rassistisch«, stellte ich fest.

Erneut lachte sie auf. Als wollte sie sagen: *Guten Morgen, hast du das auch schon gemerkt?*

Bittere Abscheu stieg in mir auf.

»Wir haben uns meist nachts getroffen«, erzählte sie weiter. »Und na ja, bei einem dieser heimlichen Treffen bist du entstanden.«

Ein Lächeln zupfte an meinen Lippen. Es war tröstend, zu wissen, dass ich ein Kind der Liebe war. Was immer ich erwartet hatte, was meine Entstehungsgeschichte war, damit hatte ich nicht gerechnet.

»Und was ist dann passiert?«, fragte ich vorsichtig, weil ich ahnte, dass diese Geschichte ein jähes Ende nehmen würde.

Mom schluckte hörbar.

»Ich habe hin und wieder ein bisschen Geld von meinen Eltern genommen und es Mateo zugesteckt. Er hat so wenig verdient. Dabei hat er so hart gearbeitet. So hart. Als meine Mutter herausgefunden hat, dass ich schwanger war, und vor allem von wem, haben sie ihm unterstellt, dass er das Geld gestohlen hätte. Im Endeffekt ist es ja wirklich bei ihm gelandet, jedoch war es nicht seine Schuld. Ich war es, das habe ich meinen Eltern auch tausendmal gesagt.« Ein leises Wimmern entwich ihr und es berührte mich zutiefst. »Das reichte ihnen nicht. Sie haben ihn beschuldigt, dass er mich vergewaltigt hätte.«

Ich sog scharf die Luft ein. »Nein, Mom. Bitte sag, dass das nicht wahr ist.«

Sie schluchzte auf. »Ich wünschte, es wäre nicht wahr. Sie haben ihn höchstpersönlich der Einwanderungsbehörde gemeldet.«

»Aber sie haben ihn doch beschäftigt. Haben sie sich damit nicht auch strafbar gemacht?«

»Ich glaube, sie haben gesagt, dass er bei ihnen angeheuert hätte und sie ihn dann sofort dort hingebracht hätten. Sie haben ihn damit erpresst, dass wenn er sie verraten sollte, sie sagen würden, dass er mich vergewaltigt hätte.«

»Das wäre nicht die Wahrheit gewesen«, protestierte ich.

»Was denkst du, wem sie eher geglaubt hätten, wenn es Aussage gegen Aussage gewesen wäre?«

Ich kniff mir in die Nasenwurzel. Ein Knoten voller Wut bildete sich in meinem Magen. »Wie kannst du nur weiterhin mit ihnen sprechen, Mom? Wie kannst du mit ihnen an einem Tisch sitzen? Wie kannst du zulassen, dass *ich* mit ihnen an einem Tisch sitze?«

»Ich war selbst noch ein halbes Kind, Rini. Glaubst du, ich habe sie nicht gehasst? Glaubst du, ich habe ...«

»Wie hast du mich gerade genannt?«, unterbrach ich sie.

»Was?«

»Wie du mich gerade genannt hast«, wiederholte ich. Als sie nicht antwortete, sagte ich: »Rini. Du hast mich Rini genannt.«

»Habe ich?« Sie wurde still. »Das war unser Spitzname für dich. Mateo und ich haben dich immer so genannt, sobald wir wussten, dass du ein Mädchen werden würdest.«

»Ihr habt den Namen zusammen ausgewählt? Er weiß also, dass es mich gibt?«

»Ja.«

Mein Vater wusste von meiner Existenz. Ich hatte keine Ahnung, wie ich mich deshalb fühlen sollte. Traurig, weil er offenbar nie versucht hatte, mich zu erreichen. Oder froh, weil er wusste, dass ich existierte.

»Ich wollte Mateo hinterherreisen. Ich wollte ihn suchen, doch ich hatte kein Geld. Und wie hätte ich dich zur Welt bekommen sollen, ohne ihre Unterstützung?«

»Mir wäre lieber, du hättest mich auf der Straße großgezogen, als bei diesen widerwärtigen Menschen.«

»Katherine. Du weißt nicht, was du da redest.«

Vermutlich hatte sie recht, aber da war so viel Wut und Unverständnis, das in mir brodelte. Meine Emotionen tobten. Zum einen empfand ich unglaubliches Mitgefühl für meine Mutter, für ihre schwierige Situation damals. Ich war dankbar, dass sie es mir endlich gesagt hatte. Und gleichzeitig war ich so sauer und verzweifelt.

»Ich hätte auch fast ein Baby bekommen«, sagte ich. Nun, da sie ihre Karten so offengelegt hatte, hatte ich das Gefühl, dass ich es ihr fast schon schuldig war, ebenfalls ehrlich zu ihr zu sein.

»Was meinst du mit fast?«

»Ich habe es verloren.« Es kam mir so monoton über die Lippen. Ich versuchte, es einfach zu sagen. Distanziert. Ohne wieder komplett zusammenzubrechen. »Bei dem Autounfall letztes Jahr«, fügte ich hinzu.

»Oh, Katherine«, stieß sie entsetzt aus.

»Ich wollte nie Kinder, weil wir nie ein gutes Verhältnis zueinander hatten. Weil du immer so unterkühlt zu mir warst, und ich hatte Angst, dass ich auch so werden würde. Inzwischen frage ich mich, ob ich nicht vielleicht doch eine gute Mutter geworden wäre, und ich habe ein schlechtes Gewissen, dass ich es erst nicht wollte. Und jetzt ist es weg.«

»Ich bin mir sicher, du wärst eine tolle Mutter geworden. Oder wirst es noch, falls du das möchtest.«

Unschlüssig kaute ich auf meiner Unterlippe herum. Meine Mom war nett zu mir. Sie hatte tatsächlich etwas zu mir gesagt, das nicht zynisch oder schmerzhaft war. Oder auf ihren eigenen Vorteil bedacht.

»Danke«, wisperte ich.

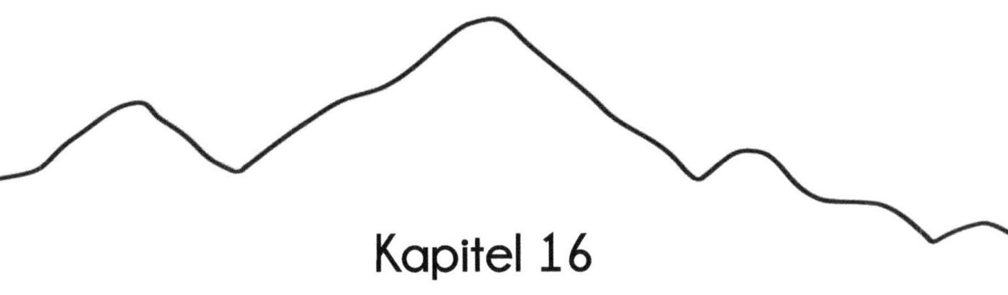

Kapitel 16

KAT

Es war eine Sache, seinen Vater nicht zu kennen und sich zu fragen, wie es wäre, ihn zu kennen. Mehr über ihn zu wissen. Es ließ mir die Möglichkeit, mir auszumalen, dass er gar nichts von mir wusste oder dass er schon sein Leben lang nach mir gesucht hatte. Jetzt hingegen machte sich das Gefühl in mir breit, dass er mich gar nicht finden *wollte*. Dass er mich vergessen wollte, oder mehr meine Mom und alles, was damals passiert war. Ich fragte mich, was mit Mateos Mutter geschehen war. Ob sie noch lebte? Ob es ihr nun besser ging und Mateo ihr hatte helfen können? Hatte ich irgendwo auf der Welt vielleicht noch eine andere Großmutter? Eine liebenswürdige, die den Namen *Grandma* verdient hätte?

In den darauffolgenden Tagen schrieben Mom und ich immer wieder hin und her. Sie fragte mich, wie es mir ging, und ich gewöhnte mich auch daran viel zu schnell. An die Möglichkeit, eine liebevolle Mutter zu haben, der ich wichtig war und die sich ehrlich um mich sorgte. Ich erzählte Dean von dem Telefonat mit ihr und er nahm mich sofort in den Arm. Noch etwas, das ich am neuen Kleinstadt-Dean mochte. Anzug-Dean hätte vermutlich einen

Ahnenforscher oder Privatdetektiv beauftragt, um meinen Vater zu finden und eine Lösung parat zu haben. Doch ich musste das Ganze erst mal sacken lassen und persönlich mit meiner Mutter darüber reden, ob oder was wir unternehmen wollten, wenn ich wieder in New York war. Kleinstadt-Dean suchte nicht unmittelbar nach Lösungen, er hörte zu und war für mich da.

»Glaubt ihr, Marvin hätte Lust, dass ich mit ihm in der Eishalle noch mal Schlittschuhlaufen übe?«, fragte ich am Dienstagmittag kurz entschlossen und streckte den Kopf ins Gästezimmer. So langsam wurde daraus ein bewohnbarer Raum.

John sah ein wenig überrascht zu Dean. Dieser erwiderte seinen Blick für einen Moment ebenso überrascht, dann lächelte er mich auf die sanfteste Weise an.

»Ich glaube, er würde sich sehr freuen.«

»Super.« Ich stieß mich vom Türrahmen ab und sprang die Treppe hinauf zum Schlafzimmer. Dean kam mir hinterher in den Flur geeilt und rief: »Warte, meinst du jetzt gleich?«

Ich kramte nach meiner schwarzen Sportleggings und schälte mich aus meiner ebenfalls schwarzen Jeans. Farbenfroh unterwegs wie immer. Auf dem Bett lag ein zusammengeknüllter Sweater von Dean. Er war dunkellila. *Wäre immerhin ein bisschen Farbe,* dachte ich. Ich schnappte ihn mir, drückte ihn kurz an meine Nase und zog ihn mir im Gehen über den Kopf. Da Dean nicht nennenswert größer war als ich, saß er gar nicht so oversized. Er passte eigentlich ganz gut. Wenn man es nicht wusste, würde man gar nicht auf die Idee kommen, dass es nicht mein Sweater war. Ich sah an mir hinab, auf das weiße Logo der New York University. So einen Pulli hatte ich vermutlich auch noch in meinem Kleiderschrank herumfliegen.

»Ja, wieso?«, fragte ich, als ich am Fuß der Treppe wieder vor ihm stand.

Schmunzelnd blickte er mich an, legte beide Hände an meinen Hals und zog vorsichtig meine Haare aus dem Pullover heraus.

»Nur so, ich habe gerade mit John gesprochen. Normalerweise hätte Barb Marvin heute vom Kindergarten abgeholt und danach auf ihn aufgepasst, aber er schreibt ihr, dass er ihn abholt und sie den Nachmittag frei hat.«

»Perfekt.«

»Willst du direkt mit John mitfahren? Ihr könntet Marvin zusammen abholen und er setzt euch bei der Eishalle ab? Er hat ohnehin einen Schlüssel dafür, weil er ja Trainer ist.«

»Willst du gar nicht mitkommen?«, fragte ich alarmiert. Klar, ich hatte bereits das eine oder andere Mal allein auf Marvin aufgepasst, aber das war ein Weilchen her.

»Hey«, sagte er mit warmer Stimme und strich mir über die Wange. »Du brauchst keine Angst zu haben, okay? Marvin kennt dich, und er mag dich. Du wirst das gut machen. Ich vertraue dir.«

Ein angenehmes Prickeln kroch meine Wirbelsäule hinauf und wärmte meine Wangen.

»Können wir?«, fragte John, als er hinter Dean aus dem Gästezimmer in den Flur trat.

Ich atmete tief durch. »Jap, bin startklar.«

Dean drückte mir einen schnellen Kuss auf die Stirn und dann eilte ich John hinterher, in einer Hand meinen Mantel und mit offenen Sneakern, die ich mir im Auto zuband.

»Alsooo«, begann John lang gezogen, als wir gerade erst losgefahren waren.

O nein. Bitte kein Kreuzverhör. Reflexartig schnellte meine Hand zum kühlen Türgriff seines alten hellblauen Pick-ups.

»Schon gut. Du brauchst nicht gleich aus dem fahrenden Auto zu springen. Ich will nur quatschen«, sagte er locker und warf mir ein Grinsen zu.

»Quatschen«, wiederholte ich skeptisch.

Er zuckte mit den Schultern. »Also, Dean und du … Du tust ihm gut. Er mag dich.«

»Das will ich hoffen.« Ich dachte an all unsere Küsse der letzten Tage. Und Nächte.

»Er mag dich sehr.« Sein Blick war auf die Straße gerichtet, während er das sagte und munter auf dem Lenkrad herumtrommelte.

»Ich mag ihn auch ziemlich gern«, gab ich zu und sah dabei aus dem Beifahrerfenster. Die grauen Wolken hingen schwer zwischen den hohen Blautannen, als wir durch den Wald fuhren. Ab und zu fiel Schnee von den Ästen und wurde von den Scheibenwischern weggeschubst. In den letzten Tagen waren die Temperaturen etwas gesunken und ich suchte das Armaturenbrett nach einem Knopf für die Sitzheizung ab. Vergeblich.

»Das ist gut«, murmelte John. »Ich freue mich, dass es zwischen Louisa und dir ebenfalls wieder besser läuft.«

Das Gespräch war stockend und ich fragte mich, ob er dachte, es wäre mir unangenehm, wenn Stille zwischen uns herrschte. Gleichzeitig stellte ich mir die Frage, ob Louisa ihm von meinem Unfall erzählt hatte.

»Ja, ich auch«, sagte ich deshalb nur.

»Ich hab dich letzte Woche auf dem Eis gesehen.« Er drehte die Heizung höher. Vielleicht hatte er die Morsezeichen verstanden, die ich mit meinen Atemwölkchen ins Wageninnere gesendet hatte. »Du bist gut. Wir könnten noch einen Flügelstürmer im Team gebrauchen.«

Ich schnaubte. »Sehr witzig.«

»Ohne Mist, du bist wirklich gut. Warst du mal im Verein oder so?«

»Zwölf Jahre.«

Die Fensterscheibe zu meiner Rechten beschlug und ich malte eine Zwölf mit meinem Zeigefinger darauf. Das zusammengeschobene Kondenswasser franste an den Rändern aus und sorgte dafür, dass Tropfen von der Zahl aus nach unten liefen. Es sah aus, als würde die Zwölf weinen. Wie passend. Obwohl Mom und ich uns gerade wieder annäherten – den Drill dieser zwölf Jahre konnte ich nicht vergessen.

»Wow«, hauchte John.

Die restliche Fahrt schwiegen wir. Ich spielte mit dem Gedanken, ihn zu fragen, ob es nicht manchmal seltsam war, dass Louisa und er nun zusammen waren, wo sie doch bis vor einem Jahr mit seinem Bruder verheiratet gewesen war, und entschied mich dann dagegen. Wir erreichten den Kindergarten und Marvin blickte mich verwundert, aber erfreut an, nachdem er auf den Rücksitz geklettert war. Als ich ihm unterbreitete, dass wir direkt in die Eishalle fahren würden und er dort den Nachmittag mit mir verbringen durfte, jubelte er. Gott sei Dank.

»Es. War. Der. Hammer«, sagte ich, als ich im Halbdunkeln wieder zu Hause ankam. Dean saß am Esstisch und klappte seinen Laptop zu. Als ich fragend die Augenbrauen hob, winkte er ab.

»Hab noch ein paar Mails beantwortet. Arbeitskram. Erzähl mir lieber, wie es auf dem Eis war.«

Ich redete ohne Punkt und Komma, gestikulierte wie wild und machte ihm ein paar Figuren und Sprünge vor, die ich auf dem Eis ausprobiert hatte. Obwohl ich bezweifelte, dass sie mit Strümpfen auf dem Holzboden im Wohnzimmer genauso eindrucksvoll aussahen wie vorhin, sah mich Dean fasziniert an. Ein Lächeln schob seine Mundwinkel nach oben und ich mochte diesen Gesichtsausdruck an ihm. Sonnte mich in seinem Blick.

Im Hintergrund sang Dean Martin leise von *Amore* und mein Dean hob kurz den Finger, um mir zu signalisieren, dass ich hier warten sollte. Er kam mit einem großen Paket zurück und stellte es vor mir auf der Kücheninsel ab.

»Was ist das?«

Das Paket war in hellblaues Geschenkpapier eingeschlagen, mit einer weißen Schleife darauf.

»Find's heraus«, sagte er und nickte in Richtung Geschenk.

Zögerlich sah ich zwischen ihm und dem Paket hin und her. Ich nahm es an mich und drehte es einmal, begutachtete es von allen Seiten. Dann machte ich mich daran, es vorsichtig zu öffnen.

»Würdest du es bitte einfach aufreißen?«, drängte Dean und wippte im Stehen vor und zurück.

Mein Grinsen wurde breiter. Er war niedlich, wenn er so ungeduldig war. Als ich sah, was sich in dem Paket verbarg, entglitten mir meine Gesichtszüge.

»Du schenkst mir Schlittschuhe?«, wisperte ich ungläubig. Ich griff in die Schachtel und hob das Paar heraus. Weißes Kunstleder mit zwei eingestanzten filigranen Schneeflocken am unteren Rand. Sie waren schlicht, aber elegant. Sie waren perfekt. »Das kann ich nicht annehmen.« Unsanft ließ ich sie wieder in die Schachtel plumpsen, als hätte ich mich daran verbrannt.

»Auf jeden Fall kannst du das. Du musst sogar«, entgegnete Dean ernst.

»Was? Wieso?«

Er kam näher, hob einen der Schlittschuhe an und drehte ihn um, sodass ich die Unterseite sehen konnte.

Lights will guide you home.

Dann nahm er den zweiten Schlittschuh.

Ich strich mit dem Zeigefinger über die geschwungene Gravur.

And I will try to fix you.

»Hab sie personalisieren lassen«, sagte er mit einem kleinen schiefen Lächeln. Er zog die Augenbrauen zusammen. »Es mag dir so vorkommen, als wärst du allein. Als würdest du schutzlos im Dunkeln stehen. Aber das ist nicht wahr. Du wirst dein Licht wiederfinden, und wenn du mich lässt, helfe ich dir dabei. Lass mich dir helfen, dich zu heilen, Kat.«

Mein Blick glitt zurück zu den Schlittschuhen, anschließend wieder hoch zu Dean.

»Danke«, flüsterte ich, legte sie zurück in die Schachtel und schlang meine Arme fest um ihn.

Die ersten Sonnenstrahlen erhellten den Raum. Meine Wange ruhte zerknautscht auf Deans nackter Brust, an seiner glatten, warmen Haut. Mein Kopf hob und senkte sich im Gleichtakt mit seinen langsamen, gleichmäßigen Atemzügen. Seine Lider flatterten. Ob er träumte? Er war so verdammt schön. Seine gerade Nase, seine definierten Wangenknochen und die feinen Sommersprossen, die sich um seine Lippen verteilten. Ich musste an mich halten, nicht meine Hand auszustrecken und über seine hellbraunen, vom Schlaf verwuschelten Haare zu streichen. Zu gern würde ich einen Schritt weiter gehen, würde mich voll und ganz fallen lassen bei ihm. Ihm gestatten, dass er mich im Hellen sah. Mich so sah, wie ich war. Mit all meinen Narben und Makeln. Einfach nur, um zu sehen, ob er mich immer noch so ansehen würde. Ob es etwas an seinem Gesichtsausdruck ändern würde.

Das orangerote Morgenlicht tanzte über den zugefrorenen See, tauchte die schneebedeckte Traumlandschaft vor den bodentiefen Fenstern in zarte Rosa- und Orangetöne und brachte mich auf eine Idee. Meine Zehen antworteten mit einem kribbelnden Zucken auf das stille Angebot.

Vorsichtig erhob ich mich, achtete darauf, Dean nicht zu wecken, und zog die Decke ein wenig höher über seine Brust, damit er nicht fror. Jetzt, wo ich ihn meiner Körperwärme beraubt hatte. Ich schnappte mir meine Leggings, meinen schwarzen dünnen Rollkragenpulli und den gleichen Sweater von Dean, den ich schon gestern getragen hatte. Unten zog ich meine Boots an und klemmte mir die Schlittschuhe unter den Arm. So stapfte ich durch den Garten, direkt auf den gigantischen See zu. Am Seeufer angekommen, bückte ich mich, um die Schuhe gegen

Schlittschuhe zu tauschen. Ein Blick auf die Wetteranzeige auf meinem Handy hatte mir verraten, dass wir minus acht Grad hatten. Seit ich in Honey Daze angekommen war, hatte es keinen Tag mit Plusgraden gegeben. Allein deshalb wagte ich es, einen Fuß auf das Eis zu setzen. Kein Knacken, kein Knistern. Einzig stille, klare Morgenluft. Eine kalte Brise wehte vom Berg her zu mir herüber und ich erschauderte. Vielleicht hätte ich mir besser meinen Mantel übergezogen. Allerdings störte der nur beim Eislaufen. Ich zog mein zweites Bein nach und stand am Rande des Sees auf dem Eis. Langsam setzte ich einen Fuß vor den anderen. Der Untergrund fühlte sich hier anders an als in der Halle. Es war ein bisschen uneben und ich musste aufpassen, dass sich meine Kufen nicht in einer kleinen Kuhle verhakten. Es war das erste Mal für mich, dass ich auf einem zugefrorenen See fuhr, doch es hatte mich schon immer gereizt. War das nicht der größte Traum von jeder Eiskunstläuferin? Gut, andere in meinem Team hatten damals von Olympia geträumt. Ich träumte hiervon. Das Gefühl der Freiheit, das mich in diesem Moment durchströmte, war unbeschreiblich.

Die Schlittschuhe fühlten sich noch etwas steif an, aber das würde sich sicher bald ändern. Ich verlagerte mein Körpergewicht auf den rechten Fuß, hob mein linkes Bein waagerecht nach hinten an und beugte den Oberkörper nach vorne, die Arme weit von mir gestreckt.

Unter mir nichts als türkisblaues spiegelglattes Eis.

Über mir der klare Morgenhimmel, der von der Sonne in die unglaublichsten Pastellfarben gehüllt wurde.

Und dazwischen ich. Mit all meinen Gefühlen. Mit meinen Emotionen, die nicht wussten, wo sie hinsollten.

Hätte mir von zweieinhalb Wochen jemand gesagt, dass ich all das hier erleben und spüren würde, hätte ich ihn für verrückt erklärt. Ob Dean wusste, dass er mir mit den Schlittschuhen noch so viel mehr geschenkt hatte? Die Möglichkeit, eine tot geglaubte Liebe wieder für mich zu entdecken. Die Liebe zum Eislaufen, die mir schon lange nicht mehr gehört hatte. Die ich mir in diesem Moment aber zurückholte. Ich fuhr nicht, um einen Preis zu gewinnen. Auch nicht, um meine Mutter stolz zu machen. Ich fuhr für mich. Meine Schritte wurden schneller. Ich lief, nein, ich rannte, ich schwebte förmlich über das Eis.

Er hatte mir diese Schlittschuhe geschenkt, weil er an mich glaubte und mir eine Freude bereiten wollte. Ich dachte an die personalisierte Gravur. Die Lichter würden mich nach Hause geleiten. Zu mir. Zu ihm?

Es war so viel passiert. Das vergangene Jahr, das ich in New York zugebracht hatte, hatte mich glauben lassen, dass ich allein war. Ich hatte alle von mir gestoßen, gedacht, dass sie nie wieder auch nur mit mir reden wollten. Ich hatte mich emotional verschlossen, hatte meine Mauern hochgezogen, um mein Herz zu schützen. Und jetzt war ich hier. Bei Dean. Er hatte die letzten zwei Wochen damit zugebracht, meine Mauern Stück für Stück abzubauen. Stein für Stein fortzutragen. Und es war okay. Es war gut.

Ich fühlte.

Leid, Freude, Trauer, Freiheit, Angst, Belustigung. Mein Herz pochte wild in meiner Brust. Nackt und ein bisschen schutzlos. Ich musste wohl darauf vertrauen, dass ich nicht wieder verletzt werden würde. Und wenn doch, dass es okay war. Dass ich es überleben würde. Dass ich stark genug war, es auszuhalten. Ich hatte mich und ich hatte es schon einmal geschafft. Ich war bereit, dieses Risiko einzugehen. Das Glück, das in diesem Moment durch meine Adern strömte, war es wert, das Risiko der Trauer und Enttäuschung einzugehen.

Lieber fühlte ich alles, als dass ich nichts fühlte.

Ich rammte die gezackte Spitze meines Schlittschuhs ins Eis, stieß mich ab und machte eine halbe Drehung in der Luft. Anschließend fuhr ich rückwärts weiter, setzte einen Fuß hinter den anderen. Ich konnte nicht mal das Ende des Sees erblicken. Es wirkte so, als würde er geradewegs auf den Berg treffen. Das brachte mich auf eine Idee. Ein Lächeln legte sich auf meine Lippen, durch die beißende Kälte wie festbetoniert. Meine Lider schlossen sich wie automatisch. Das hatte ich schon immer mal ausprobieren wollen. In einer Eishalle war es kaum möglich, mit geschlossenen Augen zu fahren. Zum einen, weil man immer befürchten musste, mit einer anderen Person zu kollidieren. Zum anderen, weil man zwangsläufig irgendwann auf die Bande traf. Doch hier war der Platz nahezu unbegrenzt. Ich hörte die Kufen über das Eis kratzen, in der Ferne einen Vogel zwitschern. Meinen Atem, wie er kalt durch meine Nase drang, meinen Kopf klärte, meine Brust erleichterte und aufgewärmt meinen Mund verließ.

Es war, als würde ich tanzen. Als würden sich meine Muskeln an eine alte Choreografie erinnern, die nun herauswollte. Ich ließ zu, dass mein Körper tat, was er tat. Vertraute darauf, dass er wusste, was richtig für mich war. Irgendwann begann ich, mich zu drehen, aufgerichtet, das rechte Bein grazil von mir gestreckt, die Hände hoch über meinem Kopf verbunden. Ich ging in die Hocke, hielt mit einer Hand meinen rechten Fuß fest, drehte mich schneller, zog den Fuß zu mir heran und wurde immer schneller und schneller. Bis ich schließlich das Gleichgewicht verlor und auf das Eis aufschlug.

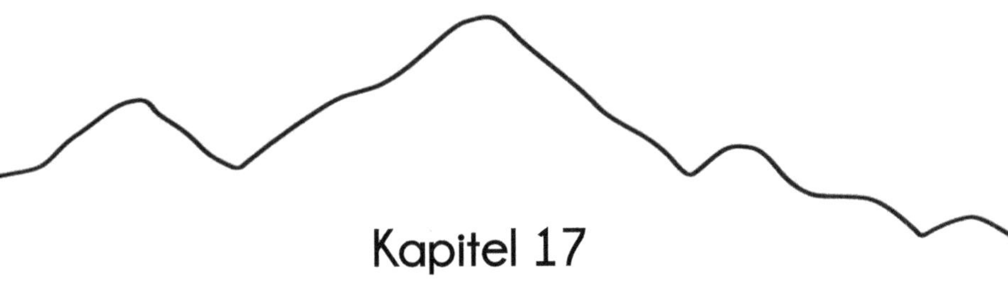

Kapitel 17

KAT

»Kat! Kat!« Eine vertraute Stimme kam näher.

Die letzten Minuten hatte ich wie ein Seestern auf dem blauen Eis gelegen. Alle viere von mir gestreckt, mit dem Rücken flach auf der kalten Oberfläche. Ich hatte in den Himmel gestarrt und den Wolken zugeschaut, wie sie langsam immer heller geworden waren. Jetzt hob ich den Kopf, um zu sehen, woher die Stimme kam.

»Dean«, rief ich, gefolgt von einem Glucksen.

Er rannte auf mich zu. Zumindest versuchte er das. Ein Blick auf seine Füße verriet, dass er Anzugschuhe trug. Wahrscheinlich waren es die ersten Schuhe, die er gegriffen hatte. Aber mit ihren glatten Sohlen waren sie die denkbar schlechteste Wahl, um sich auf dem Eis fortzubewegen. Er trug seine blau gestreifte Pyjamahose und einen dicken weißen Wollpulli und sah darin zuckersüß aus, wie er so in meine Richtung watschelte. Wie ein kleines Entenbaby.

Ich richtete mich auf die Ellbogen auf und blinzelte ihm belustigt entgegen. Seine Züge entspannten sich ein wenig, als er mich endlich erreichte und neben mir in die Hocke ging.

»Dir geht es gut«, stellte er erleichtert fest.

Ich setzte mich auf und nahm seine Hände. »Ja, mir geht's gut. Keine Sorge.«

Mist, ich hatte ihm sicher einen riesigen Schreck eingejagt, wenn er mich so von Weitem auf dem Eis hatte liegen sehen.

Er drückte mein Gesicht an seine warme Brust. Erst dadurch merkte ich, wie durchgefroren ich war. Wie lange war ich auf dem Eis gewesen? Eigentlich hatte ich vorgehabt, wieder zurück zu sein, bevor Dean aufwachte.

»Tut mir leid, wenn ich dich erschreckt habe«, murmelte ich.

»Was hast du denn hier draußen gemacht? Wieso warst du so früh auf?«

»Der zugefrorene See hat schon seit dem ersten Tag nach mir gerufen, und jetzt, wo ich eigene Schlittschuhe hier habe, konnte ich nicht mehr widerstehen.«

»Sag mir das nächste Mal bitte Bescheid, wenn der See nach dir ruft«, befahl er mir mit rauer Stimme. Ich nickte. »Ich dachte, du wärst gestürzt. Ich bin aufgewacht und habe mich gewundert, wo du bist. Dann sehe ich aus dem Fenster und du liegst regungslos auf dem Eis.«

Ich spürte, wie sein Adamsapfel über mir hüpfte, als er schwer schluckte.

»Tut mir leid«, wisperte ich erneut und schlang meine Arme fest um seinen Körper.

»Schon gut, Cinnabon.« Er presste seinen Mund auf meinen Scheitel. »Komm, lass uns reingehen. Bevor wir noch komplett unterkühlen.«

Als wir uns gemeinsam zurück zum Ufer bewegten, war ich es, die Dean stützte, da ich mit den Kufen deutlich mehr Halt auf dem Eis hatte als er. Im Badezimmer angekommen, half Dean mir aus meinen kalten, feuchten Klamotten. Das hieß, er zog mir seinen Pullover über den Kopf. Das war die bisherige Grenze, die er von mir kannte und respektierte. Aber in diesem Moment fühlte ich mich, als wollte ich diese

Grenze überschreiten. Als wollte ich, dass *er* sie überschritt. Langsam zwar. Und doch Stück für Stück.

»Bleibst du bei mir?«, fragte ich leise, als er bereits dabei war, das Badezimmer zu verlassen, um mich allein ausziehen und duschen zu lassen.

Er hielt in seiner Bewegung inne und drehte sich zu mir um. »Immer.«

Ich schluckte. Dann griff ich nach dem klammen Saum meines Rollkragenpullovers, zog ihn Zentimeter für Zentimeter nach oben. Über meinen Bauch, wo Dean sicher schon die erste Narbe entdecken würde. Über meine Brüste, über meinen Kopf. Ich musterte ihn aufmerksam. Suchte nach Schock oder Abscheu in seinem Gesicht.

Ich fand keins von beidem.

Er betrachtete mich, während er etwa drei Schritte von mir entfernt stand. Mit zittrigen Fingern griff ich nach dem Bund meiner Leggings, streifte sie mir über die Beine nach unten und stieg heraus. Jetzt stand ich nur noch in Unterwäsche vor ihm. Zitternd strich ich mit den Fingerkuppen über meine größte Narbe. Sie verlief seitlich an meinem gesamten linken Oberschenkel.

»Wow«, hauchte Dean.

»Was ist?«

»Du bist so schön.«

Ich kaute auf meiner Unterlippe herum. »Siehst du nicht meine Narben?«

»Ich sehe, wie schön du bist.«

Mein Blick folgte seinem, nach unten, über meinen Körper. Von hier aus sah ich mindestens drei Narben. Feine Linien, rosa und ein bisschen erhöht, die sich über meine Haut zogen und mich für immer an den schlimmsten Tag meines Lebens erinnern würden.

»Ich wünschte, das alles wäre nie passiert. Wann immer ich mir in den letzten Jahren vorgestellt habe, dass du mich das erste Mal nackt sehen würdest, habe ich nicht gedacht, dass ich mich dabei schämen würde. Ich habe mich immer wohlgefühlt in meiner Haut. Jetzt nicht mehr.«

»Hey«, sagte er mit heiserer Stimme und überbrückte die Distanz zwischen uns. Er legte mir eine Hand an die Wange. Sie war kühl. »Es gibt nichts, rein gar nichts an deinem Körper, wofür du dich schämen müsstest, okay?«

Ich schnaubte. »Du hast leicht reden. Sieh dich mal an, du bist perfekt.«

Dean trat einen Schritt zurück und streckte mir seine Handrücken hin. »Siehst du diese Sommersprossen?«

»Siebenunddreißig rechts und vierundfünfzig links«, erwiderte ich und nickte. Ich dachte daran, als wir vom Flughafen nach Honey Daze gefahren waren und ich die gesamte Fahrt lang seine Hand gehalten hatte. Wie viele es auf der linken Hand waren, hatte ich erst heute Morgen gezählt. Es hatte eine beruhigende Wirkung auf mich.

Verwunderung trat auf sein Gesicht, ehe er fortfuhr. »Ich kann sie nicht besonders gut leiden. Als Kind habe ich mir immer gewünscht, ich hätte keine.«

»Das zählt nicht. Ich finde sie sehr liebenswert. Außerdem beruhigen sie mich.«

»Schön, dann sieh dir das hier an«, nuschelte er mit geöffnetem Mund, die Zähne zusammengebissen und deutete mit dem Zeigefinger auf seinen Schneidezahn. »Da fehlt eine kleine Ecke. Sieht nicht wirklich so aus, als wäre ich perfekt.«

Ich kniff die Augen zusammen und beugte mich leicht nach vorne. »Das wäre mir nicht mal aufgefallen, wenn du es nicht gesagt hättest, Dean.«

Er schien kurz nachzudenken. Plötzlich zerrte er sich seinen Wollpulli über den Kopf. Ich sog scharf die Luft ein, während ich ihn im warmen Licht der Badezimmerlampe betrachtete.

»Ist dir mal aufgefallen, dass ich unnormal viele Leberflecken habe?«, fragte er fast schon aufbrausend und deutete auf seinen Oberkörper.

»Zweiundsechzig sind jetzt nicht *unnormal* viel.«

Seine harten Züge fielen in sich zusammen und ein Grinsen erhellte seine Miene. »Ich weiß nicht, ob ich es gruselig finden sollte, dass du auch die gezählt hast.«

»Ich bin meistens früher wach als du. Es beruhigt mich, sie zu zählen«, entgegnete ich zu meiner Verteidigung.

»Aber Kat«, sagte er und zog seine Schlafanzughose aus. »Es sind zweiundsechzig, von denen du *bisher* weißt.«

»Willst du, dass ich die Restlichen sofort zähle?«, fragte ich und konnte die Belustigung in meiner Stimme nicht verbergen.

»Besser nicht. Sonst langweilst du dich morgen früh noch und kommst wieder auf die Idee, dich bei Minusgraden mitten auf dem See zu sonnen.«

»Guter Punkt. Allerdings darfst du nicht vergessen, dass uns das hierhergebracht hat«, gab ich zu bedenken.

Er stieß ein tonloses Lachen aus. »Glaubst du mir jetzt, dass ich alles andere als perfekt bin?«

Ich dachte kurz nach. »Nicht wirklich. Das ist alles nichts im Vergleich zu mir.«

»Okay, dann habe ich noch was für dich. Aber mach dich darauf gefasst, dass du mich danach absolut abstoßend finden wirst.«

Ich kicherte und hätte nie gedacht, dass ich dazu in der Lage wäre, wenn ich mich endlich traute, Dean das erste Mal halb nackt im Hellen gegenüberzustehen. Er bückte sich, um seine Stümpfe auszuziehen, richtete sich wieder auf und deutete, ohne selbst hinzusehen, auf seine Füße.

Ich beugte mich ein Stück nach unten. »Was soll ich da sehen?«

»Haare«, sagte er knapp. »Ich habe Haare auf den Füßen.«

»Hättest du sie lieber unter den Füßen?«, fragte ich glucksend.

Er verdrehte die Augen. »Bin ich ein *fucking* Hobbit, oder was? Wer hat schon Haare auf den Füßen?«

»Dean«, sagte ich sanft und legte ihm eine Hand auf die Schulter. »Viele Menschen haben Haare auf den Füßen.« Er zuckte kaum merklich unter meiner Berührung zusammen, was vermutlich daran lag, dass meine Finger eiskalt waren. Es wurde mir erst bewusst, als sie auf seine warme Haut trafen. Der Ausdruck in seinen Augen war so weich, verständnisvoll und mitfühlend, dass ich sie noch etwas dort verweilen ließ und die Wärme genoss, die langsam auf meinen Körper überging.

Auch wenn all seine kleinen Makel keineswegs mit meinen Narben mithalten konnten, wusste ich seine Geste sehr zu schätzen. Sie hatte bewirkt, dass ich mich besser fühlte. Und die Tatsache, dass Dean nun ebenfalls nur noch seine Unterhose trug, sorgte dafür, dass ich mir nicht mehr allein entblößt und schutzlos vorkam.

Er griff nach meiner Hand auf seiner Schulter. Hielt sie in beiden Händen und malte mit seinen Daumen beruhigende Kreise auf meinen Handrücken. »Kat, ich wünschte auch, dass der Autounfall nie passiert wäre, aber es hat uns hierhergeführt, und das würde ich um nichts auf der Welt missen wollen. Das hier, zwischen uns beiden, dieser Moment, ist perfekt.« Er sah mir tief in die Augen. Mein Blick glitt zu seinen Lippen. Rosig, voll und einladend. Seine Pupillen weiteten sich und sorgten dafür, dass mir die Luft wegblieb.

»Willst du jetzt duschen?«, fragte er mit kratziger Stimme.

Ich nickte, löste mich von ihm und trat in Unterwäsche bekleidet in die ebenerdige Dusche. Er machte keine Anstalten, mir hinterherzukommen. Allerdings wirkte es auch nicht so aus, als würde er das Bad verlassen. Dean stand regungslos da und sah mir zu, wie ich das Wasser anschaltete. Zunächst lauwarm, damit ich keinen Schock erlitt von dem zu großen Temperaturunterschied. Ich trat unter den Wasserstrahl der Regendusche, genoss die Wärme auf der Haut. Ausgehend vom Wasser, vermischt mit Deans glühenden Blicken.

Die Tropfen rannen über meinen Körper, hüllten mich in eine wohlig warme Decke ein. Dean schluckte sichtbar. Betrachtete mich so voller Verlangen, dass ich nicht anders konnte, als eine Hand nach ihm auszustrecken. Er kam der stummen Aufforderung sofort nach, riss sich die dunkle Hornbrille von der Nase und warf sie achtlos auf den Waschtisch. Im nächsten Moment war er mit mir in der Dusche. Ganz nah bei mir. Ich legte beide Hände auf seinen Schultern ab, ließ sie in seinen Nacken wandern und sah ihn wie durch warmen Regen an. Dann reckte ich den Kopf ein winziges bisschen, um ihn zu küssen.

In der Sekunde, in der sich unsere Lippen berührten, schien etwas in mir zu zerbersten. Ich denke, es waren die Überreste der Mauer, die ich um mein Herz errichtet hatte. Dean umfasste meine Taille mit der einen Hand. Die andere landete in meinen Nacken, um meine Lippen fester auf seine zu pressen. Ich taumelte gegen die rauen Steinplatten hinter mir, benetzt vom warmen Wasserdampf. Ein Stöhnen entwich mir, das Dean gierig mit seinem Mund aufnahm und zu seinem eigenen werden ließ. Ich hob ein Bein an, legte es um seine Hüfte und rieb mich an ihm. Auf der Suche nach Erlösung. Alles war nass und feucht. *Ich* war feucht. Verdammt. Es fühlte sich so gut an, ihn zu küssen und ihn endlich Haut auf Haut spüren zu können. Das hier war so viel besser als alles, wovon ich in den letzten Jahren geträumt hatte. Es war echt.

Er küsste sich eine Bahn zu meinem Ohr, meinen Hals hinab zu meinen Schultern. Mit den Fingern strich er meine BH-Träger sanft herunter. Die Bewegung wurde sogleich hungrig von seiner heißen Zunge verfolgt und ließ mich erschaudern. Ich zerfloss wie ein Eiswürfel in seinen Händen.

»Dean«, seufzte ich erregt.

»Hm«, brummte er zwischen meinen Brüsten.

»Bett«, brachte ich gerade so keuchend heraus.

»Gleich.« Er umfasste die Hinterseite meines anderen Oberschenkels und hob mich auf seine Hüften. Ich schwebte über ihm, genoss die Leichtigkeit, mit der er mich hielt und gegen die Wand presste, während sein Mund mich weiter erkundete. Keine Stelle ausließ. Gleichzeitig wollte ich ihn genauso berühren und küssen, und das ging von dieser Position aus eher schlecht. Als könnte Dean Gedanken lesen, schaltete er das Wasser aus und setzte sich in Bewegung. Er legte mich auf dem Bett ab und betrachtete mich mit solch einer Lust, wie ich sie noch nie erlebt hatte. Ich griff nach den Rändern meines schwarzen Spitzenslips, doch er hielt mich davon ab.

»Nicht«, sagte er und glitt mit seinen Fingern an den Seiten meiner Oberschenkel hinauf, unter den Stoff. »Ich träume davon, seit ich dich das erste Mal gesehen habe.«

Ich schluckte heftig und ließ ihn gewähren. Dean schob den Slip langsam von meinen Hüften. Der nasse Stoff rollte sich auf und er fluchte leise. Das letzte bisschen riss er mir fast verzweifelt von den Beinen.

»Fuck, du bist wirklich eine gottverdammte Queen«, knurrte er.

»Was?«

»Das dachte ich mir, als ich dich auf dem Winterball vor zwei Wochen in dem Kleid gesehen habe. Hätte ich dir an dem Abend schon sagen sollen.« Er legte sich neben mich und beugte sich über mich.

»Hey, du hast noch was an«, protestierte ich.

»Bring mich dazu, es zu ändern«, wisperte er und hob auffordernd eine Augenbraue.

»Muss ich nicht, wenn ich mich einfach selbst darum kümmere.«

Ich zerrte seine nassen Boxershorts nach unten und warf sie blindlings in den Raum. Sein harter Penis zuckte unter meiner Aufmerksamkeit.

»Kondom?«, fragte ich schwer atmend, als wäre ich einen Marathon gelaufen. Dabei sah ich Dean nur nackt. *Nur* traf es dabei keineswegs. Sein bloßer Anblick versetzte meinen Körper in einen Ausnahmezustand.

»Bist du schon bereit?«

»Das fragst du noch? Ich träume auch davon, seit ich dich das erste Mal gesehen habe. Ich kann nicht mehr warten. Also bitte sag mir, dass du irgendwo in diesem riesigen Haus ein gottverdammtes Kondom hast, Dean!«

Er lachte leise und setzte sich auf, um die Schublade an seinem Nachttisch zu öffnen und hineinzugreifen. »Nicht irgendwo«, sagte er und drehte sich mit dem Kondom zwischen Zeigefinger und Mittelfinger zu mir um.

»Hast du erwartet, dass das hier passieren würde?«, fragte ich mit einem Hauch Empörung und stützte mich auf den Ellbogen ab.

»Nicht erwartet, aber gehofft.«

Ich glaube nicht, dass ich je etwas Heißeres gesehen hatte, als Dean Carter, wie er unter halb gesenkten Lidern schmunzelte, während er sich ein Kondom überrollte. Das Grinsen eines Teufels mit dem Körper eines griechischen Halbgottes.

Er legte sich über mich, küsste mich innig und ließ sich immer weiter auf mich herabsinken, bis seine Härte gegen meine feuchte Mitte stieß. Ich winkelte die Beine etwas mehr an, um ihm entgegenzukommen. Meine Fersen fest gegen seinen Hintern gedrückt. Ich war ungeduldig. Seine Spitze war in mir, doch ich wollte mehr. Ich brauchte alles von ihm.

»Hat es hier jemand eilig?«, fragte er grollend zwischen zwei Küssen.

»Ja, ich«, keuchte ich.

Sein tiefes Lachen ließ meinen Brustkorb vibrieren und meine empfindlichste Stelle noch mehr pulsieren. Ich wand mich unter ihm, voller Lust und Verlangen. *Mach schon,* schrie mein Körper.

Endlich drang er in mich ein. Mit einem kräftigen Stoß und einem noch heftigeren Stöhnen. Dean stürzte sich auf meinen Mund, als wäre er ein Anker, der ihn vorm Ertrinken retten würde. Er verharrte in mir, füllte mich komplett aus und wartete, bis ich mich an die Dehnung gewöhnt hatte. Nach ein paar Atemzügen zog er sich zurück, nur um noch fester und verzweifelter zuzustoßen.

»Fuck«, kam es erstickt von ihm.

»Du sagst es.«

Seine Bewegungen wurden schneller, härter, dann wieder langsam und sanft. Sie waren die perfekte Mischung, die mich immer weiter Richtung Höhepunkt drängte. Er packte mich an der Hüfte, drehte mich mit sich zur Seite, eine Hand unter meinen Oberschenkel, um den Winkel so zu ändern, wie er es brauchte. Ich krallte meine Finger im Laken fest, auf der Suche nach Halt, um mich seinen Stößen besser entgegendrängen zu können. Die Bettwäsche war feucht von unseren nassen Körpern.

»Zeig mir, was dir gefällt«, verlangte er.

Ohne zu zögern, griff ich zwischen uns, legte eine Hand auf meine Klit und begann, in kreisenden Bewegungen darüber zu streichen. Meine Nervenenden waren wie elektrisiert. Alles in mir kribbelte und ich bog meinen Rücken durch, weil es einfach zu viel war. Zu viel und gleichzeitig nicht genug.

»Du bist so heiß«, raunte er, ehe er an meinem Ohrläppchen knabberte.

»Sprich weiter!«

»Ja? Turnt es dich an, wenn ich mit dir rede?« Ich nickte, unfähig, etwas zu erwidern, weil meine Kehle zu trocken war. »Du bist so verdammt heiß, Kat. Du fühlst dich so gut an. Mein Schwanz in dir. Gott, du bist so eng.« Die letzten Worte brachte er mehr als Wimmern heraus. Offenbar spornte ihn das genauso an wie mich. »Los, reit mich«, befahl er und drehte sich ruckartig mit mir, sodass er auf dem Rücken lag und ich auf ihm saß. Ich brauchte einen Moment, um mich in der neuen Position zurechtzufinden. Dann bewegte ich mich auf und ab, ließ meine Hüften kreisen und stützte mich auf seinem Brustkorb ab. Mit jeder Bewegung klatschten meine nassen Haare erneut gegen meine Brüste und reizten meine empfindlichen Nippel. Als ich dem Höhepunkt immer näher kam, umfasste Dean meinen Hintern, um den Rhythmus zu unterstützen. Verzweifelt bohrte ich meine Fingernägel in seine muskulöse Brust und ließ zu, dass er mich mit sich zog. Mit sich in die Hölle oder den Himmel oder wo auch immer Dean war. Es fühlte sich ein bisschen nach beidem an. Wo immer er hinging, ich würde ihm folgen.

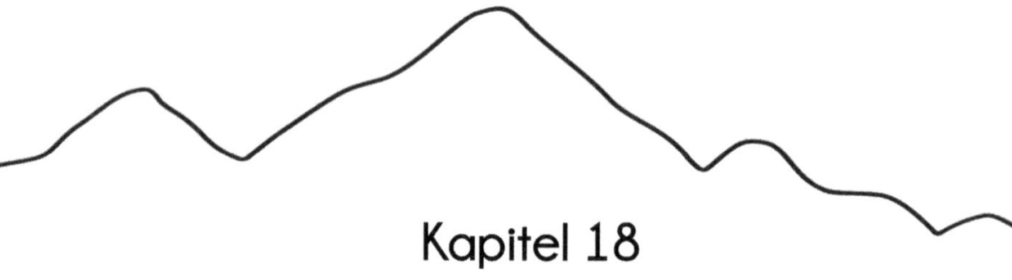

Kapitel 18

DEAN

»Pass rüber, Schatz! Ich steh frei.«

Louisa versuchte sich mit ihren ein Meter sechzig vor mir aufzubauen und ruderte mit den Armen.

»Netter Versuch«, kommentierte ich amüsiert und machte einen eleganten Schlenker um sie herum. John schoss den Puck zu mir und ich nahm ihn gekonnt entgegen, um auf direktem Weg aufs Tor zuzuhalten. Das Tor bestand wohlgemerkt aus zwei Handtaschen. Die eine von Bri, die andere von Kat. Meine Kufen kratzten über die unebene Eisfläche und ich konnte mir das Lachen nicht verkneifen, als ich Briannas panischen Blick sah. Sie stand halb gebückt zwischen den Handtaschen und gab den Torhüter. Gerade als ich meinen Hockeyschläger siegessicher für den Schuss anhob, flitzte ein schwarzer Blitz an mir vorbei und schnappte mir den Puck vor der Nase weg. Ich verdrehte mir halb das Genick, um der Gestalt hinterherzusehen. Kat war schon auf und davon und neckte mich, indem sie eine kleine Drehung hinlegte und mir zuzwinkerte.

»Siehst du, das meinte ich«, hörte ich John an Louisa gewandt sagen.

Sie kicherte. »Ja, du hast recht. Es ist wirklich offensichtlich. Aber ich freue mich so für die beiden.«

Ich hörte ihr Getuschel nur am Rande, da ich immer noch versuchte, Kat einzuholen. Doch ich vermutete stark, dass es um Kat und mich ging. Wir konnten uns noch so sehr bemühen, es zu verbergen. Wenn man uns kannte, konnte man uns das Wort *Sex* jedoch sicher an der Nasenspitze ablesen. Hier ein Zwinkern, da ein liebevolles In-die-Seite-Knuffen. Zwar hatten wir uns bisher nicht vor den anderen geküsst, allerdings berührten wir uns bei jeder sich bietenden Gelegenheit, weil wir schlichtweg nicht anders konnten.

Am liebsten hätte ich das Bett auch heute nicht mit ihr verlassen. Doch John hatte mir um die Mittagszeit geschrieben, dass er mir nicht abkaufte, dass ich krank war – der Grund, weshalb ich ihm gestern und heute für die Arbeit im Gästezimmer abgesagt hatte. Er schrieb außerdem, dass es letzte Nacht geregnet hätte und eines der Felder in Sugar Hill mit Wasser vollstünde, das längst gefroren war. Damit hatte er mich sofort.

»Eislaufen auf einem zugefrorenen See kann jeder, aber was ist mit einem zugefrorenen *Feld?*«, hatte ich Kat gefragt.

Sie hatte mich nur irritiert angesehen. Als John und ich Kinder waren, hatten wir jeden Winter gehofft, dass genau das passierte. Tatsächlich war es in all den Jahren nur dreimal der Fall gewesen. Da mussten wirklich alle Faktoren stimmen. Der Boden musste komplett gefroren sein, anschließend musste es regnen. Da der Boden schon unter einer dünnen Eisschicht begraben war, konnte das Regenwasser nicht einsickern und sammelte sich auf dem Eis. Dann musste es kalt genug sein, dass das Regenwasser wieder gefror. *Et voilà!* Wir hatten unser eigenes Ice-Hockey-Spielfeld von Mutter Natur.

John hatte Leih-Schlittschuhe für Louisa, Jess, Brianna und Tristan aus der Eishalle geholt, da sie keine eigenen hatten, und unsere Freunde für den Nachmittag hierhin bestellt. John selbst, Caleb und ich besaßen natürlich eigene Schlittschuhe, da wir im Verein spielten. Kat freute sich, ihre eigenen neuen Schlittschuhe zu tragen und Louisa zeigen zu können. Und ich freute mich, dass sie bereit war, Zeit mit meinen Freunden zu verbringen und sie näher kennenzulernen. Auch wenn ich das kuschelige Bett und die wohlige Wärme von Kats nackter Haut an meiner vermisste, musste ich zugeben, dass es das hier wert war.

»Toooor!«, jubelten die Mädels und Kat kam schlitternd vor Louisa zum Stehen, um sie zu umarmen.

»Alter, was machst du eigentlich?«, rief John in Richtung Tris, der wackelig im Tor stand.

»Ich hab euch gesagt, ich kann das nicht!«, entgegnete er mit erhobenen Armen. Brianna auf der einen Seite im Tor, Tris auf der anderen. Im Endeffekt war es ein Match zwischen den beiden glücklich Verlobten und wir tollten nur zwischen ihnen herum. Ich kippte nach vorne, als mir jemand auf den Rücken sprang und die Augen zuhielt.

»Hey!«

Jess kicherte über mir und ich schlug leicht mit meinem Schläger rücklings nach meiner Cousine. Sie kreischte und ließ sich wieder auf den Boden plumpsen. Ihre schwarzen Locken lugten frech unter einer kunterbunten Wollmütze hervor.

»Das war ein ganz klares Foul«, kam es von Caleb aus der anderen Ecke.

Jess streckte ihm die Zunge raus.

Die Sonne stand tief am Horizont und tauchte den Himmel über uns in dunkle Purpur- und Kobalttöne. Hier und da ragten ein paar Grashalme durch die Eisfläche.

»Wollen wir gleich noch ins *Jasper's* gehen?«, fragte ich und deutete Richtung Ortskern von Sugar Hill. »Wir sind ja eh schon auf halbem Weg.«

»Willst du etwa aufgeben?« Kat kam auf mich zu und dachte offenbar gar nicht daran, abzubremsen. Ihre glatten dunklen Haare hatte sie in einem hohen Pferdeschwanz zusammengebunden, und sie trug wieder ihre schwarze Sportleggings, kombiniert mit einigen Lagen dünnen und dicken Pullovern, darüber eine ebenfalls schwarze Steppweste von mir. So fuhr sie direkt in mich rein und ich hatte selbst Mühe, stehen zu bleiben, als ich sie an den Hüften stoppte. Kat hob provokant eine Augenbraue und verzog ihre Lippen zu einem süffisanten Lächeln.

»Klingt gut, Mann. Ich bin durchgefroren bis an die Eier«, sagte Caleb, der hinter Kat auftauchte, mit klappernden Zähnen.

»*Dis-gus-ting*«, kommentierte Jess.

»Das Glück war heute auf eurer Seite«, sagte ich leise an Kat gewandt.

»Glück? Pfff.«

KAT

Dieser Ort war schon etwas Besonderes. Und diese Menschen allemal. Als Dean mir unterbreitet hatte, dass wir mit seinen Freunden Ice Hockey auf einem Feld spielen würden, hatte ich keinerlei Vorstellung gehabt, wie das funktionieren sollte. Es stellte sich heraus: eher schlecht als recht. Dafür hatte es umso mehr Spaß gemacht.

Jetzt saßen wir durchgefroren in einer Kneipe mit rustikalem Holzboden und dem schweren, süßlichen Duft von Bier, der in der Luft hing. Ich war zwischen Louisa und Jess auf die Sitzbank gequetscht und sah Hilfe suchend zu Dean, der gegenüber von mir auf einem Stuhl saß. Er stieß unter dem Tisch sachte mit seinem Fuß gegen meinen, als wollte er fragen: *Alles gut bei dir?*

Ich nickte.

Hatte ich anfangs ein paar Startschwierigkeiten mit Jess gehabt, war davon nun nichts mehr zu spüren. Ich konnte sie ja verstehen. Sicher hatte sie nicht den besten ersten Eindruck von mir nach der Geschichte letztes Jahr. Ich glaube, sie wollte nur mal kurz die Beschützerin spielen für ihre beste Freundin, um klarzustellen, dass sie es jederzeit mit mir aufnehmen würde. Das hatte sie tatsächlich genauso gesagt und ich kaufte es ihr sogar ab. Jess war ein Stückchen kleiner als Louisa, reichte mir also gerade so bis zum Kinn, aber sie hatte verdammt noch mal Feuer unterm Hintern. Ich würde jede Wette eingehen, dass sie sich im Falle einer Auseinandersetzung wie ein Terrier in meiner Wade festbeißen würde.

Brianna erhob sich von ihrem Stuhl, richtete ihren cremefarbenen Rollkragenpullover und entschuldigte sich auf die Toilette. Ich hatte sie und ihren Verlobten Tristan erst heute kennengelernt, und ich mochte sie auf Anhieb. Ihre schwarzen hüftlangen Braids hatte sich Bri vor unserem Ice-Hockey-Spiel zu einem Knoten zusammengefasst, und mit ihren hohen Wangenknochen strahlte sie etwas Anmutiges aus. Wie passend, dass sie seit einigen Monaten die Bürgermeisterin von Sugar Hill war. Louisa hatte mir bei unserem Gespräch im Café von ihren früheren Anfeindungen aus Schulzeiten erzählt, aber auch von der Versöhnung im letzten Jahr. Dass *sie* höchstpersönlich dafür verantwortlich war, dass Tristan sich endlich getraut hatte, Bri einen Antrag zu machen, indem sie sich verplappert hatte, erzählte sie vielleicht ein bisschen zu stolz herum. Neben mir lieferte sich Louisa eine wilde, wenn auch stumme Diskussion mit John. Bloß mit ihren Blicken. Ich versuchte gar nicht erst, den Sinn dahinter zu erraten. Es war einfach zu absurd.

»Du bist dran mit der nächsten Runde«, sagte John zu Tristan.

»Aber die anderen haben doch noch was.«

Jetzt war John es, der sich rasch in der Runde umsah, den Blick starr auf unsere Gläser gerichtet. Louisa räusperte sich und stieß mir den Ellbogen in die Rippen. Ruckartig hob ich mein Glas und leerte den Rest meiner Cola in einem Zug.

Dean sah mich entgeistert an, was John nicht davon abhielt, ihm einen Arm um die Schultern zu legen und ihm sein Bierglas vors Gesicht zu halten. »Ach was, Dean ist gleich fertig mit seinem Bier.«

Dean war *nicht* gleich fertig mit seinem Bier. Er hatte noch mehr als die Hälfte, die er nun in hastigen Schlucken runterkippte. Als er fertig war, waren seine Augen ganz glasig und er hustete. John reichte Tris Deans Glas und scheuchte ihn zur Bar.

»Endlich«, raunte Louisa und beugte sich zur Mitte des Tisches. »Wir haben nicht viel Zeit. Köpfe zusammen, Leute.«

»Könnt ihr mir mal sagen, was das gerade sollte?«, fragte Dean, gefolgt von einem kleinen Rülpser. Er hob entschuldigend die Hand vor den Mund.

»Bri ist auf Toilette, Tris ist an der Bar. Jetzt haben wir kurz die Möglichkeit, die letzten Dinge für die beiden Junggesellenabschiede zu besprechen. Steht bei euch alles, Jungs?«, fragte Louisa mit gedämpfter Stimme.

»Alles easy, Hot Mama. Wir haben alles unter Kontrolle«, kommentierte Caleb mit verschränkten Armen.

»Alter«, knurrte John und ich konnte seinen Kiefer mahlen sehen.

Jess neben mir verdrehte die Augen. »Mein Gott, wir haben keine Zeit für so eine Kinderkacke.«

»Habt ihr schon geklärt, wann und wie ihr Tristan überrascht? Ich dachte, wenn wir eh alle am gleichen Wochenende weg sind, könnten wir die beiden vielleicht zusammen abholen und dann trennen wir uns?«, schlug Louisa vor und reckte immer wieder den Hals, um nervös zwischen der Bar und der Toilettentür hin und her zu sehen.

»Finde ich gut«, sagte Dean.

»Okay, also was sagen wir? Treffpunkt um drei? Schafft ihr das?«

Kollektives Nicken, bis Louisas Blick zu mir fiel. Fragend sah sie mich an.

»Äh, ich hab damit doch nichts am Hut«, antwortete ich auf ihre stumme Frage.

»Wenn du willst, kannst du gern mitkommen«, sagte sie und Jess stimmte ihr mit einem gereckten Daumen zu.

Ich lachte auf, weil ich nicht glaubte, dass die beiden das ernst meinten. »Ich habe Brianna heute zum ersten Mal getroffen. Ich glaube nicht, dass sie mich dabeihaben will.«

»Quatsch, sie mag dich, und außerdem: Je mehr, desto besser«, sagte Jess und stieß mit ihrer Schulter gegen meine.

»Ich weiß ja noch nicht mal, was ihr überhaupt geplant habt.«

»Ich füge dich später zu unserem Gruppenchat hinzu«, wisperte Louisa mir zu.

»Shit, Bri kommt wieder. Verhaltet euch alle ganz normal!«, quietschte Jess.

Gerade als Brianna wieder unseren Tisch erreichte, stand John auf, ging um den Tisch herum und boxte Caleb hart gegen die Schulter.

»Fuck, Mann. Was sollte das denn?«, jaulte er und rieb sich über die schmerzende Stelle.

»Babe.« Louisa stöhnte auf und ließ ihren Kopf in die Hände sinken, ehe sie sich von der Sitzbank erhob und John mit sich in die andere Ecke der Bar zog.

John Carter hatte, glaube ich, ein kleines Ding mit Eifersucht.

Brianna's Hen Party
Louisa Carter hat dich zur Gruppe hinzugefügt.

Louisa Carter: Sooo, Mädels, wir sind spontan eine mehr geworden. Aber je mehr, desto besser, oder?

Ich: *Party-Emojis*
Ich: Hey, ich hoffe, das ist wirklich okay für euch und vor allem für Brianna.

Jess Evans: Saaaafe

Candy Andrews: Aaah, megacool, dass du dabei bist! Sonst wärst du ja ganz allein in dem großen Haus gewesen, oder?

Ich: Candy, du bist auch dabei? Wie cool! Aber könnt ihr mir mal sagen, worauf ich mich da eigentlich eingelassen habe?

Louisa Carter: Wir haben ein Airbnb gebucht, so ca. eine Stunde von hier. Da wollten wir ein Mädels-Wellness-Wochenende machen. Von daher ist es wirklich kein Problem, wenn eine Person mehr mitkommt.

Ich: Hätte jetzt eine Power-Point-Präsentation erwartet, @CandyAndrews

Candy Andrews: *Lach-Emojis*

Jess Evans: Was?

Candy Andrews: Ach egal, erzähl ich euch morgen.

Louisa Carter: Wir haben vorhin mit den Jungs besprochen, dass wir uns um 3 bei Bri und Tristans Haus treffen, oder besser gesagt ein Stück weiter vorne, am Anfang der Straße. Wir überraschen die beiden dann alle zusammen.

Candy Andrews: Die Jungs haben ihren JGA auch dieses Wochenende?

Jess Evans: Jap

Candy Andrews: Na, da wird es ja regelrecht leer auf dem Weihnachtsmarkt

Jess Evans: Bin immer noch bisschen traurig, dass wir nicht hinkönnen dieses Jahr …

Louisa Carter: Der Weihnachtsmarkt ist ja noch länger, Jess. Aber man heiratet nur einmal.

Jess Evans: Bist du dir da so sicher?

Louisa Carter: *Mittelfinger*

Candy Andrews: *Lach-Emojis*

Louisa Carter: Jedenfalls ... passt das für dich von der Uhrzeit her, @CandyAndrews?

Candy Andrews: Ja klar, ich sag meinem Dad, dass er den restlichen Freitag in den Laden muss, oder er soll einfach früher zumachen. Passt schon.

Ich: Soll ich etwas mitnehmen oder brauchen wir noch was?

Jess Evans: Einen Stripper

Louisa Carter: Nö.

Jess Evans: Oh, hahaha

Candy Andrews: Da wär ich dabei!

Louisa Carter: Leuteeee, ich hab euch doch schon X-Mal gesagt, dass Bri keinen Stripper will!

Ich: Lustig, Dean meinte, sie hatten die gleiche Diskussion gehabt

Jess Evans: Die haben saaaafe eine Stripperin organisiert. Das kannst du mir nicht erzählen

Louisa Carter: John meint nein

Ich: Also brauchen wir sonst nichts mehr? Muss ich irgendwie besonders packen?

Jess Evans: Da gibt es einen Whirlpool. Wenn du nicht nackt baden willst, vielleicht einen Bikini

Candy Andrews: #freetheboobies

Louisa Carter: Hast du einen Bikini dabei oder soll ich dir einen von mir leihen?

Ich: Ne, ich hab einen dabei. Alles gut, aber danke!

Louisa Carter: Ah, perfekt. Dann hätten wir ja alles geklärt, oder? Ich muss jetzt mal ins Bett. Wir werden am Wochenende eh schon wenig Schlaf bekommen ...

Jess Evans: Ja, ich muss morgen noch einen halben Tag arbeiten #killme

Candy Andrews: Wem sagst du das?

Louisa Carter: Gute Nacht, Mädels!

Jess Evans: goodn8 cucu

Candy Andrews: Bis morgen, gute Nacht!

Ich: Ich freue mich auf morgen. Schlaft gut!

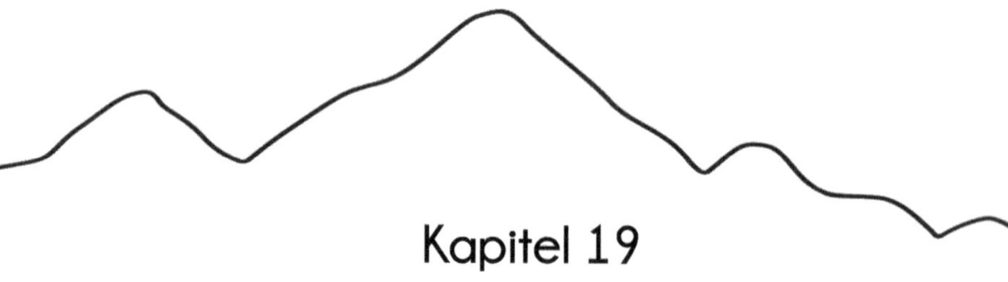

Kapitel 19

DEAN

»Wir beobachten ein wildes Dean bei der Futtersuche. Seinen ausgeprägten Geruchssinn verdankt das wilde Dean seinem großen Riechkolben.«

Ich schoss Caleb einen tödlichen Blick zu.

Er hielt seine Trinkflasche als imaginäres Mikro näher an den Mund und senkte die Stimme, doch ich konnte ihn leider immer noch hören. »Experten wissen, dass man einem wilden Dean bei der Nahrungssuche besser nicht zu nahe kommen sollte, da es leicht reizbar ist.«

»Sehr«, korrigierte ich ihn knurrend.

Tris kicherte hinter mir. Für ihn war das Ganze noch lustig, was gut war. Er sollte besser nicht merken, dass wir schon längst verzweifelten. Und zwar genau ab dem Moment, in dem der Ranger uns allein in die Wildnis entlassen hatte. Caleb hatte Miles auf seine Seite gezogen. Die Seite des Unsinns. Blöderweise hatten John, Ezra und ich uns von den beiden dazu überreden lassen, dass es *noch* spaßiger wäre, wenn wir unser Auto am Waldrand stehen lassen würden, wo wir uns mit dem Ranger verabredet hatten, um uns mit verbundenen Augen von dem Typen in den Wald fahren zu lassen.

»Für den extra Thrill«, hatte Caleb gesagt.

Oh, und wie ich den *Thrill* gerade spürte. Ich spürte ihn ganz deutlich, wie er meine Wirbelsäule rauf und runter tanzte. Oder war es irgendein Käfer? Ich schüttelte mich, besann mich dann jedoch, dass wir gerade durch eine beachtliche Schicht Neuschnee stapften und Insekten hier wohl unser kleinstes Problem werden würden.

»Leute, ich muss sagen, dass ich das *so* cool finde, dass wir das hier machen«, verkündete Tris hinter mir. Ich sah über die Schulter, warf ihm ein krampfhaftes Lächeln zu, das mir sogleich aus dem Gesicht rutschte, als ich wieder nach vorne sah.

»Nur das Beste für meinen besten Kumpel«, hörte ich John zu ihm sagen.

»Hey, ich kann dich hören«, protestierte Caleb.

Wir stapften schon seit fast einer Stunde durch die Kälte. Vor einer halben hatten wir festgestellt, dass wir jegliche Orientierung verloren und unsere Handys keinen Empfang mehr hatten. Ich sag's mal so, es könnte besser laufen. Ezra stimmte abwechselnd irgendwelche Wander- und Partylieder an, um Tristan bei Laune zu halten, und ich zerbrach mir den Kopf darüber, wie wir hieraus noch ein spaßiges Abenteuer zaubern konnten.

»Was haltet ihr davon, wenn wir hier unsere Zelte aufschlagen?«, schlug ich vor, als wir eine beschilderte Lichtung erreichten. »Es dämmert schon, und wir müssen uns noch um ein Feuer kümmern.«

»Okay ich würde sagen, wir teilen uns auf«, meinte John.

»So fängt zwar jeder gute Horrorfilm an, aber sprich weiter«, murmelte Caleb.

»Ein Teil baut die Zelte auf, die anderen sammeln Feuerholz, und Tris darf entscheiden, wo er dabei sein will.«

»Definitiv Team Feuerholz. Ich will ja mit euch in der Wildnis unterwegs sein und nicht die Bären verpassen.«

Tristan schlang einen Arm um Johns und einen um meine verkrampften Schultern und zog uns übermotiviert an sich. Damit war klar, wer die Zelte aufbauen musste. Ich versuchte, die Worte des Rangers auszublenden. Wir hatten ihm vorab in der Mail geschrieben, dass er ruhig dicker auftragen sollte bei seiner Einweisung, um Tris ein bisschen Angst einzujagen, aber irgendwie hatte er uns allen Angst eingejagt und wir wussten nicht mehr, was er davon nun ernst gemeint hatte und was übertrieben war. Eigentlich gab es hier keine Bären – dachte ich. Sicher war ich mir allerdings nicht mehr.

»Tick, Trick und Track, bekommt ihr das hin?«, fragte ich an Caleb, Ezra und Miles gewandt.

»Keine Sorge, Mann. Ich hab ein Auge darauf, dass die beiden was schaffen«, versicherte Miles. Ich wusste nicht, ob ich auf sein Wort etwas geben konnte, doch ich hatte keine andere Wahl.

John, Tristan und ich sammelten ein paar abgebrochene Äste von den Bäumen zusammen, die das Gewicht des Schnees nicht standgehalten hatten, und schaufelten ein paar dickere Äste unter dem Schnee frei.

»Perfekt, ein Birkenstamm.« Tris freute sich, während John und ich uns ratlos ansahen. »Die Rinde der Birke kann man wegen des hohen Anteils an ätherischen Ölen super als Anzünder benutzen.«

»Ich bin echt froh, dass du dich so gut auskennst«, gab ich ehrlich zu. Wir sammelten kleine Äste und Tristan erklärte uns, wie er die Äste gleich mit seinem Taschenmesser präparieren würde. Es gab Hoffnung.

Ich wurde eines Besseren belehrt, als wir unsere Fußspuren zurück zu der Lichtung verfolgten und feststellen mussten, dass Caleb und seine Gehilfen gerade mal *ein* Zelt zur Hälfte aufgebaut hatten und schon Pause auf einem umgekippten Baumstamm machten.

»Ernsthaft, Leute? Es ist bald dunkel. Dann wird es doch noch schwieriger, die Zelte aufzubauen«, murrte ich.

Caleb öffnete seine Jacke, griff nach einer Bierflasche aus seiner Innentasche, öffnete sie mit den Zähnen und reichte sie mir.

»Warmes Bier? Herzlichen Dank auch.«

Ich warf das Feuerholz, das ich auf dem Arm trug, auf den Boden vor mich und nahm die Flasche entgegen.

»Nein! Das wird doch nur wieder nass!«, rief Tris und stürzte sich sogleich auf den Boden, um die Äste wieder aufzusammeln.

»Nimm einfach einen Schluck«, sagte Caleb.

Tatsächlich war das Bier selbst eiskalt. Nur die Flasche war von außen etwas angewärmt. Ein Eisklümpchen schwamm in meinen Mund und ich zerkaute es mit verzogener Miene.

»Merkst du, was das Problem ist?«

Mein Blick fiel zu dem Bierkasten, der neben dem Zelt stand. Er war leer. Stattdessen öffneten Miles und Ezra kurz ihre Winterjacken und zeigten uns, dass auch sie ihre ganzen Innentaschen mit Bierflaschen befüllt hatten.

»Na klasse, wir sind ja Hohlbrettbohrer. Bei der Kälte gefriert das Bier natürlich«, sagte John.

»Falsch, *du* bist ein Hohlbrettbohrer, weil du dich um den Alk gekümmert und das nicht bedacht hast. Aber wir verzeihen dir«, sagte Caleb höhnisch grinsend und nahm einen Schluck von seinem Bier.

»Schön, ihr wärmt schon mal das Bier auf. Und was ist jetzt mit den anderen Zelten?«

»Es gibt nur das eine?«

Ich verschluckte mich an meinem Bier-Slushie. »Bitte was?«

»Ist doch viel schlauer, wenn wir alle in einem Zelt schlafen. Wegen Wärmezirkulation und so.«

»Wirklich nicht so dumm«, gab Tris zu.

»Okay, aber warum ist dann das eine Zelt nicht mal fertig aufgebaut?«, bohrte ich weiter, während ich um das Zelt herum stapfte.

»Ist fertig«, rief Ezra.

Ich zupfte an der oberen Plane herum und fand ein loses Ende. »Fehlen da nicht die Heringe?«

»Könnte sein, dass wir die … vergessen haben«, sagte Caleb leise.

»Was?«, fragte ich, in der Hoffnung, mich verhört zu haben.

»Wir haben sie vergessen«, nuschelte er unter einem Husten.

»*Du* hast sie vergessen?«

So langsam begann mein Blut zu brodeln. Die ganze Zeit hatte ich mich zusammengerissen, aber jetzt war mein Geduldsfaden kurz vorm Zerreißen.

»Hey, hey, Jungs, beruhigt euch mal«, unterbrach Tristan unseren Starrwettbewerb und erinnerte uns daran, wieso wir eigentlich hier waren. Wir wollten ihm eine gute Zeit bereiten und Spaß haben. *Spaß. Spaß, Spaß, Spaß,* wiederholte ich im Geiste.

»Ja, sorry. Du hast recht, komm. Lass uns Feuer machen«, sagte ich und ging mit Tristan ein paar Schritte vom Zelt weg. Ich warf John einen Blick zu, der so viel heißen sollte wie: *Kümmer du dich um das Zeltproblem und lass dir was einfallen.*

Er nickte, was mich ein wenig durchatmen ließ.

Tristan wies mich an, die dünneren Äste zu spalten, während er die Rinde des Birkenstamms ablöste und aufraute. Gemeinsam bauten wir ein kleines Podest aus ein paar dickeren Stämmen und legten Rinde darauf, um einen möglichst trockenen Untergrund für das Feuer zu schaffen. Tris platzierte die Birkenrinde darauf und zündete sie an. Es brauchte zwei, drei Anläufe, bis die Flamme blieb und ich stellte mich schützend davor, um den Windzug abzuschirmen, der kühl zwischen den Bäumen hindurch fegte.

»Feeeuueeer«, jubelte Miles uns zu und ich zeigte ihm grinsend den Mittelfinger. Zu meiner Erleichterung hatte sich John tatsächlich eine Lösung überlegt. Er hatte Caleb genötigt, noch ein paar dünnere Äste mit ihm suchen zu gehen. Diese hatten sie mit dem Taschenmesser zu Pfählen geschnitzt und sie statt der Heringe in die Erde gehauen. Immerhin. Wir hatten Feuer und ein Zelt.

»Ich fang uns mal ein paar Eichhörnchen und Schneehasen«, sagte John nach einer Weile trocken und erhob sich von dem Stein, auf dem er gesessen hatte. Tristan blickte zunächst ungläubig in die Runde. Wohl, um herauszufinden, ob wir dieses Spiel wirklich so weit trieben, doch keiner von uns verzog eine Miene.

»Warte, ich helfe dir«, rief er und sprang auf. Er wollte schon losrennen, um John hinterherzueilen, ehe ich ihn am Arm zurückhalten konnte.

»Komm, lass das Johnny machen. Wir trinken hier noch ein Bier zusammen.«

Ich zwinkerte ihm zu, als ich ihm eine Flasche aus meiner Innentasche reichte.

»Hm, taschenwarm. So mag ich mein Bier am liebsten.« Er feixte.

Keine zehn Minuten später erschien John hinter uns und kam aus einer ganz anderen Richtung wieder zurück, in die er uns verlassen hatte. Triumphierend hielt er eine durchsichtige Plastiktüte hoch.

»Ich kann euch sagen, Eichhörnchen sind flinker, als man denkt. Ich musste sogar auf den Baum klettern, aber dann hab ich es doch noch erwischt.« Er untermalte seine Story pantomimisch und Tristan sah ihn fasziniert an. Als John ihm die Tüte mit dem rohen Fleisch reichte, brauchte es ein, zwei Sekunden, bis der Groschen bei ihm fiel.

»Das muss aber ein großes Eichhörnchen gewesen sein«, stellte er amüsiert fest.

»So ein Riesending«, bestätigte John und deutete etwa die Größe eines ausgewachsenen Wildschweins an.

»Und das Fell hast du ihm auch schon abgezogen, wie ich sehe.«

»Klar, hab ich direkt gemacht.« John hatte alle Mühe, sein Grinsen zu verbergen.

Tristan leuchtete mit seinem Handylicht in die Tüte. »Und mariniert hast du es auch schon?«

Nun brach es aus John heraus. Sein Lachen war so ansteckend, dass wir sogleich mit einfielen. Und mit uns Tristan. Er eilte ein paar Schritte auf John zu und boxte ihn in die Rippen.

»Mistkerl, Mann! Ich hab ernsthaft geglaubt, dass du selbst irgendein Tier erlegen willst.«

Als ich das rohe Fleisch genauer betrachtete, stutzte ich. »Moment mal, wieso ist das Fleisch eigentlich nicht gefroren? So wie das Bier?«

Mein Blick glitt durch die Runde und blieb bei Miles hängen, der sich verlegen am Hinterkopf kratzte. »Könnte sein, dass ich es mir direkt unter den Pullover gesteckt habe, bevor wir losgelaufen sind.«

Caleb sah ihn betroffen von der Seite an. »Alter! Und an das arme Bier hast du nicht gedacht?«

»Sei froh, dass wir jetzt überhaupt irgendwas auf die Stöcke spießen können, Caleb«, sagte ich mahnend, und dann an Miles gerichtet: »Gut, dass wenigstens einer von uns mitgedacht hat.«

Steaks über einem Lagerfeuer gleichmäßig zu grillen, gestaltete sich etwas schwierig ... mit einem Stock. Würstchen wären vermutlich besser gewesen, doch es erfüllte seinen Zweck. Es war lustig und es machte uns satt. Ich riss ein Stück Baguette ab und gab es Ezra. Mittlerweile war es stockdunkel um uns und wir reichten eine Flasche Whiskey der Reihe nach im Kreis herum. Die rauchige Flüssigkeit wärmte uns von innen, was der einzige Grund war, weshalb ich es halbwegs ausblenden konnte, dass wir hier in der Wildnis waren. In einem Wald. Im Dunkeln. Ich schlang die Fleecedecke fester um meinen Rücken, als könnte sie mich davor beschützen, was immer sich da hinter mir durch die Dunkelheit schlich. Eine Gänsehaut kroch über meine Arme. Ich sollte lieber nicht darüber nachdenken und versuchte, mich wieder auf das Gespräch zu konzentrieren, dass die Jungs führten.

»Was glaubt ihr, was die Mädels heute machen? Oder wisst ihr es sogar?«, fragte Tris voller Neugier.

Wir schüttelten die Köpfe. »Wir wissen nur, dass sie irgendetwas gebucht haben. Ein Airbnb oder ein Hotel.«

»So wie wir werden sie sicher nicht kampieren«, sagte Miles schmunzelnd.

»Wir sind ja auch wahre Männer, wir brauchen kein Hotelzimmer«, verkündete Caleb mit verstellter Stimme und richtete sich auf dem Baumstamm auf.

Meine Gedanken schweiften ab. Zu einer ganz bestimmten Frau in der Mädelsgruppe. Schwarzbraunes langes Haar. Glänzend und seidig. Warme, weiche Haut. Goldbraun. Nach Zitrone und einem Hauch Vanille duftend. Was gäbe ich jetzt dafür, meine Lippen auf ihre zu pressen und meine Stirn in ihre Halsbeuge zu betten? Ihrem seufzenden, gleichmäßigen Atem zu lauschen. Ihr Rücken an meine Brust gelehnt, während meine Finger über ihre schmale Taille streichen, sich über ihren Bauch spreizen und sich von dort langsam einen Weg nach unten bahnen. Die letzten Nächte waren der Himmel gewesen. Gleichzeitig steckte mir eine solche Müdigkeit in den Knochen, die mich hoffen ließ, dass ich in unserem wundervollen Gemeinschaftszelt überhaupt ein Auge zubekam. Kat und ich hatten nicht viel geschlafen, seit sie sich mir geöffnet hatte und ich wusste, wie sie beim Höhepunkt aussah. Wie sie die Brauen zusammenzog, den Mund zu einem lautlosen Schrei verzogen. *Fuck.* Auf einmal wurde mir heiß und mein Schwanz regte sich unter den tausend Schichten Kleidung, die ich trug. Mit glasigen Augen betrachtete ich das Feuer in unserer Mitte. Ich blinzelte ein paarmal, räusperte mich und versuchte, mich wieder in das Gespräch meiner Freunde einzuklinken.

Zu meiner Überraschung war es ziemlich still in der Runde und alle Blicke waren auf mich gerichtet. Ezra schlang die knisternde Rettungsdecke enger um seinen Oberkörper. Die goldene Folie reflektierte das Licht des lodernden Feuers und blendete mich. John stieß mich von rechts mit der Whiskeyflasche an. »Willkommen zurück«, sagte er mit einem schiefen Grinsen auf den Lippen.

»Was? Wieso?«

»In welchem Tagtraum hast du denn gerade festgehangen?«, wollte Tris belustigt wissen. Er hielt noch immer einen Topf Wasser über das Feuer. Wohl gemerkt mit einer Stockverlängerung, die er vorhin gebastelt hatten, damit er den heißer werdenden Topf nicht direkt anfassen musste. In dem Topf brachte er nach und nach Wasser zum Kochen und befüllte für jeden von uns die Wärmflaschen, die Caleb mitgebracht hatte. Jedes Mal, wenn er in seinen Rucksack langte und eine neue hervorzog, fragte ich mich, wie viele er noch dabei hatte. Bisher hatte ich ganze dreizehn gezählt!

»Bestimmt ging's um Kat«, vermutete Caleb und zwinkerte mir zu, während er Wärmflasche Nummer vierzehn aus dem überdimensionalen Rucksack holte. »Hab gehört, sie schläft in deinem Bett.«

»Halt die Klappe«, knurrte ich und fuchtelte mit der Whiskeyflasche herum. Das hatte ich jedoch nicht ganz durchdacht. Die Flasche war offen, weshalb ein kleiner Schluck Whiskey heraus schwappte und das Feuer kurz in die Höhe schnellen ließ.

»Alter, willst du uns alle grillen, oder was?«, kam es erschrocken von Caleb.

Ich rieb mir mit einer Hand über die Stirn. »Sorry, hab's nicht bis zum Ende durchgedacht.«

»Trink vielleicht mal einen Schluck Tee zwischendurch«, murmelte John und entzog mir die Flasche, um sie in die andere Richtung weiterzureichen.

»Also«, begann Tristan noch einmal vorsichtiger. »Läuft zwischen euch beiden was?«

»Ich werde mich dazu nicht äußern«, antwortete ich mit fester Stimme und griff nach der Thermoskanne zu meinen Füßen.

»Das heißt ja«, sagte Caleb, während Tris im selben Moment quengelte: »Komm schon, es ist mein JGA!«

»Du kannst diesen Joker nicht bei allem ziehen«, erwiderte ich belustigt.

»Sagt wer?«

»Ich werde dazu nichts sagen. Wieso reden wir eigentlich schon wieder über die Mädels? Ich dachte, das hier ist ein Männerabend.«

»Willst du lieber über Männer reden?« Miles feixte.

»Von mir aus gern«, kommentierte Ezra mit einem schelmischen Grinsen. Tris kicherte.

»Bist du gerade mit jemandem zusammen? Triffst du den Typ aus der Buchhaltung noch?«

Ezra streckte eine Hand unter der knisternden Rettungsdecke hervor und winkte ab. »Ach, hör mir auf. Über den bin ich längst hinweg. Aktuell bin ich nicht auf der Suche nach was Ernstem.«

»Ich auch nicht«, sagte Caleb und legte den Kopf in den Nacken, um einen Schluck von dem Whiskey zu nehmen. Tris gab ihm eine weitere Wärmflasche, die er mit heißem Wasser befüllt hatte, woraufhin Caleb sie mit dem Deckel verschloss und in der Runde weiterreichte.

»Warst du jemals auf der Suche nach was Ernstem?«, fragte ich.

»Hey, du warst ewig weg, New York.«

»Deshalb frag ich ja. Hattest du überhaupt mal eine richtige Beziehung?«

Er stieß pfeifend die Luft zwischen den Zähnen aus. »Wer braucht schon Beziehungen? Sind total überbewertet.«

»Ich find Beziehungen per se nicht verkehrt«, sagte Tristan glucksend.

John prostete ihm mit seinem Bier zustimmend zu.

»Heiraten verstehe ich ja noch, wegen Steuervorteilen und so …«

»Sicher, das ist der einzige Grund, weshalb Bri und ich heiraten wollen.« Die Ironie war kaum zu überhören. Nicht so für Caleb.

»Ist es? Ich wusste es!«

»Natürlich nicht. Wir heiraten, weil wir uns lieben. Und außerdem, wenn du heiraten willst, aus welchen Gründen auch immer, gehört da schon irgendwie vorher eine Beziehung dazu.«

Caleb hob neunmalklug einen Finger. »Nicht unbedingt.«

»Jetzt bin ich gespannt«, murmelte ich, amüsiert von dem Schlagabtausch, der uns hier geboten wurde.

»Kennt ihr *Hochzeit auf den ersten Blick?*«

»Dein Plan ist, bei einer Datingshow im Fernsehen mitzumachen?«, fragte John, das Kinn in beide Hände gebettet, während er den Kopf schüttelte.

»Ich sehe deine Vision«, sagte Ezra.

Miles kniff die Augen zusammen. »Schaut ihr das etwa beide?«

»Ja, oder?«, erwiderte Caleb Ezra ganz aufgeregt, sichtlich froh, dass ihn endlich jemand zu verstehen schien, und ignorierte Miles' Frage dabei völlig. »Bei manchen Shows bekommt man am Ende sogar ein Preisgeld für den perfekten Start in die gemeinsame Zukunft oder so.«

»Und die suchen einem direkt den perfekten Partner aus. Man braucht nicht mal selbst suchen.«

»Oder eine Auswahl«, sagte Caleb mit einem vielsagenden Tonfall.

»O Mann, Leute ey. Ihr habt wirklich einen Schatten«, sagte Miles.

Auf einmal knackste es in einiger Entfernung.

»Shhh«, machte Tris und bedeutete uns, leise zu sein. Wir lauschten in die Dunkelheit. Ich war mir wieder überdeutlich der Tatsache bewusst, dass wir allein in einem gottverdammten Wald waren. Bei Nacht! Plötzlich schien mir die

Idee mit dem Stripclub und einer Partynacht in der Stadt gar nicht mehr so schlecht. Immerhin wären wir in Sicherheit gewesen und hätten uns nicht den Arsch abgefroren. Aber das war der *Thrill*. Yeah.

»Ich würde, glaub ich, schon mal ins Zelt gehen«, flüsterte Ezra. »Ich bin ziemlich müde.«

Es war erst kurz nach zwölf, verriet mir ein Blick auf mein Smartphone. Trotzdem wisperten wir alle gleichzeitig: »Ja, ich auch.«

»Bin hundemüde. Bin heute Morgen früh raus.«

»Ich schlafe gleich ein.«

»Gute Idee.«

»Ich komm mit.«

John und ich schaufelten schnell etwas Schnee auf das Lagerfeuer, um die Flamme zu ersticken, während die anderen uns gerade genug Licht mit ihren Handys spendeten. Anschließend schnappten wir uns all unsere Sachen, warfen sie ins Zelt und sprangen hinterher. Was man Caleb lassen musste, das Zelt war wirklich geräumig. In dem Vorzelt konnte man sogar aufrecht stehen. Der Boden war mit einigen Decken und Schlafsäcken ausgelegt, und ich entschied mich für den Schlafsack an der rechten Seite. Als ich einen Schritt in das Schlafzelt tat, gab der Boden unter mir nach und ich geriet ins Wanken. Ich leuchtete mit meiner Handy-Taschenlampe vor mich.

»Hast du da eine riesige Luftmatratze drunter gepackt?«, fragte ich im Flüsterton und richtete den Lichtkegel auf Caleb, der dabei war, sich die Boxershorts auszuziehen.

»Alter, was zur Hölle machst du da?«, kam es leise, aber energisch von John.

»Ich wusste nicht, dass ich dir *solche* Signale gesendet habe. Sorry, da hast du was falsch verstanden«, scherzte Ezra.

Caleb machte unbeirrt weiter und kletterte splitterfasernackt auf den Schlafsack in der Mitte zu. »Gleiches Prinzip wie bei der Luftmatratze unter unseren Schlafsäcken. Die ist integriert in den Zeltboden. So liegen wir nicht auf dem blanken, eisigen Boden und die Luft kann in dem Zwischenraum zirkulieren und hält die Kälte ein wenig ab.«

»Und inwiefern ... Scheiße Mann, dann geh wenigstens ganz an den Rand«, sagte ich, als er mir seinen weißen Arsch entgegenstreckte.

Grummelnd krabbelte er an den linken Rand und drapierte sein halbes Dutzend Wärmflaschen erneut um seinen Schlafsack herum.

»Inwiefern erklärt das, wieso du jetzt nackt in den Schlafsack kriechst?«

»Die Kleidung verhindert die Wärmezirkulation im Schlafsack. Dein Körper strahlt Wärme aus, die dann im Schlafsack zirkuliert und wieder zurück zu dir kommt. Mit Kleidung dazwischen geht das deutlich schlechter.«

»Aha, Professor«, brummte ich.

»Macht, was ihr wollt, aber glaubt nicht, dass ich euch morgen früh auftaue, wenn ihr zu Eissäulen gefroren seid«, sagte er, während er sich in seinem Schlafsack gemütlich einmummelte.

Wir anderen leuchteten uns gegenseitig mit den Handys an. Widerwillig nickten wir uns zu und schalteten die Lichter aus. Kleidung raschelte. Reißverschlüsse wurden geöffnet. Jacken fielen zu Boden. Schuhe wurden von den Füßen gekickt, ehe wir alle nacheinander in Boxershorts (oder komplett nackt? Ich wusste es nicht und wollte es besser auch nicht wissen) in den Schlafbereich kletterten, unsere Wärmflaschen dicht an uns gepresst.

»Ihr habt auf mich gehört«, flüsterte Caleb und kicherte.

»Halt die Klappe«, kam es von uns allen gleichzeitig.

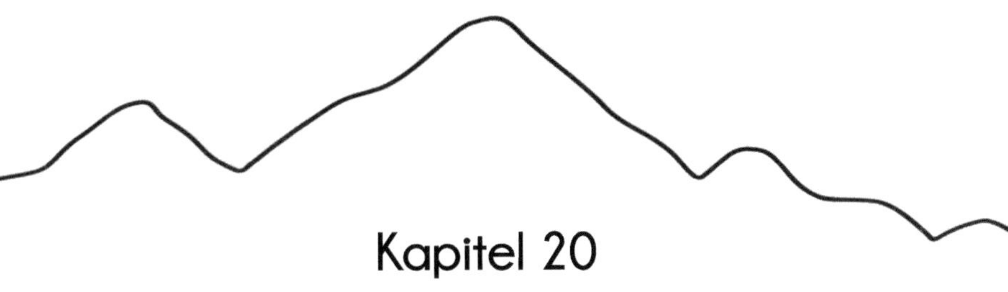

Kapitel 20

KAT

Der süßliche Duft von Waffeln und Himbeersoße kitzelte in meiner Nase, als ich mich der Länge nach auf dem Sofa streckte. Ich stützte mich auf den Ellbogen ab, um über die Rückenlehne hinweg und Louisa in der Küche werkeln zu sehen. *Wen auch sonst,* dachte ich schmunzelnd. Einer echten Bäckerin war es wohl nicht vergönnt, länger als sechs oder sieben zu schlafen, selbst wenn sie erst um drei ins Bett gefallen war.

»Mein Schädel brummt«, murmelte ich, ehe ich mich erhob und auf sie zu schlurfte.

Das Airbnb, das sie gemietet hatten, war etwa eine Stunde von Sugar Hill entfernt. Es lag an einem Waldrand, ein wenig abgelegen. Als wir unsere Taschen gestern Nachmittag bei unserer Ankunft vom Auto ins Haus getragen hatten, hatten wir noch gescherzt, dass so jeder miese Horrorfilm anfing. Ich mochte gruselige Filme, aber ich legte keinen Wert darauf, einen im echten Leben zu erleben. Da die beiden Schlafzimmer im hinteren Teil der Blockhütte bereits von den anderen Mädels belegt waren, hatte ich in dem größeren Raum, der Küche, Wohn- und Esszimmer vereinte, im vorderen Bereich des Hauses auf dem Sofa geschlafen. Und mindestens dreimal vor dem Schlafengehen überprüft, ob die Haustür wirklich zugeschlossen war. Im glänzenden Morgenlicht wirkte die Umgebung rund um die Hütte deutlich weniger gruselig, wie ich bei einem Blick aus dem Wohnzimmerfenster feststellte.

»Meiner auch«, gab Louisa zu.

»Guten Morgen«, sagte ich und umarmte sie. Wobei die Umarmung mehr ein *Ich-stütze-mich-auf-ihr-ab-weil-mir-schlecht-ist-und-Louisa-viel-kleiner-ist-als-ich* war.

»Guten Morgen. Hey! Willst du, dass ich gleich umkippe, oder was?« Sie krallte sich an der Arbeitsplatte fest und ich gab sie mit einem Lächeln frei. Drehte mich einmal um die eigene Achse, auf der Suche nach Koffein.

»Kaffee?«, vermutete Louisa und deutete auf die Kaffeemaschine zu ihrer Linken.

»Du bist ein Engel. Hab ich dir das schon mal gesagt?« Ich goss uns beiden eine Tasse ein, schnappte mir die Milch aus dem Kühlschrank und schäumte sie in einem Glas mit dem Milchaufschäumer auf, den wir mitgebracht hatten.

Louisa nahm die Tasse dankbar entgegen und einen Moment lang nippten wir schweigend am dampfenden Kaffee. Das Haus war still. Von draußen drang der Ruf eines Uhus an unsere Ohren.

»Das ist so verrückt«, sagte ich leise. Louisa hob die Augenbrauen zu einer stummen Frage, weshalb ich fortfuhr. »Alles hier ist so anders als das Leben, das ich bisher kannte. Es ist ruhiger und langsamer. Es ist schön.«

Louisa nickte. »Ja, nicht? Das war auch der Grund, weshalb ich letztes Jahr entschieden habe, hierzubleiben und nicht wieder nach New York zurückzukehren.«

»Nicht weil du mir aus dem Weg gehen wolltest?«

»Hm.« Sie tat, als würde sie überlegen. »Am Anfang vielleicht.« Ich stieß neckend mit meiner Hüfte gegen ihre. »Hat Allec eigentlich nicht versucht, dich zu erreichen oder zurückzugewinnen? Ich meine, er war doch total vernarrt in dich, oder?«

»Er war vernarrt in die Idee von mir. In die Vorstellung von uns. Ich als liebevolle Mutter, die ihre Karriere an den Nagel hängt und nur noch Hausfrau spielt. Aber das bin ich nicht.«

Sie lächelte. »Ich weiß.«

»Na ja, und nachdem ich den Unfall hatte und das Baby verloren hatte, war ich noch einige Wochen im Krankenhaus. Direkt am ersten Abend, an dem ich wieder zu Hause war, wirklich, Louisa, ungelogen am ersten Abend, an dem ich wieder zu Hause war, meinte er, dass wir es ja noch mal probieren könnten mit einem Baby.« Ich schnaubte verächtlich bei der Erinnerung daran und Louisas Augen weiteten sich ungläubig. »Ich mein's ernst«, beteuerte ich abermals.

»Unfassbar.« Sie stellte ihre Tasse hastig ab, öffnete das Waffeleisen und fluchte leise über eine etwas zu dunkle Waffel. Ich sah zu, wie sie die leicht eingebrannten Teigreste mit einer Gabel herauskratzte.

»Ich habe ihm gesagt, dass ich Zeit brauche, um das alles zu verarbeiten. Dass er Verständnis dafür haben muss und dass ich nicht weiß, ob ich es überhaupt gezielt probieren und darauf anlegen will. Schließlich bin ich ja aus Versehen schwanger geworden.«

»Und? Was hat er gesagt?«

»Die Frage ist nicht, was hat er *gesagt*, sondern mehr, was hat er *getan*.« Ich nahm einen Schluck von meinem Kaffee und trommelte mit den Fingern auf der Arbeitsplatte herum.

»Was hat er getan?«

»In einer neuen Kanzlei angefangen und als erste Amtshandlung seine neue Sekretärin gevögelt.«

Louisa stöhnte auf und sah über die Schulter zu mir. »Das kann nicht dein Ernst sein.«

»Leider schon. Aber das wusste ich zu dem Zeitpunkt noch gar nicht. Das hat er mir erst ein paar Wochen später gesagt. Er meinte, er hätte ja Bedürfnisse, die ich im Moment nicht stillen könnte.« Bei der Erinnerung an seine

Worte stieg mir die Galle bitter die Kehle hinauf. Louisa startete einen neuen Versuch und schöpfte eine Kelle Teig in das Waffeleisen. Ich wusste, dass sie mir zuhörte, sich jedoch nicht mehr traute, ihren Blick noch einmal vom Waffeleisen zu lösen.

»Aber können wir jetzt bitte nicht mehr über diesen Arsch reden und dieses Wochenende genießen?«, fragte ich.

Gerade Anfang des Jahres hatte ich mehr als genug Zeit damit verschwendet, mir über Allec und unsere Trennung Gedanken zu machen. Selbst wenn es da eigentlich gar nichts gab, worüber ich mir klar werden musste. Sein Verhalten hatte mir deutlich gemacht, dass ich ohne ihn besser dran war. Es war ohnehin nie die große Liebe zwischen uns gewesen. Vielleicht eher eine Zweckgemeinschaft. Für mich, um eine Ablenkung von Dean zu haben und ironischerweise auf Doppeldates mit gerade *ihm* und Louisa zu gehen. Für Allec, offensichtlich, weil er mich brauchte, damit ich ihm den Vaterwunsch erfüllte. In dieser Hinsicht war ich tatsächlich froh, nicht auf ewig durch ein Kind an ihn gebunden zu sein. Verdammt, es tat weh, diesen Gedanken zuzulassen. Obwohl sich hier und da schon mal die Frage in meinen Kopf geschlichen hatte, wie es gewesen wäre, wenn ich mein Baby nicht verloren hätte. Abgesehen davon, dass ich in einer unglücklichen Beziehung festgesteckt hätte oder bis zu meinem Lebensende eine lebende Erinnerung an diesen Mistkerl gehabt hätte. Wäre ich eine gute Mutter geworden? Oder hätte ich es bereut?

»Natürlich, tut mir leid, dass ich damit angefangen habe.« Louisa riss mich aus meinen Gedanken und ich versuchte, das aufkommende Schamgefühl wegzuschieben.

Ich winkte ab und machte mich auf die Suche nach Tellern und Besteck, um den Tisch zu decken. Gestern Abend hatten wir nur ein paar Tiefkühlpizzen in den Ofen geschoben und sie direkt vom Blech gegessen. Wir hatten uns gegenseitig Gesichtsmasken aufgetragen, Taylor Swift gehört und Weißwein getrunken. Ich war vorher noch nie auf einem Junggesellinnenabschied gewesen und hatte mir so was ehrlich gesagt immer anders vorgestellt, aber ich fand es ziemlich perfekt. Und Brianna war ebenfalls sehr glücklich und ausgelassen gewesen.

Nachdem Candy, Jess und Bri endlich aus ihren Betten gekrochen kamen, gähnend und teilweise mit halb geschlossenen Augen, frühstückten wir ausgiebig und fläzten uns danach wieder aufs Sofa, um zu verdauen und ein bisschen zu quatschen. Brianna erzählte uns, welche letzten Vorbereitungen sie vor der Hochzeit noch zu erledigen hatte, und wir boten unsere Hilfe an. Nachmittags kam Jess auf die Idee, den Whirlpool auf der Terrasse anzuschmeißen und kehrte kurz darauf in einem bunt gemusterten Triangel-Bikini und einem Handtuch ins Wohnzimmer zurück. Wir zogen uns ebenfalls um und folgten ihr ein paar Minuten später zu dem großen Fass voll blubberndem heißen Wasser. Zunächst setzte ich mich an den Rand des Whirlpools, den flauschigen Frottee-Bademantel fest um mich geschlungen, und tauchte meine Füße ins Wasser. Es brannte einen Moment auf der Haut, weil der Temperaturunterschied zwischen der beißend kalten Luft und dem Wasser so hoch war. Ein wenig unsicher sah ich mich in der Runde um, bis mein Blick bei Louisa landete. Sie wusste, was los war. Ich hatte ihr schließlich von meinen Narben erzählt.

»Willst du nicht ins Wasser?«, fragte Brianna. »Wir beißen nicht.«

»Sprich bitte nur für dich, Bri.« Jess feixte.

Louisa erhob sich und sah mich mitfühlend an. Eine Gänsehaut zog sich über ihren gesamten Körper.

»Bist du verrückt? Geh wieder ins Wasser«, stieß ich besorgt hervor.

»Das werde ich«, erwiderte sie mit klappernden Zähnen und streckte eine Hand nach mir aus. »Mit dir zusammen.«

Eins, zwei Herzschläge zögerte ich. Bis ich Louisas Atemwölkchen durch die Luft tanzen sah. Dann zerrte ich mir den Bademantel ohne einen weiteren Gedanken vom Leib, ergriff ihre kalte Hand und ließ mich platschend mit ihr ins Wasser sinken. Ein erleichtertes Seufzen entwich uns beiden gleichzeitig.

»Du hast sie nicht mehr alle«, murmelte ich neben Louisa.

»Ich hab dich auch lieb«, sagte sie und drückte unter Wasser meine Hand.

Aber als mein Körper sich daran gewöhnt hatte und ich bis zu den Schultern im kostbaren Nass saß, tat es unheimlich gut. Meine Muskeln entspannten sich einer nach dem anderen. Ich zog meine Knie an, damit die anderen bei meinen langen Beinen genug Platz hatten, und schlang die Arme darum.

»Hm, ist das gut«, murmelte Jess und sprach damit vermutlich das aus, was wir alle dachten.

Ich ließ meinen Blick über das eingeschneite weiße Feld gleiten, das hinter dem Whirlpool an die Terrasse angrenzte. Auf einmal erschienen am Horizont ein paar dick eingepackte Gestalten. Bis jetzt war ich offenbar die Einzige, die sie entdeckt hatte.

»Äh, Mädels, da kommen irgendwelche Leute direkt auf uns zu. Ziemlich zielstrebig, ehrlich gesagt.« Alle reckten ihre Hälse.

»Sind das Männer?«, fragte Jess und ich meinte, so etwas wie Freude dabei herauszuhören.

»Ich glaube schon«, erwiderte Candy.

»Wollen wir lieber ins Haus gehen?«, kam es besorgt von Louisa, während sie bereits halb aus dem Whirlpool raus war.

»Ja, lass uns reingehen«, sagte ich und erhob mich ebenfalls.

»Hey, Leute! Wartet mal«, protestierte Jess. »Vielleicht sind sie ja ganz nett.«

»Nett? Ich weiß genau, was du meinst«, spöttelte Louisa.

»Habt ihr mir doch Stripper organisiert?«, fragte Bri amüsiert. »Und dann gleich fünf? Perfekt, für jede von uns einen.«

»Tut mir leid, dich enttäuschen zu müssen«, sagte Candy und griff nach ihrem Bademantel. »Keine Ahnung, was das für Typen sind, aber wir haben sie definitiv nicht engagiert.«

Jess blieb todesmutig, oder vermutlich eher paarungsbereit, in dem Holzfass sitzen und starrte gebannt in Richtung der Kerle, die mittlerweile nur noch etwa hundert Meter entfernt waren. Es sah so aus, als würden sie gemeinsam etwas Schweres tragen. In einer Plane?

»Jess, jetzt sei nicht dumm«, sagte Louisa schrill an ihre Freundin gewandt. »Du kannst sie immer noch kennenlernen, wenn wir sie durchs Fenster inspiziert und entschieden haben, ob sie vertrauenswürdig sind. Das sind fünf wildfremde Typen, die aus dem Wald kommen!«

Bri stand in ihren Bademantel eingehüllt auf der Terrasse, die Arme um ihren Oberkörper geschlungen, während Louisa, Candy und ich durch die halb geöffnete Terrassentür auf sie einredeten. »Moment mal, Leute. Sind das nicht ... das sind doch ...« Sie tat ein paar Schritte in ihren rosa Badelatschen auf den Rand der hölzernen Terrasse zu. Plötzlich riss sie die Arme in die Luft und schrie laut: »Schaaaatz!«

Ich dachte, ich sehe nicht richtig, als einer der Männer den Arm hob und ihr zurückwinkte.

Als Jess sie ebenfalls erkannte, stöhnte sie auf, hüpfte aus dem Wasser und stapfte missmutig zu uns ins Haus. Ich reichte ihr ein Handtuch, das sie dankend entgegennahm. »Was für ein Flop«, murrte sie und ließ sich auf das Sofa fallen.

Wenige Minuten später kamen die Jungs auf der Terrasse an. Ich sah zu Dean und seine hellgrauen Augen hielten mich sofort gefangen. Unsere Blicke verhakten sich und ich spürte, wie mein Körper mit einer Gänsehaut reagierte. Mein Puls beschleunigte sich, was sich unnatürlich anfühlen sollte. Doch das tat es nicht. Im Gegenteil. In Deans Nähe zu sein, fühlte sich so an, als wäre ich endlich wieder vollständig. Als würden alle Puzzleteile zu ihrem Platz zurückfinden.

»Was macht ihr denn hier? War das abgesprochen?«, fragte Brianna und sah zwischen uns Mädels hin und her.

Tristan bedeutete einem stämmigen blonden Typ, den ich nicht kannte, seine Ecke der Plane zu nehmen, damit er seine Verlobte mit einem Kuss begrüßen konnte.

»Wir waren eigentlich auf der Suche nach unserem Auto, das wir gestern am Waldrand geparkt haben«, erklärte John. »Allerdings sind wir wohl auf der falschen Seite des Waldes rausgekommen.«

»Oder genau auf der richtigen«, warf Brianna ein und schmiegte sich etwas enger an Tristan.

»Habt ihr da ein Reh erlegt, oder so?«, fragte ich durch die Terrassentür und deutete auf die Plane.

Das Reh war kein Reh. Das Reh war ein Mensch, der nun seinen Arm hob.

»Nein, ich bin's nur«, sagte eine männliche Stimme.

Brianna ging um die Jungs herum, um zum anderen Ende der Plane sehen zu können. »Caleb? Was ist denn mit dir passiert?«

Jess richtete sich hörbar hinter uns auf dem Sofa auf und kam dann betont beiläufig hinter uns zur Tür geschlichen.

»Ich hab mir was gebrochen«, jammerte er, noch immer aus der Plane heraus.

»Kommt doch erst mal rein und setzt euch aufs Sofa. Ich mache euch einen Kaffee«, sagte Louisa und winkte sie herein.

Die Jungs legten die kleine Raupe Caleb in seinem Zelt-Kokon vorsichtig auf dem Boden ab und halfen ihm auf. Er kam ins Wohnzimmer gehumpelt und ließ sich auf genau die Stelle plumpsen, auf der Jess eben noch gesessen hatte.

»Hey, das war mein Platz«, meckerte sie sofort los und versuchte, ihn wegzuscheuchen. Alles, was sie erreichte, war, dass er ein winziges Stück zur Seite rutschte und sie sich so dicht neben ihn quetschte, dass sie halb auf seinem Schoß saß. Ich warf Dean einen vielsagenden Blick zu, woraufhin er nur schmunzelnd mit den Schultern zuckte. Gott, hatte ich dieses Gesicht vermisst. Ich war mittlerweile viel zu verwöhnt.

Louisa reichte allen eine Tasse Kaffee und stellte Milch und Zucker auf den Couchtisch. Candy hatte unterdessen ein Kühlpack für Caleb geholt und es ihm zusammen mit einem Küchentuch gereicht, damit er seinen Knöchel darin einschlagen konnte. Er legte den schmerzenden Fuß auf dem hölzernen niedrigen Tisch in unserer Mitte ab.

»Was ist denn passiert, und was macht ihr überhaupt hier?«, wollte Brianna wissen und sah dabei nur Tristan an. Sie saß wirklich auf seinem Schoß und versuchte wohl, ihre pure Freude darüber, dass sie ihren Liebsten sah, ein wenig in Grenzen zu halten, um angemessen geschockt über Calebs Verletzung zu wirken.

»Wir waren gerade auf der Suche nach etwas Essbarem, ich hatte ungefähr fünf Lachse gefangen«, begann Caleb stattdessen zu erzählen. »Auf einmal wurden wir von einem Bären überrascht! Ich habe mich ihm gestellt, ihn todesmutig bekämpft.« Er fuchtelte wild mit den Armen herum, verzog dann aber das Gesicht, vermutlich weil er seinen Fuß versehentlich bewegt hatte. »Ich habe die anderen verteidigt und den Bären in die Flucht gejagt. Dabei muss ich in eine Kuhle im Boden getreten sein, die unter dem ganzen Schnee nicht ersichtlich war. Und so habe ich mir den Fuß gebrochen.«

Wir alle hörten ihm aufmerksam zu, teils auf das Sofa gequetscht, teils stehend, auch wenn uns allen klar war, dass er nichts als Mist erzählte.

»So, und jetzt, was in Wahrheit passiert ist«, sagte John trocken. Grinsend sah ich ihn an. »Caleb musste pinkeln und ist ein paar Schritte von unserem Zelt weg. Plötzlich haben wir ihn wie ein kleines Mädchen schreien hören, weil er dachte, er hätte einen Bären gesehen, der sich dann übrigens als großes Gebüsch entpuppt hat. Er ist wie von der Tarantel gestochen zu uns zurückgerannt und hat sich dabei *vielleicht* den Knöchel verstaucht.«

»*I call bullshit!*«, protestierte Caleb und schlug sich mit beiden Händen empört auf die Oberschenkel.

Jess sah ihn belustigt von der Seite an und zog an einer seiner blonden Haarsträhnen. »Das hört sich für mich deutlich mehr nach dir an.«

Er schnaubte. »Was weißt du schon?«

»Ich wollte eben noch anbieten, dich ins Krankenhaus zu fahren, aber das kannst du jetzt vergessen.« Sie stand auf und ging in Richtung Schlafzimmer.

»Hey, Jess, war doch nicht so gemeint. Fährst du mich ins Kranken...«, die Schlafzimmertür knallte ins Schloss, »... haus?«

Sein Blick ging durch die Runde, wohl auf der Suche nach einer barmherzigen Seele, die Mitleid mit ihm hatte. Wie auf Kommando hatten wir alle ganz plötzlich Wichtigeres zu tun. Ich schnappte mir meine Tasche und ging in das andere Schlafzimmer, um mich umzuziehen, während sich Tristan von Brianna den Whirlpool zeigen ließ. Louisa machte John eine Waffel und Ezra und Miles inspizierten mit Candy, was der Kühlschrank sonst noch so hergab. Als ich aus dem Schlafzimmer kam, in mein cremefarbenes Lounge-Set gehüllt, mit Kuschelsocken an den Füßen und einem Messy Bun hoch oben auf dem Kopf, stand Dean direkt vor mir.

»Hey«, wisperte er.

»Hey«, erwiderte ich ebenso leise.

Ein, zwei Herzschläge sahen wir uns einfach an. Hier hinten im Flur vor den beiden Schlafzimmern war es etwas dunkler, weil das Licht der vorderen Wohnzimmerfenster nicht bis hierhin reichte. Seine Hand fand meine und er spielte mit meinen einzelnen Fingern herum. Dean senkte den Blick, nur um direkt wieder zu mir aufzusehen.

Automatisch stieß ich ein Seufzen aus, das ihm ein sanftes Lächeln entlockte.

»Ich wollte dich eigentlich fragen, wo ich das Badezimmer finde. Ich stinke bestimmt.«

»Hab ich gar nicht bemerkt«, sagte ich und deutete auf die Tür zu meiner Rechten. »Handtücher müssten in dem Schrank im Badezimmer sein. Du kannst mein Duschgel benutzen, wenn du willst. Das ist das ...«

»Ich weiß, welches deins ist«, raunte er mir mit tiefer Stimme ins Ohr. Ich erschauderte, als er mir einen flüchtigen Kuss auf die Wange drückte und kurz darauf ins Bad verschwand. Schwer atmend blieb ich noch ein paar Sekunden dort stehen, lauschte dem rauschenden Wasserstrahl der Dusche und wünschte, ich würde mit ihm darunter stehen.

Hinter mir öffnete sich die andere Schlafzimmertür und Jess trat heraus. Sie trug eine zerrissene Mom Jeans und einen ihrer kunterbunten Ugly-Christmas-Sweater. Dieser hier war besonders hässlich, äh, besonders. Einfach nur besonders. Er zeigte einen giftgrünen Kaktus, der sich wuschelig vom Rest des Strickpullis absetzte und mit pinken und blauen Bommeln verziert war. Bommeln waren wohl ein Muss bei ihrer Pullover- und Mützenauswahl. Ein Weihnachtskaktus. Herzallerliebst.

»Wo willst du hin?«, fragte ich sie.

»Ich fahr die Heulsuse ins Krankenhaus.«

»Ich dachte, du bist sauer auf ihn?«

Sie zuckte mit den Schultern und ging an mir vorbei.

Seltsam. Sehr seltsam.

Der Nachmittag zog dahin. Nachdem die Jungs vom Kaffee aufgetaut waren und nacheinander geduscht hatten, hingen wir alle zusammen auf dem großen u-förmigen Sofa und dem Boden davor herum. Wir wühlten uns durch die Wohnzimmerschränke und sammelten alle Brettspiele, die wir finden konnten, auf dem Couchtisch. Im Hintergrund lief der *Hallmark-Christmas*-Sender auf dem Fernseher und es störte mich nicht im Geringsten. Selbst der aufwendig dekorierte Weihnachtsbaum, der neben dem Fernseher stand und über den ich bei unserer Ankunft noch reflexartig die Augen verdreht hatte, bereitete mir nun nicht mehr ganz so starkes Magengrummeln. Das hier war nett.

Wir hatten Brianna und Tristan etwa fünfundvierzig Mal gefragt, ob es *wirklich* in Ordnung war, wenn wir das restliche Wochenende zusammen verbrachten und sie somit einen gemeinsamen JGA hatten. Beide versicherten uns mindestens genauso oft, dass es das Event noch viel besser machte. Jess schrieb irgendwann in unsere Mädels-Gruppe, dass sie im Krankenhaus angekommen waren und es *megavoll* sei. Candy und Miles erklärten sich bereit, etwas zu essen für heute Abend zu kaufen, da wir nur Verpflegung für fünf Leute mitgenommen hatten. Wir hatten ja auch nicht damit rechnen können, dass wir auf einmal mehr als doppelt so viele sein würden und die Jungs pro Kopf wahrscheinlich für drei aßen, weil sie am Hungertuch genagt hatten. Da Jess und Caleb jedoch mit Louisas Auto gefahren waren und das Auto der Jungs irgendwo im Nirgendwo stand, machten sich Candy und Miles zu Fuß auf den Weg, mit dem Plan, von der Hauptstraße aus mit einem *Uber* weiterzufahren. Interessante Kombinationen, die sich hier zusammentaten.

»Wisst ihr überhaupt, was ihr da tut?«, fragte ich, als ich mich der Länge nach auf dem Sofa liegend auf die rechte Seite drehte, mein Gesicht zerknautscht auf den Handrücken gebettet.

John schob seinen Turm einige Felder weiter nach vorne und lächelte mich selbstzufrieden an. »Aber klar doch, Pinkie.«

Ich schnitt eine Grimasse. Mittlerweile wusste ich, warum er mich so nannte.

»Schach«, sagte Dean und Johns Grinsen verrutschte.

»Was? Nein!«

Ich drehte mich zurück auf den Rücken und schloss die Augen. Genoss die Geräusche. Nicht die Ruhe, nein, all die wohligen Geräusche um mich herum, die mir das Gefühl von Heimat gaben. Louisa werkelte schon wieder in der Küche herum, versuchte zumindest aus dem, was wir da hatten, etwas zu zaubern, bis Candy und Miles mit den Einkäufen zurückkämen. Brianna, Tristan und Ezra spielten irgendein Brettspiel, bei dem ab und zu jemand etwas rief und ein anderer vom Boden aufsprang, um eine Runde ums Sofa zu hechten. Was auch immer das zu bedeuten hatte. Danach jubelten sie jedes Mal los. Unter alldem dudelten die seichten Klänge der Weihnachtsmusik aus dem Fernseher.

Ob sich so Weihnachten normalerweise anfühlte? Das Gefühl, dass man sich mit der gesamten Familie in einer Blase befand. Mit all den Menschen, bei denen man sich am wohlsten fühlte. Es roch nach heißer Schokolade mit einer leichten Minznote und ich rümpfte die Nase, ehe ich über die Rücklehne des Sofas hinweg zu Louisa blinzelte. Sie war gerade dabei, eine dunkle dampfende Flüssigkeit auf drei Tassen aufzuteilen. Hoffentlich war keine davon für mich vorgesehen. Louisa hatte die letzten Jahre jeden Winter aufs Neue versucht, mich von ihrem Lieblingsgetränk zu überzeugen, doch keine Chance! Die Mischung aus frischer Minze und herb-süßlicher Schokolade gehörte für mich verboten. Als sie eine der Tassen John brachte und die andere vorsichtig vor Brianna auf dem Boden abstellte, ließ ich mich heilfroh wieder in die Kissen sinken. Louisas Kopf zuckte zu mir und sie kicherte, als sie mein erleichtertes Gesicht sah.

Candy schnarchte. Nicht nur ein bisschen. Sie schnarchte, als hinge ihr Leben davon ab. Jetzt wäre mir Ruhe tatsächlich ganz recht. Verzweifelt auf der Suche nach Schlaf, drehte ich mich weg von der rothaarigen Prinzessin mit der

Atmung einer Kreissäge und presste mir mein Kissen auf die Ohren.

Weil wir so nett gewesen waren, Brianna und Tristan das andere Schlafzimmer zu überlassen, schliefen Louisa, Candy und ich nun in dem anderen Queensize-Bett. Das hieß, Louisa schlief – wie auch immer sie das hinbekam bei dem Lärm – und Candy schnarchte sich durchs Traumland. Meine Zehen lugten unter der Bettdecke hervor und Candy klaute mir noch mehr von der Decke. Perfekt. Ich hätte meine Kuschelsocken anziehen sollen. Vorsichtig schob ich mich aus dem Bett, wobei ich bezweifelte, dass etwas anderes als ein Stadionsprecher mit seinem Megafon sie wecken könnte. Ein Stadionsprecher, der auf einem Feuerwehrauto stand. Mit Sirenen. Und das Feuerwehrauto fuhr einmal über sie drüber.

Ich öffnete die Schlafzimmertür gerade so weit, dass ich mich hindurchschieben konnte. Sie knarzte leise und entlockte mir einen eher unchristlichen Fluch. Heimlich tapste ich ins Wohnzimmer. Hier hatten die Jungs ihr Lager aufgeschlagen und lagen teils auf dem Sofa, teils in Schlafsäcke eingehüllt auf dem Boden. Ich streckte den Kopf über die Sofalehne und sah tatsächlich ein Stück braune kuschelige Wolle unter Miles hervorblitzen. Er lag an der Stelle, an der ich vorhin noch gesessen hatte. Nuschelnd drehte er sich auf den Bauch und ... die Socke war weg. *Mist, Mist, Mist.* Ich schlich um das Sofa herum, um mir einen Überblick von der anderen Seite zu verschaffen.

»Mann, sind das viele Hosen«, murmelte Miles auf einmal und ich verkniff mir ein Kichern. Er redete also im Schlaf? Wenn er und Candy mal kein Dream-Team waren. Die eine schnarchte wie ein Holzfäller, der andere redete im Schlaf von irgendwelchen Hosen.

Ich stützte mich mit einer Hand auf der Rückenlehne des Sofas ab und beugte mich langsam über ihn. *Ha!* Da war meine Kuschelsocke. Vorsichtig griff ich mit Daumen und

Zeigefinger im Pinzettengriff danach, als plötzlich eine tiefe Stimme hinter mir ertönte.

»Was machst du da?«

Ich zuckte zusammen und drehte mich blitzartig um. Dean stand mitten im Raum. In der Dunkelheit hatte ich Mühe, seinen Gesichtsausdruck zu erkennen, aber ich hatte die leichte Belustigung in seiner Stimme direkt rausgehört. Soweit ich es sehen konnte, trug er nur Boxershorts, was mich heftig schlucken ließ. Ich deutete auf Miles. »Er liegt auf meinen Kuschelsocken«, wisperte ich.

»Ist dir kalt, Cinnabon?« Seine kratzige, schläfrige Stimme jagte mir eine Gänsehaut über den Körper und ließ meine Nippel hart werden. Es sollte vermutlich fürsorglich klingen. Doch diese Atmosphäre gepaart mit seiner Stimme und mit seinem nackten, muskulösen Oberkörper … In meinen Ohren klang dieser Satz bereits wie Dirty Talk.

»Ja«, sagte ich und verschränkte die Arme vor meinen Brüsten.

Dean drehte den Kopf in Richtung Fenster. Ich folgte seinem Blick und sah draußen auf der Terrasse noch immer das Wasser im Whirlpool dampfen.

»Ich hätte da eine Idee, wie dir warm werden würde.«

Ich schluckte. »Ach ja?«

Er hielt mir seine ausgestreckte Hand hin. »Tris und Bri haben vorhin anscheinend vergessen, den Whirlpool auszuschalten.«

Ich kam auf ihn zu und legte meine Hand in seine. Sie war groß. Seine Haut weich und warm. Seine Berührung sanft, federleicht. Dean öffnete die Terrassentür und trat als Erstes nach draußen. Ich folgte ihm und allein das sollte Bände sprechen. Wir beide mit nackten Füßen auf dem kalten, feuchten Holzboden. Bei Minusgraden. Mitten in der Nacht. Ein Kribbeln breitete sich in meiner Magengrube aus, als Dean mich ansah. Er stieg auf die Erhöhung vor dem Whirlpool und wollte gerade seinen Fuß ins Wasser eintauchen, als ich ihn aufhielt.

»Willst du da etwa in Boxershorts rein?« Dean sah an sich herab. »Dann ist sie ja ganz nass. Ich meine ja nur. Ich weiß nicht, wie viele Unterhosen du dabeihast«, brabbelte ich.

»Guter Punkt«, sagte er mit dem Grinsen eines Teufels auf den Lippen. Ein Keuchen entwich mir, als ich ihm zusah, wie er seine Boxershorts Stück für Stück nach unten schob. Über den Widerstand seiner Erektion, die nun im Schein der Poolbeleuchtung nicht mehr zu übersehen war. So stand er da. Splitterfasernackt auf einem Podest, als wäre er die Vorlage für eine Skulptur aus der griechischen Mythologie gewesen. Michelangelo hätte seine Freude an ihm gehabt.

Er setzte sich in das dampfende Wasser und seufzte zufrieden.

»Kommst du auch rein oder willst du herausfinden, ob deine Nippel noch härter werden können?«, fragte er mit einem auffordernden Grinsen.

Fuck, er hatte recht. In all meiner gebannten Bewunderung hatte ich die beißende Kälte, die mich umgab, fast vergessen. Hastig zerrte ich mir mein dünnes Longsleeve über den Kopf und zog meine Leggings zusammen mit dem Tanga aus.

»O Shit«, rutschte es Dean leise raus, als ich auf der Erhöhung vor dem Whirlpool stand. Ich genoss seinen Blick auf mir. Liebte diesen Gesichtsausdruck. Noch mehr liebte ich es aber, dass er mich so fühlen ließ. Dass ich mich traute, mich ihm nackt zu zeigen. So wie ich war. Mit all meinen Makeln. Dass er machte, dass sie mir in dieser Sekunde so was von egal waren und ich mich wunderschön und begehrenswert fühlte.

»Los, komm zu mir.«

Langsam ließ ich mich ins heiße Wasser sinken, während Dean meinen Blick gefangen hielt. Ich war schon dabei, mich gegenüber von ihm niederzulassen, als er leicht den Kopf schüttelte. Seine Augen funkelten wie die Sterne über uns. Die hellen Spots von unterhalb der Wasseroberfläche zauberten ein schimmerndes Lichtspiel auf seine hellgrauen Iriden und brachten mich aus dem Konzept.

»Ich will deinen Körper an meinem spüren«, wisperte er. Ein Geständnis. Ein Wunsch. Eine Aufforderung.

Das warme Wasser benetzte meine Schultern, als ich zu ihm rüber rutschte und mich dicht neben ihn setzte. Erwartungsvoll blinzelte ich ihn an.

Einen Moment lang sah er mich an, ehe er eine Hand an meinen unteren Rücken legte und mich sachte nach vorne in die Mitte des Whirlpools schob, nur um mich dann wieder zurückzuziehen. Direkt zwischen seine Beine.

»Viel besser«, sagte er seufzend. »Davon habe ich die ganze letzte Nacht geträumt.«

»Von uns beiden im Whirlpool?«

»Von deinem Rücken an meiner Brust.«

»Jetzt kann ich dich doch gar nicht richtig ansehen.« Ich reckte den Kopf nach hinten, im Versuch, ihm in die Augen zu sehen.

»Aber ich kann das hier machen.« Seinen Worten folgten Taten, als er mit seinen Fingern zu beiden Seiten über meine Oberarme nach unten glitt und sie auf meine Oberschenkel legte.

»Oh«, keuchte ich.

»Ist das okay?«, raunte er an mein Ohr und ich ließ den Kopf auf seine Schulter sinken.

»Mh-mh«, summte ich zustimmend.

Er ließ seine linke Hand über meinen Bauch zu meinen Brüsten hinauf wandern, begann sie nacheinander zu kneten, während seine rechte Hand langsam zwischen meine Beine rutschte. »Und das? Ist das auch okay?«

»Sehr okay«, war alles, was ich unter einem leisen Wimmern herausbrachte.

Kapitel 21

DEAN

»Ihr habt heute Morgen echt was verpasst beim Adventsfrühstück«, plapperte Sophie munter los und reichte mir den Kartoffelbrei, um den ich sie nun schon zum dritten Mal gebeten hatte.

»Ach ja? Was denn?«, fragte John am Kopfende des Tisches.

Es war der dritte Advent und wir waren zum Abendessen in meinem Elternhaus. Wenn die Familie Morgan-Carter-Evans noch größer werden würde, müssten wir nicht nur am Tisch, sondern am ganzen Haus anbauen. Da waren von meiner Seite der Familie einmal meine Mom und John. Zugegeben, wir waren der kleinste Teil der Sippe. Neben meiner Mom saß die Evans-Familie, ihr Bruder, Onkel Ati, und seine Frau Lora. Daneben ihre beiden Kinder, Jess und ihr jüngerer Bruder Steven. Die Morgan-Seite hatte mit Abstand den größten Anteil. Sie bestand aus Barb, Louisas Mutter, mit ihrem Freund Patrick und Barbs drei Töchtern, Soph, Louisa und Kendra. Jap, Kendra war heute angereist, wie sie es jedes Jahr tat. Pünktlich zum dritten Advent, um die letzte Woche vor Weihnachten mit ihrer Familie zu verbringen. Kendra hatte natürlich – wie könnte es anders sein? – ihre Familie samt Mann und ebenfalls drei Kindern mitgebracht. Und dann wären da noch mein Sohn, Marvin, und seit letzter Woche auch Kat.

Ich strich mit einer Hand über ihren Oberschenkel und fragte mich, ob sie ebenfalls daran dachte, wo diese Hand letzte Nacht noch gewesen war. Welche Laute sie ihr entlockt hatte. Ein Blick in ihr Gesicht, auf ihre leicht geröteten Wangen, verriet mir: Ja, sie dachte daran.

»Der Reverend hat so ein Kauderwelsch gefaselt bei der Ansprache«, erklärte Sophie glucksend.

»Spätzchen«, mahnte Barb sie, kicherte aber hinter ihrer Serviette.

»Kein Wunder, er hat gestern auf dem Weihnachtsmarkt ganz schön einen mit uns gebechert«, kam es von Steven. Lora musste sich sichtlich zusammenreißen, nicht vor Scham über die Ausdrucksweise ihres Sohnes zu platzen.

Ich lauschte zufrieden den Gesprächen, während meine Gedanken immer wieder zwischen den Bildern von gestern Nacht und hierhin zurück schwebten. Zum Duft von Bratensoße und Kaminfeuer. Zum Klang von Dean Martins *Let it snow,* das im Hintergrund leise aus der *Bluetooth*-Box dudelte. *So könnte es immer sein,* ertappte ich mich selbst bei diesem Gedanken. Das brachte mich zum Schmunzeln. Vor etwas mehr als einem Jahr hätte ich mir nie erträumt, dass mein Leben heute so aussehen könnte. Dass mein Herz so voller Wärme und Liebe sein könnte. Meine Hand fand Kats unter dem Tisch und ich sah zu Louisa, wartete, bis sie meinen Blick erwiderte, ein Fragezeichen auf dem Gesicht. Ich nickte kurz, mit einem Lächeln auf den Lippen. Sie sah rasch zu Kat, anschließend zurück zu mir, und ein wissendes Grinsen erhellte ihre Miene.

Ich war glücklich.

In den nächsten zwei Tagen stellten John und ich das Gästezimmer weitestgehend fertig. Zumindest bis auf die Dinge, die noch geliefert werden mussten. Mittlerweile wirkte es etwas wohnlicher, was mir zuerst Bauchschmerzen bereitete, weil ich schon befürchtete, dass sich Kat nun doch hier einrichten würde. Erleichterung machte sich in mir breit, als sie sich das Zimmer ansah und schulterzuckend sagte: »Sieht hübsch aus«, aber keinerlei Anstalten machte, ihre Sachen nach unten zu räumen.

So langsam kam selbst bei uns beiden Weihnachtsmuffeln im Haus ein bisschen Festtagsstimmung auf. Vielleicht wurden wir auch ein wenig von Louisa, dem Weihnachtself Nummer Eins, in die entsprechende Richtung geschubst. Wieso sonst hätte sie Marvin ein komplettes Lebkuchenhaus-Bauset mitgeben sollen, als sie ihn am Mittwochnachmittag bei uns vorbeigebracht hatte? Sie benutzte unseren Sohn für die Verbreitung ihrer Weihnachtsmagie, wobei es auf mich nicht so wirkte, als hätte der Kleine etwas dagegen.

»Und wie läuft's auf dem Eis?«, fragte Kat ihn, während sie den braunen, würzig duftenden Teig mit beiden Händen knetete.

Marvin saß neben ihr auf der Marmorarbeitsplatte und ließ die Beine baumeln. »Schon besser.«

»Das ist gut. Freut mich.«

Ich war auf den billigen Platz am Herd verbannt worden, um heiße Schokolade zu kochen. Hin und wieder sah ich den beiden über die Schulter zu. »Machst du eigentlich auch was oder lässt du Kat die ganze Arbeit machen?«, fragte ich an Marvin gewandt und grinste.

Hastig schnappte er sich eine der Schälchen mit dem bunten Zuckerguss und rührte mit dem Löffel darin herum. »Ich rühre das hier«, erklärte er.

Ich hatte genau gesehen, dass der Zuckerguss schon mehr als genug gerührt worden war, trotzdem nickte ich. »Ich hab dich im Auge, Kleiner«, sagte ich mit zusammengekniffenen Augen und brachte ihn damit zum Kichern.

Während die rechteckigen Teigplatten im Ofen fest wurden, machten wir es uns auf dem Sofa bequem. Kuschelten uns zu dritt mit unseren Tassen unter die Decke und sahen auf Marvins Wunsch hin *Frozen*. Wenn das mal nicht meine neue Lieblingsweihnachtstradition werden würde.

Je mehr Zeit ich mit Kat verbrachte, je länger wir zusammenlebten, uns ein Bett teilten, je öfter ich sie küsste, desto öfter drängte sich ein Satz in mein Hirn. Besser gesagt, drei Wörter. Ich liebte sie. Oder um es in den Worten meines Namensgebers, Dean Martin, zu sagen: »*That's Amore!*«. Wenn man sich fühlte, als würde man träumen, ohne zu schlafen. Wenn man wie beschwipst war, als hätte man zu viel Wein getrunken, obwohl man stocknüchtern war. Wenn man die ganze Zeit den Drang hatte, zu summen, zu singen oder zu tanzen. Und dann war da dieses Dauergrinsen, das einfach nicht verschwinden wollte.

»Steht dir«, hatte Louisa gesagt, als ich ihr unseren schlafenden Sohn am späten Abend in die Arme gelegt hatte.

»Was meinst du?«

»Dass du glücklich bist.«

Es war nicht so, dass ich es Kat sofort sagen wollte, als es mir klar wurde. Das hieß, ich wollte durchaus, aber ich würde es nicht tun. Ich wollte sie nicht verschrecken. Irgendwie musste ich herausfinden, wie es ihr ging. Ob sie das Gleiche fühlte. New York war schon einige Tage kein Thema mehr gewesen. Zumindest hatten wir nicht mehr darüber geredet. Vielleicht gab es für sie auch nichts zu bereden, weil für sie klar war, dass sie auf jeden Fall nach Weihnachten wieder nach New York zurückkehren würde. Schließlich hatte sie dort eine Wohnung und einen Job. Zwar keinen, der sie erfüllte, wie sie mir anvertraut hatte, und den sie theoretisch genauso gut von hier ausüben konnte. Doch New York war ihr Zuhause. Sie war in der Stadt aufgewachsen. Dort lebte ihre Mutter, der sie sich Tag für Tag etwas mehr annäherte. Manchmal hörte ich sie mit ihr im Schlafzimmer telefonieren, wenn ich mit meinem Laptop am Esstisch saß und meine Mails checkte. Sicher wollte sie ihre Mutter wiedersehen, um persönlich mit ihr über ihren Vater zu sprechen. Sie hatte mir mal abends beim Fernsehen erzählt, dass sie ihn eventuell suchen wollten. Dass sie jedoch Angst davor hatte, weil sie nicht wusste, ob er sie überhaupt kennenlernen wollte.

»Jeder, der dich nicht kennenlernen will, hat dich überhaupt nicht verdient«, hatte ich geantwortet und sie auf dem Sofa näher zu mir gezogen, um ihr einen Kuss auf den Scheitel zu hauchen.

Kat hatte einiges durchmachen müssen im letzten Jahr. Sie musste vieles verarbeiten, und dann hatte sie auch noch die Sache mit ihren Eltern zu verdauen. Ich wusste nicht, ob da überhaupt Platz für Gefühle für mich übrig war. War es egoistisch, trotzdem darauf zu hoffen?

KAT

»Du bist schon den ganzen Tag so komisch«, sagte ich und pikte Dean in die Seite. Er ließ sich nicht beirren und hielt den Blick weiter starr auf die Straße gerichtet. Doch das Lächeln, das an seinem rechten Mundwinkel zupfte, entging mir nicht. Er trug einen dunkelblauen Hoodie, darüber seinen dunklen Mantel und dazu eine beige Chinohose. Eine Mischung aus Anzug-Dean und Kleinstadt-Dean. Ich mochte diese Mischung.

»Hallooo«, sagte ich lang gezogen.

»Was ist?«, stieß er lachend aus.

»Ich hab gesagt, du bist schon den ganzen Tag so komisch.«

»Ich weiß. Ich hab dich auch beim ersten Mal gehört«, entgegnete er und sah kurz zu mir herüber.

Schmollend schob ich die Unterlippe vor, verschränkte die Arme und sah aus dem Fenster. Seit ich hier war, hatte sich meine Angst vor Autofahrten immer weiter gelegt. Es machte mich kaum noch nervös, weil die Straßen hier so leer waren. Es gab keine Staus, keine abgehetzten Geschäftsleute, die schnell irgendwo hinmussten, keine überfüllten Kreuzungen oder Ampeln, die viel zu knapp geschaltet waren.

Hohe, eingeschneite Tannen flogen am Fenster vorbei. Glitzerndes Weiß, mit ein paar vereinzelten grünen Zweigen, die darunter hervorblitzten. Dean und ich hatten einen Großeinkauf bei *Walmart* gemacht und waren nun auf dem Weg nach Hause. Ich wusste nicht, ob er davon ausging, dass ich nach Weihnachten nach New York zurückfliegen würde. Ob er täglich mit meiner Abreise rechnete. Sie vielleicht sogar herbeisehnte, damit er sich wieder auf sein geregeltes Leben konzentrieren konnte. Bei jeder Sache, die ich im Supermarkt in den Einkaufswagen gelegt hatte, hatte ich mich gefragt, ob ich überhaupt noch da sein würde, um sie zu essen.

Wenn er mich loswerden wollte, würde ich die Tüte *Reese's Peanut Butter Cups* einfach klauen, beschloss ich.

»Welchen Masterplan hast du gerade ausgeheckt?«, fragte Dean mit gleichermaßen Belustigung wie Verunsicherung in der Stimme. Ich drehte den Kopf etwas weiter zur rechten Seite. »Ignorierst du mich jetzt auch?«

»Was hat mich verraten?«

»Wegen des Masterplans?«

»Ja.«

»Du machst immer so ein kleines *Hm,* wenn du zu einem Entschluss kommst«, erklärte er. Sein *Hm* klang viel zu hoch.

»Das kann nicht sein«, protestierte ich und drehte mich empört zu ihm.

Er zuckte mit den Schultern. »Tja, ist aber so.«

»Ich klinge nicht so.«

»O doch, das tust du, und soll ich dir was sagen? Ich liebe es.« Er stockte, sah mich an. Mein Herz machte einen

Hüpfer. Er liebte es. Er liebte etwas an mir. Mein Mund wurde staubtrocken, während ich in seinen grauen Augen versank. Zumindest bis ich erschrocken feststellte, dass er mich ebenfalls immer noch ansah.

»Sieh auf die Straße!«, stieß ich schrill aus. Verdammt, das war nicht die Reaktion, die ich ihm eigentlich als Antwort auf dieses Geständnis hatte geben wollen. Mir würden auf Anhieb zehn andere Dinge einfallen, die ich stattdessen hätte machen sollen. Eine davon beinhaltete mich auf seinem Schoß, meine Hände in seinen hellbraunen Haaren.

Als Dean und ich zu Hause ankamen, lockte er mich ins Schlafzimmer und warf mich aufs Bett. Ich war schon dabei, am Saum seines Hoodies zu zupfen, doch er löste sich von mir und rannte aus dem Zimmer. Ich hörte, wie sich der Schlüssel im Schloss umdrehte.

»Was zur Hölle! Was soll das denn jetzt?«

»Überraschung!«, rief er durch die Tür.

Mein Kopf plumpste zurück auf die weiche Matratze. Die Zeit mit Caleb hatte ihm nicht gutgetan. Dean hatte mir von seinen absurden Kidnapping-Ideen für den Junggesellenabschied erzählt.

Als ich *Instagram* zum fünfzehnten Mal durchgescrollt hatte, öffnete sich endlich die Tür. Ich drehte mich vom Bauch zu ihm um und stand auf. »Darf ich jetzt das Zimmer wieder verlassen?«

Er nickte breit grinsend. Skeptisch ging ich an ihm vorbei, während er mir die Tür aufhielt. Schon als ich die Treppe hinunterging, kroch mir ein würziger Duft in die Nase, den ich nicht ganz definieren konnte.

Als ich ins Wohnzimmer kam, klappte mir die Kinnlade runter. Der Raum war ein Meer aus Kerzen. Auf jeder freien Oberfläche befanden sich Kerzen. Große, dicke Blockkerzen. Kleine Teelichter. Elegante Stabkerzen in Kerzenhaltern. Auf der Kücheninsel, auf dem Couchtisch, auf dem Sideboard neben dem Plattenspieler, auf dem Esstisch.

»Dean«, hauchte ich und sah zu ihm auf. Sein Blick flackerte zwischen meinen Augen und meinen Lippen hin und her. Kurz entschlossen drückte ich ihm einen Kuss auf den Mund. Wir setzten uns an den gedeckten Tisch und ich beugte mich schnuppernd über den Teller. »Ist das eine Gemüsesuppe?«, fragte ich verwundert und erinnerte mich daran, dass das mein allererster Gedanke gewesen war, als ich Deans Küche vor ein paar Wochen betreten hatte. Dass ich mir vorstellen könnte, hier eine Gemüsesuppe zu kochen. »Woher wusstest du ...«

»Du hast es mal in einem Nebensatz erwähnt, glaube ich.«

Ein dicker Kloß bildete sich in meinem Hals. Das war zu viel. Es war zu schön. Das alles hier war viel zu schön, um wahr zu sein. Ich hatte das gar nicht verdient. Konnte sich das Leben wirklich auch so anfühlen? Immer? Wie konnte ich hier sitzen und all das genießen, wenn ich wusste, dass es bald vorbei sein würde? Dass ich vielleicht schon in wenigen Tagen wieder allein in meinem kleinen New Yorker Apartment sitzen würde und mir Instantnudeln mit heißem Wasser aufgießen oder etwas bei *UberEats* bestellen würde. *Genieß es, solange es anhält,* wisperte eine leise Stimme in meinem Inneren. Aber wie sollte ich, wenn ich wusste, dass das Ende vorprogrammiert war?

Tief in Gedanken schob ich die Karotten von der einen Seite des Tellers zur anderen und schlürfte wenigstens ein bisschen von der Brühe, damit Dean nicht dachte, dass es mir nicht schmeckte. Dass ich undankbar war. Dass mir das hier nicht die Welt bedeuten würde.

Denn das tat es.

Und das jagte mir eine verdammte Angst ein.

»Ich ...«, begann Dean nach einer Weile zögerlich. Die Stille zog sich in die Länge, bis sie regelrecht in meinen Ohren dröhnte. Meine Hände wurden schwitzig, weshalb ich versuchte, sie an meiner Jeans zu trocknen. »Ich hatte eine Erkenntnis ... Äh, vor ein paar Tagen schon.« Er suchte nach den richtigen Worten. Den richtigen Worten, um mir zu sagen, dass ich abreisen sollte. Dass er Weihnachten lieber im Kreise seiner Familie verbringen wollte. Ohne mich. Ich war nicht Familie. Ich war allein. »Ich wollte dir sagen, dass …«

Ich räusperte mich, putzte mir den Mund mit der beigen Leinenserviette ab und legte sie neben meinen Teller. »Ist schon gut, Dean. Ich verstehe. Ich werde gleich meinen Koffer packen, aber wäre es okay, wenn ich noch die Nacht bleibe und erst morgen zurückfliege?« Während ich all das sagte, sah ich überallhin, nur nicht zu ihm. Jetzt tat ich es. Dean sah aus, als würde er gar nichts mehr verstehen.

»Warte, was?«

»Ist es nicht das, was du versuchst, mir zu sagen?«

Er ließ seinen Blick ungläubig durch den Raum schweifen. »Du denkst, ich habe für dich gekocht und zehn Dutzend Kerzen angezündet, um dir zu sagen, dass du bitte wieder gehen sollst?«

Wenn er es so zusammenfasste, klang es tatsächlich dämlich. Vielleicht hatte ich einfach so sehr damit gerechnet, dass ich für den Moment all die anderen Zeichen ausgeblendet hatte. Louisa hatte recht, als wir in der Eishalle gesprochen hatten. Es war wirklich eine Angewohnheit von mir, Gespräche und Szenarien in meinem Kopf bis zum Ende durchzuspielen, um mich auf das Schlimmste vorzubereiten. Doch würde ich einen anderen Verlauf als den, den mein Hirn teuflisch grinsend zusammengesponnen hatte, zulassen? Mich trauen, das Skript links liegenzulassen und einen neuen Weg einzuschlagen?

Dean erhob sich, kam um den Tisch herum und bedeutete mir, ebenfalls aufzustehen. Er nahm meine Hände, strich mit den Daumen über meine Handrücken und seufzte schwer. Dann sah er mir direkt in die Augen. »Ich wollte dir eigentlich sagen, dass …«, wieder stockte er. »Also … Ich liebe dich.«

Durch meinen Kopf hallte ein ohrenbetäubendes Fiepen. Seine Worte hatte ich mehr von seinen Lippen abgelesen, als dass ich sie gehört hätte. All die Jahre hatte ich davon geträumt, dass er diese drei Worte zu mir sagen würde. Seit dem ersten Moment an hatte ich mir nichts sehnlicher gewünscht. Und nun hatte er es gesagt. Ich sollte hüpfen, schreien vor Glück. Doch ich konnte nicht. Mein Herz krampfte und mein Magen verknotete sich schlagartig. Wieso konnte ich mich nicht darüber freuen? Was stimmte nicht mit mir? Wieso konnte ich es nicht annehmen? Ihm glauben? Ich hatte vor sechs Jahren schon einmal gehofft, dass er mehr für mich empfinden könnte, war ins kalte Wasser gesprungen, hatte ihn geküsst. Woraufhin er mich zurückgewiesen hatte. Aber jetzt war es etwas anderes. *Kat, es ist jetzt anders,* sagte ich im Geiste zu mir selbst.

»Wieso?«, fragte ich. Fragte mein Mund, ohne es vorher mit meinem Hirn abzusprechen. Ich wusste nicht, auf welche Antwort ich hoffte. Welche Antwort es schaffen sollte, das Ruder herumzureißen. Meinen emotionalen Zug einzuholen.

Er lachte leise auf. »Weil du du bist, Kat. Wunderschön, klug und unheimlich stark.«

»Bin ich nicht.«

»Was?«

»Wunderschön, klug und unheimlich stark.«

Dean strich sich mit dem Daumen über den Mund, sah kurz weg und dann wieder zu mir zurück. »Kat, natürlich bist du das«, sagte er sanft.

Ruckartig ließ ich seine Hand los, als hätte ich mich an ihr verbrannt. Welche Worte auch immer ich gebraucht hätte, diese waren es nicht. Panik loderte unter meiner Haut. Er kannte mich nicht gut genug. Er wusste nicht, worauf er sich da einließ. Er hatte nicht gesehen, wie ich das gesamte letzte Jahr drauf gewesen war. Ich musste ihn davor beschützen. Vor mir. Vor meinen selbstzerstörerischen Gedanken. Er hatte eine Familie, einen Sohn. Er hatte zu viel zu verlieren. All das, was er sich hier aufgebaut hatte. Ich wollte ihm auf keinen Fall seine heile Welt verderben mit den dunkeln Wolken, die meinen Verstand an manchen Tagen überschatteten. Nur weil es mir die letzten Wochen gut gegangen war, hier an Deans Seite, hieß das noch lange nicht, dass es für immer so bleiben würde. Allein diese Höllenfahrt von Gedankenkarussell, in die mein Gehirn mich jetzt setzte, zeigte mir überdeutlich, dass ich nicht geheilt war. Ich war kaputt.

»Nein, bin ich nicht. Ich bin kaputt, Dean!« Meine Stimme wurde immer lauter. »Ich bin schwach und verkorkst, und ich habe Narben. Furchtbar hässliche Narben, die mich für immer an den Tod meines Kindes erinnern werden. An den Unfall und daran, dass ich die schlechteste werdende Mutter aller Zeiten war. Ich rede nicht nur von den äußeren Narben, Dean. Das alles hat mich zu Boden gerissen. Es hat mich so verdammt hart aufschlagen lassen. Vom einen auf den anderen Tag ist mein Leben zusammengefallen wie ein Kartenhaus. Die Narben erinnern mich jeden Tag daran, dass mein Leben komplett den Bach runtergegangen ist. Dass ich allein war. Dass *du* mich allein gelassen hast. Du kannst mich einladen in dein schickes Luxushaus. Du kannst mich bekochen, mir zeigen, wie schön das Leben sein könnte. Du kannst mir sagen, dass du mich liebst, aber Fakt ist, dass ich kaputt bin und es auch immer bleiben werde. Die letzten Wochen habe ich geglaubt, dass du mich wieder zusammensetzen kannst. Dass vielleicht alles wieder gut werden würde. Aber ...«

»Kat, bitte sag so etwas ni...«, begann er, in dem Versuch, mich zu unterbrechen.

»Die Sache ist die: Ich bin und bleibe fragil. Ich hab einen Knacks weg. Ist einfach so. Und ich würde mir an deiner Stelle dreimal überlegen, ob du das wirklich in deinem Leben haben willst. Ich gehöre nicht hierher, Dean. Zu all den netten Menschen, in dieses kitschige Kleinstadtleben. Zu diesen Familientraditionen.« Ich schnaubte, atmete schwer ein und aus. Deans Augen waren weit aufgerissen. Er war einen Schritt zurückgewichen. Recht hatte er, denn das war die wahre Kat. »Ich bin keine Mutter, Dean. Ich bin keine Hausfrau. Ich kann nicht kochen. Ich kann das nicht. Ich kann so was nicht!«, schrie ich und fuchtelte mit den Händen in Richtung Suppe.

»Hey, stopp! Hey, hey, hey!« Dean packte mich an beiden Schultern und schüttelte mich. »Wer hat gesagt, dass ich das von dir verlange oder überhaupt will?«

»Ich bin nicht so, wie du mich gern hättest. Ich habe meinen Job in der Kanzlei geliebt, bis du mich an diesem einen Morgen ignoriert hast. Weißt du das noch? Es war kurz nach zehn. Ich bin zu deinem Büro gekommen, wollte wie jeden Morgen einen Kaffee mit dir trinken, und du hast gesagt, du hast keine Zeit für mich. Von da an hattest du an keinem Morgen oder auch zu sonst keiner Uhrzeit mehr Zeit für mich!«

»Ich ... Louisa hatte mich gerade verlassen ... Ich brauchte erst mal Zeit für mich, um mir über einiges klar zu werden.«

»Du wolltest mich nicht in deinem Leben!«

»Kat ...«

»Sag es! Ist doch so, oder? Du wolltest mich aus deinem Leben streichen. Du hast es bereut, dass wir uns so gut verstanden haben. Dass wir uns damals geküsst haben.«

»Nein«, entgegnete er energisch. »Ich habe den Kuss nicht bereut, und auch nicht die Freundschaft zwischen uns beiden.«

»Freundschaft«, wiederholte ich mit einem falschen Lachen. »Freunde lässt man nicht einfach so im Regen stehen, wenn es schwierig wird. Ich habe dich gebraucht, Dean! Wie kannst du sagen, dass du mich liebst, wenn du mich ignoriert hast? Wenn du mich im Stich gelassen hast in der schwierigsten Zeit meines Lebens? Gib es zu. Du hattest mich schon längst vergessen. Du hast dir hier dieses schöne Leben aufgebaut, ohne einen einzigen Gedanken an mich zu verschwenden! Und wieso solltest du dir das kaputt machen, indem du mich wieder in dein Leben holst?«

Dean umfasste mein Gesicht mit beiden Händen, als wollte er zu mir durchdringen. Die Dämonen aus meinem Kopf schütteln. Wenn er nur wüsste, wie sehr ich mir wünschte, dass er genau das tat und es ihm gelingen würde. In seinem Blick lagen so viele Emotionen: Wut, Verzweiflung, Schmerz. Sie schwammen in den Tränen, die seine Augen füllten. Oder waren es meine Augen, die sich mit Tränen füllten? Machten, dass meine Sicht verschwamm.

»Ich war okay, Dean«, flüsterte ich erstickt. »Ich bin klargekommen. Irgendwie. Bis du da warst. Du hast mir gezeigt, wie das Leben eigentlich sein könnte. Wie das Leben sein sollte. Wie es bei mir noch nie war. Du hast mir den Himmel gezeigt, doch damit komme ich nicht klar. Nicht, wenn ich mich nicht darauf verlassen kann, dass es so bleibt. Ich weiß, dass einem das niemand garantieren kann, aber ich brauche das! Ich brauche eine gewisse Sicherheit in meinem Leben. Ich brauche Konstanten. Etwas, auf das ich mich verlassen kann. Selbst wenn das bedeutet, dass ich wieder zurück nach New York gehe. Dort weiß ich, woran ich bin. Ich kann mich darauf verlassen, wie mein Leben dort verläuft. Es ist verlässlich. Anders als du. Gerade läuft es gut, aber was ist, wenn ich so bin, wie ich jetzt bin? Sagst du dann immer noch, dass du mich liebst? Bist du dann immer noch da? Oder vergisst du mich wieder?«

Dean japste erstickt nach Luft. Ich konnte es nicht sehen, weil ich die Augenlider fest zusammengepresst hatte, doch ich hörte es. Auf einmal waren seine Hände fort von meinem Gesicht und die Umgebung wirkte etwas kühler. Blinzelnd stellte ich fest, dass er weg war. So, wie ich es vermutet hatte. Wie ich es befürchtet hatte.

Ein paar schluchzende Atemzüge später war er wieder da. Er stapfte zielstrebig auf mich zu, eine Box in der Hand. »Da!«

»W-was ist das?«

Dean knallte die Box auf den Esstisch, öffnete sie und griff hinein. Es waren Briefe. Er hielt eine Handvoll davon hoch und wedelte vor meinem Gesicht damit herum. »Briefe, Kat! Du denkst, ich habe dich vergessen? Du denkst, ich habe nicht an dich gedacht? Jeden GOTT-VER-DAMM-TEN TAG?! Du denkst, ich habe dich nicht vermisst? Du denkst, ich wollte dich aus meinem Leben streichen? Dann sag mir, was das ist! Sag mir, wieso ich dir all diese Briefe geschrieben habe!«

Mit zittrigen Fingern tastete ich nach einem der Briefe. Ich hob ihn an, drehte und wendete ihn. »Das ist die falsche Adresse«, wisperte ich und entdeckte den Aufkleber von der Poststelle: *Unbekannt verzogen.*

»Ach was«, blaffte Dean. »Das habe ich nach zwei Briefen, die zurückkamen, auch verstanden.« Er warf die Umschläge in seinen Händen auf den Boden vor mir. »Und trotzdem habe ich dir weiter geschrieben, weil ich dich vermisst habe.« Er nahm einen weiteren Brief aus der Kiste, hielt ihn vor mein Gesicht und ließ auch ihn vor meine Füße fallen. »Weil ich an dich gedacht habe!«

Noch ein Brief.

»Weil ich wollte, dass wir reden. Dass wir uns sehen!«

Noch ein Brief landete auf dem Boden.

»Weil ich dich fragen wollte, wie es dir geht. Wie es dem Baby geht.«

Der nächste Brief.

»Was es zu bedeuten hat, dass du umgezogen bist, ohne mir davon zu erzählen. Warum du meine Nummer blockiert hast. Also sag mir nicht, dass ich dich aus meinem Leben gestrichen hätte, wenn eigentlich *du* diejenige warst, die das getan hat!«, brüllte er und leerte die Box mit unzähligen weiteren Briefen zu meinen Füßen aus.

Und ich? Ich war sprachlos, umklammerte meinen Oberkörper mit beiden Händen. Versuchte, mich selbst zusammenzuhalten. Oder wenigstens den kleinen Teil, der von mir übrig war. Ich war unfähig, etwas zu sagen oder mich zu regen. Unter Tränen sah ich, wie er sich umdrehte, hörte, wie er im Flur über seine Schuhe fluchte und schließlich die Haustür hinter sich zuknallte.

Erschrocken schnappte ich nach Luft und erst da fiel mir auf, dass ich in den letzten Sekunden vermutlich vergessen hatte, zu atmen. Ich sank auf den Boden, sah mir wimmernd einen Brief nach dem anderen an, bis ich wahllos irgendeinen davon öffnete.

Kapitel 22

13. Februar

Hey Kat,

ich hoffe, dir geht's gut. Na ja, das sage ich ja immer. Ich habe nun schon zwei Monate nichts mehr von dir gehört und ich mache mir wirklich Sorgen. Ich hoffe einfach, dass es dir gut geht. Dass du keine Probleme mit Morgenübelkeit hast und sich das Baby gut entwickelt. Ich hoffe, dass Allec eine größere Wohnung hat springen lassen, jetzt, wo er den neuen Job hat. Ich hoffe, dass das der Grund war für euren Umzug. Ich pendele inzwischen immer zwischen New York und Sugar Hill bzw. Honey Daze. Momentan habe ich noch relativ viel in New York zu tun, aber langfristig will ich hauptsächlich in Honey Daze wohnen, um mehr bei Marvin zu sein. Immer, wenn ich in New York bin, fahre ich kurz bei deinem Haus vorbei. Das heißt, eurem alten Haus. Weil ich immer denke, womöglich wart ihr ja nur im Urlaub und seid wieder da. Allerdings habe ich letzte Woche gesehen, wie eine Familie Kisten in das Haus getragen hat. Sie sahen nett aus. Obwohl die beiden Teenie-Kinder mich angeguckt haben, als wäre ich ein Creep. Was ich vermutlich auch bin. Vielleicht sollte ich aufhören, langsam an ihrem Haus vorbeizufahren.

Ich wünschte, ich könnte dir das persönlich erzählen. Dann hätte dich das hoffentlich ein bisschen zum Lachen gebracht. Ich vermisse dein Lachen.

Ist es komisch, wenn ich das schreibe?

Da du diesen Brief vermutlich eh nie lesen wirst, ist es ja eigentlich egal.

Ich hoffe, dass wir uns bald wiedersehen. Wobei ich nicht weiß, warum du mich blockiert hast. Oder hast du deine Nummer geändert? Was immer ich getan habe, dass du mich nicht mehr in deinem Leben haben willst, es tut mir leid.

Ich vermisse dich.

In Liebe, Dean

06. Mai

Hi Kat,

mittlerweile schiebst du wahrscheinlich eine ganz schöne Kugel vor dir her. Du siehst bestimmt hinreißend aus. Würde mich echt interessieren, ob du trotzdem noch in deinen hochhackigen Schuhen herumläufst und New York unsicher machst. Sicher wisst ihr schon, ob es ein Junge oder ein Mädchen wird. Ich hoffe jedenfalls, ihn oder sie irgendwann mal kennenzulernen. John und ich renovieren ja das alte Haus, das ich gekauft habe. Ich kann dir sagen, zwischenzeitlich habe ich den Kauf bereut. Könnte sein, dass ich unterschätzt habe, wie hart es ist, ein Haus zu zweit zu renovieren. Ich bin jetzt schon so ziemlich hier eingezogen. Meine Tage bestehen daraus, an einem Klapptisch zu sitzen und Online-Meetings abzuhalten. Weiße Wände habe ich hier immerhin genug dafür. Manchmal setze ich mich raus, weil John drinnen hämmert.

Ich habe einen See direkt vorm Haus. Klingt ganz schön klischeehaft, oder? Aber es ist wirklich schön. Und ich glaube, wenn das Haus erst mal fertig ist, wird es noch schöner. Vielleicht könnt ihr mich ja besuchen kommen, wenn das Baby da ist und etwas Ruhe bei euch eingekehrt ist. Dafür müsste ich nur überhaupt mal wieder Kontakt zu Allec haben … Momentan ist Funkstille bei uns, weil ich ehrlich gesagt noch immer angefressen bin wegen dem, was er da abgezogen hat.

Letzte Woche war ich mit Marvin kurz im See schwimmen. Der Frühling ist hier nämlich in vollem Gange, wobei das Wasser noch ziemlich kalt ist. Keine Ahnung, ob sich das überhaupt ändert. Ist schließlich ein Bergsee. Ach, hatte ich das schon erwähnt? Hinter dem See ist auch noch ein Berg. Kannst du dir das vorstellen? Dass ich mal so wohnen würde? Nicht mit Blick auf das Empire State Building, sondern so …

Heute Abend wollen wir mit ein paar Jungs von der Feuerwehr grillen, deshalb muss ich mich jetzt umziehen. Ich erzähle dir dann in meinem nächsten Brief, was es mit der Feuerwehrsache auf sich hat.

Ich wünschte, du wärst hier.

Bye

Dean

24. Januar

Ich versteh's nicht. Ich versteh's nicht, Kat.

Wieso ignorierst du all meine Anrufe und Nachrichten? Was soll der Kindergarten? Weißt du denn nicht, dass es mir absolut scheiße geht? Dass es mich verrückt macht, nicht zu wissen, wie es dir geht? Als du auf einmal nicht mehr auf die Arbeit gekommen bist, ist meine Welt für einen Moment stehen geblieben. Ich habe in der Personalabteilung nach dir gefragt, doch es hieß nur, dass du noch länger krankgeschrieben sein wirst. Ich hoffe, dass nichts mit dem Baby ist. Und dass ich dich wenigstens über diesen Weg erreiche. Selbst wenn du mir nicht antwortest, habe ich die Hoffnung, dass du das hier liest.

Damit du weißt, dass ich an dich denke. Jeden Tag.

Ich habe Louisa übrigens alles erzählt. Ich bin kurz vor Weihnachten nach Sugar Hill gefahren und wir haben uns ausgesprochen. Wir haben uns getrennt …

Und sie denkt, dass ich in dich verliebt war …

Ich denke, dass ich es noch immer bin.

Kat, bitte, falls du das hier liest und ich dir auch nur irgendetwas bedeute, bitte melde dich bei mir. Ich weiß, dass es egoistisch ist und ich weiß, dass du nun deine eigene kleine Familie mit Allec hast, aber ich kann nicht aufhören, an dich zu denken. An unseren Kuss und unsere gemeinsame Zeit damals. Ich weiß, das alles ist schon Ewigkeiten her, doch mir kommt es so vor, als wäre es gestern gewesen. Gerade jetzt, wo Louisa und ich getrennte Wege gehen, hat mein Kopf es immer schwerer, meinem Herzen vernünftige Gründe zu liefern, nicht schneller zu schlagen, beim Gedanken an dich.

Bitte, sag mir, ob es dir gut geht. Damit ich endlich wieder schlafen kann.

26. September

Hi Cinnabon,

falls du dachtest, ich hätte diesen Namen vergessen, nein, habe ich nicht. Er ist mir die Tage wieder in den Sinn gekommen, weil Louisa Zimtschnecken gebacken hat. Wenn man keinen Zimt mag, hat man im CC's aktuell eher schlechte Karten. Aber ich weiß, dass du es liebst. Ich wünschte, du wärst hier.

Gestern hat die Ice-Hockey-Halle in Honey Daze wieder eröffnet und John hat mich zum ersten Training der neuen Saison mitgeschleppt. Ich kann dir sagen, mir tut alles weh. Weniger wegen des Muskelkaters, sondern weil Caleb mir am laufenden Band Bodychecks gegeben hat. Er meinte, ich müsste auf den Ernstfall vorbereitet sein. Ich frage mich noch immer, welcher Ernstfall das sein soll. Schließlich spielen die Jungs nur zum Spaß, sagt John. Ich frage mich, ob das Caleb auch in der Form bewusst ist … Habe ich Caleb schon mal in einem meiner Briefe erwähnt? Ich kenne ihn noch von früher aus der High School.

Jedenfalls habe ich seit Ewigkeiten mal wieder auf dem Eis gestanden. Genau genommen seit der Schulzeit. Am Anfang war ich noch sehr wackelig auf den Beinen, aber dann haben sich meine Muskeln langsam an die Abläufe gewöhnt. Es ist ein willkommener Ausgleich zu den anstrengenden Online-Meetings, die ich aktuell wegen eines Falls habe. Außerdem spielt Marvin seit letztem Jahr ebenfalls Ice Hockey. Ich glaube, er hat es sogar meinetwegen angefangen. Um meinem alten Ich nachzueifern. Ich dachte, es wäre schön, wenn wir dieses Hobby nun teilen würden und ich auch wieder damit anfange. Damit er mich vielleicht so bewundernd dabei ansieht, wie er es bei John tut, wenn er über das Eis fegt. Ist es kindisch, sich das zu wünschen?

Bis hoffentlich bald!

PS. Ich wollte den Brief gerade zumachen, da ist ein Eichhörnchen über meine Terrasse gehüpft. Das sah niedlich aus. Und wieso ich das in einen Brief schreibe, den du eh nie lesen wirst, weiß ich nicht …

19. November

Hey Kat,

jap, schon wieder ich. Oder besser, immer noch ich. Das Jahr neigt sich langsam dem Ende zu und ich hasse es, dass ich noch immer nichts von dir gehört habe. Ich hasse es, nicht zu wissen, wie es dir geht. Ich hasse es, nicht deine Stimme hören zu können. Ich hasse es, dass du mich ausschließt aus deinem Leben.

Aber ich werde nicht aufgeben. Ich habe einen Masterplan und der beinhaltet, dich zu finden und dein Herz zu erobern.

Tut mir leid für Allec. Aber irgendwie auch nicht. Wenn es nur den Hauch einer Chance gibt, dass du so für mich empfindest, wie ich für dich, werde ich um dich kämpfen.

Ende des Monats werde ich wieder in New York sein, weil von der Kanzlei aus eine Weihnachtsgala ist. Ich weiß, dass du auch eine Einladung bekommen hast, und träume seitdem jede Nacht davon, wie es wäre, wenn du auf einmal auf der Gala auftauchen würdest. Wenn du wie eine Königin über das Parkett auf mich zu schweben würdest.

Wenn du mich lässt, Kat, wenn du auch etwas für mich empfindest, dann bin ich für dich und das Baby da.

Wenn du mich lässt, mache ich dir jeden Morgen deinen Zimtkaffee.

Ich würde für dich Lasagne kochen, weil ich mittlerweile gar kein so schlechter Koch mehr bin.

Ich würde mit dir auf den schimmernden See blicken. Beobachten, wie die letzten Blätter von den Bäumen fallen und die Ränder der Fensterscheiben langsam gefrieren.

Ich würde mit dir im Wohnzimmer tanzen.

Ich würde dich halten.

Dich küssen.

Dein Dean

Kapitel 23

DEAN

»Das ist inakzeptabel«, sagte Louisa sofort, als sie aus dem Auto stieg.

»Was?«

»Du. Rauchend.« Sie kam um das Auto herum auf mich zu. Oder besser auf ihr Haus.

Ich starrte den glühenden kleinen Stängel in meiner Hand an, schnippte die abgebrannte Asche weg und stieß mich mit der Hüfte vom Gartenzaun ab, an dem ich gelehnt hatte. Es war ewig her, seit ich das letzte Mal geraucht hatte. Vermutlich zuletzt mit sechzehn. Als ich in meiner Trotzphase gewesen war. Wütend auf meinen Dad und die ganze Welt. Ich hätte ebenfalls nicht gedacht, dass ich noch mal rauchen würde. Doch wenn es einen passenden Anlass dafür gab, dann war es heute Abend.

Ich hob einen Arm, um Louisa zur Begrüßung zu umarmen, doch sie verzog das Gesicht und sah angewidert zu der Zigarette in meiner Hand. Ich bückte mich, drückte sie im Schnee aus und warf sie gleich darauf in die Mülltonne hinter dem Zaun.

»Zufrieden?«

»Nicht wirklich, aber besser.« Sie ließ zu, dass ich einen Arm um sie legte, und erwiderte meine Umarmung. »Was ist denn los?«

Ich lachte trocken auf. Das wüsste ich auch gern. Im einen Moment bin ich glücklich – endlich mal wieder glücklich – und habe Kat meine Liebe gestanden. Im nächsten Moment stehe ich rauchend vor dem Haus meiner Ex, weil Kat mit mir Schluss gemacht hat. Oder was auch immer das gerade war. Was auch immer *wir* waren. Es tat scheiße weh.

Als Louisa merkte, dass ich so schnell nicht antworten würde und ich in meinem Kopf gefangen war, schlang sie einen Arm um meine Taille und lenkte mich in Richtung Haustür. Sobald wir im Eingangsbereich waren und die Mäntel ausgezogen hatten, flog mein Blick durch sämtliche Räume, die ich von hier aus sehen konnte.

»Die anderen sind alle auf dem Weihnachtsmarkt, glaube ich. Ich wollte nur kurz nach Hause, mich umziehen und dann noch mal hin«, beantwortete sie meine stumme Frage.

»O sorry, geh ruhig.«

»Spinnst du? Nicht, wenn du *so* aussiehst.«

»Na danke.« Schnaubend ließ ich mich auf das Sofa fallen.

Louisa verschwand für einen Moment in der Küche und kehrte mit einer Flasche Wein und zwei Gläsern wieder. Sie goss den Wein ein, reichte mir ein Glas und setzte sich im Schneidersitz neben mich auf die Couch, mir zugewandt.

»Also?«

»Ich bin nicht eine deiner Freundinnen. Das hier wird kein Girl Talk oder so«, murmelte ich und starrte irritiert auf das Glas in meiner Hand.

»Dann trink es halt nicht, aber erzähl mir endlich, was passiert ist.«

Ich stellte das Glas vor mir auf dem Couchtisch ab, ließ mich tiefer in die Polsterkissen sinken und streckte die Beine gerade von mir. »Ich, äh, ich habe Kat vorhin gesagt, dass ich sie liebe, und …«

»O mein Gott«, quietschte Louisa sofort los.

»Ja, hab ich auch erst gedacht. Warte mal ab, wie es weitergeht.«

Sie rutschte ein wenig auf dem Sofa hin und her, vermutlich vor Aufregung oder weil sie nach einer bequemeren Position suchte. »Wie hast du es gemacht? War es romantisch?«

»Ich dachte schon, ja. Ich habe für sie gekocht und gefühlte tausend Kerzen in der Küche und im Wohnzimmer angezündet.«

»Klingt sehr schön«, warf Louisa ein.

»Als wir gegessen haben, hab ich ihr gesagt, dass ich sie liebe, und sie ist auf einmal total ausgerastet. Ich weiß wirklich nicht, was ich falsch gemacht habe. Eigentlich hatte ich das Gefühl, dass sie genauso empfindet, aber anscheinend habe ich mich da geirrt.«

Louisa nahm einen Schluck von ihrem Wein und sah mich nachdenklich an. »Erinnerst du dich noch, was genau du zu ihr gesagt hast? Und was das Erste war, was sie danach gesagt oder getan hat?«

Ich dachte nach. »Wieso«, sagte ich.

»Ich weiß nicht, vielleicht kommen wir so eher darauf, was in ihr den Schalter umgelegt hat.«

»Nein, ich meine, *wieso*. Das ist das Erste, was sie gesagt, beziehungsweise gefragt hat, nachdem ich meinte, dass ich sie liebe.«

»Und du hast geantwortet?«

»Weil sie wunderschön, klug und stark ist.«

»Und dann hat *sie* gesagt? Mein Gott, jetzt lass dir doch nicht alles aus der Nase ziehen, Dean.«

»Das war nicht das, was sie gesagt hat«, erwiderte ich mit einem leichten Schmunzeln. »Sie hat gesagt, dass sie das nicht wäre. Dass sie schwach wäre. Danach hat sie mir alle möglichen Sachen an den Kopf geworfen. Dass ich sie im Stich gelassen hätte. Dass ich nicht an sie gedacht und sie vergessen hätte.«

»Hast du ihr gesagt, dass das nicht stimmt?«

»Ja, natürlich«, entgegnete ich sofort, lenkte dann jedoch ein. »Doch vielleicht hätte ich mir mehr Mühe geben müssen.«

»Aber sie hat dich genauso blockiert wie mich, oder? Sie ist umgezogen, ohne uns davon zu erzählen. Wie hättest du sie denn erreichen sollen?«

»Ich hätte vermutlich die verdammte Tür zu ihrem Haus eintreten sollen, als sie noch da gewohnt hat. Als sie den ersten Tag nicht auf die Arbeit gekommen ist. Ich hätte Allec fragen sollen und meinen scheiß Stolz und meinen Groll über seinen Verrat mal eine Sekunde vergessen sollen. Ich hätte die verfluchte Personalabteilung zusammenbrüllen sollen, dass sie mir verdammt noch mal die neue Adresse von Kat sagen sollen, weil ich ihr verfickter Chef bin. Ich hätte damit drohen können, sie zu kündigen. Ich hätte da sein sollen. Ich hätte da sein müssen. Aber ich war's nicht. Ich habe sie im Stich gelassen. Schon wieder eine Person, die ich liebe und für die ich nicht da war. Wieso bin ich so, Louisa?«

Sie stellte ihr Glas auf dem Tisch ab und schlang wieder die Arme um mich. »Hör bitte auf, dich so fertigzumachen. Mannomann, ihr Carter-Jungs seid echt Profis in *Was hätte sein können und was hätte sein sollen,* oder?«

»Na, wenn wir sonst nichts können«, nuschelte ich an ihrer Schulter.

Sie löste sich von mir. »Jetzt hör mir bitte genau zu, Dean. Du kannst nicht überall gleichzeitig sein. Du kannst nicht alle retten. Letztes Jahr um diese Zeit, wenn nicht sogar genau heute vor einem Jahr, keine Ahnung, haben wir uns ziemlich lange unterhalten. Erinnerst du dich?« Ich nickte. »Wir haben beschlossen, dass wir beide uns erst mal um uns selbst kümmern, und das haben wir getan. Für dich hat das anscheinend bedeutet, dass du ein besserer Vater für Marvin sein wolltest. Ein besserer Bruder für John und ein besserer Freund für mich. Ein besserer Sohn für deine Mom. Und du hast all das geschafft. Es hat dich alles in allem etwas glücklicher gemacht, würde ich sagen. Du hast daran gearbeitet, deine Vergangenheit aufzuarbeiten. Die Schatten, die dich verfolgt haben, fortzujagen. All das hast du geschafft, Dean. Und das ist unglaublich. Das ist viel.«

Sie sagte all das und sah mir direkt in die Augen. Es machte mich nervös, sie dabei anzusehen. Vielleicht auch verlegen. Weil ich nicht glaubte, diese lieben Worte verdient zu haben, die sie da für mich fand. Mein Hirn weigerte sich, zu akzeptieren, dass es stimmte, was sie sagte. Doch so war es. Sie hatte recht.

»Und du kannst nicht alles gleichzeitig machen. Du kannst nicht all das gleichzeitig für uns alle sein. Du gibst jeden Tag dein Bestes, und das reicht uns. Das muss reichen, denn mehr geht einfach nicht, und das ist okay. Eine Sache noch, die ich im letzten Jahr ebenfalls lernen musste und die meine Mom mir immer und immer wieder gesagt hat: Du bist nicht verantwortlich für das Glück anderer. Du bist nicht verantwortlich dafür, das Leben der Menschen um dich herum einfacher oder besser zu machen. Verstehst du, was ich sage? Menschen treffen eigene Entscheidungen, manchmal falsche, die sie später bereuen, aber du kannst sie nicht zwingen, sich anders zu verhalten. Es liegt nicht in deiner Hand. Kat hat sich damals entschieden, uns auszuschließen, und das mussten wir akzeptieren.«

Ich seufzte. »Verdammt, ganz schön weise.«

Sie lächelte zufrieden. »Ja, oder?«

»Kat hat gesagt, sie braucht eine Konstante. Sie hat gesagt, sie kann sich nicht darauf verlassen, dass ich sie nicht wieder fallen lassen werde. Dass ich jetzt vielleicht sage, dass ich sie liebe, dass sie jedoch kaputt wäre und all so was.«

»Aha. Langsam kommen wir in die richtige Richtung«, sagte Louisa mit erhobenem Zeigefinger.

»Was meinst du?«

»Nach allem, was du mir erzählt hast, ist noch mit keinem Sterbenswörtchen gefallen, dass sie dich nicht liebt. Das hat sie nicht gesagt, oder?«

Ich überlegte kurz, ehe ich den Kopf schüttelte.

»Hätte ich mir auch nicht vorstellen können. Ich hab gesehen, wie sie dich ansieht, Dean.«

Meine Lippen formten sich zu einem sanften Lächeln. »Irgendwie kann ich mir auch nicht vorstellen, dass sie gar nichts für mich empfindet. Dann wäre sie … dann wären *wir* nicht so gewesen, die letzten Wochen.«

»Ich glaube, sie hat Angst. Sie muss wissen, dass du immer noch da bist, wenn sie versucht, dich von sich zu stoßen. Kat macht das nicht, weil sie es will, sondern weil sie glaubt, dich damit zu schützen.«

»Ich will nicht, dass sie mich vor sich schützt. Im Gegenteil, ich will *sie* beschützen. Ich will für sie da sein«, erwiderte ich fast schon energisch.

»Hast du ihr das gesagt?«

»Nicht so ganz.«

»Dean?« Ich mochte nicht, wie sie meinen Namen dabei in die Länge zog.

»Möglicherweise hab ich sie angebrüllt und ihr wütend all die Briefe vor die Füße geworfen, die ich ihr im letzten Jahr geschrieben und nie abgeschickt habe«, sagte ich leise.

»Dean!«, stieß Louisa empört aus und boxte mir gegen die Schulter. »Ich weiß nicht, ob ich sauer auf dich sein soll oder zerfließen soll, weil das so süß ist.«

»Ich würde das mit dem Zerfließen und dem Süßen nehmen, wenn ich wählen dürfte.«

»Ich wusste gar nicht, dass du ihr Briefe geschrieben hast.« Unschlüssig, was ich damit anfangen sollte, zuckte ich mit den Schultern. »Ich glaube, sie braucht erst mal ein bisschen Zeit für sich, um sich über ihre Gefühle klar zu werden. Du kannst heute Nacht hier auf der Couch schlafen, wenn du willst.«

Jetzt griff ich doch zu dem Weinglas und nippte daran. Ich bewegte das Glas sachte von links nach rechts. Fasziniert beobachtete ich, wie die Oberfläche gleich blieb. Das Einzige, was sich veränderte, war das Glas drumherum. Die Erkenntnis traf mich wie der Blitz. Unsere Gefühle waren gleich geblieben. Sie waren eine stetige Konstante. Vielleicht die Konstante, nach der Kat verlangt hatte. Nur die Bedingungen hatten sich verändert. Die Gefühle waren noch da. Sie waren noch immer die gleichen. Bloß die Außenverhältnisse waren anders.

Nachdem ich Louisa dreimal versichert hatte, dass ich wirklich klarkam, verabschiedete sie sich, um auf den Weihnachtsmarkt zu gehen. Jedoch nicht, ohne mir vorher noch schnell Nudeln zu kochen und die Reste der Bolognese von gestern warm zu machen. Natürlich.

Mit vollem Bauch legte ich mich flach auf die Couch und starrte eine Weile an die Decke. Zwischen all den wirren Gedanken und dem krampfhaften Schmerz in meiner Brust, der sich Stück für Stück auflöste, formte sich eine Idee. Eine Idee, bei der ich Hilfe von meinen Freunden und meiner Familie brauchte. Ruckartig richtete ich mich auf, schlüpfte in meine Schuhe, schnappte mir meinen Mantel und stürmte aus dem Haus. Es war höchste Zeit, dass ich dem Weihnachtsmarkt von Sugar Hill einen Besuch abstattete. Ich hatte etwas Dringendes zu besprechen, und dort waren alle, die ich dafür brauchte. Für meinen Masterplan.

Ich hatte miserabel geschlafen.

Mein Kopf fühlte sich an, als wäre ein Hurrikan hindurchgefegt und hätte nichts als Verwüstung hinterlassen.

So heftig wie gestern Abend war ich das ganze letzte Jahr nicht drauf gewesen. Vielleicht, weil ich endlich wieder Gefühle zugelassen hatte. Weil Dean mir so verdammt viel bedeutete.

Nachdem ich alle Briefe geöffnet hatte – es waren über fünfzig! –, war ich um halb drei mit verquollenen Augen ins Bett gefallen. Es hatte ewig gedauert, bis ich eingeschlafen war. Ich hatte mich von der einen auf die andere Seite gewälzt und mich gefragt, wann Dean nach Hause kommen würde. Oder ob ich es geschafft hatte, ihn endgültig zu vergraulen.

Er hatte recht. Ich war es, die versucht hatte, ihn wie ein abgestorbenes Körperteil von mir abzustoßen. Ich hatte ihn ausgeschlossen und ihm gar nicht die Möglichkeit gegeben, für mich da zu sein. Es war verdammt hart, all diese Gefühle und Erinnerungen noch einmal zu durchleben. Zu sehen, wie es Dean damit ging. Wie es auf seiner Seite aussah. Und gleichzeitig zu wissen, wie ich mich an den entsprechenden Tagen gefühlt hatte. Was ich in der Zeit durchgemacht hatte. Er hatte mich nicht vergessen. Im Gegenteil, er hatte mir jede einzelne Woche einen Brief geschrieben, das gesamte letzte Jahr. Dean hatte weitaus mehr an mich gedacht, als ich es je für möglich gehalten hatte.

Mir war klar, dass diese Briefe nicht dafür gedacht gewesen waren, dass ich sie jemals lesen würde. Sie waren mehr wie ein Tagebuch und fühlten sich an manchen Stellen viel zu intim an. Gleichzeitig waren sie an mich gerichtet. Es waren Dinge, die er mir vermutlich persönlich anvertraut hätte, wenn ich ihn gelassen hätte. Die Briefe waren eine Mischung aus unzähligen Gefühlen: Unverständnis, Trauer, Wut, Verzweiflung, Angst, Sorge, Liebe, Hass. Der Ausdruck seiner Träume und Wünsche. Sie waren ein Liebesgeständnis. Sie waren der Beweis, den ich gebraucht hatte, um zu begreifen, dass ich mehr für Dean war. Dass er für mich da sein wollte und bereit war, mich so anzunehmen, wie ich war. Egal, in welcher Version.

Das ganze letzte Jahr hatte ich mich gefragt, was Dean von mir halten würde. Von dieser neuen Kat Nicholson. Kat, die außer Kontrolle geriet. Kat, die tagelang heulend auf der Couch saß, in einem Berg aus Taschentüchern versunken. Kat, die in Selbstzweifeln ertrank. Die den Verstand verlor. Ich hatte mich gefragt, was er über mich denken würde. Ob er mich trotz allem so ansehen könnte wie damals, als wir uns das erste Mal gesehen hatten. Und nun rauschten die Bilder der letzten Wochen vor meinem inneren Auge entlang. Dean, der mich als Queen bezeichnete, bevor wir das erste Mal miteinander geschlafen hatten. Dean, der mich umarmt, gehalten hatte und all meine Sorgen und negativen Gedanken mit federleichten Küssen auf meinem Gesicht oder meinem Scheitel vertrieben hatte. Dean, der für mich gekocht hatte, und die Musik, die ihn an seinen Vater erinnerte, mit mir teilte. Dean, der sich vor mir ausgezogen hatte, um mir zu zeigen, dass es an seinem perfekten Körper angeblich ebenfalls Makel gab. Dean, der mich seiner Familie vorstellte. In seine Freundesgruppe einlud und mir damit das Gefühl von Heimat schenkte. Dean, der mir zugehört, mich im Wohnzimmer hin und her gewogen hatte. All seine Blicke, all seine Worte prasselten auf mich ein und machten mir eines klar:

Dean Carter liebte mich.

Und ich liebte ihn.

Heute war der vierte Advent und ich hoffte, dass Dean wenigstens am Nachmittag kurz nach Hause kam, bevor er wieder zu seiner Familie aufbrechen würde. Dass wir darüber reden und ich ihm sagen konnte, dass ich ihn auch liebte. Doch er tauchte nicht auf.

Das einzig Gute an dem Hurrikan, den ich gestern Abend durchlebt hatte, war, dass er jetzt vorbei war. Und dass es an der Zeit war, aufzuräumen. Die Trümmer meines Herzens aufzusammeln und Schadenbegrenzung zu betreiben. Aber je mehr Stunden verstrichen, desto mehr wurde mir bewusst, dass Dean nicht nach Hause kommen und es mehr als Schadenbegrenzung brauchen würde, um ihn zurückzugewinnen. Und ihm klarzumachen, dass ich ihn auch liebte und ich mir ein Leben ohne ihn nicht vorstellen konnte. Ich brauchte einen Masterplan.

Nachdem ich bis mittags im Bett geblieben war, hatte ich mich den restlichen Tag damit beschäftigt, das Haus in Ordnung zu bringen und einen Plan zu schmieden. Ich lüftete das Wohnzimmer, weil es noch immer ein wenig nach erloschenem Feuer von den ganzen Kerzen roch. Die Suppe, die Dean gekocht hatte, hatte ich gestern Abend auf die Terrasse gestellt, weil der Topf zu warm gewesen war, um ihn in den Kühlschrank zu stellen. Über Nacht war die Suppe komplett gefroren. Das hatte ich nicht bedacht. Ich holte sie rein, stellte sie auf den Herd, um sie aufzutauen und warm zu machen, und nahm mir ein Schälchen davon, das ich kaum genießen konnte. Es fühlte sich falsch an, allein davon zu essen.

Mein Handy vibrierte auf dem Esstisch neben mir. Hastig griff ich danach, in der Hoffnung, eine Nachricht von Dean zu entdecken.

Louisa Carter: Kommst du zum Adventsessen heute?
Um sechs Uhr bei meiner Mom.

Enttäuscht ließ ich das Handy sinken. Da kam mir ein Gedanke. Ich würde Dean meine Liebe gestehen, und zwar so schnell wie möglich. Von mir aus auch vor seiner gesamten Familie. Ich musste ihm endlich sagen, was ich für ihn empfand. Wenn ich ihn nicht für immer vergrault hatte ...

Ich: Ich werde da sein. Dean wird doch
auch kommen, oder?

Louisa Carter: Cool! Der hat für heute
Abend abgesagt. Er meinte, dass es ihm nicht gut geht.

Er hatte für das Adventsessen abgesagt? Mist. Schuldbewusst kaute ich auf meiner Unterlippe herum. Ich musste ihn unbedingt finden und mit ihm reden. Als ich seine Nummer wählte, klingelte es ewig, bis irgendwann die Mailbox ansprang. Er drückte mich nicht weg, aber er ging auch nicht ran. Wo zur Hölle steckte er?

Ich tigerte im Wohnzimmer auf und ab. Spielte mit dem Gedanken, eine Schallplatte aufzulegen und Aretha Franklin zu hören. Verwarf den Gedanken wieder. Es fühlte sich falsch an, ohne Dean die Lieblingsplatten seines Dads zu hören.

Mein Blick blieb an dem zugefrorenen See hinter der Glasfront hängen. Vielleicht könnte ich noch eine Runde auf dem Eis laufen? Nein. Dafür war ich zu aufgewühlt.

Ich durchsuchte ein paar Schränke und fand schließlich Stift und Papier, damit ich ihm meine Liebe genauso in Form eines Briefes gestehen konnte. Doch als ich mich an den Esstisch setzte und das weiße Blatt anstarrte, war nur Leere in meinem Kopf. Verdammt, ich konnte so was einfach nicht. Stattdessen wählte ich Louisas Nummer. Sie nahm sofort ab.

»Bist du schon los?«, fragte sie, ohne mich überhaupt zu begrüßen.

»Was? Nein. Ich wollte nur fragen, ob du weißt, wo Dean ist.«

»Dean?«, wiederholte sie piepsig.

Ich hielt einen Moment inne. »Ja, Dean. Hellbraune Haare, graue Augen. Groß, schlank. Der Vater deines Sohnes.«

»Scherzkeks«, sagte sie stöhnend. »Äh ... nein, ich weiß nicht, wo er ist. Wieso?« Schon wieder ging ihre Stimme gegen Ende des Satzes verdächtig hoch. Sie verhielt sich eigenartig.

»Du bist irgendwie seltsam gerade.«

»Was ich? Nein, *du* bist seltsam. Komm einfach gleich zum Adventsessen. Meine Mom will unbedingt etwas mit dir besprechen.«

»Deine Mom?«

»Ja, sie meinte, es wäre was Wichtiges. Also dann bis sechs. Tschüüüüüss!«

Und sie hatte aufgelegt. Irritiert blieb ich zurück. Louisa war eine furchtbare Lügnerin. Die Frage war nur, wieso sie gelogen hatte.

Ich ging nach oben, nahm eine Dusche, zog mir frische Klamotten an und stellte erschrocken fest, dass es bereits Viertel nach fünf war. Da Dean mit seinem Auto abgerauscht war, musste ich nach Sugar Hill laufen. Draußen war es schon dunkel und ich war nicht wirklich scharf darauf, durch den finsteren Wald zu marschieren, aber der Weg an der Straße entlang würde deutlich länger dauern. Ich wählte noch einmal Louisas Nummer.

»Was ist?«, flüsterte sie.

»Wieso flüsterst du?«, fragte ich genauso leise, obwohl es dafür gar keinen Grund gab.

Sie räusperte sich und sprach normal laut weiter. Fast ein bisschen zu laut und beschwingt. »Ich flüstere doch gar nicht. Was ist denn? Bist du schon auf dem Weg?«

»Deshalb rufe ich an. Dean ist ja mit seinem Auto weg und ich müsste allein durch den Wald laufen. Deshalb wollte ich fragen, ob du mich vielleicht abholen könntest.«

»Puh, nee, das passt gerade gar nicht. Sorry, ich hab hier noch alle Hände voll zu tun mit dem Nachtisch.«

»Und John? Oder Jess?«

Louisa zischte etwas, das so klang, als wäre es nicht an mich gerichtet, und sagte dann schrill: »Die sind schon betrunken.«

»Oh«, ich sah auf das Display meines Smartphones, »um kurz vor halb sechs?«

»Ja, du kennst sie doch«, sagte sie, ehe sie vor Schmerz aufjaulte.

»Louisa?«

»Jetzt geh schon los! Sonst kommst du noch zu spät, und du weißt, wie sehr meine Mom das hasst.«

Wusste ich nicht, aber okay. Seufzend stieg ich in meine Stiefel, zog meinen Mantel an und schnürte den Gürtel extra fest, in der Hoffnung nicht zu erfrieren. Mit meiner pinken Mütze, Schal und Handschuhen bewaffnet, stapfte ich los.

Der Schein der letzten Straßenlaternen verließ mich, sobald ich den Waldeingang passiert hatte. Es dauerte ein paar Schritte, bis sich meine Augen daran gewöhnt hatten. Es war nicht komplett dunkel. Der zugeschneite Waldweg schimmerte bläulich im Mondlicht, gerade hell genug, dass ich ihn erahnen konnte. Ich schaltete zusätzlich meine Handytaschenlampe ein und summte leise vor mich hin. Ich versuchte, mich damit abzulenken, mir für den Fall, dass Dean doch beim Adventsessen war, die passenden Worte zurechtzulegen. Für mein Liebesgeständnis. Ich wollte mich bei ihm entschuldigen. Nicht dafür, dass ich so war, wie ich war. Aber dafür, dass ich ihn von meiner Gefühlswelt ausgeschlossen und ihn von mir gestoßen hatte.

Etwas knackste in der Ferne. Ich hatte normalerweise keine Angst in der Dunkelheit, aber das hier war dennoch nicht gerade mein Wohlfühlort. Ich war schon mitten im Wald – um mich herum nichts als dunkle Bäume, die scheinbar direkt in den nachtblauen Himmel übergingen –, als mir ein Lämpchen zu meiner Rechten auffiel. Ich hätte es fast nicht gesehen, weil ich den Wald strammen Schrittes durchqueren wollte. Das hier war nicht die Atmosphäre, um langsam hindurchzuschlendern. Ich schenkte dem Licht keine große Beachtung und ging weiter. Vermutlich hatte irgendjemand hier seine Taschenlampe verloren oder ein leuchtendes Kinderspielzeug.

Ein Stück weiter vorne entdeckte ich noch ein Licht. Und noch eins. Je weiter ich ging, desto mehr Lichter fielen mir auf. Im Gebüsch zu meiner Linken hing eine Lichterkette.

Das war kurios.

Irgendwann waren es so viele Lämpchen um mich herum, teilweise sogar relativ weit oben in den Bäumen, dass ich mein Handylicht ausschalten konnte. Die Lichter erhellten den Wald wie tausend Glühwürmchen, und das in einer Winternacht. Sie sorgten dafür, dass mir auf einmal gar nicht mehr mulmig zumute war. Ein Kribbeln breitete sich in meinem Körper aus. Prickelnd und warm. Wie Sonnenstrahlen auf meiner Haut. Ich folgte dem Weg, verlangsamte meine Schritte und drehte mich einmal im Kreis, um dieses unglaubliche Spektakel um mich herum zu realisieren. Von irgendwoher drang leise Musik an meine Ohren. Plötzlich hatte ich es wieder eilig. Ich rannte los, auf der Suche nach der Quelle der Musik. Als ich die überdachte Holzbrücke erreichte, die das Ende des Waldes markierte, dachte ich schon, ich hätte mir das alles nur eingebildet. Hinter der Brücke waren keine Lichterketten mehr aufgehängt. Hier war es wieder dunkel. Aber die Musik hörte ich jetzt überdeutlich.

»*Love you with the lights on*«, tönte die Stimme eines Sängers in den Wald. Von ... ich sah mich um, lauschte in die Dunkelheit des Waldes ... von unten. Hastig lehnte ich mich über das Geländer der Brücke und traute meinen Augen kaum.

Hunderte, nein, vielleicht sogar Tausende Lichter brachten den Winterwald zum Strahlen, säumten einen eisigen Weg. Es war der Bach, den ich vor ein paar Wochen hatte plätschern hören, als ich das erste Mal durch diesen Wald gegangen war. Er war inzwischen zugefroren und schlängelte sich zwischen den Tannen hindurch. Mein Blick folgte den Lichtern, dem frostigen Bach und der Musik, und landete schließlich bei ...

»Dean«, keuchte ich tonlos. Mir kamen die Tränen. So schnell ich konnte, rannte ich zurück zum Anfang der Brücke, lief um das Geländer herum und eilte hinab zu ihm. Kurz verlor ich das Gleichgewicht, rutschte mit einem Fuß nach unten, doch ich fing mich wieder. Auf Schlittschuhen kam er auf mich zugefahren, ein schiefes Lächeln auf den Lippen.

»Hey, Cinnabon«, wisperte er, als er vor mir stehen blieb.

Ich legte meinen Kopf in den Nacken, weil er auf Schlittschuhen um einiges größer war als ich. »Hey«, erwiderte ich mit einem dicken Kloß im Hals.

»Du hast mich gefunden.«

»Ja, ich hab dich gefunden.« Ich schluckte, um meine Stimme zu klären. »Endlich.«

Er bückte sich und ich folgte seiner Bewegung mit dem Blick. Er hatte meine Schlittschuhe dabei. Die, die er mir geschenkt hatte.

»Wo hast du die her?«, fragte ich, denn ich konnte es mir nicht erklären. Außer, er hätte sich heimlich ins Haus geschlichen und sie geholt, während ich oben im Bad gewesen war.

»Sie waren noch in meinem Kofferraum von dem Nachmittag, als wir auf dem Feld gefahren sind, mit den anderen.« Er setzte ein Knie auf dem Eis ab und sah mich fragend an, als er mit einer Hand sanft meinen Knöchel umfasste. »Darf ich?«

Ich nickte, war nicht fähig, irgendetwas anderes zu sagen oder zu tun. Dean zog erst den einen Stiefel von meinem Fuß und tauschte ihn gegen den Schlittschuh, und wiederholte es gleich darauf mit dem anderen. Mit wackeligen Knien hielt ich mich solange an seinen Schultern fest. Kurz darauf kam er wieder hoch zu mir, zog mich in die Mitte des Bachs und ich hatte das Gefühl, noch immer keinen klaren Gedanken fassen zu können.

»Ist okay. Du musst nichts sagen.« Er schob mir schmunzelnd eine Haarsträhne hinter das Ohr.

»Doch«, sagte ich und schüttelte den Kopf, um meine Gedanken zu sortieren. Ich wollte etwas sagen. So viel. »Es tut mir leid, Dean. Es tut mir leid, dass ich dich von mir gestoßen habe. Vor einem Jahr und gestern schon wieder. Ich glaube, ich stoße dich von mir, weil ich hoffe, dass du mich dann näher zu dir ziehst. Weil ich hoffe, dass du dann immer noch da bist. Um dich zu testen oder dich darauf vorzubereiten, wie es sein kann, wenn du mit mir zusammen bist. Es kann nämlich manchmal schwierig sein und sich nicht immer nur nach Pancakes mit Ahornsirup anfühlen. Und ich kann nicht ausschließen, dass meine Dämonen nicht hin und wieder zurückkommen und mich die Selbstzweifel nicht auffressen. Ich kann dir nicht garantieren, dass so etwas wie gestern nicht noch mal passieren wird, aber ich kann dir versichern, dass ich dich auch liebe. Dass ich mein Bestes gebe, die beste Version meiner Selbst für dich zu sein. Dass ich unendlich dankbar für dich bin und alles, was du für mich getan hast und ...« Meine Stimme überschlug sich. Auf einmal umfasste Dean mein Gesicht mit beiden Händen und presste seine Lippen ruckartig auf meine.

»Wofür war der denn?«

»Du hast gesagt, dass du mich liebst, Kat. Das ist alles, was ich wissen musste. Alles andere ist egal. Alles andere bekommen wir schon hin. Zusammen.«

Er lehnte seine Stirn an meine und wir lauschten der Musik, die die Stille erfüllte.

»Hörst du, was er da singt?«, wisperte Dean. Ich nickte. »Ich liebe dich, Kat. Jede Version von dir. Und ich will jede Version von dir sehen, sie mit tausend Lichtern bestrahlen. Sie ganz genau sehen, um sie bewundern zu können. Jede Version von dir ist wundervoll. Obwohl du das vielleicht nicht so siehst. Ich sehe das definitiv so. Ich will nicht, dass du denkst, du müsstest irgendetwas vor mir verbergen, mich beschützen oder vor mir wegrennen. Wenn du mich lässt, bin ich für dich da. Wenn du mich lässt, sage ich dir jeden Tag, wie sehr ich dich liebe und wie wunderschön du bist.«

Meine Unterlippe begann zu zittern, während sich eine Träne aus meinem Augenwinkel löste. Dean strich sie mit seinem Daumen fort. Auch seine Augen glitzerten feucht. »Ist das dein Masterplan gewesen?«

Es brauchte ein paar Sekunden, bis es bei ihm Klick machte. Ich bezog mich auf einen seiner Briefe, die ich letzte Nacht gelesen hatte. Er grinste. »Hat ja dann doch noch funktioniert, oder?«

»Ja«, stimmte ich kichernd zu und legte beide Hände in seinen Nacken, um ihn zu mir zu ziehen und ihn zu küssen. Mit dem Bauch voller Glühwürmchen und dem Herz voller Liebe. Plötzlich stutzte ich und löste mich von ihm. »Hast du das den ganzen Tag gemacht? Wie hast du das überhaupt allein hinbekommen?«

»Hab ich nicht«, sagte er und drehte sich ein wenig von mir weg, um mit lauter Stimme zu sagen: »Ihr könnt rauskommen, Leute.«

Ich erwartete fast, dass nun Dutzende Steine auf uns zurollen und sich als sprechende kleine Waldtrolle entpuppen würden, wie bei *Frozen*. In diesem Moment hätte mich vermutlich nichts mehr gewundert. Aber es waren unsere Freunde, die hinter den Bäumen hervortraten. Freunde und Familie. Alle, die eigentlich beim Adventsessen sein sollten, stellte ich fest.

»Moment mal«, rief ich aus und zeigte auf Louisa. »Du hast mich angelogen!«

»Hey, das würde ich so nicht sagen. Wenn es für einen guten Zweck ist, ist es nicht wirklich lügen, oder?«

»Ist es nicht?«, hörte ich Marvin neben ihr leise fragen.

»Äh, doch, ist es, mein Schatz. Vergiss, was Mommy eben gesagt hat.«

Ich kicherte. »Ihr seid doch verrückt. Ich weiß gar nicht, was ich sagen soll. Das alles hier ist unglaublich. Ich bin so verdammt dankbar für die Zeit, die ich hier bei euch hatte.« Die anderen kamen näher, schlüpften ebenfalls in ihre Schlittschuhe und gesellten sich zu uns aufs Eis. »Ihr habt mich aufgenommen und mir gezeigt, wie schön es sein kann, Teil einer Familie zu sein.«

Camille zerquetschte mich fast in einer Umarmung. »Du gehörst jetzt auch zu unserer Familie.«

Marvin griff nach meiner Hand und zog mich ein Stück mit sich. »Komm, wir fahren ein bisschen.«

»Hey, Kleiner, schnapp mir nicht mein Mädchen weg!«, rief Dean uns hinterher, woraufhin ich ihm frech grinsend über die Schulter hinweg die Zunge rausstreckte. »Na wartet!«

Ich hörte seine Kufen schneller übers Eis kratzen und quietschte, als er mich an den Hüften packte und ein Stück mit sich zog. Marvin, noch immer an meiner Hand, kreischte freudig auf und lachte.

Ich vergaß komplett die Zeit. Zu schön war diese Überraschung. Sie hätte nicht perfekter sein können. All diese Lichter, gemischt mit diesen wunderbaren Menschen, die mich quasi adoptiert hatten, und dann auch noch auf dem Eis. Es fühlte sich an, als hätte ich Geburtstag. Oder wie manche sagen würden: wie Weihnachten und Geburtstag zusammen. Nur dass Weihnachten für mich nie etwas Schönes bedeutet hatte.

Vielleicht könnte sich das mit diesem Jahr ändern.

23. Dezember: Verpasster Anruf von Mom

Mom: Rini-Darling, ich habe eben versucht, dich zu erreichen. Kommst du über Weihnachten eigentlich nach Hause? Darüber hatten wir bisher noch nicht gesprochen.

Ich: Nein, ich verbringe Weihnachten bei Dean und seiner Familie. Du kannst aber auch gern kommen. Ich habe eben mal schnell geschaut. Morgen früh geht ein Flieger nach Burlington, und es sind noch ein paar Plätze frei …

Mom schreibt …

Mom (online)
Mom schreibt …
Mom: Das ist wirklich lieb von dir und ich wünschte, ich könnte es. Aber das kann ich deiner Großmutter nicht antun. So kurzfristig abzusagen. Du kannst dir bestimmt vorstellen, welches Gesicht sie allein machen wird, wenn sie feststellt, dass du morgen Abend nicht mit dabei bist.

Ich: Du kannst ihr gern ausrichten, dass sie in nächster Zeit erst mal gar nicht mit mir rechnen muss.

Mom: Das kann ich gut verstehen.

Ich: Bist du sicher, dass du nicht mit uns feiern willst? Deans Familie ist toll und sein Haus ist so wunderschön. Das würde dir sicher gefallen!

Mom: Das glaube ich dir und ich werde darauf zurückkommen, doch für den Moment … brauche ich noch ein bisschen Zeit.

Ich: Okay, na gut. Ich hoffe, dass es trotzdem einigermaßen erträglich wird für dich.

Mom: Bei Mr. & Mrs. Spooky?

Ich: Hey! Nennst du sie jetzt auch so? Willkommen im Club! *Grinse-Emoji*

Mom: *Grinse-Emoji*
Mom: Hab ein schönes Weihnachtsfest, Darling. Ich freue mich, wenn wir uns das nächste Mal sehen! Und ich verspreche dir, dass ich an mir und unserer Beziehung arbeiten werde. Ich weiß, ich war dir nicht immer die Mutter, die du verdient hast, und das tut mir leid. Ich hab dich lieb.

Ich: Danke, Mom. Ich dich auch.

Kapitel 24

DEAN

»Wann darf ich endlich gucken?«, fragte ich und tastete vor mir in der Luft herum, um nirgendwo gegenzustoßen.

»Noch nicht. Warte ...« Kat hielt mir die Augen zu, schob mich ein Stückchen nach vorne und gab endlich meinen Blick frei. »Jetzt.«

Vor mir erstreckte sich eine etwa zwei Meter fünfzig hohe Tanne. Sie stand mitten im Wohnzimmer und hatte den perfekten Platz zwischen Sofa und Fensterfront. Davor waren unzählige Schachteln und Kästchen aufgetürmt.

»Ist es das, was ich denke?«

Sie trat neben mich und stemmte zufrieden die Fäuste in die Seiten. »Ja, richtig. Weihnachtsbaumschmuck. Ich dachte, es ist romantischer, wenn wir es zusammen machen.« Kat ging einen Schritt nach vorne und hob eine der Schachteln an. Das nahm ich sofort als Anlass, von hinten die Arme um sie zu schlingen. Meine Hände warm auf ihrem Bauch, meine Lippen an ihrer Halsbeuge. Zitrus und Vanille. Meine Prise Sommer im Winter Wonderland. Sie kicherte, vermutlich, weil mein Atem sie kitzelte.

»Wie hast du den denn hier reinbekommen?«, murmelte ich gegen ihre weiche Haut und deutete auf den Baum.

Sie drehte sich in meinen Armen zu mir um und blickte mir aus ihren warmen dunkelbraunen Augen entgegen. »Hab John gefragt, ob er mir einen Baum schlagen kann, und er hat ihn eben mit mir zusammen hier reingetragen.«

Ich zupfte eine Tannennadel aus ihrem Haar. »Ein ausgeklügelter Plan also?«

»Genau«, sagte sie und fummelte selbst an ihren Haaren herum. »Und das war noch nicht alles. Wir haben nicht viel Zeit, deshalb lass uns anfangen.« Kat löste sich von mir und wedelte mit dem Baumschmuck vor meinem Gesicht herum.

»Moment.« Ich ging zum Schallplattenspieler, legte die Nadel auf die Platte von Dean Martin, die ohnehin noch drauf lag, und lauschte dem kurzen Rauschen, bis die Musik begann. Ein zufriedenes Lächeln legte sich auf meine Lippen, das noch breiter wurde, als ich mich umdrehte und Kat betrachtete. Ich hatte gar nicht daran gedacht, dieses Haus weihnachtlich zu schmücken. Womit auch? Ich hatte bis eben nicht mal einen Weihnachtsbaum, geschweige denn Dekoration dafür gehabt. Für mich allein hätte es sich auch nicht gelohnt. Die Weihnachtsstimmung schwappte immer nur bei den Adventsessen in den Häusern meiner Familie auf mich über. Und da weder Kat noch ich große Weihnachtsfans waren, hatte ich keine Notwendigkeit darin gesehen.

Aber das hier war schön.

Kat, die sich reckte, um eine goldene Kugel etwas weiter oben aufzuhängen. Wobei mein Flanellhemd, das sie letzte Nacht zum Schlafen getragen hatte, über ihrem Hintern nach oben rutschte und die Unterseite ihrer Pobacken freilegte. Einer ihrer langen Overknee-Strümpfe war ein Stück nach unten gerutscht.

»Hast du den Weihnachtsbaum in dem Outfit mit meinem Bruder reingetragen?«

Sie sah mich ein wenig vorwurfsvoll an und zog die Nase kraus. »Dean Carter, bist du etwa eifersüchtig?«

»Ja«, entgegnete ich unverhohlen.

»Ich hab mir noch schnell deine Jogginghose drübergezogen, Blödmann«, erwiderte sie grinsend und drohte, eine rote Kugel in meine Richtung zu werfen.

Erleichtert ließ ich die Schultern sinken. »Besser so.«

Als Antwort verdrehte sie nur die Augen und suchte stattdessen nach einer geeigneten Stelle für die rote Kugel. Es war der vierundzwanzigste Dezember. Der Duft von Tannennadeln erfüllte die Luft, gepaart mit Dean Martins tiefer Stimme. Verdammt, war ich glücklich.

Ich tat ein paar Schritte auf Kat zu, schnappte mir eine kleinere Kugel aus dem Kästchen und hängte sie willkürlich an den Baum. Kat hielt kurz inne. »Ist was?«

Ihr Blick zuckte zwischen mir und der Kugel hin und her. »Nein, nein. Alles gut.«

»Du wolltest mich korrigieren.«

»Was? Nein, das stimmt überhaupt nicht!«, entgegnete sie, doch ihre Stimme, die dabei drei Oktaven höher gewandert war, verriet sie.

Ich lachte leise und schüttelte den Kopf. Meine Freundin wollte mich beim Dekorieren des Weihnachtsbaums verbessern. *Meine Freundin.* Ich hatte sie zum ersten Mal in meinem Kopf so genannt. Und es gefiel mir. Mit Kat gefiel mir eigentlich alles. Sogar weihnachtlich dekorieren.

»Was meintest du vorhin damit, dass wir nicht viel Zeit haben?«, fragte ich, als wir etwa die Hälfte des Baumes geschmückt hatten. »Wir sind doch erst um sechs bei meiner Familie zum Abendessen.«

Kat befand sich auf der anderen Seite der Tanne, sodass ich sie gerade nicht sehen konnte. »Es ist eher so, dass deine Familie hierher kommt.«

»Die ganze Familie? Was wollen die denn hier? Uns mit einer Parade rüber nach Sugar Hill begleiten?«

Seit der großen Überraschung vor ein paar Tagen, an der ich sie alle beteiligt hatte, hatten sie sich gar nicht mehr eingekriegt und in einer Tour davon geredet, wie sehr sie sich für uns freuten.

»Könnte sein, dass ich sie zum Essen hierher eingeladen habe.«

»Was?« Entsetzt streckte ich meinen Kopf an dem Baum vorbei zu ihr. Entschuldigend zog sie die Schultern nach oben.

»Wann kommen sie?«

»In etwa zwei Stunden.«

Ein boshaftes Grinsen machte sich auf meinem Gesicht breit, ehe ich sie einmal um den Baum jagte und schließlich an der Taille zu fassen bekam. Sie quietschte, kreischte und lachte, als ich sie auf das Sofa warf und durchkitzelte.

»Und wann hast du vorgehabt, mir das zu sagen?«

»Du hättest es ja in zwei Stunden spätestens gemerkt«, sagte sie gackernd und japsend.

Ich lehnte mich über sie, schob mich zwischen ihre Beine und biss sanft in die Haut zwischen Hals und Schulter. Sie schnappte nach Luft, als mein hartes Glied auf ihren Bauch drückte.

»Dann sollten wir uns besser beeilen, oder?«

»Dean.« Mein Name sollte wohl mahnend klingen, doch er verließ als leises Stöhnen ihre Lippen und das erregte mich nur noch mehr.

»Hm?«, summte ich direkt neben ihrem Ohr.

»Wir müssen noch fertig schmücken und ...«

Ich küsste die Stelle unter ihrem Ohr, zog eine heiße Spur aus Küssen zu ihrem Hals hinab. »Und?«, wiederholte ich, während ich die obersten Knöpfe ihres Hemdes löste, und jedes Bisschen Haut mehr, das ich von ihr zu sehen bekam, mit meinen hungrigen Blicken in Flammen setzte.

»Ach, scheiß drauf«, sagte sie und schlang die Arme gierig um meinen Hals. Unsere Lippen prallten hart aufeinander und ich stieß mit der Hüfte leicht gegen ihre Mitte. Mein Schwanz wartete nur darauf, endlich aus Pyjamahose und Boxershorts befreit zu werden. Kat schien Gedanken lesen zu können, denn sie schob beides gleichzeitig von meinen Hüften, gerade weit genug, dass mein Penis ihr willig entgegenkam. Sie umfasste ihn mit der einen Hand und schob mir der anderen ihren Tanga zur Seite, dann stockte sie.

»Fuck, Kondome. Lass uns hochgehen«, sagte sie keuchend. Sie wollte sich schon aufrappeln, als ich sie mit dem Zeigefinger am Brustbein zurück auf das Polster drückte.

»Bleib genau so liegen.«

Ich erhob mich und lief in schnellen Schritten zu dem Sideboard mit dem Schallplattenspieler. Hastig öffnete ich eine der Schranktüren, holte eine Keramikdose heraus und fischte ein Kondom daraus hervor.

»Hast du in jedem Raum deines Hauses Kondome?«, wollte Kat belustigt wissen, als ich die kleine Packung im Gehen mit meinen Zähnen aufriss und mir das Gummi überrollte.

Ich positionierte mich wieder zwischen ihren Beinen und bückte mich direkt neben ihr Ohr. »Erst seit zwei Wochen«, wisperte ich mit rauer Stimme, während ich in sie eindrang.

Pünktlich um vier Uhr klingelte es. Ich rannte die Treppe hinunter, zerrte mir im Gehen meinen Strickpulli über den Kopf, wuschelte durch meine feuchten Haare und öffnete schwungvoll die Tür.

»Um Gottes willen«, war das erste und einzige, was ich rausbrachte, als ich meine Familie im Vorgarten erblickte. Ganz vorne standen Louisa, Marvin und meine Mom, bewaffnet mit Töpfen und Kisten.

»Vielen Dank für die Einladung, Honey«, sagte Mom lächelnd und hauchte mir beim Eintreten einen Kuss auf die Wange.

»Ja ... äh, gern«, erwiderte ich und rieb mir verlegen über den Nacken. Louisa drängte sich zwinkernd und ohne ein Wort an mir vorbei.

»Moment mal, was ist in den Kisten drin?«, rief ich ihr hinterher, doch sie war schon dabei, Kat in der Küche zu begrüßen.

Marvin hüpfte an mir vorbei und hob seine Hand zum High Five. »Hey, Kleiner«, wisperte ich ein wenig irritiert. Ich sprang einen Schritt zur Seite, als John und Steven auf einmal mit einem Tisch auf die Veranda kamen. Mit einem Tisch! »Leute, was schleppt ihr hier alles an? Ihr wisst schon, dass ich auch Töpfe und einen Tisch habe, oder?«

»Wir passen aber nicht alle an deinen popeligen Esstisch«, erklärte Ati geschäftig, als er an mir vorbeikam und mir auf die Schulter klopfte.

»Und du hast nicht genug Töpfe, wie mir Kat verraten hat«, sagte Lora und trug einen weiteren Topf an mir vorbei.

»Sagt mal, habt ihr euren ganzen Hausstand aufgelöst?«, fragte ich, als endlich alle im Haus waren und ich ihnen in die Küche hinterherkam. Beim Anblick all dieser Sachen bildeten sich feine Schweißperlen auf meiner Stirn. Jeder baute irgendetwas zusammen oder dekorierte. Der Kühlschrank wurde geöffnet, wieder geschlossen. Der Backofen wurde eingeschaltet. Es war laut und wuselig und doch unfassbar harmonisch. Trotzdem war ich überfordert von der Situation. Kat bahnte sich einen Weg durch das Gewusel und legte die Arme um mich.

»Was passiert hier gerade?«

»Ich hab vorgeschlagen, dass wir einfach alle zusammen hier bei uns kochen. Dachte, das wäre einfacher. Dann müssen wir nicht alles allein vorbereiten.«

Mein Herz stolperte bei ihren Worten.

»Bei uns?«, wiederholte ich, meine Stimme voller Hoffnung.

»Hab ich das gesagt? Ich ... ich meinte ...«

Ich unterbrach sie mit einem liebevollen Kuss. Ihre Lippen schmeckten nach Zimt und Kaffee. »Keiner von uns hat es bisher angesprochen, aber ich glaube, wir beide wussten es längst, oder?« Ihr Blick flog zwischen meinen

Augen hin und her und sie nickte leicht. »Und was ist mit deinem Job?«

»Du meinst meine Tätigkeit als telefonische Klinkenputzerin, die mich kein winziges Bisschen erfüllt?«

Ich schmunzelte. »Genau die.«

Einen Moment wirkte sie nachdenklich. »Irgendwie vermisse ich die Kanzlei.«

»Ach ja?«

»Meine schicken Kostüme hätte ich auch noch im Kleiderschrank.«

»Ich bin mir sicher, sie stehen dir immer noch genauso fabelhaft wie vor einem Jahr.«

»Und da war so ein Anwalt, weißt du? Der ist immer zum Kaffeetrinken in meinem Büro vorbeigekommen«, fuhr sie fort und zog provokant eine Augenbraue hoch. »Meinst du, den gibt es da noch?«

Das zaghafte Lächeln auf meinen Lippen wurde immer breiter. »Ich könnte mich ja mal umhören.«

Sie spiegelte meinen Gesichtsausdruck und – *Fuck* – ich würde mich niemals sattsehen können an diesem Grinsen. »Im Ernst, könntest du dir so ein Leben vorstellen, Cinnabon? Halb hier, halb in New York? Wir würden immer pendeln.«

Sie nuschelte etwas, das wie *Jetset Bonny und Clyde* klang.

»Was?«

»Ich habe gesagt, es klingt perfekt«, murmelte sie schnell. Ich war mir sicher, sie hatte etwas anderes gesagt, doch ich hakte nicht weiter nach.

»Könntest du dir ein Leben mit dieser chaotischen Familie vorstellen?«

Kat sah sich in dem großen offenen Raum um, in dem fünfzehn Menschen wie aufgedrehte Minions umherliefen und durcheinanderredeten, dann drehte sie ihren Kopf wieder zu mir.

»Auf jeden Fall.«

In meinem Brustkorb löste sich der Druck. Es fühlte sich fast so an, als hätte die letzten Tage eine Katze auf meiner Brust gesessen, die nun einfach davon gehüpft war. Ich konnte wieder tief ein- und ausatmen. Erst jetzt merkte ich, wie sehr mich diese Frage, wie es mit uns weitergehen würde, unterbewusst beschäftigt hatte. Zwar hatte ich gehofft, dass Kat hierbleiben würde, dass wir keine Fernbeziehung führen würden, aber es sicher zu wissen, war eine solche Erleichterung. Es war das schönste Weihnachtsgeschenk, das ich mir je hätte wünschen können.

»Steht ihr da nur so rum oder helft ihr noch?«, rief Jess uns zu, beide Hände in einem Teig in einer rosafarbenen Rührschüssel vergraben und Louisa im Nacken, die ihr Anweisungen gab.

»Na dann«, sagte ich und schob die Ärmel meines Pullovers bis zu den Ellbogen hoch.

»Auf sie mit Gebrüll«, erwiderte Kat und tat es mir gleich.

KAT

Ich hatte nie so eine Familie gehabt.

Ich wusste nicht, ob wir schneller vorankamen, als wenn Dean und ich allein gekocht hätten, weil wir uns regelmäßig im Weg standen und auf die Füße traten, aber so machte es definitiv mehr Spaß. Ich saß auf dem Boden am Couchtisch, mit meiner Muffinform, wo ich gerade die Fruchtfüllung für die Mini-Apple-Pies in die Teigförmchen gab. Marvin und Kendras Tochter Ava, die ungefähr im gleichen Alter wie Marvin war, verteilten anschließend die ausgestochenen Teigsterne darauf.

»Wir sind ein gutes Team«, sagte ich und die beiden nickten konzentriert, die Zunge zwischen die Zähne geklemmt.

Dean war im Braten-Team und warf mir hin und wieder verzweifelte Blicke zu. Ati und sein Sohn Steven hatten es mittlerweile geschafft, den großen Esstisch der Familie Carter wieder vollständig zusammenzubauen und es sich danach auf dem Sofa gemütlich gemacht. »Kurze Verschnaufpause«, sagte Atlas und schaltete den Sportsender im Fernsehen ein.

»Oh, die *Monsters* spielen«, rief Patrick überrascht aus und rieb die Hände aneinander, als er mit John zurück ins Wohnzimmer kam. Entweder vor Freude oder Kälte. Die beiden waren nämlich im Team *Weihnachtliche Außendeko* und hatten das Haus in ungefähr drei Dutzend Lichterketten gehüllt, die ich vor ein paar Tagen im Internet bestellt und zu Louisa hatte liefern lassen. Allerdings musste ich Dean noch irgendwie klarmachen, dass der riesige Plastik-Schneemann, den John vorhin von der Ladefläche seines Wagens gezerrt hatte, nicht auf meinen Mist gewachsen war. Patrick und John gesellten sich zu Atlas und Steven aufs Sofa.

»Ist das nicht eine Wiederholung?«, fragte ich skeptisch.

»Pssst«, machte Ati und zwinkerte mir zu.

Schmunzelnd schüttelte ich den Kopf und erhob mich, um die Mini-Pies in den Ofen zu schieben. Louisa hatte einen minutiösen Plan erstellt, wann was vorbereitet werden sollte, sodass die Ofenzeiten effektiv genutzt wurden.

»Was machst du hier Gutes?«, fragte ich Jess über den Lärm des Mixers hinweg.

»Linsenbraten«, schrie sie. Dean hatte erzählt, dass sie sich jetzt vegetarisch ernährte. Wenn etwas von ihrem Linsenbraten übrig blieb und sie mich ließ, würde ich den definitiv probieren, denn mir lief allein bei einem Blick in das Kochbuch neben ihr das Wasser im Mund zusammen.

Als es vor den Fenstern langsam dämmerte, schaltete ich die Lichterketten am Weihnachtsbaum ein und Dean entzündete ein Feuer im Kamin. Es duftete herrlich nach Tannengrün, Zimt, Cranberrysoße und Kaminholz. Die

Luft war warm und flimmerte vor kribbelnder Weihnachtsstimmung. Ein Gefühl, das ich ehrlich gesagt noch nie in dieser Form gespürt hatte.

Camille stellte die Auflaufform mit Kartoffelgratin auf dem Tisch ab und setzte sich neben mich. Dean saß am Kopfende unserer gefühlt endlosen Tafel, bestehend aus zwei langen Holztischen, ich neben ihm. Er legte seine Hand auf den Tisch, die Handfläche nach oben, woraufhin ich sie ergriff. Einen Moment blinzelten wir uns selig an, ehe meine andere Hand ebenfalls genommen wurde. Irritiert sah ich zu Camille und unseren verschlungenen Fingern.

»Tolle Idee, Honey. Ein Gebet«, sagte sie und nickte Dean ermutigend zu.

Ich kicherte leise, weil ich wusste, dass Dean eigentlich gar nicht daran gedacht hatte, sondern einfach nur meine Hand hatte halten wollen. Doch zu spät. Marvin hatte längst seine andere Hand gepackt und sie jubelnd in die Höhe gerissen wie eine Trophäe.

»Äh, ja ... Ich möchte mich bedanken, bei euch allen.«

Ich sah in die Runde und bemerkte, dass sich alle an den Händen hielten und die Augen geschlossen hatten. Also tat ich es ihnen gleich, um Deans Worten zu lauschen.

»Ich danke euch für alles, was ihr für mich getan habt. Dass ihr da wart für mich, mir geholfen habt. Mir eine zweite Chance gegeben und mich wieder aufgenommen habt, obwohl ich euch so lange den Rücken zugekehrt hatte.« Als Deans Stimme zittrig wurde, drückte ich seine Hand ein wenig fester, um ihm zu zeigen, dass ich bei ihm war. »Ich bin so dankbar für diese Familie, für dieses Haus. Dass wir heute hier zusammen sind und ihr dem Haus das Gefühl von Heimat schenkt. Bei all den Renovierungen, die ich mit John in diesem Jahr vorgenommen habe, hatte ich immer das Gefühl, dass etwas gefehlt hat, damit es sich endlich vollkommen anfühlt. Und nun fühlt es sich an wie ein Zuhause, dank euch.«

Ich öffnete mein rechtes Auge einen Spalt breit, spähte zu Dean hinüber und stellte fest, dass er mich ansah. *Ich liebe dich,* formten seine Lippen lautlos und das kribbelnde Gefühl in meinem Brustkorb wurde stärker.

Er räusperte sich und sagte dann wieder laut: »Lasst uns endlich essen. Ich weiß zwar nicht, ob meine Nerven und mein Haus das standhalten, aber vielleicht kochen wir jetzt immer an Weihnachten zusammen, oder?«

»Jedes Adventsessen«, korrigierte Jess ihn in einer Singsang-Stimme vom anderen Ende des Tischs.

»Um Gottes willen«, murmelte Dean.

»Wir schaffen das schon. Keine Sorge«, sagte ich grinsend und reichte ihm die Schüssel mit dem Kartoffelbrei.

Der Abend strich dahin, erfüllt von Gelächter, Geschirrgeklapper, einem Gemisch aus Weihnachtsmusik und Liedern der Sechziger im Hintergrund. Ich war heilfroh, dass Louisa mir ein weit geschnittenes Kleid von sich mitgebracht hatte, das genug Platz für Barbs Nachtisch ließ. Sie hatte ihr, wie mir erklärt wurde, berühmtes Apple Crumble mit Vanilleeis und Zimt gemacht – ich hätte es nach dem ersten Bissen am liebsten allen von den Tellern geschleckt und die Auflaufform an mich gerissen. Doch Letzteres hatte Ati bereits getan. Rasch zog ich meine Hände zurück.

»Du solltest dich nie zwischen Dad und Barbs Apple Crumble stellen, Kat«, erklärte Steven. »Das überlebst du nicht.«

»Das hat John 2015 einen Finger gekostet«, stimmte Jess mit vollem Mund zu.

Mein Blick schnellte zu John, der die Augen verdrehte und seine beiden Hände hob. »Sie schwafelt wieder Mist.«

Lachend kratzte ich meine Schale mit dem Löffel aus und schob mir das letzte Bisschen flüssiges Eis in den Mund.

»Ich platze gleich. Trägst du mich zum Sofa?«, fragte Dean neben mir und lehnte sich in seinem Stuhl nach hinten.

»Jaaa, Weihnachtsfilm!«, schrie Marvin und sprang sogleich von seinem Stuhl auf, um zum Sofa zu rennen. Offenbar hatte er schon sehnlichst darauf gewartet, bis endlich alle mit dem Essen fertig waren. Es war mir ein Rätsel, wie dieser kleine Mensch so viel Essen inhalieren konnte, ohne bei der geringsten ruckartigen Bewegung zu platzen wie ein Ballon.

»Marvin, Spatz, ich hab noch nicht gesagt, dass du …«, begann Louisa, wurde jedoch von Kendras Kindern überstimmt, die nun ebenfalls lautstark ihre Stühle zurückschoben und zu Marvin aufs Sofa hüpften.

»Na klasse«, sagte Kendra und blickte amüsiert in die Runde.

»Wenn wir jetzt noch einen Film ansehen, muss ich mir etwas Bequemeres anziehen«, verkündete Dean und erhob sich vom Tisch.

»Gute Idee«, stimmte ich zu.

Die anderen sahen ein wenig unschlüssig an sich herunter. An ihren Kleidern, Blusen und Chinohosen. Nur Sophie schmiss sich sofort mit Anlauf zu den Kindern auf das Sofa. Sie war die Einzige, die seit heute Nachmittag einen kuschelig aussehenden Onesie trug, als hätte sie geahnt, dass der Abend gemütlich enden würde.

»Hey, was haltet ihr davon, wenn wir alle noch mal kurz nach Hause fahren und uns auch bequem anziehen?«, schlug Louisa vor. »Also nur wenn es für euch okay ist, dass wir wiederkommen und zusammen einen Film schauen?«

Dean sah mich fragend an und ich nickte, woraufhin er antwortete: »Klar, klingt gut.«

Genauso schnell, wie unser Besuch ins Haus gestürmt war, hatte er es wieder verlassen. Dean und ich packten die Essensreste und Schüsselchen in den Kühlschrank und sortierten das Geschirr in die Spülmaschine. Sophie zappte sich währenddessen mit den Kindern auf dem Sofa durch *Netflix*, auf der Suche nach einem Weihnachtsfilm, den wir gleich alle zusammen ansehen konnten. Dann verschwanden Dean und ich kurz nach oben ins Schlafzimmer und zogen uns um. Dabei warfen wir uns immer wieder verstohlene Blicke zu. Verboten glücklich, grinsend und voller Verlangen.

Gerade als ich nach der Türklinke griff, drückte sich Dean von hinten gegen mich und legte eine Hand auf meine, um mich davon abzuhalten, die Tür zu öffnen. Er schob meine Haare über die linke Schulter und küsste meine rechte Halsbeuge. Wie sehr ich mich in den letzten Stunden danach gesehnt hatte. Es war verdammt hart gewesen, direkt neben ihm zu sitzen und zu wissen, dass ich mich nicht einfach so auf seinen Schoß hatte setzen und ihn hemmungslos küssen können. Vielleicht war es auch das eine Glas Wein, das nun dafür sorgte, dass mein Widerstand sofort einknickte. Ich drehte mich zu ihm um und zog ihn an seinem Sweatshirtkragen enger an mich. Sein Duft hüllte mich ein wie in eine wundervolle Wattewolke. Er schmeckte nach Apfel, Zimt und Weißwein, als seine Zunge in meinen Mund glitt. Ein leises Stöhnen entwich seiner Kehle, das ich nur allzu gern mit meinem Mund auffing. Seine Hände fanden ihren Weg unter meinen Pullover, strichen sanft über meine nackte Haut, als ... es unten klingelte.

Dean lehnte seine Stirn gegen meine. »Wieso waren die denn so schnell?«

Ich lachte und schubste ihn ein Stück von mir. »Komm, der Weihnachtsfilm ruft.«

Wehleidig ließ er den Kopf in den Nacken fallen. »Geh du schon mal vor, ich komm gleich nach«, sagte er und zupfte an seiner Jogginghose herum.

Die Kinder hatten sich auf *Frozen 2* geeinigt. Die Kinder und Sophie. Okay, Sophie. Da Louisa berechtigterweise einwarf, dass *Frozen 2* eigentlich gar kein richtiger Weihnachtsfilm war, sahen wir im Anschluss *Verrückte Weihnachten*. Und weil Tessa, Kendras älteste Tochter, sich ab der Hälfte des Films beschwerte, dass der Film nicht als Kinder-Weihnachtsfilm zählte, sahen wir danach noch den ersten Teil von *Santa Clause*. Bereits nach dem ersten Film schien Marvin schon wieder Hunger oder zumindest Platz in seinem Bäuchlein zu haben und fragte nach Popcorn. Wir saßen zwar ein bisschen gequetscht und Kendra und ihr Mann Tyler hatten ihre drei Kinder größtenteils auf sich liegen, aber ansonsten passten wir alle auf das Sofa. Immerhin *das* schien dieser großen Familie gerecht zu werden. Wir aßen Mikrowellen-Popcorn, tranken Wein und später heiße Schokolade mit den Kindern. Man sollte meinen, wir wären alle komplett überzuckert und würden keinen Schlaf finden, doch je später der Abend wurde, desto öfter fielen uns allen die Augen zu.

Etwas vibrierte unter mir und riss mich aus meinem komatösen Schlaf. Jess kuschelte sich näher an mich und gab dabei kleine niedliche Geräusche wie die eines Murmeltiers von sich. Blinzelnd versuchte ich, mich zu orientieren. Ich lag nicht in Deans Bett. Unter meinem Po vibrierte es noch immer. Vorsichtig zog ich meinen Arm unter Jess hervor und tastete nach meinem Handy.

Mom, stand auf dem Display.

Ich hob das Bein von Kendras Sohn Luke an, schob es von mir und richtete mich auf. Anschließend lehnte ich Dean sachte gegen Jess und kletterte aus dem Wirrwarr aus Armen und Beinen heraus. Wir waren alle auf dem Sofa eingeschlafen, wobei ich mich fragte, wie das bei Atis schnaufendem Atem möglich war. Auf leisen Sohlen entfernte ich mich ein Stück, tapste ins Gästezimmer und nahm den Anruf meiner Mom entgegen.

»Frohe Weihnachten«, war das Erste, was ich sagte.

»Frohe Weihnachten, Rini-Darling«, erwiderte sie. »Du klingst glücklich.«

Ich schmunzelte und streckte mich genüsslich. »Das bin ich auch. Gestern war ein guter Tag.« Obwohl wir bis in die

Nacht Filme gesehen hatten und mir die Müdigkeit noch in den Knochen steckte, kitzelte mich ein seliges Kribbeln in der Magengegend.

»Das freut mich sehr. Ich habe ein Weihnachtsgeschenk für dich«, sagte sie freudig.

»Willst du mir das nicht geben, wenn wir uns das nächste Mal sehen?«

»Es ist nicht wirklich etwas, dass ich dir *geben* kann. Ich wollte es dir nur sagen.«

»Okaaay«, sagte ich gedehnt. »Jetzt bin ich gespannt.« Ich sah aus dem Fenster, das zur Straße hin zeigte, fuhr mit dem Zeigefinger über den Holzrahmen und lächelte, als ich die Schneeflocken sah, die sich von außen auf die Fensterscheibe legten und langsam nach unten rutschten. Es war etwa halb sieben und der Morgen dämmerte schon. Noch ließ sich nicht sagen, ob es ein sonniger Tag werden würde.

»Ich habe Mateo gefunden.«

»Was?« Ich presste das Handy fester an mein Ohr.

»Ich habe deinen Vater gefunden, Rini.«

Meine Hand schnellte zu meinem Mund, um einen erstickten Schluchzer zu unterdrücken. »Wie? Wo? Hast du mit ihm gesprochen?«

»Noch nicht. Ich habe nach unserem Telefonat Ermittlungen in die Wege geleitet, und gestern habe ich einen Anruf vom Amt erhalten, dass sie einen Mateo García gefunden haben, der zu meinen Beschreibungen passt. Das Geburtsdatum stimmt überein und der polizeiliche Eintrag, wann er zurück nach Mexiko geschickt wurde, ebenfalls. Ich denke, das ist er.«

»Mom«, flüsterte ich mit belegter Stimme.

»Ich weiß, Rini. Ich weiß.« Auch ihre Stimme schwankte. »Er wohnt mittlerweile in Massachusetts. Seine genaue Adresse habe ich noch nicht, aber die bekomme ich in den nächsten Tagen.«

»Massachusetts? Das ist nicht weit von hier«, stieß ich überwältigt aus.

»Und ebenfalls nicht von New York«, ergänzte meine Mom. »Wenn du willst, können wir ihn besuchen oder ihm erst mal einen Brief schreiben, sobald ich seine Adresse habe.«

»Ja«, hauchte ich. »Das klingt gut.«

Nachdem wir aufgelegt hatten, taumelte ich zurück in den Flur. Ich würde meinen Dad kennenlernen. Sehr wahrscheinlich würde ich ihn bald treffen. Ich wusste, dass ich nicht allzu große Hoffnungen haben sollte, dass er mich in seinem Leben wollte. Dass er mich ebenfalls kennenlernen wollte. Aber es war ... es war ... mir fehlten die Worte dafür. Es war eine Chance, und es war ein schönes Gefühl, zu wissen, dass er all die Jahre vermutlich gar nicht so weit weg gewesen war. Fast, als hätte es sein Herz in unsere Nähe zurückgezogen, damit er aus der Ferne auf uns aufpassen konnte.

Ich stolperte gegen jemanden.

Den Weihnachtsmann.

Okay, halt! Hatte ich das gerade alles nur geträumt?

Er umfasste meine Schultern und sagte: »Oh, sorry, hab dich nicht gesehen.«

Ich sah dem Weihnachtsmann genauer in die verschlafenen Augen und machte unter der roten Stoffmütze und dem angeklebten weißen Bart John aus.

»Wieso zur Hölle bist du als Weihnachtsmann verkleidet?«, fragte ich belustigt.

Er legte einen Finger an seine Lippen und bedeutete mir, still zu sein. Dann deutete er auf den wuchtigen Jutesack zu seinen Füßen. »Die habe ich eben schnell zu Hause geholt und mir dort das Kostüm angezogen. Und jetzt sieh zu und staune«, flüsterte er.

Das hätte ich zu gern gesehen. John, als Weihnachtsmann verkleidet, wie er in seinem alten blauen Pick-up durch den Ort gurkte. Wobei das in dieser Kleinstadt wahrscheinlich niemanden wundern würde.

Ich ging ihm hinterher, lehnte mich mit verschränkten Armen in den Türrahmen zum Wohnzimmer und beobachtete, wie er am Sofa vorbeischlich, den Sack vor dem Weihnachtsbaum abstellte und mucksmäuschenstill die Geschenke unter dem Baum verteilte. Das letzte Geschenk rutschte ihm aus den Fingern und erzeugte ein leises Geräusch. Mit Absicht?

Einer der Köpfe hob sich vom Sofa. Es war Lukes rötlicher Haarschopf. Ich sah genau, wie sich seine Augen weiteten und er sich sofort wieder schlafend stellte, als sich John in seine Richtung drehte. Dieser griff nach einem der Weihnachtsplätzchen, die auf einem Teller in der Mitte des Couchtischs lagen, und biss hinein. Vorsichtig legte er das angebissene Plätzchen wieder an den Rand des Tellers, zwinkerte mir zu und verschwand mit ein paar großen Schritten durch die Terrassentür.

In dem Moment, in dem man ihn im Garten knirschend durch den Schnee stapfen hörte, erhoben sich vier kleine Gestalten gleichzeitig. Sicher hatten sie vorher ihre Augen nur einen Spaltbreit geöffnet und reglos diese Weihnachtsmagie bestaunt.

Genauso wie ich.

»Der Weihnachtsmann war da!«, rief Marvin aufgeregt und stellte sich aufs Sofa. Er sprang zwischen Louisa und Dean umher und ließ sich freudig auf seinen Vater plumpsen. »Ich hab den Weihnachtsmann gesehen!«

Dean legte die Arme um den Kleinen, schien dann aber meine Abwesenheit zu bemerken. Er reckte den Hals, um sich im Raum umzusehen, und fand mich an den Türrahmen gelehnt. Ich winkte ihm zu, ein seliges Lächeln auf den Lippen, ehe ich es leise hinter mir klopfen hörte.

Verwundert ging ich zur Haustür und öffnete sie. Ein abgehetzter John mit leicht geröteten Wangen stand vor mir. Vom Weihnachtsmannkostüm keine Spur.

»Hast du dich auf der Veranda umgezogen?«, fragte ich grinsend.

Er deutete hinter sich. »Im Auto. Gar nicht so einfach, sag ich dir. Schnell, ich muss mich wieder ins Wohnzimmer schleichen, damit die Kids nicht merken, dass ich weg war.«

»Ich glaube, da brauchst du dir keine Sorgen zu machen. Sie springen aufgeregt auf dem Sofa rum und haben sich wahrscheinlich schon über die Geschenke hergemacht.«

»Für dich«, sagte ich eine ganze Weile später und hielt Dean ein eckiges, flaches Geschenk hin.

Wir hatten zunächst den Kindern beim Geschenkeauspacken zugesehen und Dean hatte Kaffee für alle gemacht. Den hatten wir bitternötig. Camille hatte Dean eben einen großen Bilderrahmen aus dunklem Holz geschenkt, in dem sich ein Schwarz-Weiß-Bild von Dean und seinem Vater befand. Das Foto zeigte die beiden in einem Garten, wie sie zusammen Baseball spielten. Dean sah nicht älter als zehn oder elf Jahre aus. Obwohl die Fotografie in Graustufen war, wirkte sie so lebendig und voller Liebe. Dean hatte sich bei seiner Mom bedankt und sich über die Augen gewischt, während er das Bild andächtig betrachtete. Ich hatte ihm beruhigend über den Rücken gestreichelt und ihn verständnisvoll angelächelt.

»Jetzt mach schon auf«, sagte ich, als Dean mein Geschenk zu allen Seiten drehte und es begutachtete.

»Was kann das wohl sein?«

»Das kannst du dir bei der Form wahrscheinlich denken«, murrte ich.

Er stutzte, dann schien der Groschen zu fallen und seine Lippen kräuselten sich zu einem Lächeln. Toll, das hieß, er hatte bis eben *wirklich* keine Ahnung gehabt und ich hatte ihn erst auf die richtige Fährte geführt. Er riss das Geschenkpapier an einer Stelle ein und packte es aus.

»The Rat Pack – *Greatest Christmas Songs*«, las er den Titel der Schallplatte vor.

»Ich hoffe, es gefällt dir.«

Er beugte sich vor und gab mir einen Kuss. »Es ist perfekt. Danke.«

Als Nächstes griff er hinter sich und reichte mir einen Umschlag. Ich hob meine Augenbrauen zu einer stummen Frage, doch er stupste mich nur auffordernd mit dem Knie an.

»Dean!«, stieß ich sofort aus, als ich die Karte aus dem Umschlag zog und las. »Das kann ich nicht annehmen.«

»Kannst du.«

»Nein.«

»Was hat er dir geschenkt?«, fragte Louisa aufgeregt dazwischen.

»Einen Wellness-Urlaub in den Rocky Mountains. Da wollte ich ursprünglich hin, bevor ich hierhergekommen bin.«

»Na, Gott sei Dank bist du hierhergekommen«, kam es von Sophie.

»Ja«, murmelte ich und sah dabei Dean an. »Nicht auszudenken, wenn ich nicht mitgekommen wäre, oder? Wenn ich mich nicht auf deinen Deal eingelassen hätte«, fügte ich etwas leiser hinzu, sodass nur er es hören konnte.

»Ich hätte dich auch auf andere Weise für mich gewonnen.« Er legte eine Hand an meine Wange, strich sanft darüber und gab mir einen Kuss auf die Stirn.

»Aber das ist viel zu teuer. Du hast mir doch schon die Schlittschuhe geschenkt, und du hast den Flug bezahlt.«

»Alles aus eigennützigen Gründen.« Irritiert zog ich die Stirn kraus. »Ich wollte, dass du mit mir kommst, mit mir in diesem Haus wohnst. Ich wollte, dass du glücklich bist und mir dieses wundervolle Lächeln schenkst, und ein Wellness-Urlaub mit dir ist ja wohl eher ein Geschenk an mich selbst, als an dich«, erklärte er grinsend.

Empört sog ich die Luft ein und stemmte die Hände in die Seiten. »Dean Carter, erkaufst du dir etwa meine Liebe, ohne dass ich es bemerkt habe?«

»Nenn es, wie du willst, Cinnabon. Solange es funktioniert, soll es mir recht sein.«

Ich boxte ihn leicht gegen die Schulter, ehe ich mich von ihm in seine Arme ziehen ließ. Wir lehnten uns auf dem Sofa zurück und beobachteten das bunte Treiben um uns herum.

Hätte mir vor einem Jahr oder sogar vor einem Monat jemand gesagt, dass ich mal so glücklich sein würde, hätte ich ihm nicht geglaubt. Dass ich Teil einer Familie sein würde. An der Seite des Mannes, den ich liebte. Dass ich mich wieder mit meiner besten Freundin vertragen und gleich noch mehr tolle Freunde gratis on top bekommen würde. Dass ich mich mit meiner Mom aussprechen würde und endlich wusste, wer mein Dad war. Dass wir ihn vermutlich zusammen besuchen und ich ihn kennenlernen würde. Dass ich die Liebe zum Eislaufen wiederentdecken und meinen inneren Frieden finden würde.

Ich hätte es nicht geglaubt.

Ich dachte, die Würfel für mein Leben wären schon gefallen. Dass ich ein einsames, trauriges Leben in Angst und Schmerz leben würde. Doch die letzten vier Wochen hatten mich eines Besseren belehrt. Ich hatte gelernt, dass es okay war, Hilfe anzunehmen, wenn sie einem angeboten wurde. Und dass es genauso okay war, um Hilfe zu bitten. Mein Blick fiel auf Marvin. Es war sogar gut und zeugte von Stärke. Ich hatte gelernt, dass es okay war, glücklich zu sein, und dass ich kein schlechtes Gewissen dabei haben musste. Ich konnte glücklich sein und mein ungeborenes Baby trotzdem vermissen. Nur weil ich wieder Spaß am Leben hatte, bedeutete das nicht, dass ich es vergaß.

Louisas Mom, Barb, war Psychotherapeutin und hatte mir vor ein paar Tagen vorgeschlagen, dass wir uns in regelmäßigen Abständen zu gemeinsamen Sitzungen trafen. Oder dass sie mir einen anderen Therapeuten empfehlen würde, falls es mir unangenehm wäre, mit ihr über meine Vergangenheit zu sprechen, da wir uns nun privat kannten.

Wer hätte gedacht, dass sich das Leben in vierundzwanzig Tagen so verändern konnte?

Durch einen Namen, der meiner Mutter rausgerutscht war.

Einen Deal, der mich nach Honey Daze geführt hatte.

Ein unfertiges Gästezimmer, bei dem John uns mittlerweile gestanden hatte, dass er die Mitarbeiter im Baumarkt – natürlich Freunde von ihm – angewiesen hatte, zu sagen, dass nichts von den Sachen, die Dean bestellt hatte, lieferbar war, damit Dean und ich früher oder später in einem Bett schlafen würden.

Einen kleinen Jungen, der mich dazu gebracht hatte, mich wieder aufs Eis zu trauen.

Einen Mann, der für mich da war. Der mir zugehört, mich bekocht, mit mir getanzt, mir ein Jahr lang Briefe geschrieben und mir auf unzählige Weisen seine Liebe gestanden hatte.

Zum ersten Mal in meinem Leben freute ich mich so richtig auf alles, was noch kommen würde. Ich fühlte mich leichter, weil ich wusste, dass ich nicht allein war, was immer mir noch passierte. Ich hatte Freunde und eine Familie, auf die ich mich verlassen konnte. Ich hatte Dean.

Ich hatte mich.

Die einzige Person, mit der ich mein gesamtes Leben teilte.

Denn ich selbst war mein größter Sonnenschein. Ich hatte all das durchgestanden, hatte es durch die dunkelste Zeit geschafft, und diese Erkenntnis ließ mich mutig und zuversichtlich in die Zukunft blicken. Ich hatte Entscheidungen getroffen, die mein Leben mit mehr Licht gefüllt hatten.

Dean hatte recht: Ich war stark. Und wenn ich es mal nicht sein wollte oder konnte, war er da, um mich aufzufangen. Mich zu halten, zu stützen.

Mein Herz war voller Liebe.

Voller Liebe für Dean, für diese Familie, für diesen Ort, für mein Leben.

Voller Liebe für mich.

Bonuskapitel

KAT

Sechs Jahre zuvor

»Das ist jetzt nicht dein Ernst, oder, Marly?«

»Doch.« Sie zog demonstrativ die Nase hoch und schob ein überzeugendes Husten dahinter. »Leider.«

Ich hielt das Handy ein Stück von meinem Ohr weg und betrachtete das Chaos vor mir auf dem Tisch. Nicht, dass man unter all meinen Lehrbüchern noch etwas von der Tischplatte sehen konnte.

»Pssst!«, kam es von der alten Bibliotheksmitarbeiterin hinter mir. Ich sah mich zu ihr um und hob schuldbewusst die Schultern. Als ich mich wieder nach vorne wandte, verdrehte ich nur die Augen.

»Ich muss lernen, Marly«, wisperte ich mit Nachdruck. »Kannst du nicht Brooke fragen?«

»Hab ich. Die muss heute auf ihren kleinen Bruder aufpassen.« Meine Freundin hustete.

»Kann sie den nicht mit zu der Gala nehmen?«, fragte ich und kaute auf meiner Unterlippe herum.

Marly schnäuzte sich am anderen Ende lautstark die Nase und machte dann: »Hm?«

»Ach, vergiss es.«

»Also springst du für mich ein?«

Mein Blick glitt über die Bücher und Lernzettel. Nächste Woche würde ich drei Klausuren schreiben. Eigentlich hatte ich das Lernen bitternötig. Doch das Geld auch. Ohne Geld kein Studium. Seit ich von zu Hause ausgezogen war, hatte ich mich immer mit Gelegenheitsjobs über Wasser gehalten. Aktuell arbeitete ich als Kellnerin in einem winzigen Café nahe dem Rockefeller Center. Ich war schon mal für meine Freundin eingesprungen und wusste, dass die Cateringfirma sehr gut zahlte. Von daher konnte ich es mir gar nicht leisten, diese Gelegenheit auszuschlagen. Ich würde einfach danach lernen. Nachts. Mit ganz viel Zimtkaffee.

»Schreib mir die Adresse und wann ich da sein muss«, antwortete ich deshalb nur.

»Du bist die Beste, Kat!«, krächzte sie.

»Ich dachte schon, du kommst gar nicht mehr«, brummte Marlys Chefin Mrs. Petty mich mit ihrer rauchigen Stimme an. Sie stand an der offenen Tür des Hintereingangs der imposanten Lokalität. Dem Lieferanten- und Mitarbeitereingang. Natürlich nutzten diese nicht den gleichen Eingang über die lange breite Treppe mit rotem Teppich. Sie blies mir ihren Zigarettenqualm entgegen, was mich husten ließ.

»Entschuldigen Sie, ich hab die Bahn verpasst und bin knapp dreißig Blocks hergerannt«, schnaufte ich. Ich war zehn Minuten zu spät. In manchen Kreisen war das kein Weltuntergang, doch Mrs. Petty war streng. Sicher würde sie mir das vom Gehalt abziehen.

Sie beugte sich nach vorne, schnupperte an mir und rümpfte die Nase. »Riecht man.« Gekränkt verzog ich das Gesicht. »Sieh zu, dass du irgendwo ein Deo auftreibst, und dann schnapp dir ein Tablett.«

Ich konnte mir geradeso ein »Aye, aye, Captain« verkneifen, nickte stattdessen nur und eilte an ihr vorbei zu den Umkleiden. Dort wechselte ich meine abgetretenen Sneakers gegen schwarze High Heels. Es waren keine teuren Markenschuhe. Trotzdem liebte ich sie. Irgendwann würde ich mir vielleicht meinen Traum von *Louboutins* erfüllen können. Da alle anderen Kellnerinnen schon servierten, war leider niemand hier, von dem ich mir ein Deo leihen konnte. Ich eilte zur Toilette und fand dort glücklicherweise eins in einem Weidengraskörbchen. Ohne vorher den Duft zu prüfen, steckte ich es mir durch den Ausschnitt meines schwarzen Bleistiftkleides unter die Achseln und sprühte ein paarmal. Ein zitroniger Duft stieg mir in die Nase. Frisch, mit einem Hauch Süße. War das Vanille? Gar nicht so übel für eine Notlösung.

Ein rascher Blick in den Spiegel über dem Waschbecken verriet mir, dass man mir meinen halben Marathon in der untergehen Spätsommersonne leider an der Nasenspitze ansehen konnte. Diese war nämlich, genau wie meine Wangen, leicht gerötet. Ich wischte mit beiden Zeigefingern meine verlaufene Wimperntusche unter den Augen fort und wuschelte durch meinen dunklen Pony, der dank des Schweißfilms an meiner Stirn klebte. Besser bekam ich es auf die Schnelle nicht hin, aber das war okay.

Schließlich war ich ja nicht hier, um meinen Traummann zu finden.

Unter all den spießigen Schlipsträgern war das ohnehin ausgeschlossen. Bewaffnet mit einem Tablett voller Sektflöten, das ich mir eben an der Bar hatte aushändigen lassen, betrat ich den Saal. Die angenehm klimatisierte Luft, die mich unmittelbar umgab, ließ mich aufatmen. Marly hatte mir vorhin geschrieben, dass es sich um die Firmenfeier einer Anwaltskanzlei handelte. Ich konnte mich also auf ein paar unangenehme Blicke auf meinen Hintern einstellen. Immerhin bedeutete diese Klientel meist gutes Trinkgeld. Was bei einem Cateringjob sonst so gut wie nie vorkam.

Stilvolle Jazzmusik erfüllte den Raum, und erst nach einer Runde, die ich mit meinem Tablett gedreht hatte, bemerkte ich, dass die Musik nicht aus den Lautsprechern kam, sondern von einer Jazzband.

Ich belud mein Tablett abermals mit vollen Sektgläsern, die mir einer der Barkeeper bereitgestellt hatte. Dankend nickte ich ihm zu und machte mich daran, eine erneute Runde zu starten. Immer wieder blieb ich bei Grüppchen von Männern und Frauen stehen, die in Gespräche vertieft waren, um ihnen einen Sekt anzubieten. Zu meiner Überraschung war der Frauenanteil der Kanzlei deutlich höher, als ich vermutet hatte. Hier und da machte ich sogar jemanden aus, der unter vierzig zu sein schien. Was war denn hier los?

»Darf ich?« Eine tiefe Stimme riss mich aus meinen Gedanken.

»Oh, ja. Entschuldigen Sie bitte. Bedienen Sie sich.« Ich sah zu, wie eine schlanke Hand nach einer Sektflöte griff. Fokussiert darauf, die Gläser zu balancieren. Zugegeben, es war eine attraktive Hand mit lauter kleinen Sommersprossen, die die helle Haut übersäten. Diese Hand sah deutlich jünger aus als alle Hände, die am bisherigen Abend nach einem Sekt gelangt hatten. Gebannt betrachtete ich sein Handgelenk, den Unterarm, seinen gebeugten Ellbogen, der dafür sorgte, dass das schwarze Jackett leicht an seinem Bizeps spannte. Ich schluckte, als ich bei seinem Kopf ankam. Hellbraunes Haar, an den Seiten kürzer als oben. Volle, rosige Lippen. Eine gerade Nase und Augen, in denen ich ertrinken wollte. Silbrig glänzend wie ein See im Mondlicht.

Was zur Hölle? Bin ich eine Poetin geworden?

Ich blinzelte ein paarmal und versuchte, mein Schmunzeln zu unterdrücken.

»Was ist?«, fragte er. Sein rechter Mundwinkel zuckte und brachte seine Sommersprossen zum Tanzen.

»Nichts, ich ... Äh, schon gut.« Er hielt mich mit seinem durchbohrenden Blick gefangen und gab mir zu verstehen, dass er nicht locker lassen würde. »Ich war nur überrascht, dass Sie ... Ich meine, dass *du* ... Du bist der jüngste Anwalt, den ich je gesehen habe«, plapperte ich los.

Seine Brauen schossen in die Höhe und ich rechnete damit, dass er jeden Moment zu Mrs. Petty rennen würde, um mich feuern zu lassen. Wobei ich nicht mal offiziell bei der Cateringfirma angestellt war.

Ich wurde von einer anderen Reaktion überrascht. Der schöne Fremde schenkte mir ein breites Grinsen und drehte sich dann kurz weg, um zu lachen. Unwillkürlich fiel ich in das Gekicher mit ein. Die Gläser auf meinem Tablett wackelten gefährlich und stießen klirrend aneinander. Hastig richtete ich mich wieder auf. Im selben Moment, in dem mein Gegenüber ebenfalls mit der freien Hand nach dem Tablett griff, um Schlimmeres zu vermeiden. Seine linke Hand legte sich reflexartig über meine rechte.

»Alles unter Kontrolle«, gluckste ich und blies mir eine zu lang geratene Ponysträhne aus dem Gesicht.

Unsere Blicke verhakten sich, ehe er mir die Strähne sanft aus der Stirn strich. Hitze kroch meinen Nacken hinauf, geradewegs in meine Wangen. Diese Geste war lieb und gleichzeitig wahnsinnig intim. Ich kannte ihn seit etwa zehn Sekunden und wusste nicht einmal seinen Namen. Trotzdem hatte ich das Gefühl, genug über ihn zu wissen, um sicher zu sein, dass ich heute Nacht gern mit ihm nach Hause gehen würde und sogar am nächsten Morgen mit ihm frühstücken wollte.

Er räusperte sich. »Verzeihung bitte. Ich wollte nicht ...«

»Nein, schon gut«, beteuerte ich rasch.

»Ich bin Dean, und ich bin kein Anwalt.«

Amüsiert sah ich ihn an. »Schön. Ich bin Kat und arbeitete eigentlich gar nicht bei dieser Cateringfirma.«

Seine Lippen kräuselten sich. »Willst du mir verraten, wie du dich hier reingeschlichen hast, Kat? Oder viel wichtiger, wieso? Bist du eine Agentin in geheimer Mission? Wen beschatten wir?«

Mrs. Petty tauchte in meinem Sichtfeld weit hinter Dean an der Seitentür auf und ihr Bulldoggen-Blick jagte mir eine Gänsehaut über die Arme. Rasch setzte ich mich wieder in Bewegung. Zu meiner Freude hielt das Dean nicht davon ab, sich weiter mit mir zu unterhalten, denn ich spürte seine Wärme weiterhin in meinem Rücken.

»Was macht dich so sicher, dass ich nicht *dich* beschatte?«, raunte ich über meine Schulter, während ich abwartete, bis ein älterer Herr sich ein Glas Sekt genommen hatte.

»Mich? Das hätte ich bemerkt.«

»Sicher?«

Er beugte sich nah an mein Ohr und ich erschauderte, als sein Atem meine Ohrmuschel kitzelte. »Ganz sicher.«

Ich quietschte leise auf und zog die Schultern an. »Hey!«

»Langsam fühle ich mich, als wäre *ich* der Geheimagent, der dich beschattet«, erklärte Dean belustigt, nachdem er mir durch den halben Saal gefolgt war und wir bei der Jazzband zum Stehen kamen. Er stand neben mir und ich blinzelte ihn von der Seite an. Durch meine hohen Schuhe waren wir etwa gleich groß.

Ich verschränkte die Arme über dem leeren Tablett, das ich an meine Brust drückte. »Vielleicht ist das ja auch so.«

Ein freches Grinsen erschien auf seinem Gesicht. »Das hättest du wohl gern, Kat.«

Meine Haut kribbelte bei dem Klang meines Namens aus seinem Mund. Warm und freundlich. Herausfordernd und verführerisch. Oder bildete ich mir das nur ein?

»Erzähl mir was über dich, Nicht-Anwalt-Dean.«

»Lass mich überlegen«, begann er. »Ich studiere Jura im ersten Semester. Bin erst vor ein paar Wochen nach New York gezogen und komme ursprünglich aus einem kleinen Kaff in Vermont, Nähe Burlington.«

»Also kein verwöhnter Preppy aus der Großstadt, sondern vom Land?«

Er schnaubte. »Wieso denkst du, dass ich ein verwöhnter Preppy wäre?«

Ich deutete mit dem Kinn auf die Menschen hinter uns im Saal. »Weil du mit denen hier abhängst und dir ein Studium in New York leisten kannst.«

»Hab ein Stipendium bekommen, und einer der Studienberater hat mich Mr. Carlisle vorgestellt. Der Chef der Kanzlei.« Er zeigte auf einen rundlichen, alten Mann, an dessen Arm eine ähnlich alte Frau hing. Ich tippte auf seine Ehefrau. »Mr. Carlisle hat direkt verstanden, dass es mir ernst ist und dass ich etwas auf dem Kasten habe. So kam es, dass ich nun beides machen darf. Studieren und erste Erfahrungen in seiner Kanzlei sammeln.«

»Nicht schlecht«, gestand ich anerkennend. »Ich studiere Marketing ebenfalls im ersten Semester, und halte mich mit meinem Kellnerjob gerade so über Wasser.«

»Ich dachte, du arbeitest nicht bei der Cateringfirma?«

»Mach ich auch nicht. Ich springe heute Abend für eine gute Freundin ein. Eigentlich kellnere ich nur im *Cinnabon,* in der Nähe des Central Parks. Und glaub mir, der Job wirft wirklich nicht so viel ab. Ich sollte dankbar sein, dass ich hin und wieder für Marly einspringen darf.«

»Ich bin's jedenfalls«, flüsterte Dean lächelnd.

DEAN

Ob ich beharrlich war?

Gegenfrage: War Wayne Gretzky der beste Ice-Hockey-Spieler aller Zeiten?

Sagen wir es mal so, wenn noch in derselben Nacht nach dem Café zu googeln und am nächsten Morgen dort auf der Matte zu stehen, in der Hoffnung, Kat wiederzusehen, als beharrlich ausgelegt wird, dann ja. Dann war ich beharrlich.

Eine ganze Woche lang holte ich mir jeden Morgen vor der Arbeit dort meinen Kaffee, aber Kat traf ich nie an. Fast vermutete ich, dass sie mich angelogen hatte. Bis sie am Montag darauf endlich hinter der Theke stand. Eine Augenbraue leicht nach oben gezogen, stellte sie einen dampfenden Pappbecher auf den Tresen.

»Da ist ja mein Schatten«, begrüßte sie mich.

Verlegen rieb ich mir über den Nacken und griff nach dem Kaffee. »Du arbeitest ja doch hier.«

»Hm-hm«, machte sie und legte den Fünf-Dollar-Schein, den ich ihr hingelegt hatte, in die Kasse. Keine Anstalten, mir mein Wechselgeld zurückzugeben. »Ich arbeite eigentlich nur nachmittags hier. Vormittags hab ich Uni.«

»Und uneigentlich?«

»Uneigentlich habe ich meine Schicht heute mit Paola gewechselt, weil sie die ganze letzte Woche von einem Anzugträger gestalkt wurde. Er war wohl jeden Morgen da, hat einen Kaffee bestellt, sich wie ein Creep umgesehen, als wollte er nach einem geeigneten Platz für eine Rucksackbombe suchen, und ist dann wieder abgerauscht.«

»Um Gottes willen! Und so einem willst du dich todesmutig stellen?«

Sie musterte mich von oben bis unten. Ich folgte ihrem Blick über meinen dunkelgrauen Anzug. »Das tue ich gerade, Dean.«

»Oh, ich bin der Stalker? Fuck, das wollte ich nicht. Ich wollte nur ... kannst du deiner Kollegin sagen, dass es mir leidtut?«

»Mach dir nicht ins Hemd«, erwiderte sie lachend. »Vielleicht hab ich ein bisschen übertrieben.«

»Ein bisschen?«

Sie hob eine Hand und formte zwischen Daumen und Zeigefinger gerade genug Platz, dass ein Reiskorn dazwischen passen würde. »Ein klitzekleines bisschen.«

Ich verdrehte die Augen und hätte sie am liebsten in die Seite geknufft. Doch die Theke trennte uns voneinander. Als könnte sie Gedanken lesen, fiel auch ihr Blick auf die glänzende Oberfläche zwischen uns. Ein Seufzen entwich ihr.

»Und wie kommt's, dass du heute keine Uni hast?«

»Die letzte Woche hab ich jede freie Minute in der Bibliothek verbracht, um zu lernen. Hab drei Klausuren geschrieben. Und da heute eh nur Vorlesungen ohne Anwesenheitspflicht sind, dachte ich, ich sehe mir den süßen Jurastudenten mal an, von dem Paola mir vorgeschwärmt hat.«

Ich setzte zu einer Antwort an, brachte jedoch keinen Ton heraus. Jetzt war ich komplett verwirrt.

»Du solltest dein Gesicht gerade sehen«, sagte Kat amüsiert.

»Kannst du mal aufhören, mich zu verarschen? Sonst komm ich gleich hinter die Theke und ...«

»Und?«

Unschlüssig kaute ich auf meiner Unterlippe herum. *Sonst presse ich dich gegen den Tassenschrank und küsse dich bis zur Besinnungslosigkeit,* schoss es mir durch den Kopf. Gefolgt von einer mentalen Ohrfeige. Ich hatte eine Freundin in Vermont. Louisa. Ich durfte Kat nicht auf diese Weise sehen. Sie war bloß eine Freundin.

Louisa war süß, schüchtern und ein wenig durchgeknallt. Kat hingegen war ... Sie war tough, selbstbewusst und hinreißend schön.

Als sie merkte, dass von mir keine Antwort mehr kommen würde, räusperte sie sich. »Musst du nicht zur Arbeit?«

Ich warf einen raschen Blick auf meine Armbanduhr. Die gehörte eigentlich meinem Dad, doch er hatte sie mir zum Studienbeginn geschenkt. »Die brauchst du jetzt dringender als ich, mein Junge«, hatte er schmunzelnd gesagt. Ich schluckte hart. Nach allem, was ich ihm an den Kopf geworfen hatte, hatte er mir seine Uhr gegeben und es fertiggebracht, mir ein Lächeln zu schenken. »Äh, ja, ich sollte wirklich los. Arbeitest du morgen wieder nachmittags?« Sie nickte. »Sehr gut. Dann kannst du mir da ja nach deiner Schicht als Wiedergutmachung ein bisschen die Stadt zeigen.«

»Wiedergutmachung?« Nun war sie es, die ein paar Sekunden brauchte, um sich zu fangen.

»Dafür, dass du mich so verarscht hast«, sagte ich und lief ein paar Schritte rückwärts.

»Wer sagt, dass es mir leidtut? Vielleicht hab ich ...«

»Bis morgen, Cinnabon. Ich erwarte Großes!«, rief ich und übertönte damit ihr Gestammel. Dann hob ich meinen Kaffeebecher zur Verabschiedung und verließ das Café mit einem selbstzufriedenen Grinsen.

Das war gut. Das war okay, oder? Freunde zeigen anderen Freunden die Stadt. Freunde helfen sich gegenseitig, dachte ich und beschloss, Mr. Carlisle heute von Kat zu erzählen und mal vorzufühlen, ob wir nicht jemanden im Marketing gebrauchen könnten. Ich fuhr mir mit einer Hand durch die Haare. *Fuck.* Freunde dachten aber nicht unentwegt daran, sich zu küssen.

DANKSAGUNG

Für alle, die glauben, ihr Licht verloren zu haben.

Wie bereits in der Widmung erwähnt, ist dieses Buch für alle, die ihr Licht verloren haben. Die glauben, die Hoffnung, ihren Glanz oder ihre Leichtigkeit verloren zu haben. Durch einen Verlust, einen Schicksalsschlag, ein Unglück, einen unerwarteten Rückschlag. Dieses Buch hat mir durch die erste Zeit der Trauer hindurch geholfen, denn Anfang des Jahres hat eine wundervolle Seele diese Erde verlassen. Und deshalb gilt mein erster Dank dir, Opa. Ich schreibe diese Worte unter Tränen, denn auch jetzt erschüttert mich dein Verlust unglaublich. Ich danke dir für deine Unterstützung, deine Kraft, deine Weisheit, deine Gutmütigkeit, für unsere gemeinsame Zeit und deine unendliche Liebe. Ich wünschte, du hättest das Erscheinen dieses Buches und aller weiteren Bücher mit mir feiern können.

In den letzten Jahren habe ich schon mal geglaubt, mein Licht verloren zu haben, bis mir eines klar wurde. Es ist in mir. Es war immer in mir. Und es hat mich bis zu diesem Punkt gebracht. An manchen Tagen sind lediglich die Wolken grauer und dichter, doch das Licht ist immer noch da. Es ist auch in dir. Du bist die einzige Person, die dein ganzes Leben lang bei dir ist. Jede Sekunde. Tag und Nacht. Also sei gut zu dir. Sei nachsichtig mit dir und nicht zu hart. Und sieh, was du alles schon geschafft hast. Sieh, wo deine Entscheidungen dich hingeführt haben. Vielleicht mit Hilfe, aber am Ende hast *du* es geschafft. Was immer du gerade durchmachst und was immer, deine Welt noch erschüttern wird. Du wirst es schaffen. Du bist dein eigenes Sonnenlicht.

Ich hoffe, dass du aus Kats Geschichte mitnehmen konntest, dass es gut ist, zu fühlen. Auch wenn einen die Gefühle manchmal überwältigen. Fühlen heißt Mensch sein. Und es gibt kein zu viel oder zu wenig fühlen. Du bist genau richtig so, wie du bist. Doch wie Kat Hilfe von Dean zugelassen hat, so kannst du ebenfalls Hilfe annehmen und sie aktiv erbitten.

Vielen Dank, dass du dieses Buch gelesen hast und mir damit nicht nur deine Zeit, sondern auch dein Vertrauen geschenkt hast. Ich würde mich sehr freuen, wenn du das Buch an deine Liebsten weiterempfiehlst und eine Rezension oder eine Bewertung auf der Plattform deiner Wahl hinterlässt. Damit hilfst du mir sehr und bringst mich meinem Traum ein Stückchen näher.

Ich danke meiner Familie und meinen Freunden. Danke für eure Unterstützung, für die Ablenkung in dieser schweren Zeit. Für eure Zeit, eure Wärme und euer offenes Ohr. Danke, dass ihr an mich glaubt.

Danke an meine wundervollen Testleserinnen Nathalie, Tabea, Louisa, Sabana und Johanna. Euer Feedback war unheimlich hilfreich und hat geholfen, diese Geschichte zu formen und zu verbessern. Und mich auch manchmal zum Schmunzeln gebracht. (Dean braucht eine bessere Brille! Haha)

Vielen Dank an Lena König für dieses wunderschöne Cover und die tolle Landkarte. Danke ebenfalls an Michelle Klippel für deine grafische Unterstützung, wenn ich mal wieder nicht weiterwusste.

Ich danke meiner Lektorin Mira Massong für die fantastische Arbeit an diesem Buch. Danke, dass du mich zum Nachdenken angeregt und damit Deans und Kats Geschichte noch besser gemacht hast. Ich liebe deine kompetenten Kommentare gleichermaßen wie die Lach- und Herz-Emojis – ich schwöre! :D

Danke an meine Buchbloggerinnen, für die wunderschönen Beiträge, die ihr für *24 Days till Home* erstellt habt und sicher auch für diesen Band erstellen werdet. Ich weiß eure Arbeit und Liebe zum Detail wirklich zu schätzen. Insbesondere danke ich Julia, die ihr Herz in Sugar Hill verloren hat und niemals müde wird, meine Bücher zu empfehlen. Danke für den tollen Blurb, den du für Dean und Kats Geschichte verfasst hast und der nun die Rückseite des Buches zieren darf.

Zu guter Letzt danke ich meinem Lieblingsmenschen. Ich danke dir für jede Umarmung und für jedes Lachen, das du mir entlockst. Dafür, dass du an mich glaubst, mir jeden Tag Halt gibst und hilfst, mein Leuchten zu sehen.

INHALTSWARNUNG

(Achtung Spoiler!)

Dieses Buch enthält potenziell triggernde Inhalte zu folgenden Themen: Angststörungen, Panikattacken, Tod, Depressionen, Verlust eines Kindes, Trauerbewältigung, Rassismus

Alison Reese wurde 1997 in Rheinland-Pfalz geboren. Schon seit sie einen Stift halten kann, schreibt sie eigene Geschichten. Als gelernte Medienkauffrau kennt sie Bücher durch die Arbeit in einem Verlag auch von der anderen Seite. In einer Kleinstadt aufgewachsen, schreibt sie heute über genau das, was sie so sehr liebt: große Gefühle in kleinen, verträumten Orten. Wenn sie nicht gerade schreibt, steckt sie vermutlich mit der Nase im nächsten Liebesroman oder schwingt tanzend in der Küche den Schneebesen, um ihre Liebsten mit Kuchen zu verwöhnen. Auf Instagram und TikTok teilt sie unter ***@alisonreese.author*** ihre Liebe zu Büchern mit ihren Followern.